LO·VE

樂府

心里满了，就从口中溢出

当厄运威胁犹太人，以色列拉比巴尔·沙姆·托夫就退回森林，点起篝火，低头祈祷。这样，厄运就能被避免。随着时光流逝，这一任务落到了第二位拉比身上。他知道森林中那一处地点，也记住了祈祷文，但他不知道要生一堆火。然而，厄运同样被避免了。第三位拉比只知道那处林中地点，至于火堆与祈祷文则一概不知。可是这一点足够了，厄运也被避免了。最后，这一任务落到拉比利兹恩身上，他对地点、篝火和祈祷文统统不知道。他只会讲故事。

“而这就足够了。”

*FINNISH FAIRY TALES*

# 讲了 100 万次的故事 · 芬兰

[芬兰] 劳尔 · 洛依奈 ——— 著

杜钟瀛 ——— 译

北京联合出版公司
Beijing United Publishing Co.,Ltd.

## 出版说明

# 重新发现故事，继续讲故事

从前，幻想国里的一只小蚂蚁、一只鸡蛋和一只知了，为了得到更大的幸福，一起去圣地朝拜。

——法国故事

人类天生需要听故事。人类也天生需要讲故事。

故事是经验的累积，也是想象的扩展。故事是教化，也是娱乐。世界一天天长大，故事也一天天长大，今天的故事和几千年前相比，看上去已经完全不同，但有理由相信，一些藏在故事里的东西，是一直没有变的。它们改头换面，在不同的故事里，以不同的样子出现，以后，它们可能还会发展出更多不同的样子，并且越来越复杂。但无论如何，那些恐惧或希望，那些抵抗或顺服，那些寻找或失落，那些选择或没有选择，那些藏在故事里的、人类的情感和命运，总还在那里。

我们回眸人类童年时代的故事，它们并不一定比现在的故事更高明，但这些朴素的故事里，有一种简单直接的力量，或者说，有一种天真，将很久很久以前，人类祖先的所思所想传递给我们。几千年之后，世界也许天翻地覆，而人们依然可以从那些朴素的故事中接收力量。

故事的这种永恒性，激发着讲故事的人，也激发着寻找故事的人。故事有时候会消失，有时候又重新出现，只看有没有人把它讲出来。这套《讲了100万次的故事》是来自不同时代、不同国家和地区的故事合集，完全源于口头传播，也就是说，它们都是讲出来的故事，而不是被哪个作家写出来的。可以想象的是，书里面的这些故事，有一些已经传承了千百年，甚至更久，说它们是“讲了100万次的故事”一点也不夸张，而与此同时，这些故事被确定为现在这个样子，则只是一段“刚刚发生的历史”，离我们最近的一部分文本，甚至只有不到五十年的时光。这些书曾经在不同的国家、不同的时代，以不同的形式出版过，它们唯一的相通之处就在于，它们都出自那些“寻找故事的人”之手，它们被记录下来的目的，就是为了提醒人们，不要遗忘，而这正是故事传播的动力所在。

## 一、这些故事，来自人类遥远的童年

那是山多、林多、动物多的年代。

——北欧故事

山多、林多、动物多的年代，已经过去了。它不仅仅是我们时代的往昔，在故事里，它们就已经是往昔了。考古学家和历史学家做了很多工作，想尽力还原那个人类的童年时代，但有时候，故事可以告诉我们一些不同的东西。比如下面这个非洲故事。

### 天为什么这么高

听说从前天不像现在这么高，天和地是离得很近的。多近呢？人站在地上一伸手就能很容易地把天摸到。

上帝一直是住在天上的。他为地上造了人，造了动物，造了植物。他把他造的人当成自己的孩子，为人准备了美味可口的食物，为人制定了切实可行的法律。当时人们日子过得很不错。

谁知，不幸的事情发生了。

一天，有一个人不知得了什么病，一下子变成了盲人。这是世界上的第一个盲人。

上帝啊，上帝啊！
你为什么惩罚我呀？
我两眼一抹黑啦，
我肚子咕咕叫啦！

后来，他饿得实在支持不住了，气急败坏地举起烟斗就往上捅，他想叫天把门打开，让他去找上帝。

老天啊，老天啊！
快把门打开吧！
上帝再不可怜我
我就要饿死啦！

可是，捅了好长时间，天一动也不动。

于是，盲人又想出了另一个办法：在地上点起一堆火，他以为有了火也许能看到东西。

大火熊熊燃烧起来，火焰越来越旺，火舌直舔到天上。

这时上帝来了，他吃惊地问："谁点的火？"

他万万没有想到自己造出来的人竟敢拿烟斗来捅天，用火来烧天，所以怒气填胸，把手一挥，带着天一步一步地往高处升，一直升到人无论拿什么也够不到的地方。

从这以后，天和地就相距得很远很远了。为了惩罚人，上帝让地上总是有盲人。

这个故事里有恩赐，也有不恩赐。创造和恩赐，要看上帝的心情。这个故事里有冒犯，也有绝望：盲人看上去很蠢，但作为一个人，他做了他能做到的一切，而他能得到的唯一回应，是上帝的愤怒。这个故事里有怀念，也有无奈：天和地没有分开的日子，是好时光，但如果上帝要带走天空，要让人眼盲看不见，人们也只能接受。当然，这个故事里还有命运："谁知，不幸的事情发生了"，对此，无论是人类还是上帝，都没有办法。

我们没办法确切知道这是一个什么时代的故事，但我们完全可以想象，在"山多、林多、动物多的年代"，人们的日子过得可能跟那个盲人差不太多，"不幸的事情"总是会发生，人们只能怀想，曾经有一个黄金时代。就像今日，我们依然怀想"黄金时代"一样。

## 二、这些故事，铸就人类共同的记忆

世上力气最大、跑得最快的是风；最肥的是土地，因为万物都靠它来养育；最柔软的是手，因为不管你睡在什么东西上面，都要用手来垫头；第四个嘛，世界上再也没有什么能比睡觉更讨人喜欢的了。

——俄罗斯故事

说起"寻找故事的人"，人们首先想到的自然是格林兄弟，《格林童话》也已经成了两百年来最重要的一部经典故事集。但其实，"寻找故事"是持续了一个时代的主题，与格林兄弟同时或稍晚，不同的人在不同的地方，做了相同的工作：阿斯别约恩生在挪威，卡瓦利乌斯在瑞典，阿法纳西耶夫在俄罗斯，之后柳田国男和关敬吾在日本，卡尔·维诺在意大利，劳尔·洛伊奈在芬兰，林兰和董均伦在中国，他们搜集各自国家和地区的故事，去芜存菁，最终给故事一个方便传播的确定文本。有意思的是，人们最初“寻找故事”，是希望通过故事确定一种身份认同，去区别于世界上的其他人。但当我们把不同国家和地区的故事放在一起的时候，会惊讶地发现有些故事具有高度相似性。是的，故事可以依附于任何强有力的外部元素，但也可以很轻易地脱离开它们——有时候，两个故事的外壳、人物、背景、语言完全不一样，但我们一眼就可以看出那是同一个故事。很显然，故事在告诉我们，在民族和地域这些元素之外，“人”其实是所有人更基本的一种共同身份。

我们来读一个法国故事。

树蝇死了

一只小飞蛾和一只小树蝇是朋友，它俩一块儿吃住，一块儿玩耍，好得谁也离不开谁。这天，它们俩一起做晚饭。小树蝇负责做汤。汤做好以后，它想尝尝汤的咸淡，一不小心，掉在大汤勺里淹死了。

小飞蛾哭着离开了家。它遇见了一棵橡树。

“小飞蛾啊，你为什么哭？”

“树蝇死了。”

“那我，我弄掉一根树枝。”

橡树的上空飞着一只喜鹊。喜鹊问：

“橡树啊，你为什么掉枝？”

“树蝇死了，小飞蛾哭了，我就掉枝了。”

“那我，我就脱毛。”

喜鹊落在一道篱笆上。篱笆问：

“喜鹊啊，你为什么脱毛？”

“树蝇死了，小飞蛾哭了，橡树掉枝了，我就脱毛了。”

“那我，我就折断自己。”

篱笆的旁边是一片草地。草地问：

“篱笆啊，你为什么折断自己？”

“树蝇死了，小飞蛾哭了，橡树掉枝了，喜鹊脱毛了，我就折断自己。”

“那我，我把草割了。”

一条小河从草地中间流过。小河问：

“草地啊，你为什么把草割了？”

“树蝇死了，小飞蛾哭了，橡树掉枝了，喜鹊脱毛了，篱笆折断了，我就割草了。”

“那我，我就干涸了。”

一个女仆带着两只水罐来河里打水。她问：

“小河啊，你为什么干涸了？”

“树蝇死了，小飞蛾哭了，橡树掉枝了，喜鹊脱毛了，篱笆折断了，草地割了草了，我就干涸了。”

“那我，我就把这两只水罐打破。”

主妇正等着用水洗黄油。她问：

“女仆，你为什么打破水罐？”

“树蝇死了，小飞蛾哭了，橡树掉枝了，喜鹊脱毛了，篱笆折断了，草地割草了，小河干涸了，我就打破罐子了。”

“那我，我就把黄油扔到围墙上去。”

一个赶大车的人路过这儿。他问：

“女主人，你为什么把黄油扔到围墙上去？”

“树蝇死了，小飞蛾哭了，橡树掉枝了，喜鹊脱毛了，篱笆折断了，草地割草了，小河干涸了，女仆打破罐子了，我就把黄油扔到围墙上去了。”

“那我，我就打马快跑。”

接下去，又引出了其他一些人，由于树蝇的死和小飞蛾的哀悼而引起的这场可怕的连锁反应，不知是如何结束的。

这个故事非常古老，也非常有趣。但有人说它有些幼稚可笑，因此令人难以置信。其实，这个故事反映了自然界的一种规律：到了十一月底，当树蝇死的时候，树本身，以及草地和河流似乎也都与树蝇一起死去了。每年在这个时期，要是我们仔细听听的话，会听到小草在北风的吹拂下簌簌作响，仿佛在说：

“树蝇死了，我们也快死了……”

这是一个顶针结构的故事，不同的国家和民族，类似结构的故事不胜枚举。它不仅是一个故事，也可以是一场游戏，讲故事的人和听故事的人，可以顺着这个顶针结构，把故事一直讲下去，讲到厌倦为止。但如果你像法国人一样，从一只树蝇的死亡开始这个游戏，你迟早会进入那个“白茫茫一片真干净”的世界，当你读到“小草在北风的吹拂下簌簌作响，仿佛在说：‘树蝇死了，我们也快死了……’”这样的句子时，你会感觉到，从故事到文学的那个变化，似乎正在发生。

### 三、这些故事，帮助人类应对世界的改变

> 世界已经变了，世界还将变化，你说的故事也许是真的。
>
> ——芬兰故事

我们的故事来自传承，至于一个具体故事的起源，则大都渺不可考——也不必考，继续讲下去就是了。

故事大王简·约伦在《世界神奇故事集》的前言之中讲述过一个故事，说的就是故事的起源与传承，我们已经把这个短小又重要的故事放在了扉页上，但似乎还是有必要在这里再郑重地引用一次：

> 当厄运威胁犹太人，以色列拉比巴尔·沙姆·托夫就退回森林，点起篝火，低头祈祷。这样，厄运就能被避免。随着时光流逝，这一任务落到了第二位拉比身上。他知道森林中那一处地点，也记住了祈祷文，但他不知道要生一堆火。然而，厄

运同样被避免了。第三位拉比只知道那处林中地点，至于火堆与祈祷文则一概不知。可是这一点足够了，厄运也被避免了。最后，这一任务落到拉比利兹恩身上，他对地点、篝火和祈祷文统统不知道。他只会讲故事。

“而这就足够了。”

故事可以是个体内心的密码，也可以是群体信念的表达；故事可以安慰一个人，也可以激励一群人。故事还是记忆，人们的生活方式一代一代改变着，曾经的森林、篝火，甚至祈祷，或迟或早，总归是退出了人们的日常，但故事还在。只要人们还在讲着故事，我们就还是我们。

在简·约伦引述的这个故事里，有一点需要特别注意，如果故事里的每一任拉比都会讲故事的话，那么几乎可以肯定，拉比利兹恩讲述的故事，跟他的每一位前任讲出来的，是不一样的，哪怕那是同一个故事。这涉及到故事的一项超凡能力，它总能和一个时代的精神主流结合在一起，又总能和它们剥离。说到这里，事情已经很清楚了，那个威胁着以色列人，也威胁着所有人的“厄运”，其实就是遗忘，而对遗忘的抵抗，不是森林，不是篝火，也不是祈祷，这个抵抗，是，也只是，故事。

有的时代，有的地方，人们会觉得篝火很重要；有的时代，有的地方，人们会觉得祈祷很重要；有的时代，有的地方，人们会觉得民族很重要；有的时代，有的地方，人们会觉得世界很重要；有的时代，有的地方，人们会觉得所有这些可能都不那么重要，或许一个人自我内在的达成更重要。故事穿行于所有这些时代，以不同的面目出现，和不同时代的主流观念结成同盟，但故事不会在任何时代和地方停下，一旦停下，它就死了。一般来说，我们不大容易区分一个故事里面，哪些部分属于时代意识，哪些部分来自久远的传承，但如果我们一次又一次遇到同一个故事的不同样子，我们或许可以学会分辨出，那些不能遗忘的东西，到底是什么。

## 四、讲故事，而不是读故事

王子随身带着一块石头，他总把它放在床前。因为这块石头知道世上的一切事情。

——挪威故事

我们相信故事里藏着许多秘密，也许，故事就像那块神奇的石头一样，知道世上的一切事情。所以我们把不同国家和地区的故事收集在一起，并冠以“讲了100万次的故事”这一主题，强调故事作为人类共同的文化遗产，需要我们再次去激活它。激活一个故事的方法很简单，就是把它讲出来。当一个地方的故事被另一个地方的人讲述出来的时候，新的可能性就出现了。

需要说明的是，“讲了100万次的故事”是重要的主题，但“讲了100万次的故事”这套书，确确实实只是一个阶段性的成果。这并非妄自菲薄，事实上，现在这套书，收录了很多经典文本，比如“挪威卷”的原本是阿斯别约恩生的《挪威童话》，这是迄今为止唯一一个从挪威语翻译过来、最接近完整的译本；比如“俄罗斯卷”的原本是阿法纳西耶夫的《俄罗斯童话》，这是俄罗斯文学名著，包括托尔斯泰在内的大量俄罗斯作家都曾经受这本童话集的影响；比如“非洲卷”，不但编译了大量文献，编译者董天琦先生还在刚果（布）记录下来五十多个口传故事，这可是第一手的活生生的故事。

以上这些，都是这套书的重要特点，但它的不足也很明显，首先就是完整性不够，意大利、西班牙、日本、东南亚，以及阿拉伯的故事，都没有能够收入；第二是编译作品多了一些，当然，编译者刘锡诚、马昌仪、曹乃云、董天琦等诸位先生，都堪称故事大家，也代表了故事这个领域的编译水准，但从文献角度出发，不同国家的故事，还是本国学者和作家的编辑版本，来得更加可靠。

即便如此，我们还是热忱向读者推荐这套故事书。这已经是目前市面上可以找到的最完整的人类故事原典，你不可能喜欢里面的所有故事，但其中一定会有能够打动你的故事。还有一点特别需要注意的是，今天的人们，特别习惯给孩子讲故事，但我们这套书来自往昔，来自人类的童年，那时候，现代的儿童观念还没有形成，所以故事里有些来自往昔的观念，并不一定都适合今日的儿童。这一点，希望给孩子讲任何原典性故事的家长都能够加以甄别，不照单全收，也不因噎废食。

《讲了100万次的故事》这套书，在文本上大都有一定的经典性，这是口头文学和书面文学相遇产生的结果，但故事的魅力在于讲述，而讲故事不仅仅需要文字，还需要表情，需要语气，需要肢体语言，在这个意义上，《讲了100万次的故事》只是一个数据库，里面的每一个故事，都等待着，第1000001次被讲述。

所以，开始讲故事吧。

# 目　录

# 力大无比的马蒂

一天，铁匠在森林里捡柴火。夜幕降临，他点燃篝火，火光引来了美丽动人的森林姑娘。铁匠和姑娘一见钟情，相互表达了爱慕之心。从此，森林姑娘成了铁匠的妻子。一年以后，他们生了一个儿子，取名马蒂。

马蒂慢慢地长大，成了强壮的小伙子。从孩提时起，他就在作坊里当父亲的帮手。

“我可以使出最大的力气挥动铁锤吗？”一次他问父亲。

父亲同意了。马蒂一挥大锤，把大铁块连同座架一起深深地打入了地下。

后来，马蒂到村子里参加年轻人的体育比赛，充当推摇椅的人。比赛场上突然发出一阵喧闹和惊叫声，原来是他使劲太大，推得太重，摇椅破裂了，姑娘们摔在地上，受伤严重。

姑娘们的父母都向铁匠责怪马蒂的行为，他们说：“让你的儿子外出谋生吧，不然他会伤害我们的孩子。”

铁匠开始替自己力大无比的儿子发愁了，他把马蒂叫到身边说：“柴火烧完了，你快套好马，到吕德林地砍伐一些木头来。”

“我何必劳驾马呢？”马蒂心想。于是他把斧子和锯条装上雪橇，自己拉起车，直向吕德林地走去。吕德林地是全国闻名的狼和熊经常出没和施孽的地方。野兽听到斧子伐木的声音，都嚎叫起来，因为有人入侵了它们的领地。它们张开血盆大口，露出锋利的牙齿，向马蒂冲来。然而，马蒂只抓起一根云杉树就驱散了狼群。他还逮住一只大熊，让它拉着雪橇，将大批木头运送到家里。

过了些日子，马蒂参加村里的青年男子摔跤比赛。马蒂强壮有力，无意中扭伤了对手，使他不幸骨折。

乡亲们再一次同铁匠理论。

"处死你的儿子吧，"他们要求，"否则他会害死我们村里所有的年轻人！"

于是，铁匠命令马蒂去狗鱼湖捕鱼。那儿有很多鱼，但捕鱼人谁都不敢靠近湖边，因为湖底的淤泥中生活着一只可怕的水老鼠。马蒂一开始钓鱼，水老鼠就浮出水面，咬住他的脖子，拼命想把他拉入水中。马蒂揪住水老鼠的长胡子，用钓鱼竿使劲鞭打它。巨大的水老鼠屈服了，它求饶说："别打了，饶了我吧！我保证给你许许多多鱼。"

马蒂停止鞭打后，水老鼠立即弄了一大筐鱼，还遵照他的吩咐把鱼送到了铁匠家。

铁匠又要他的儿子去一个更加险恶的地方。他对马蒂说："二十多年前，国王向我借了一大袋金币，至今没有归还，现在你去向他讨回来，还要替我痛骂一顿那个老家伙。"

马蒂将背袋搭在肩上，急急忙忙朝着王宫大步走去。他要求国王立即归还欠他父亲的金币。

“你可以得到本金和利息，”国王说，“不过我先要点一下数。”他说完后走了出去，紧急集合起卫队，想要制伏这个捏造的债权继承人。

马蒂拿出干粮，悠闲地吃了起来。国王的卫兵们不发警告就开始向他开枪，子弹噼里啪啦地打穿马蒂抹了黄油的面包。

“这是什么恶作剧！”马蒂咒骂着，“这些可鄙的家伙干什么要在我的黄油面包上喷撒乌饭树的黑浆果呢？”他站起来大声呼喊，“小子们，快收起你们捉弄人的把戏吧！”但是卫兵们无动于衷，继续射击。

马蒂发怒了，他从御花园中连根拔起一棵大树，横扫向他开枪的卫兵。国王惊恐万分，他从未见过有这么大力气的人。他当场赐给马蒂满满一袋黄金。

马蒂出人意料地活着回来了，他父亲目瞪口呆。铁匠竟然变成了富翁。但马蒂觉得村里的活路太窄，他决定外出谋生。

马蒂带着很多干粮上路了。当他经过狗鱼湖时，看到一个体格强壮的小伙子坐在石头上钓鱼，他用云杉树做鱼竿，绳索做钓线，牛骨头做鱼饵。

“有鱼上钩吗？”马蒂问。

“没有，”钓鱼人回答，“不过我并不是为了钓鱼，而是想让水老鼠上钩。”

“那你将枉费心机，因为水老鼠早已被我吓得心惊胆战，再也不敢和人打交道了。”马蒂说，“走吧，你还是同我一起去外面探险吧！”

钓鱼人丢掉鱼竿，跟着马蒂上路了。没走多远，他们忽然听见打雷一般的声音，原来是一个小伙子在山脚下把一块岩石劈成了两半。

“你的力气好大啊！”马蒂很是羡慕。

“我算得了什么，”劈石人说，“你可曾见过大力士马蒂，听说他才真正力大无比！”

“如果他就在面前，你怎么办？”马蒂问。

“立刻同他结伴为友。”劈石人爽快地回答。

“太好了，你所说的力大无比的马蒂正是我。”

劈石人随即抛开手里的活儿，同马蒂结伴前行。

后来，他们又遇见一个青年，他正在修筑河堤，同样强壮非凡。这个青年成了这支队伍的第四名成员。

傍晚，他们在草原边发现一座华丽的庄园，看起来已经无人居住。他们步入松木的厅堂，决定在那里住下。

长途跋涉使小伙子们十分饥饿，他们很想弄些食物。马蒂找到牛棚，里面有许多奶牛。他兴高采烈地跑回厅堂，对伙伴们说：“牛棚里有很多牲口，不管主人是谁，先宰一头再说，填饱肚子要紧。”

他们宰了一头牛，把肉放入大铁锅，点燃柴火烧煮起来。他们商量后决定，让钓鱼人留在屋里做肉汤，其他人到森林里砍伐柴火，为冬天烧火取暖做好准备。

可是，肉还没有煮熟，门开了，庄园的女主人——一个名叫铁牙的老太婆闯了进来。

“太棒了，我的牛肉真香！”她高兴地叫了起来。

她轻轻一推，强壮有力的钓鱼人好像孩童一般被远远地摔在厅堂的角落里。她用绳子捆绑好钓鱼人，从锅中捞出牛肉，狼吞虎咽地大吃一顿后扬长而去。

钓鱼人急忙挣脱掉身上的绳索，在伙伴们从森林归来之前赶紧熬了一锅骨头汤。汤虽然热气腾腾却淡而无味。钓鱼人自感羞愧，没敢把老太婆抢吃牛肉的真相告诉大家。

第二天，他们宰了第二头牛。这一回轮到劈石人做肉汤了。他刚做好汤，铁牙老太婆又闯了进来。她推倒劈石人，吃光了喷香的牛肉，留下的只有骨头和一锅汤。

劈石人也只好请伙伴们喝些骨头汤，别无他法。

第三天，修筑河堤的小伙子当厨师，铁牙老太婆施展了同样的伎俩。

第四天，轮到马蒂留在家里，铁牙老太婆再一次闯进厅堂。这一次，马蒂可给了她惨痛的教训。他用双手将老太婆高高举起，走出大门，用力地将她抛向岩石。一瞬间，老太婆横躺在地上，断了气。

伙伴们从森林里回来了。他们一拿起汤匙，立刻发觉今天的汤又浓香又鲜美。马蒂也知道了前些天的汤为什么淡而无味。饭后，他批评伙伴们软弱无用，居然会被那老太婆制伏。伙伴们羞愧地低着头，眼睛盯着各自的鞋尖。这时，劈石人突然问马蒂：“你把老太婆弄到什么地方去了？”

“这个怪物已被我狠狠地摔死在岩石边。”

“走，我们看看去！”伙伴们建议。

他们一起来到摔死老太婆的地方，但是铁牙老太婆不见了。他们四处搜索，没见人影。真难想象这家伙会溜到什么地方去了！后来，他们在山脚下找到一个洞穴，断定铁牙老太婆已经躲进洞里。

洞内漆黑一片，其深莫测，马蒂决定进去探索洞穴的奥秘。他们把牛皮撕成条，结成一根又长又结实的牛皮绳，又用牛皮做了一把吊椅。马蒂坐上吊椅，伙伴们用牛皮绳慢慢地将他放进洞穴深处。

马蒂越下越深，离地面越来越远。一个与洞外景色截然不同的世界展现在他面前。这里的树木嗖嗖作响，鸟儿歌唱不同寻常。转眼之间，前面豁然开朗。马蒂跳下吊椅，走向辽阔的海洋。海上波涛汹涌，极为壮观。海岸边耸立着一座富丽堂皇的宫殿，马蒂鼓足勇气，从大门走了进去。在最深处的一座殿堂里，他看到一位相貌非凡的姑娘。她是国王的女儿，正在纺金线。姑娘抬起她那美丽的眼睛说：“啊，是你啊，上面的人，你为什么来到这里？这座宫殿的主人——铁牙老太婆一回来，立即就会处死你的。”

“不见得。”马蒂表示怀疑。他告诉公主，他曾经轻而易举地将铁牙老太婆摔死在岩石上。

“可是在自己的地方，她的力气会大十倍，”姑娘说，她还劝告马蒂，“为了防止意外，请你喝一口那边的力量之水。”

姑娘指了指放着各色各样瓶子的架子。马蒂走了过去，喝了力量之水，然后将一只外形一模一样、里面却装着无力之水的瓶子放在力量之水的位置上。

脚步声越来越近，铁牙老太婆猛冲进来，眼睛里冒着愤怒的火焰。

“狗东西，我终于捉住你了！”老太婆向马蒂高声喊骂，“你折断了我的肋骨，现在你的末日已经来临，我要挖掉你的眼睛，像打杀蟑螂那样打死你，让你脑浆四溅！”

她猛烈地攻击马蒂，但是没有发生任何作用。在搏斗过程中，她突然奔向放着各种瓶子的架子，喝了一口水。她以为那是力量之水，可是她的力气完全消失了，最后瘫倒在地，活像一摊破烂布。

纺金线的姑娘说，铁牙老太婆的宫殿固然宏伟富丽，但她更向往人间的阳光。她告诉马蒂，她是国王的女儿，被铁牙老太婆抢到这里，饱受了残酷的虐待和奴役。

“我们一起上去吧，”马蒂说，“不过我们应该先收拾一下金银财宝，好带着上路。”

公主和马蒂走进铁牙老太婆的宝库，那里黄金白银堆积如山，珍珠宝贝琳琅满目，光芒四射，令人眼花缭乱。他们装满一大袋珍宝，来到马蒂从地面下来的地方。

马蒂将宝贝放入吊椅，然后用力拉一拉牛皮绳，让上面的伙伴把东西提上去。大袋财宝和姑娘出了洞穴，来到地面。现在轮到马蒂上来了，但是他的三个伙伴却产生了邪念。

“如果让马蒂留在下面，那么宝贝就由我们平分，姑娘也可以由我们抽签决定属于谁，怎么样？”他们谋算着。

他们扔掉手里的牛皮绳，马蒂沉重地跌落到洞底。

要是别人早就粉身碎骨成了肉酱，可是马蒂却站了起来，缓慢地走到地下海的岸边。他坐在岩石上，思索着怎样摆脱困境，走出洞穴。

凑巧的是，一只特大的鹰正从海的那边飞来。

“大鸟，请你落下来，帮助我这个可怜的人吧！”马蒂大声呼喊。

大鹰落在马蒂的身旁。马蒂告诉大鹰，他为何来到地下，并且渴望重返地面。

大鹰回答：“请你骑在我的背上，强者理应相互帮助。”

为了报答大鹰的救命之恩，马蒂保证将来开垦荒地时一定留下大树，好让天上的鸟儿栖息生活。

大鹰飞向天空，将我们的英雄送到地面。马蒂走出洞口，他看到钓鱼人、劈石人和修堤人正在为姑娘和珍宝的归属争吵。

马蒂气愤极了，将这些背信弃义的家伙统统推入漆黑的洞穴，并说：“到我曾经待过的地方去吧，让你们在那里争吵一辈子！”马蒂挎起装满宝贝的口袋，护送国王的女儿到铁牙老太婆的庄园。他们用珍贵的珠宝装饰房间，华丽又大方。马蒂和公主从此结成良缘，幸福美满地共同生活到晚年。

# 聪明勇敢的裁缝

裁缝坐在靠窗的桌子边，一针一针地缝衣服。窗子朝外开着。卖蜂蜜的小贩经过窗前，高声叫卖香甜的蜂蜜。裁缝买了瓶蜂蜜，抹在面包片上，吃得津津有味。但是蜂蜜招来了苍蝇，黑压压的一片落在裁缝的蜂蜜面包上。裁缝气极了，他拿起牛皮做的苍蝇拍，一拍子就打死许多苍蝇，数了数，总共七只。

“我到底是一个很不简单的人物！”裁缝自言自语，“一举就杀死七个。我何不放弃裁缝的行当，到外面去从事一番伟大的事业呢？”

思想变成了行动。裁缝给自己缝了一条宽宽的布腰带，并用金线绣上“一举杀死七个”六个大字。他锁好作坊的门，拿了一根棍棒，骑上骏马，走向广阔的世界。裁缝东奔西跑，努力寻找创造伟大业绩的机会。几天以后，他在穿越森林的路途中遇见一个三岁的巨人小男孩儿。小巨人同松树一般高，非常强壮。裁缝同小巨人攀谈，各自夸耀自己的本领。

“你识字吗？”裁缝问小巨人，“你知道我的腰带上绣的是什么字吗？”

“我不识字，”小巨人回答，“但是可以肯定，我的力气至少比你大十倍。”

“我们比试比试！”裁缝建议。

他们决定比试力量。小巨人搬来一个金锤，金锤其重无比，裁缝无能为力。小巨人拾起一块人头大小的石块，将它抛向天空，石块飞得无影无踪。现在轮到裁缝表现自己的力量了。他本应挥动金锤，但他装作不慌不忙，若无其事地背着手仰望天空。

“你在看什么？”小巨人问。

“我正等待一片大小合适的云彩，”裁缝回答，“因为我要把你的金锤搁在云层上。”

“我的好人，这可万万使不得，因为这只金锤是我家的传家宝。”小巨人说，同时把锤子夺了过来。

他们一前一后走了一阵子，看见道路中央横着一棵大树。

“再比试一次谁的力气大好吗？”小巨人建议，“我们一起扛着这棵大树走路，谁要先弯腰，谁就算输。”

“好主意！”裁缝说，“你来扛树根，我负责树顶。”

小巨人抱起大树，扛上肩，艰难地向前走去。裁缝却跳上树干的梢头，安安稳稳地坐在那里。大约走了五里地，愚蠢的小巨人已经汗流浃背，他正想放下大树，坐着休息一会儿。

“怎么，你累了？”裁缝故意表示惊讶，“这样的小玩意儿，我要扛多远就能扛多远。”

小巨人坚持不住了，不得不放下大树。他承认又一次失败了。他们来到靠近巨人城堡的地方，果园里长满硕大的苹果。小巨人抓住一根树枝，摘下的苹果装了满满一口袋。

“你也摘些苹果吧。”小巨人说。他抓住另一根树枝递给裁缝。

裁缝刚抓到树枝，小巨人的手松开了，裁缝被弹向天空，跌落在很远的地方。

“你这么焦急想要飞到什么地方去？”小巨人惊异地问。

裁缝重重地摔了一跤，幸运的是没有伤筋动骨。他回答：“我好像看到灌木丛中有一只凶狠的母熊，我幼年时受过熊的惊吓，从那以后，只要看见熊，我就会这样跳跃。”

小巨人将裁缝带入他父亲的城堡。人们正在吃饭，五个大巨人蹲在地上围着一口巨大的火盆，每人手里拿着一只烤羊，大口大口地吞食着流油的羊肉。裁缝应邀同巨人们一起用餐。小巨人告诉他的父亲，他的客人力大无穷。

巨人们交头接耳，窃窃私语，商量要除掉这个新来的男子汉。他们让裁缝住在客房里，但是裁缝没有立刻休息，他预感灾难就要临头。他扛了一根大木头放在床上，盖上被子，自己却跑到床后边躲藏起来。

深夜，小巨人的父亲进入房间，手里握着金锤，向床上的大木头猛烈锤去，轰隆一声，床被砸得粉碎。

“好了，”小巨人的父亲对他的儿子说，“这个力大无比的家伙已归天，我们的金锤再不会被他抛向天空了。”

巨人们安心地各自回房休息。第二天，他们拿着斧子，扛着锯，一早就去森林伐木砍树。他们完全忘掉了裁缝，更没有想到进里屋去看看过夜客的情形究竟怎样。裁缝睡足了觉，从巨人的碗柜里找了些食物填饱肚子，然后向森林走去。他直奔巨人的伐木工地，小巨人最先看到了他。

“你们瞧！”小巨人高声喊叫，“大力士已经起死回生。我们要夺他的命，他现在报仇来了。”

愚蠢的巨人们纷纷丢弃斧头和锯子，四处逃窜，森林中顿时一片沉寂。裁缝根本不理会周围发生的一切，继续向前赶路。他来到京城，在王宫附近的小酒店里喝了一升啤酒。

酒店的顾客们不时窥视他的腰带，并低声念着：“一举杀死七个。”

国王的一位侍从刚巧也在小酒店里喝酒。他当即返回王宫，向国王禀报酒店里现在正坐着一个如此这般的男人。

“将此人传来，我要同他谈话。”国王说。

裁缝被召进王宫，国王向裁缝诉说了自己的苦衷。他说，两个心地险恶、诡计多端的巨人已成为王国的灾星。

“如果你能除掉这两个恶棍，”国王保证，“我将给你一袋黄金。”

裁缝决心冒此风险，因为国王还答应给他一连士兵做后盾。现在，裁缝成了实力强大的人。他指挥着部队，走在队伍的最前列，收紧腰带、昂首挺胸，向着邪恶的巨人的居住地阔步前进。他们发现了目标：两个巨人正在一棵高大的云杉树下酣睡。

“立定，就地休息！”裁缝对他的部队发出命令，“我将独自前去除掉这两个恶棍。”

他锁好作坊的门，拿了一根棍棒，骑上骏马，走向广阔的世界。裁缝东奔西跑，努力寻找创造伟大业绩的机会。

——《聪明勇敢的裁缝》

士兵们隐蔽在周围地带。裁缝捡了一口袋小石子，快速爬上两个巨人在底下酣睡的那棵云杉树。裁缝先向一个巨人投去一颗石子，接着又掷向另一个巨人。两个巨人猛地跳了起来，相互恶狠狠地瞥了一下对方。

“你为什么打我？”一个巨人粗声粗气地质问。

“是你莫名其妙地打我，搅了我的美梦。”另一个巨人说。

两个坏家伙激烈争吵，他们性格粗野，各自连根拔起一棵大树，死命向对方打去，结果两人同时丧了命。裁缝集合起队伍，让他们亲眼看看已死去的巨人。士兵们回到王宫后抢着向国王证明：裁缝独自一人消灭了凶恶的巨人。

“你确实是一位强人，”国王说，“我准备请求你为国家再除一害。如果你能够结果那头在御花园里为非作歹的犀牛的性命，我将再奖给你一袋黄金。那头犀牛逃出我的动物园，伤害了它遇到的每只动物和每个人。”

裁缝立刻准备追捕犀牛。他手拿一块红布，雄赳赳地进入御花园。犀牛见到红布，暴跳如雷，口吐白沫，怒吼不止。它冲向裁缝，想用角把他刺死。但是裁缝早有防备，飞快地跳到栎树后面，犀牛的角深深地插入栎树的树干，无法摆脱。裁缝招来士兵，结束了犀牛的生命。裁缝又一次为王国除掉一害。

国王信守诺言，赏给英雄两袋黄金。聪明勇敢的裁缝十分富有，幸福地在京城里度过了一生。

## 杜基摩斯的梦

从前有一对老夫妻，他们有三个儿子，最小的儿子叫杜基摩斯。

大儿子长大成人了，他对父亲说："现在我要出外自谋生路，自己养活自己！"

"去吧，我的孩子，愿你永远有好运气！"父亲回答。

大儿子离开家门。一天，他走到王宫前，看见国王正在御花园里遛狗。

小伙子走近国王，摘下帽子，深深地鞠了一躬说："仁慈的陛下，请恩赐我一份工作吧，不管它多么卑贱，我都乐于接受。"

国王抚摸着胡子，想了一会儿，回答："好的，我给你一份工作。我要你守护我的女儿，弄清楚夜间她在什么地方走动。要是你能揭开秘密，我将给你一笔非常可观的报酬。不过，如果你失败了，你就会丢掉脑袋。"

小伙子接受了国王提出的条件。夜幕降临，他坐在公主卧房外的地毯上，警惕地守卫着。

没过多久，公主引诱小伙子坐到靠近她的沙发上，用云雀歌唱般的颤音同他说话，给他喝美酒、吃佳肴，把他灌得烂醉。小伙子睡死在沙发上，如同烂泥一般。然后，公主溜出卧房，去干她自己的事情。

夜间，国王亲自来到公主的卧房，想看个究竟。他发现女儿不在屋里，守门的小伙子酩酊大醉，酣然昏睡。东方发白，公主在天亮之前回到了自己的卧房。小伙子刚刚睁开蒙眬的醉眼，就接到国王召见的命令。

“我的女儿昨晚到哪里去了？”国王问。

“哪里都没有去，我整夜谨慎小心地守护着她。”小伙子回答。

“撒谎！”国王暴跳如雷，命令刽子手立刻将他处死。小伙子被砍掉脑袋，他的尸体被扔进堆柴火的院子里。

一天，老夫妻的二儿子也决定外出谋生。他也来到王宫，得到的差事与他不幸的哥哥相同。公主把她的看守人灌得醉入梦乡，然后外出干她的私事。二儿子也没能逃脱与他兄长相同的命运。

杜基摩斯也要外出谋生了。父母劝说小儿子留在家中，可是小伙子执意不肯。他还从箱子里翻出祖父的毛皮短大衣，穿着上路了。杜基摩斯也来到两位兄长曾经到过的王宫，得到了守护公主的差事，坐在他的兄长们曾经坐过的同一张地毯上。

公主邀请杜基摩斯坐到她身旁的沙发中，发出云雀般的声音同他谈话，请小伙子吃名菜、喝美酒。不过杜基摩斯非常机灵，他知道酒会使自己丧失理智，决定滴酒不进。于是他佯装喝酒，一边巧妙地把酒倒入毛皮大衣的领子里，一边毫不客气地享用着美味佳肴。他假装喝得酩酊大醉，又说又唱，耷拉着脑袋打瞌睡，直挺挺地躺倒在沙发中。然而，他自始至终悄悄地睁开一只眼睛，瞅着公主怎么做好上路的准备。这个十恶不赦的女人对着镜子把脖子抹得漆黑，又戴上红色的披巾，像苍蝇一样出了房门。

杜基摩斯敏捷地站起身子，把毛皮大衣穿在身上。这是一件神奇的皮大衣，穿上它就能隐身而不被别人看见。他紧紧地尾随在公主的后面。公主突然离开道路，走进森林。这是一片美丽动人的森林，高大挺拔的松树直耸云天，一切都闪烁着媚人的古铜色。前面是一条河，岸边停靠着一条备有铜桨的小船。公主跳上小船，向对岸划去。杜基摩斯隐身坐在小船的尾部。

他听到公主轻声自语道："究竟出了什么毛病，我的小船怎么这样沉，好像后面拖了一个木头疙瘩！唔，空气中还散发着美酒的香味！"

杜基摩斯几乎按捺不住要笑出声，因为酒香发自他的皮大衣。船到了对岸，进入银色的森林，那儿的岩石和细小的嫩枝都银光闪闪。很快，另一条小河出现在眼前。在朦胧的夏夜里，河水闪烁着银色的光点，潺潺地流向前方。公主坐上一条银色的小船向对岸划去。对岸是一片金色的森林。林中的一切——野草、浆果和树叶——统统金光灿烂。

林中有一幢装饰着金色圆柱的金房子。公主通过大门进入室内，杜基摩斯隐身紧随。客厅很大，透过天窗可以看到天上的星星闪闪发亮。客厅正中放着一张餐桌，桌上的蜡烛把周围照得通明。金子铸成的菜盆里满盛山珍海味，热气腾腾。餐桌的一头坐着金房子的主人。他长着一张扁平的脸蛋、一对斜视的眼睛和一撮老人的长胡子。

“难道公主就是为这样一个老头子不辞劳苦夜奔在外！”杜基摩斯感到惊讶。

公主坐在餐桌的另一头，面对着房子的主人。她一边吃喝，一边像鸽子似的轻声说话。老头子拨弄着他的胡子，哈哈大笑。用餐完毕，他们用餐巾擦一擦嘴巴，高高兴兴地走向里面的卧室。

这一回杜基摩斯没再尾随他们。他利用良机，饱餐了一顿，享尽了各种名贵菜肴，只是没能品尝到鸟奶。杜基摩斯吃饱喝足之后，将桌上的餐具装进背袋，为的是将来当作物证。他收罗了金盘子、银酒杯和宝石刀叉，他必须向国王证明自己确实跟踪了公主，弄清了公主在夜间曾经私访男巫。

没过多久，男巫和公主走出卧房。公主即将起程回家，男巫给她送行。杜基摩斯继续隐身跟踪，并在金森林中折了一把金树枝，装入了背袋。

公主停住脚步，侧耳听了一会儿，问道：“谁在跟踪我们，你听到攀折树枝的咔嚓声吗？”

“是鸟儿在树枝间跳动，”男巫说，“谁能跟踪我们，这可是我用巫术创造的森林。”

他们来到银森林。杜基摩斯折了一把银树枝，装入背袋。他还从铜森林中收集了物证，将铜树枝装入他的背袋。男巫告别公主，返身回家。公主加快步伐，半走半跑地赶向王宫，以便在天明以前回到卧室。杜基摩斯比公主走得更快。她走进卧房，看到小伙子依然躺在沙发上酣睡。

早晨，国王来到公主的卧房。杜基摩斯圆睁着一双大眼睛，站在房外的地毯上。

国王问："你弄清我女儿昨晚到了什么地方？夜间我曾来这里，可是你们两人都不在此地。"

"我可以讲一讲我做的一个梦吗？"杜基摩斯问。

"讲吧！"国王发话表示同意。

杜基摩斯讲到铜森林、银森林和金森林。他描述透过天窗可以看到星星的客厅，说到餐桌上除鸟奶外摆着应有尽有的食品，还绘声绘色地描述了一番金房子的主人——长胡子男巫。公主听着杜基摩斯的讲述，脸色一阵红一阵白。

小伙子讲完故事，公主立即说："梦毕竟是梦，没有任何意义，它同流水没有区别。"

杜基摩斯解开背袋，将叮当发响的树枝、金盘、银杯和宝石刀叉摆在桌上说："我不了解别的，不过这些都是我梦中旅行的收获。"

国王皱着眉头，仔细地看了看杜基摩斯展示的东西说："你干得很出色，我给你报酬。"

国王把一袋金币赏给杜基摩斯。杜基摩斯将全部财富装进背袋，离开了王宫。他在堆柴火的院子里看到两个哥哥的尸体，还听到好似悲痛哭泣的声音。他抬头向上看去，发现附近的云杉树上有一个渡鸦窝。他走近云杉树，放下背袋，爬上树去。

母渡鸦惊慌失措，在他的周围飞来飞去，哇哇乱叫："你要干什么，小伙子？"

"我要拧断你的小崽子的脖子。"杜基摩斯威胁说。

"别别，可不要这样！"母渡鸦恳求。

"要是你能找来使我的兄长死而复生的复活水，我就答应你的请求。"杜基摩斯说。

"我尽力，一定尽力！"母渡鸦一面回答，一面快速地飞向天空。

杜基摩斯坐在院子的围栏上等待。一转眼工夫，渡鸦飞了回来。它没有张开尖嘴，杜基摩斯明白它已到过生命之泉，嘴里含着能使死者复活的水。杜基摩斯将两个哥哥的头和脖子连在一起。渡鸦停在一旁，从尖嘴中吐出几滴复活水。哥哥们复活了，他们健康活跃地站了起来。

"哎哟，睡得太死了。"他们一面说话，一面用手揉着眼睛。

他们瞧一下柴火堆，破口大骂："这个国王的女儿真是一条可憎的毒蛇！她先像鸟儿歌唱那样柔声说话，请人坐在沙发上，接着又请吃又请喝，将人灌醉，最后像扔破鞋一样把人扔进了垃圾堆。"

"但是我做了一个非常骇人的梦，"大哥一边摸摸自己的脖子，一边说，"国王的刽子手用砍头斧砍断了我的脖子。"

"我做的梦和你完全一样。"老二说。

“如果你们不愿再做这样的噩梦，以后就不要贪酒了。”杜基摩斯劝告两位哥哥，他还说，“我也看守过国王的女儿，同样做了一个奇怪的梦，不过我在梦中收集了一满袋金银财宝。”

杜基摩斯向哥哥们展示了背袋中的财宝。他们好奇地问弟弟是从哪里弄到这些财宝的。杜基摩斯描绘了铜森林、银森林和金森林的景色，也讲到了金房子的主人长胡子。

“快领我们到金森林去，要是你还记得路的话。我们都要成为大财主和百万富翁了！”哥哥们狂热地喊叫。

杜基摩斯和哥哥们一起前去寻找金森林。他们穿过密林，越过沼泽地，一会儿奔东，一会儿跑西，一会儿朝北，一会儿向南，可就是找不到金森林。傍晚的阳光斜照松林，呈现一片美丽的黄铜色。

杜基摩斯惊喜地喊道：“铜森林找到了！”

可是走近一看，原来是夕阳的照射使树皮变成黄铜色。兄弟们成年累月地奔走着。

一次，他们在一座高山顶上休息，大哥擦着额头上的汗珠，斥责小弟弟说：“现在是结束奔波的时候了。我们已经长大成人，胡子都长硬了，可是你的金森林一点儿影子都没有。你讲的金森林之梦完全是无稽之谈。”

杜基摩斯怎样回答才好呢？没能找到宝贝森林，这是铁的事实。哥哥们仍旧同以往一样贫困。杜基摩斯过的则是小康生活，因为他在一个夏天的夜晚装了一背袋金银财宝。

# 水妖的俘虏

湖边有一座房子，里面住着三个美貌的姑娘。一天，房子的男主人在岸边散步，发现芦苇丛中有一双崭新的桦树皮鞋。

“我把这双鞋带回家去。”他想，一面试穿鞋子。

但是，这双鞋是湖中水妖放置的诱饵，想把他拖到湖底。男人拼命挣扎，但是无济于事，他的半个身子已经没入水中。

忽然从湖底传来水妖的声音：“把你的大女儿给我，我就放你回家！”

“我决不答应！”男人回答。

桦树皮鞋进一步将他向水下拖去，水几乎淹到了他的胡子。在这生死存亡的危急时刻，他被迫答应将女儿交给水妖。随后桦树皮鞋开始向反方向使劲，将男人推上了岸。

他拖着沉重的步伐回到家里，对大女儿说：“我把鞋子忘在岸边了，请你帮我取回来。”

姑娘照着父亲的吩咐去岸边取鞋，结果被桦树皮鞋拖入湖底，来到水妖雄伟华丽的宫殿。

姑娘负责管理宫中的家务。这是水妖的命令，她无法抗拒。

有一次，水妖要去湖的另一边。他将一串宫殿的钥匙交给姑娘说：“我不在家，你要料理好家务。你可以去所有房间，但千万不要进入最后面的那个房间。”

姑娘拿着钥匙，仔细地查看了每一个房间。当她来到最后面那个房间的门前时，停住脚步，犹豫起来。

“水妖不让我进去，他在里面究竟存放着什么宝贝？”姑娘心里琢磨着。

她控制不住好奇心，用钥匙打开锁，走进屋里。姑娘看到了令人吃惊的景象：地中央放着一口大缸，里面盛满了鲜血，一只金戒指浮在血水上。靠墙有两个柜子，上面放着两只瓶子，一只盛着生命之水，另一只存的是死亡之水。

“我要试一试这只戒指，然后将它放回原处。”姑娘想。

她拿起戒指，把它戴在手指上。意外的事情发生了，姑娘的手指上留下了血迹，怎么也洗不掉。

水妖回到家里，对姑娘说：“替我梳一梳头，我的头发在旅途中被弄乱了。”

姑娘拿起梳子，开始替水妖梳头。不巧的是，姑娘带有血迹的手指触到了水妖的耳朵。

“是什么东西烧灼了我的耳朵，让我看看你的手？”水妖问。

姑娘不得不伸出手去。水妖看到姑娘手指上的血迹，立即粗暴地将她拖进那间禁房，惨无人道地强行灌下死亡之水。随后，姑娘的尸体被扔在墙角边。

后来，湖边房子的男主人坐在码头上钓鱼，一条大鱼上钩了，但他却被大鱼拖进水里，沉入了湖底。

又一次传来水妖的声音："要是不把你的二女儿给我，我就溺死你！"

生死存亡之际，男人只能答应将二女儿也交给水妖。

回到家里后，他对二女儿说："我的好女儿，我把鱼篮子忘在湖边了，请快去将它取回。"

姑娘没能逃脱与她姐姐相同的命运，被拖到水妖的宫殿里。日子一天一天地消逝，水妖又将外出。临行前，他将宫中的钥匙全部交给了姑娘，同时警告她不要进入最后面的那个房间。但是水妖刚出大门，姑娘就奔向禁房。

"他干吗不准我进去，里面究竟有什么东西？"姑娘思索着。

由于无法抑制强烈的好奇心，她也违背了禁令，走进禁房，戴了下戒指。水妖回宫后，立即发现了姑娘的秘密。姑娘的遭遇同她的姐姐一样悲惨。

又过了些日子，房子的男主人在湖边看到一个做工精细的马鞍子，仰天放在地上。

"这可是一件值钱的东西，我何不将它带回家去？"他一边想，一边顺手提起马鞍。马鞍再一次将他拖入湖底。

水妖又说话了："快将你的小女儿交给我，否则甭想上岸！"

男人眼里流出悲痛的泪水。但是，除了把最后一个孩子交给水妖，他别无他法。

回家后他对小女儿说："请你到湖边替我取回马鞍！"

姑娘去了，又被拖入水妖的宫殿。几天之后，水妖要外出做客。他将宫中的钥匙交给姑娘，并像警告她的两位姐姐那样警告她千万不得进入最后面的那个房间。可是水妖一走，姑娘就急忙跑去探索那间禁房内的秘密。她看到一口大缸，血水上漂浮着一只金戒指。她没有触碰戒指，而是从柜子中取出装有生命之水的瓶子，使她的两位姐姐死而复生。她在宫殿的阁楼里找了三只大木箱，让两位姐姐各自躲进一只木箱，盖好盖子，第三只木箱准备留给自己使用。水妖一到家，立刻仔细检查姑娘的双手。没有发现任何血迹，水妖特别满意。

他说："你能克制住自己的好奇心，真是一个了不起的姑娘，我的宫里终于有了一位杰出的管家。"

姑娘趁着水妖得意忘形之际，提出一个请求："帮我一个小忙好吗？请将这只木箱送到我家里，让我母亲洗净里面的脏衣服，这样我就可以腾出手来给你做肉饼。不过你绝对不许在路上打开箱子，不然你的灵魂会干扰我做好肉饼的。"

水妖背着木箱，一直送到湖边房子的前厅。男主人启开木箱，发现里面躺着自己的大女儿。屋里顿时充满欢乐的气氛，因为他终于找回了一个失去的孩子。

若干天以后，姑娘请求水妖将第二只箱子送回家。

"不过，"姑娘说，"你在路上绝对不准向木箱里张望，因为木箱里装的是果子面包，要是打开箱盖，它们肯定会被你吃得精光。"

"我不往木箱里面看就是了，"水妖保证说，"你不是一样没有偷看那间禁止入内的房间嘛！”

水妖背起木箱，将二女儿送回了家。第二天，水妖外出了，小女儿立刻为自己逃出宫殿进行周密的准备。她将两根木条交叉搁在宫殿的房顶上，并在木条的顶端各扎了一条头巾。

“水妖是近视眼，”姑娘自言自语，“他看到这个把戏，一定会以为是我坐在上面！”

姑娘随后来到禁房，为了防止意外，她将生命之水倒入死亡之水的瓶子，又将死亡之水装进了生命之水的瓶子。她将第三只木箱拖到宫殿的台阶上，自己钻进木箱，严严实实地盖上盖子。

水妖回到家里，看到姑娘放在宫殿顶上的木条，以为是姑娘本人坐在房顶上，便喊道：“你在上面做什么？快下来，不然你会跌下来的！”

姑娘在木箱里面说：“屋子里面太热，我在屋顶上织布呢！”

风吹动木条，发出很像织布机织布的嗒嗒声。

“请再帮我一次忙吧，”姑娘在木箱中说，“这是我最后一次求你帮忙了。请你将木箱背到我的家，但不要偷看箱子里面的东西。”

水妖扛起木箱，朝着湖边的房子走去。可是没走出几步，他放下木箱，对自己说：“怎么这样沉重，里面装的是什么东西？我一定要打开看一看。”

他准备打开盖子。

姑娘的心凉了。她开始说话，声音好像来自非常遥远的地方：“千万不能好奇！万万不得偷看箱子里面的东西！”

水妖以为坐在房顶上的姑娘看到了他的把戏，于是放弃了偷看的念头。他将木箱背到了目的地。从此，小妹妹也结束了当水妖俘虏的日子。

水妖回到宫里，看到“姑娘”依旧坐在房顶上，他大声疾呼：“你成天坐在上面干什么，赶快下来给我做晚饭！”

水妖没听到回答，只有木条相互碰击的声音。水妖爬上房顶，要弄明白他的管家是否变成了哑巴。他发现自己受了骗上了当，怒不可遏。他一把抓住“织布人”的耳朵，交叉摆着的木条从房顶落下。由于动作太猛，水妖失去了平衡，脑袋朝地，从房顶上跌了下去。水妖伤势严重，但仍使出全身力气向禁房爬去。他从柜子里取出装有生命之水的瓶子，喝了一口瓶中的水。可是瓶里装的是死亡之水。水妖两腿一伸，丧了命。

## 大鹰的故事

一次，老鼠和山雀合作耕种森林中新开垦的土地。它们种下黑麦，长势很好。秋收季节到了，它们用镰刀收割庄稼，将麦秸堆成垛，然后将一捆捆黑麦运到脱粒房，打下麦粒。第二天，他们开始分配麦子。老鼠和山雀办事认真，一丝不苟，它们一颗一颗地分配麦子，一颗给这个，另一颗给那个。麦子分完了，可是多出了一颗。

老鼠抚摸一下它的长胡子，对山雀说："因为你吃了一颗麦子，才多出了一颗！"

山雀听后很生气，愤怒地说："是你吃了一颗！"

老鼠不承认吃了麦子，又继续责骂山雀。

山雀暴怒了，恶狠狠地说："如果是我吃了麦粒，就让战争到来吧，愿一切飞禽同我并肩战斗。"

就这样，为了一颗黑麦，一场鸟类与四脚动物之间的战争爆发了。长相各异、大小不一的林中野兽冲了出来。飞鸟成群结队飞来，阳光被遮住，天空一片昏暗。这是一场你咬我啄、近身肉搏的战争，但是没有一方能够获胜。后来，一只大鹰飞来投入了激烈的战斗，帮助鸟类赢得了战争。四脚野兽们的毛皮被啄破，夹着尾巴灰溜溜地逃跑了。

但是，大鹰在搏斗中也被狗熊咬了一口，翅膀受了伤，停在农舍旁边的桦树上休息。早晨，农舍主人准备去林中呼吸新鲜空气，看到了停在桦树枝上的大鹰。他以为大鹰是恶魔，对准它开了一枪。可是大鹰毫发无损，只是稍微转动一下脑袋，生气地看了看农舍主人。农舍主人走了过去，对着大鹰又开一枪。大鹰还是微微地转动一下脑袋，似乎子弹对它不起作用。他走到桦树下，向大鹰打了第三枪。

大鹰开口说话了，它对农舍主人说："你为什么要开枪打我？我对你做了什么坏事？如果你为人正直，就应该帮助我走下桦树，带我去你的家，治好我的伤。对你的好意帮助，我将千倍报答。"

农舍主人想了想，决定答应大鹰的请求，将它带回家里。但是他的妻子感到不快，说他不该将那种野东西带回家。

"它会吃光家里的东西，"妻子抱怨说，"你喂养那只钩嘴能得到什么好处？"

"大鹰保证付给我护理费，"丈夫说，"它在康复后将千倍报答我为它付出的劳动。"

"报答！"农舍女主人扑哧一笑，"那样的飞鸟能够给你报答？"

丈夫没有理睬妻子的话。他护理大鹰，给它喂食，大鹰的伤势开始好转。一个月后，大鹰请求农舍主人让它试飞一次。他们走到牧场的围栏边。大鹰展翅起飞，但飞得很不理想，十分疲劳。

因此，大鹰又请求："请再喂养和护理我一个月吧，以后我会补偿的！”

农舍主人又喂养和护理了大鹰一个月，尽管不得不每天听着妻子唠唠叨叨的抱怨。

妻子说：“你的大鸟把家都吃空了，这野东西一旦飞上天，还会补偿你什么钱！”

大鹰终于完全康复，它展开巨大的翅膀，准备腾飞。

“我的家远离此地，”大鹰对农舍主人说，“请给我宰一头牛，再从粮仓里取一袋面，因为只有吃饱肚子，我才有力气飞到家。”

农舍主人满足了大鹰的请求。大鹰大口大口地吃了半头牛和半袋面，另外一半留作路上的干粮。它说：“现在我要起飞了，请坐在我的脖子上，去取我给你的报酬。”

农舍主人坐在大鹰的脖子上，紧紧抓住它的羽毛。大鹰随即展翅高飞。

大鹰向前疾飞。它问农舍主人：“你看下面是什么？”

农舍主人向下面看去，回答：“那是一片闪闪发光的银马克。”

“那是大海！”大鹰说着，突然把农舍主人从脖子上抖落下去。

农舍主人像子弹穿过天空一般飞快地向下坠落。但是就在他快要落入大海的一刹那，大鹰的钩嘴叼住了他，搭救了自己的恩人。

“你受惊了吧？”大鹰问农舍主人。

“吓死我了，我的心脏几乎停止跳动了！”他回答，“为什么你要这样对待自己的恩人呢？差点儿让我丢了性命！”

“我也受过你的惊吓，”大鹰说，“你曾对准我连开三枪，不过我的命没有丢掉。”

大鹰又向高空飞去，越飞越高，大海变得只有马克硬币一般大小。大鹰三次将农舍主人从它脖子上抖落下来，但每当他快要落入大海的危急时刻，都被它用弯弯的鹰嘴钩住。这是大鹰对农舍主人的报复，因为他曾无情地对准孤立无援的它三次开枪。

晴空万里，大鹰不停地向前飞翔。它对农舍主人说：“请向下看，看到什么东西没有？”

农舍主人仔细地向下看去，说道：“在半岛的顶端有一座铜黄色的华丽庄园。”

“那是我小姐姐的家。”大鹰介绍着，徐徐地落在农田围栏的旁边。

大鹰要农舍主人走进庄园，同时教他说：“你走进厅堂，听到有人问你来自哪里时，你就回答来自芬兰半岛。如果姐姐问你是否见到过她前往芬兰为山雀助战的弟弟，你就向她索要藏在柜子底下的铜匣子。要是她不肯交出，你就不做任何回答。”

农舍主人照着大鹰的吩咐进了厅堂。庄园的女主人问：“你知道我那正在为山雀助战的大鹰弟弟近况如何吗？”

农舍主人回答：“我知道，不过在你交出柜子底下的铜匣子之前，我是不会告诉你的。”

“我不能答应，因为它是庄园里最最珍贵的东西。”女主人断然拒绝。

农舍主人两手空空回到大鹰身边。

“没关系，”大鹰说，“我们继续赶路，去见我的二姐，她住在银色庄园里。”

他们来到银色庄园，大鹰叫农舍主人进去，要求它的二姐交出银匣子。但是他又一次一无所获。他们只好继续赶路。

金色庄园展现在前面，那里住的是大鹰的大姐。他们终于成功了。金色庄园的女主人从柜子底下取出一只金匣子，把它给了农舍主人。农舍主人立刻走出大门，将停在农田围栏边的大鹰迎进庄园。大鹰告诉大姐，在它的翅膀负伤时，曾得到农舍主人的精心护理，朋友的情谊促使他们不顾辛劳，长途跋涉来到此地。金色庄园的女主人衷心感谢弟弟的救命恩人，并以美酒佳肴热情地款待了他。

在遥远的芬兰半岛，山雀和老鼠重新合作开荒播种黑麦。但为了分配最后一粒多余的黑麦，它们又一次发生争吵，相互宣战，空中的飞鸟和林中的兽类重又投入战斗。飞禽失败了，山鹰飞来向大鹰求援。

“我暂时不能去，”大鹰回答，“我先要将这位男士送回家。”

“全鸟类的命运危在旦夕，你还考虑一个人的事干什么？！”山鹰尽力劝说。

于是大鹰重返前线，为山雀助战，让农舍主人暂留在金色庄园。农舍主人在庄园里住了一些日子。由于思家心切，他打算立即返回家园。

大鹰的大姐为他准备好干粮，用手指着西边说："朝着那个方向走十年，或许可以找到你的家。"

他按照大鹰的大姐指引的方向，徒步向前走去，背上背着干粮，腋下挟着金匣子。道路艰难曲折，因为他必须绕着大湖、港湾和沼泽地赶路。农舍主人十分焦急，无意中拿起金匣子碰了碰松树的树干。一座金色庄园忽然呈现在他的眼前，还有许多侍者和仆人正准备为他服务。

他走进庄园，让侍者和仆人侍候自己。他想：这儿倒也不错，就是老婆子不在身边。

第一个晚上，他在香甜的美梦中被人吵醒，听到有人猛敲墙壁，大声嚷嚷："喂，快从我的道路上搬走你的庄园，我不想绕着你的房子走路！"

农舍的主人走到院里，想看看是谁在大吵大闹。原来是个大恶魔。

农舍主人并不害怕恶魔，问道："怎样才能从你的路当中搬走我的庄园呢？它是金匣子建造的，至少我无法把它放进金匣子。"

"我有办法。"恶魔回答。

"你要报酬吗？"农舍主人问。

"我不想立刻要你付报酬，"恶魔回答，"只想要你答应，将你老婆在你外出时隐藏起来的东西送给我。”

农舍主人不相信老婆会对自己隐瞒什么，随即不假思索地表示同意，但他要求恶魔把他送到家里。恶魔接受了他的条件，把庄园装进了金匣子。不过他们事前谈妥，在恶魔作法时，农舍主人必须背转身子，不能偷看。他只听见铁器沉重的碰击声以及敲击金器发出的清脆悦耳的铿锵声，转眼之间整座庄园已经装进了金匣子。只过了一会儿，恶魔就把农舍主人送到了芬兰半岛。

在农舍的院子边，恶魔转身说：“我要回去了，你答应给我的，到时候我将前来领取。”

农舍主人走进屋里，看见妻子有了一个小男孩儿，他感到迷惑不解，心想：“狡猾的魔鬼！难道这就是他说的我老婆隐藏起来的东西？我居然答应把自己的继承人送给恶魔！”

心烦意乱也无济于事，虽然有一天会失掉儿子，但毕竟得到了一座庄园，他以此安慰自己。农舍主人用金匣子碰了一下松树，又一座金色庄园出现在他的土地上。农夫、妻子和他们的小儿子住在庄园里，过着幸福舒适的日子。

16年一晃而过，农夫的儿子长成了健壮英俊的小伙子。小伙子扛木头时不小心碰了一下拔火罐老太婆家的窗框子。

老太婆气势汹汹地骂道：“混蛋、恶魔的小崽子，别打破我的玻璃窗！快滚回魔鬼家去吧，你父亲早就答应让你到他那儿去的！”

小伙子走到父亲身边，问道：“拔火罐老太婆说你答应把我交给恶魔，是真的吗？”

父亲非常伤心，但不得不承认事实的确如此。

又一次，小伙子经过拔火罐老太婆家门口，老太婆再一次冲着他大声喊叫：“魔鬼的兔崽子，在他来到之前，就滚到他的城堡里去吧！”

小伙子心想：“我主动去找恶魔，同他理论一番。”他做好上路的准备，告别了父母，朝着恶魔盘踞的地方走去。小伙子来到恶魔的城堡。恶魔不在家，一位身材婀娜、容貌美丽的姑娘接待了他。她本是国王的女儿，恶魔把她劫持到这个城堡里。

姑娘看到小伙子，便惊叹道：“天哪，英俊的年轻人，你为什么自动来到此地？恶魔回来后会把你做成肉饼，塞进他的大嘴的。”

“让他吃好了，”小伙子回答，“人总有一死嘛！”

“好吧，”姑娘说，“我要设法保护你，也许能够让你活着从这儿出去。”

城堡大门打开，恶魔回来了。

他打量了一下站在墙角的小伙子说：“你主动来到我身边，很好。现在我要你做件事，如果完成得出色，我就不把你吃掉。”

恶魔将小伙子领到河边，命令说：“明天拂晓之前，你必须在这里建成一座没有桥墩的大桥，并且要经得起车马通行。”

困难没有吓倒小伙子，他找到姑娘，告诉她恶魔命令他做的事情。

“你休息去吧，这件事由我负责。”姑娘说。

当小伙子酣睡时，姑娘从恶魔书房里找出魔书，查看了有关建桥技术的章节。按照书里的介绍，她在拂晓前神奇地建成了一条跨越河流却没有桥墩的大桥。

太阳刚从东方升起，她立即唤醒小伙子说：“桥已建成，请拿上扫帚去清扫桥面上的垃圾。当恶魔到那儿时，他会以为你是刚刚结束工作哩！”

小伙子手拿扫帚，去桥上清扫垃圾。

魔鬼来了，他仔细地检查了大桥，接着对小伙子说：“你能一夜之间建成这座桥，确实是一个聪明的家伙，不过我还要你完成一项更加艰巨的任务，如果完成不了，我就当场把你吃掉。”

恶魔抓了一把小麦交给小伙子说：“把麦子撒在那块土地上，明天我要用新麦烘面包吃。”

小伙子接过麦子，奔向姑娘，报告了恶魔交给他的新任务。

“不要为此发愁，”姑娘安慰说，“睡去吧，这一次考试你也能通过。”

小伙子再一次头蒙被子，安安心心地躺在床上睡大觉。姑娘捧着麦子到农地，请求死神给予帮助。死神钻出地面，一人翻地，一人播种，另外一人用土盖上种子 。来自冥府的死神轻而易举地让麦子迅速成长，当公鸡打鸣时，庄稼已经全部收割完毕。姑娘用新麦烘了一炉香气扑鼻的面包。

恶魔吃着新麦做的面包，赞不绝口。但是他还要小伙子完成第三项任务。

“备好水陆两用的平底船，”他说，“同我最好的一匹马比一比谁的速度快。”

姑娘找来魔书，查阅了驾驶水陆两用平底船的秘诀。

恶魔认真检查了平底船，然后对小伙子说：“你聪明过人，比我想象的还要聪明。马厩中有我最最出色的一匹马，你骑着试一试，看它能不能跑得同你的小船一样快。”

小伙子走进马厩，拉出那匹好马，架上马鞍。不过他没有走向平底船，而是牵着马来到台阶前，他向姑娘急喊：“亲爱的公主，快下来，让我们赶紧逃离魔穴！”

姑娘奔出房门，下了台阶，两根辫子随风高高飘起，拖在她的身后。小伙子将姑娘扶上马鞍，坐在自己身前。他们快马加鞭，逃离了恶魔的城堡，背后扬起滚滚尘土。

过了一会儿，小伙子请求说：“姑娘，请你瞧一瞧后面，看一看有什么情况！”

姑娘向后面看去，说道：“一根巨大的火柱正向我们追来。”

马已疲惫不堪，嘴里吐着白沫。

小伙子说：“这是坏兆头，太坏了，用不了多久它就会赶上我们的。”

前面就是湖边，姑娘说：“让马歇一歇，我知道怎么办。”

马停了，小伙子和姑娘一起跳下马背。姑娘取下头巾，来回挥动，口中念念有词，他们立即变成两条细长的梭鱼，跃到湖里。

恶魔赶到湖边，喘着粗气说：“我终于赶上你们了，我要把湖水喝尽。”

恶魔趴在湖边，打算喝干湖水。他不停地喝水，肚皮越胀越大，最后爆裂了，恶魔一命呜呼。

姑娘和小伙子终于摆脱了恶魔。小伙子把姑娘带到父亲的金庄园。他们结为夫妻，相亲相爱地生活在一起。

长相各异、大小不一的林中野兽冲了出来。飞鸟成群结队飞来，阳光被遮住，天空一片昏暗。这是一场你咬我啄、近身肉搏的战争，但是没有一方能够获胜。

——《大鹰的故事》

# 兄妹俩

很多很多年以前，林中小屋里住着一对老夫妻和他们的一儿一女。他们家境贫寒，只有一只花猫和一只头上有角、下巴长胡子的山羊。老夫妻健在时，家中生活还勉强过得去。不幸的是，致命的瘟疫蔓延全国，夺走了夫妻俩的生命。

孩子们悲痛欲绝，他们将父母埋在屋前的院子里。随后，他们分配了父母的遗产，虽然可分的东西并不多。小屋破烂不堪，眼看即将倒塌。小得可怜的一块农地上布满了石块。孩子们决定出外寻找生计，不过行前尚需分配花猫和山羊。他们都不喜欢猫，觉得带着它上路毫无用处，还要给它找食吃。山羊却不一样，它只需吃路边的草，还能贡献几滴羊奶。

花猫看到兄妹俩正在分配遗产，就走到哥哥身边，围着他的小腿转来转去，喵喵地叫着说："带上我吧，你要是挑选了我，将来一定不会吃亏的。"

"反正就是这么一回事，"小伙子想，于是对妹妹说，"我拿猫，你要山羊吧！我们即将出门谋生，只要真诚地相互帮助，一定能够找到幸福。"

"就这么办吧，"姑娘说，"只要你帮我，我当然也会帮你的。"

哥哥将三个干面包圈和一点儿咸鱼装进父亲留下的背包

里，这是家里仅有的食物。他将背包搭在肩上，腰里挂上父亲的猎刀。兄妹俩用木棍撑好小屋的门，走到父母坟前静静地默哀悼念，为父母祈祷安宁，为自己祈祷幸福。他们上路了。姑娘在山羊脖子上结了一根绳子，拉着它。花猫翘着长尾巴走在最前头，为大家引路。

整整三天过去了，面包和咸鱼吃完了。他们饥寒交迫，但行走在无人居住的荒野中，也无处求救。妹妹责怪哥哥，说不该出外谋生。哥哥提议杀羊充饥，因为别无他法，他们只好杀掉山羊，搭起火堆烤肉吃。

兄妹俩继续赶路，又走了三天，来到山峦环抱的谷地。山谷正中一股清泉轻轻流出，周围是一座生长着几百棵果树的果园。由于许许多多硕大果子的重压，树枝被压得低头哈腰地垂向地面。他们吃足了苹果、梨、李子和桃子，躺在草地上休息。他们想：这儿真不愧是幸福之地，何不长期住下去呢！

忽然间，地面强烈震动，一位巨人老爷爷钻出地面。

“我将把你们吃掉！”巨人高兴得哈哈大笑。他又问：“你们怎会找到我的果园？已有一百年没人来过这里了。”

兄妹俩吓得浑身发抖，不过哥哥还是鼓起勇气，两眼盯着巨人说：“亲爱的巨人爷爷，请你暂时不要吃掉我们，你应该先养我们几个星期，养得肥壮一些，吃起来才有味道。你看我们都很瘦，只有皮和骨头，因为我们一直在挨饿。”

“你们确实骨瘦如柴，”巨人承认，“那我就用果园里的果子养肥你们，不过必须牢记，偷偷逃跑是不行的。”

兄妹俩没有办法，只好留在果园里，不过他们没有一天不在商量逃跑的计策。巨人有一匹漂亮的红鬃公马，小伙子给它梳鬃毛，赶走叮咬它的马蝇。他们很快成了好朋友。

有一天，巨人在苹果树下打盹儿，小伙子请求公马帮助他和妹妹逃离果园。起初，公马犹豫不决。由于巨人鼾声如雷，震天动地，它便对兄妹俩说："巨人正酣睡，快快骑在我的背上，我们现在就逃出去。我是冒着生命危险帮助你们的。"

兄妹俩抱着花猫骑上马背，公马立刻飞跑起来，耳边掠过嗖嗖的风声。没过多久，后面传来低沉的隆隆声，巨人苏醒了，他正以惊人的速度追赶他们。公马的速度远远不及巨人。巨人抓住了马尾巴，将它摔死在岩石上。

"鬼家伙！"巨人粗暴地吼叫，"你们想逃跑，那好，现在我就把你们吃掉。"

"我们的肉不鲜美，"小伙子说，"你吃马肉吧，马肉才是珍品。"

巨人将马肉做成肉饼，狼吞虎咽地吃了一顿。他对两个人看管得更严了，他要他们拼命地吃东西，还注意他们的下巴是否在动。看来逃跑已无希望。

一次，哥哥问花猫："我的小猫咪，你知道我们怎样才能活着出去吗？"

"你没有注意到一只大老鹰常来清泉喝水吗？"猫问，"请它把我们救出去吧！"

老鹰又来泉边喝水，小伙子恳求它营救他们兄妹和花猫。

“好的，”老鹰说，“请你们三个一起骑在我的背上，我将以最快的速度把你们带离这个地方，至少我不会像红鬃马那么倒霉，因为鬼巨人没有长翅膀。”

巨人正在午睡，鼾声震动大地，老鹰趁机带着兄妹俩和花猫飞向天空。可是巨人醒了，他马上拉起大弓，把老鹰射了下来。兄妹俩和猫还算幸运，没有丢掉性命。

巨人骄傲地说：“现在你们看到了，要从这里逃走完全是枉费心机，赶快养肥你们自己，我已经迫不及待了。”

巨人喂养了一头公牛，它体大毛黑，头上长角。

不甘寂寞的公牛有一次来到兄妹俩的身边说：“我注意到你们两次设法逃跑，但都以失败告终，要知道没有聪明的参谋，你们是逃不出去的。”

小伙子觉得好奇，便问：“你有什么好主意？”

公牛回答：“因为我就要迁往别的牧场，所以我可以无所顾忌地给你出点儿主意。你可以趁着巨人睡觉时走进他的城堡，从房间的大橱中取出一根带叶子的树枝、一块灰色的石头和一只装水的锡壶。”

他们拿到了这些东西，兄妹俩和花猫骑上牛背，公牛像挨了牛虻叮咬一般，立刻飞跑起来。不久，隆隆声从后面传来，大地不断颤动。

“主人醒了，他正在追赶我们，”公牛说，“好孩子，快将带叶子的树枝扔在路上。”

小伙子按照公牛的吩咐把树枝扔在路上，一转眼树枝变成了一大片又高又密的森林，连鸟儿都无法飞过，谁也甭想绕到它的另一边。巨人没有办法，只好回家取斧子，打算从林中开出通道。他汗流浃背，总算开出了一条通道。他走出森林，将斧子放在树桩上，准备继续赶路。

可是一只尖鼻子狐狸忽然出现在面前，对他说："如果你把斧子放在树桩上，我会把它偷走的。"

"我可不愿丢掉斧子。"巨人说着，匆匆忙忙地又将斧子送回家里。

公牛驮着兄妹俩和花猫已经跑出很远，但是巨人一使劲儿，又追赶上来了。

"把灰色的石头扔在后面！"公牛对小伙子说。

小伙子扔下石头，石头变成一座灰色的高山。巨人跑得太快，根本无法一下子止步，因此撞得头破血流，仰面倒在地上。巨人面对高山，束手无策，承认自己没有能力了。他只好再次回家去取铁锤，为的是开出一条穿越高山的小道。巨人挥动特大铁锤，开山劈石，火星像雨点般地飞溅四方。经过长时间的苦干，一条穿越高山的夹道终于被他开通了。

巨人扔下铁锤，正要往前追赶，狡猾的狐狸再次出现在他的面前说："好哟，太好了，你把铁锤扔在地上，我正需要它！"

巨人没敢把铁锤扔在野地里，他又一次赶回家，送回铁锤。往返奔走，巨人十分疲倦，公牛则赢得了更多时间。巨人从不认输让步，这是他的脾气。他又继续追赶，直到看见远方奔驰的公牛。

“他又赶上来了，”公牛听到沉闷的隆隆声后说，“赶快打开锡壶盖，把壶扔到地上。”

锡壶刚着地，一片又大又深的海洋即刻出现在后面。巨人企图涉水过海，但他沉了下去，海水一直淹没到他的脖子边。

“我要把水喝干！”巨人愤怒地嘟哝着。他趴在地上，开始喝水。

巨人喝下半个大海的水，停下来喘口气，忽然瞧见狡猾的狐狸又出现在眼前。狐狸坐在树墩上，若有所思地抚弄自己的胡子。

“要是不用带子捆绑住你的肚皮，它一定会破裂的。”狐狸说。

“非常正确。”巨人回答。他走进灌木林，折了几根坚韧的柳条，绑在肚子上。

他又继续喝水。就在他即将成功之际，狐狸偷偷地咬断了绑着他肚子的柳条。轰隆一声，巨人的肚子炸裂了。巨人直挺挺地躺在海滩上，就此一命呜呼。他的肉够狐狸、狗熊和狼吃上很长很长时间。公牛和狐狸的帮助终于使兄妹俩摆脱了巨人的魔爪。

公牛已经精疲力竭，再没有力气奔跑了，只能慢吞吞地踱着沉重疲乏的步伐。

它对小伙子说：“我不行了，即将死去，劳驾你把我埋葬好。你可锯下我的两只角保存起来，万一遭受不测，只要用两只角相互敲击，我就会赶来帮助你的。”

公牛的话音刚落就断了气。小伙子割下一块牛肉充饥，并将牛角装进背包，然后掩埋了公牛。夜幕降临。小伙子点燃一堆火烤牛肉，兄妹俩吃得饱饱的，花猫当然也有份儿。一只迷路的狗闻到烤肉香味，前来觅食。姑娘要把狗赶走，用木棍向它扔去。哥哥却让狗吃饱肚子，抚摸它的皮毛。

第二天一早，他们又开始赶路，狗当向导。没走出多远，他们来到一座闪亮的黄铜城堡面前，城堡的围栏是用银子铸成的。兄妹俩在院子里徘徊，不敢进入城堡。但是花猫和狗走在前面，他们也就跟着走了进去。兄妹俩来到城堡的厨房里，墙角有一只大铁柜，花猫冲着铁柜喵喵地叫，狗汪汪地吠，它们用爪子抓，用牙齿咬铁柜。哥哥命令它们不要闹，要它们安分守己地躺在长凳下。

兄妹俩进入另一个房间，桌上放着为两个人准备的各种佳肴。饱餐一顿后，他们继续查看城堡里的其他房间。卧室里放着两张床，好像就是为他们准备的。他们决定在那儿美美地睡上一大觉，但又想先到银光闪闪、金光灿灿的大厅去参观一番。小伙子走进武器房，各式各样的长枪、短枪、宝剑和长矛，一应俱全。

“好奇怪的城堡，怎么就是不见主人？”小伙子说。

“我看这一切都是为我们安排的，”妹妹说，“就住在这儿吧，我们一定能在这儿找到幸福。”

夜深了，哥哥锁好城堡的银大门。他经过厨房往里走的时候，又看到狗和花猫围着铁柜在乱抓乱叫。

“铁柜里装的究竟是什么东西？”小伙子问自己。他很想打开铁柜，但是铁柜锁得严严实实，无法启开。

“让它去吧。”小伙子想。他将狗和猫赶回长凳下，要它们别再出声，保持安静。

兄妹俩在卧室中各睡一张床，过了一夜。夜晚过得很平静，小伙子一早来到武器房，选了一支最好的长枪、一把猎刀和一个号角。他打算进森林猎鸟。他深入林中，狗和花猫紧紧地跟在后面。

哥哥在林中打猎时，厨房里的铁柜门开了，城堡的主人从里面走了出来。他是一个恶魔，但并不丑陋，没有长尾巴，也不是畸形足。他装扮成英俊青年的模样，用他的鬈发把头上的长角遮盖起来，使它不暴露在外。恶魔告诉姑娘，他是城堡的主人，并向她求婚，请她当城堡夫人。姑娘对这位皮肤黝黑的年轻人一见钟情，她觉得能够成为这座宏伟城堡的女主人实在是求之不得。

“可是哥哥将怎样对待这门婚事？”姑娘心里琢磨着，“他会不会妨碍我的幸福？”

“你哥哥肯定会忌妒的，”恶魔说，“只有除掉他，我们的幸福才能得到保证，最好的办法是用猎刀结束他的性命。”

“我绝不能做这样的事情。”姑娘表示反对。

“我也不能嘛。”恶魔说，“可是花猫和狗总是跟着他，只要你哥哥和两只牲畜在这儿，我甚至不敢露面，因此必须把你哥哥除掉。你哥哥待你是否很好？你身体不适时他会很好地照顾你吗？”

“那是绝对的，就是赴汤蹈火，他也会在所不惜。”

“好，就这么办，”恶魔说，“等你哥哥回来时，你假装病重，说你快要死了，要是没有狼奶做药，你就会立即死去。告诉他你曾梦见一只母狼，住在一里外的山洞里，只有从那儿才能弄到狼奶。为了治你的病，他一定会去那儿，那时他就会被狼群咬死，尸骨不留。”

“好的。”姑娘答应按照恶魔的诡计行事。

小伙子的猎号声从院中传来，恶魔慌慌张张地重又躲进铁柜。姑娘则倒在床上，假装病重。哥哥听到妹妹的呻吟声，已经知道是怎么回事了。他立即踏上危险的路途去寻觅狼奶。小伙子飞快地奔向狼洞，狗和猫跟随在后。他们来到目的地，看见一只巨大的母狼正在山洞前给狼崽子喂奶。小伙子单腿跪在地上，举起长枪，瞄准母狼，准备射击。

母狼发现了小伙子，惊慌地高喊：“喂，小伙子，别开枪，我的孩子会成为孤儿的。我知道你来这儿的目的，请过来，你可以得到我的奶，足够给你做药的。”

小伙子用桦树皮做了一个碗，去挤狼奶。

“你来回奔忙完全是白费力气，你妹妹并没有生病。”母狼边说边让他挤了满满一碗奶。

母狼说它刚刚听见小鸟们在交谈，说到恶魔的城堡里正在酝酿一个骇人听闻的阴谋。可是小伙子不相信妹妹会做这样的坏事。

小伙子即将返回城堡，母狼对他说："你真好，没有开枪打我，为了报答你的恩情，我要让我的大孩子去保护你。"

"我为什么要受保护呢？"小伙子怀疑地说。

不过他还是带上了小狼崽，因为母狼向他保证，不管遇到什么风浪，小狼崽将全力保护他，直至流尽最后一滴血。小伙子带着动物们回到辉煌夺目的城堡，让妹妹喝了狼奶。姑娘假装恢复健康。

第二天早晨，小伙子带着狗、猫和狼崽进林子打猎。恶魔又跳出铁柜，同姑娘策划怎样砍掉她哥哥的脑袋。

"你再装一次病吧，"恶魔又出主意说，"这一回叫你哥哥去找熊奶，狗熊可不像狼那么好心，它会把你哥哥撕得粉碎。"

姑娘听从恶魔的安排，再一次装病躺在床上。哥哥打猎刚回来，又立刻奔赴熊窝。狗熊并没有把小伙子撕得粉碎，相反给了他一碗熊奶和一只保护他的小熊崽。恶魔绞尽脑汁，也没能想出杀害小伙子的好办法。

一天，小伙子又带着动物们进森林打猎，恶魔对姑娘说："你还得再装一次病，你哥哥一到家，就说只有生命之水才能治愈你的病，要他到两里外的一座旧磨坊里取回生命之水。磨坊的后墙上有一个放着两只瓶子的架子，右边瓶子装的是生命之水，左边瓶子装的是死亡之水。为了你，他一定会去那里的。我将赶在他前头，在路边所有的泉眼中放进死亡之水，你哥哥和动物们只要喝水解渴，就逃脱不了归天的命运。”

说完恶魔急忙上路，前往泉眼里下毒。哥哥从林中回来，妹妹又一次佯装生病，好像就快死去。哥哥心急如焚，当即走出家门去寻找生命之水。

天气炎热异常，哥哥和他的动物们渴得难以忍受。路边泉眼中的水清澈见底，花猫和狗上去舔了几口，即刻丧了命。小伙子带着狼崽和熊崽继续赶路，又一口泉眼在路旁出现。狼崽和熊崽喝了几口水，它们的命运和猫狗同样悲惨。此后，小伙子再不喝路边泉眼中的水了，尽管喉咙干痛难熬。

旧磨坊终于到了，他从架子上取出装有生命之水的瓶子，立即转身回家。他先是回到狼崽和熊崽四脚朝天横躺在地的泉眼边。

“试一试这是否有效。”小伙子一边说，一边将生命之水滴在动物的脑袋上。

狼崽和熊崽活泼地站立起来。有了生命之水，花猫和狗也获得了重生。小伙子和他的伙伴们回到城堡，恶魔惊慌失措，急忙躲进铁柜。可是小动物们不停地撞击铁柜，又抓又咬。铁柜破裂了，恶魔暴露了，真相大白。

哥哥给了妹妹一滴生命之水，妹妹假装完全康复。妹妹听到厨房里的吵闹声，问是什么原因。哥哥回答说是小动物们结果了她的未婚夫——恶魔的性命。妹妹矢口否认恶魔是她的未婚夫，还说她根本不知道有这样一个人。

“我们不得不分手了，”哥哥说，“你以为我没有注意你同恶魔串通一气企图杀害我？我们只好分道扬镳了，我将和忠实可靠的小动物一起走自己的路。”

妹妹痛哭流涕，乞求哥哥不要把她抛弃。哥哥心地善良，最终原谅了她。小伙子锁好黄铜城堡的大门，领着他的队伍踏上新的征途。动物们为兄妹俩引路。

夜幕降临之前，他们顺利地来到银色城堡。这座城堡看起来好像已经废弃，无人居住。但小伙子仔细查看，发现最里面的房间里住着一位姑娘。姑娘如此美貌，好似女神在黎明中下凡。

姑娘衷心欢迎小伙子的到来，说道：“我早就等待着救星的到来。我是国王的女儿，可是我的父王和王后、宫廷侍从和臣民都被魔法变成了朽木和石头，只有我同一位信基督教的青年共同生活一年，才能将魔法解除。”

正在这个时候，小伙子的妹妹进来了，公主问道：“那个女人可是你的妻子？”

“不是，她是我妹妹，”小伙子解释，“亲爱的公主，不管你需要什么帮助，我都乐于效劳。”

公主成了小伙子的妻子，全部人马从此住进了银色城堡。一年即将过去，恶魔又来同小伙子的妹妹会面。小伙子以为恶魔早已死去，但实际上他又复活了。他现在虽然成了残废，但仍是一肚子坏水。

“难道，”他问姑娘，“难道你一点儿都不忌妒你哥哥的幸福？”

妹妹说她很忌妒。恶魔又说："把这颗牙齿放在你哥哥睡床的枕头下，只要他的头一碰枕头，顷刻就会一命呜呼，公主将成为我们的女佣，以后我们可以在这儿愉快幸福地生活一辈子，这座城堡比我的城堡更加宏伟、更有气魄。"

妹妹听信恶魔的花言巧语，果真把那颗牙齿放在哥哥的枕头下。第二天早晨，哥哥已经僵死，面色苍白得好似一张白纸。恶魔进来了，他将哥哥装进一口桦木棺材，送往非常非常遥远的深山老林。小伙子的动物们在院子里转来转去，焦急地等待着主人，可是既看不到人，也听不见他的声音。

"一定出事了，"狗用鼻子嗅一嗅空气，汪汪地叫着说，"我觉得他已经沿着这条路被送往某地。"

"走，让我们去找主人，看他在什么地方。"动物们集体做出决定。

狗在前头探路，其他动物跟在后面。它们穿密林，爬高山，经过三天三夜的艰难跋涉，终于找到了装着主人躯体的桦木棺材。四根粗大的铁索结结实实地捆着棺材，动物竭尽全力，设法帮助主人起死回生。

熊崽说："我妈妈把我交给主人，为的是要我给他做伴，保护他。我愿意为他牺牲，流尽最后一滴血。我想知道你们都是怎样考虑的。"

别的动物都表示要跟熊一样。它们决定各自负责解开一根捆绑棺材的铁索，即使因此献出生命也在所不惜。花猫跟随主人时间最长，提出由它开头。它使出全部力气，用头猛撞铁索的结头。咔嚓一声，铁索断了，可是猫的头颅也破裂了。第二个轮到狗，它的结局同猫一样。狼崽和熊崽也解开了铁索，但它们也同样丧命于此。棺材终于打开了，小伙子的躯体暴露在外。

两只黑乌鸦突然飞来，一只来自东方，一只来自西方。

"我们现在有眼睛吃了！"一只乌鸦说，"我啄年轻人的眼睛，你吃那些动物的！"

"慢，一会儿啄，"另一只乌鸦焦急地说，"你知道关于这个小伙子的故事吗？我们不但不要啄他的眼睛，还要使他死而复生。他有着出奇的命运，多次死里逃生，定将长命百岁，何况他始终是动物的好朋友。"

"请把小伙子的故事讲给我听一听吧。"头一只乌鸦请求说。

第二只乌鸦介绍了小伙子奇迹般的经历，最后说："我们为什么不去旧磨坊取来生命之水救活他呢？"

"救活他，也好给恶魔找点儿麻烦。"另外一只乌鸦欣然同意。

黑乌鸦飞向天空，一会儿工夫就从旧磨坊取来生命之水，使小伙子复活了。年轻人如梦初醒，他坐在棺材里，看看四周，不明白自己在什么地方。他看到动物朋友们都死在自己周围，也发现了乌鸦扔下的装有生命之水的瓶子。小伙子站起身来，用生命之水让他的动物朋友一一复活。小动物们亲昵地用舌头舔他，很担心恶魔和妹妹会把公主折磨死。

“现在就去银色城堡，我们一定根除这两个坏家伙，请你千万别阻挡！”动物们对小伙子说。

“请留下恶魔，让我们用尖嘴啄他！”乌鸦站在树枝上说。

“同意你们的要求，不过先得让我们结束他的生命。”四条腿的伙伴们回答。

小伙子想迈步走路，可他的身体过分虚弱，两腿支撑不住。

“要是那条乌黑的公牛在这儿，我就可以骑着它上路了。”小伙子叹了一口气。

他忽然想起装在背包里的公牛角。小伙子拿出牛角，互相敲击一下，公牛便从另一世界的牧场径直向他奔来。

“我已经等待很久，现在你终于把我请来了，”公牛高兴地说，“请骑在我的背上，趁早上路。”

小伙子骑在牛背上，乌鸦飞在前头带路，一支浩浩荡荡的队伍朝着银色城堡进发。四条腿的朋友们心头燃烧着复仇的怒火，它们最先到达银色城堡，顷刻间就结果了恶魔和卑鄙的妹妹。公主看到自己的心上人骑在牛背上走进城堡，心花怒放，飞也似的向他奔跑过去。他们悲喜交集，亲吻拥抱，驱散了悲痛和苦恼。

黑夜消逝，黎明来到。小伙子在银色城堡里整整待了一年，魔法解除了，城堡中的人们也都苏醒过来。小伙子和公主举行了婚礼，举国上下一片欢腾。乐队奏着优雅悦耳的乐曲，桌上摆满各色美酒佳肴，就连狗、猫、狼和熊那样的客人也在婚礼上跳起了舞，黑色的公牛高兴得舞动着它美丽的双角。

你们是否想知道小伙子、公主和他们四条腿的朋友们现在在什么地方，我可以坦率地告诉你们，他们至今仍然幸福地生活在宏伟的银色城堡里。

# 无畏的贝佳

从前有个年轻人，人们叫他无畏的贝佳。有一天，他到一个富裕的农家当长工，当时口头协议，如果主人有办法使他害怕，他就无偿地为主人工作一年；反之，主人必须当即付给他一年工钱，并且他有随时离开的自由。

贝佳开始工作的头一天夜晚，万籁俱寂，女主人突然把他叫醒，要他给马匹添草加料。贝佳在黑暗中摸向马厩，从饲草堆里抱了一捆饲草。他觉得里面有一只很大的毛茸茸的动物，但他丝毫没有害怕。

他将饲草扔回草堆，一跃跳到上面，大声喊道："即使你是魔鬼，现在也要完蛋了！"

草堆里传来了求救声："看在上帝的面上别打我，我不是魔鬼，而是你的主人。"

贝佳听出是主人的声音，于是帮助他爬出草堆。主人一开始就是想吓唬贝佳，他反穿毛皮大衣，藏身在饲草堆中。这下主人不得不履行诺言。贝佳拿到了一年的工钱，并立刻辞别了这户富裕的农家。

后来，贝佳受雇当了牧师家的长工，与牧师口头约定了一个和上次相同的协议。一天晚上，牧师命令他同教堂唱诗班的领唱人一起到教堂取回洗礼用的水壶。贝佳在领唱人陪同下走进教堂，但是领唱人使劲儿将门关上，贝佳被反锁在里面。领唱人是按照牧师的吩咐才这样做的。

教堂里只有贝佳一个人。贝佳想：看来我只能躺下睡觉了，也许明天早晨有人上教堂时可以放我出去。他在板凳上躺了下来。深夜，甩纸牌的声音惊醒了他。暗淡的月光透过窗户射进教堂，贝佳看到三个没有脑袋的男子在前排板凳上打扑克。

贝佳一点儿没有感到害怕，他走近无头人，要求同他们一起打牌。无头人接受了贝佳的请求，他成了第四个打牌人。几个小时之后，他赢了一个无头人十个戈比，但是无头人不肯付钱。天亮了，他们停止打牌。两个无头人走向教堂的地下墓穴，那里大概是他们居住的地方。

第三个无头人正打算跟着他们走下去，贝佳一把抓住了他的手臂说："你不能就这样离去，必须待在这里，直到付清欠我的钱！"

早晨，牧师来到教堂。

他看到贝佳正拽着无头人不放，便说："为什么要折磨死者，快给他和平。"

"我不放，"贝佳回答，"除非他付清欠我的赌债。"

牧师从自己的钱包中取出十个戈比，贝佳才让无头人离去。牧师考虑，吓唬贝佳是枉费心机，因为他不怕任何东西。他叫来贝佳，付给了他一年的工钱。

贝佳又辞了工。他到处游逛，来到王宫，跟国王约定了一个与之前相同的口头协议。国王让贝佳住在一座已经废弃的旧王宫里，那是一个夜间闹鬼没人敢住的地方。无畏的贝佳走进王宫，决心让自己生活得同在家里一样。夜幕降临，他点燃蜡烛放在桌上，火炉中装满桦树枝。他烧着火炉，屋子充满暖意。

奇怪的是，火炉顶上突然掉下一颗长胡子的人头，落在贝佳的面前。他将人头掷进炉膛，但它又从火炉中滚到地板上。他重试一次，人头还是从火中滚了出来，胡子没有被火烧掉，只是稍稍有点儿烤焦。贝佳听到背后有人走动的声音，转身一看，是一个没有脑袋的男子。贝佳将人头安在他的脖子上，脑袋长住了，这个人恢复了本来的面目。

“你治愈了我的创伤，使我的身体得以复原，”男子说，“现在请你到地板下面去领取报酬吧！”

贝佳手拿蜡烛，打开地板中间的门，向地下室走去。那里的箱子堆积如山，一个压一个，几乎同柴火堆一样。箱子里装的都是金子、银子和其他财宝。

早晨，国王来到旧王宫看望贝佳，问道：“闹鬼没有？”

“闹了。”他回答。

“你不怕？”

“我从来不懂得什么叫害怕。”

“我遵守我们之间的口头协议，付给你一年的工钱。你愿要什么东西作为工钱呢？”国王征求他的意见。

“请给我这座宫殿吧。”贝佳说。

“你要这样的旧玩意儿做什么？”国王问，“你可以从我这里得到一座更好的宫殿。”

“对我来说，这座宫殿已经够好了。”贝佳说。

从此他就成了这座闹鬼宫殿的主人。第二天，贝佳来到村里，借了全部可以借到的绳子。他还请求村里人连同他们的马匹为他义务劳动。国王也来了，看到贝佳忙得不亦乐乎，但不明白他到底要干什么。国王猜想他大概是想搬走宫殿，不然为什么需要那么多绳子。但是，看到从宫殿地下室扛出这么多箱子的金银财宝，国王张口结舌了。箱子被装进马车，又用绳子捆紧，以免中途掉下来。

“旧宫殿的钱财多如垃圾！”国王思忖着，“不能让这样有钱的人离开我的国家。”

国王彬彬有礼地同贝佳说话，请求他答应做王婿。国王有一个公主，长得犹如玫瑰花一样美丽。贝佳高兴地同意了这门亲事。牧师为小两口举行了结婚仪式。婚礼盛大，远方和本地众多的王公贵胄都前来参加。新婚夫妇搬入旧王宫居住，一直幸福地生活到百年。宫中再没有出现闹鬼的事，因为无畏的贝佳成了宫殿的主人。

# 才华出众的学徒

从前有一对夫妻，住在深山老林的小屋里，家境十分清贫。他们的儿子身体虚弱、脸色苍白，但非常好学，没有别人的帮助就学会了读书看报。

儿子15岁那年，父亲对他说："你知道咱们的日子过得很艰难，你继续留在寒冷的深山老林里，生活很难改变。我希望你走向世界，去寻找幸福和富贵。"

儿子痛哭流涕，但接受了父亲的意见。第二天一早，他依依不舍地离开了父母和自己的家。他穿越森林，走向村子。路两旁长了许多浆果，他边走边吃，结果越走越远，深入密林，迷失了方向。太阳即将下山，他害怕在森林中过夜。他很想找到一条通向村子的道路，却越走越觉得怪异。突然，一位身穿饰有银纽扣的黑色高级料子服的绅士冲着他走了过来，把他吓了一跳。

"你好，我的孩子，"绅士停住脚步说，"你就像是我请来的一样。我现在正要去村里请长工，不知你是否愿意接受这份差事？"

"非常愿意，"男孩回答，"不过你是否在意我的身体过分虚弱，做不了长工的活儿？"

"这无关紧要，"绅士说，"你在我那里将变得英俊强壮，而且你的工作相当轻松。可以告诉你，我愿接受你当我的学徒。”

孩子愉快地接受了绅士的建议。他心花怒放，庆幸自己头一天就碰上了好运气。他跟随主人一步一步地向前走，但又感到恐惧，担心一切并不如想象的那么美好。他们走了一段路，荒凉的森林中意外地出现了一座有许多塔尖的雄伟城堡，城堡周围是高耸入云的红松。

小伙子以为穿着鲜艳服装的仆人定会跑出来迎接他们的主人。然而，无论是院里还是城堡中的每个房间都空空荡荡的，不见人影，只有一只毛色乌黑的猫喵喵地叫着，在漂亮的前厅欢迎主人。它的眼睛像两颗绿宝石，闪闪发光，既像猫又不像猫。

“到这儿来，我告诉你要做的事情。”主人一面吩咐，一面把他领到厨房。

灶台上放着一口很大的铜锅，主人对小伙子说：“除了不要让炉灶底下的火熄灭，其他什么事情都不用你管，白天和夜晚一样。还要记住，不许打开锅盖，偷看锅里煮的是什么。要是干得好，我将付给你很高的工钱，一年一百枚银币。”

小伙子保证竭尽全力。但让他费解的是，这样简单的工作为什么要付给他如此高的报酬，他知道，一百枚银币可以买下一幢像样儿的房子。

“现在我要干自己的工作去了，”主人说，“如果你不慎睡着了，我的猫会把你弄醒的。”

小伙子坐在灶台边的凳子上，不时向炉膛里加添柴火，设法让火烧得旺盛均匀。要是他的脑袋耷拉下来，眼睛睁不开，那只黑猫就会跑过来，用它的尖爪子抓他的膝盖，他会即刻清醒过来。

“现在我要去赶集了”，有一天主人说，“你务必看好火，无论如何都不许到我的任何一间房子里去。”

可是城堡的大门刚关上，小伙子就离开厨房去查看城堡中的其他地方。他进入主人的工作室，这是巫婆、巫师和魔术师结合一体的工场。桌上放着一本黑底白字的巫书。小伙子想，这本书一定集中了他主人的知识、力量和智慧。小伙子开始贪婪地读书，他希望自己变得与主人一样聪明、富有、有权势。

但正当他专心看书时，那只黑猫猛地冲了进来，用爪子抓他的小腿，叫道：“给炉膛添柴火，给炉膛添柴火，火快要熄灭了，火快要熄灭了！”

小伙子只好跟着黑猫离开主人的工作室，但他将那本书紧紧地夹在腋下，打算在外面继续看。

来到厨房后，他突然对主人产生厌恶，并做出决定：“让火灭掉好了，我不愿再看管恶魔的火，即使一年给我一千枚金币！”

他提起一桶水，浇灭了炉膛里的火焰。黑猫对他的行为极为恼怒，它攥紧爪子，背上的毛好似鲈鱼的背鳍竖得笔直，向小伙子直冲过来。他对猫出其不意的攻击毫无思想准备，好在他急中生智，跳上桌子。黑猫仍不放松，跟着跳上桌子，林中小屋的独生子危在旦夕。

就在这紧急时刻，锅盖被顶了起来，一个女人大声叫喊：“快拿木棍打死这个该死的妖人的狗腿子！”

小伙子跳下桌子，从墙角抓起一根木棍，打死了那只着了魔的黑猫。奇怪的事情发生了，铜锅盖咔嗒一声掉在炉灶边，一位美貌动人的公主从铜锅中走了出来。

小伙子惊讶得几乎张不开口，说不出话，憋了半天才问：“像你这样标致的姑娘怎会落入巫师的铜锅？我拼命在锅底加添柴火，你怎么仍能活着？这一切怎么可能？”

公主回答：“三年前，这座城堡的主人黑巫师向我求婚，他的痴心妄想理所当然地遭到我的拒绝。于是他怀恨在心，拆散我极其美满的家庭，把我抢到这儿，并用温火不停地烧煮我。”

“可是你怎能经受锅中的热气？任何人都会被闷死的。”

“我经受得住，因为我的整个家族都是洗桑拿浴的能手，”公主笑呵呵地说，“不过我们现在必须赶紧逃走，因为巫师随时都可能返回。要是咱们被他捉住，他定会大大提高烧煮我们的热度。”

他们迅速地离开这座空空荡荡的城堡，小伙子还随手带上了那本黑色的巫书。他读了书中的一章，用其中的巫术使巫师无法知道他们的行踪。他们不停地向前赶路，公主对小伙子说，人总是要结婚的，她愿意择他为夫，因为是他把她从男巫的铜锅中救了出来。

小伙子听了公主的话惊喜不已，说道："最亲爱的公主，谁都会拯救你摆脱巫师的魔爪，你今天择我为夫，我十分感谢。不过遗憾的是，我必须前去探望分别多时的父母，他们住在深山老林里，生活非常穷困清苦。"

听说小伙子就要离去，公主心中很难过，不过她的心里已有了主意。她从手指上取下戒指，将它掰成两半，自己保留一半，另一半给了小伙子，并说："这半只戒指当作我们订婚的信物，等你办完事，请快来找我。"

两个人依依惜别。公主朝着她父亲的王宫走去，小伙子奔向深山老林中的小屋。

"喏，你在世界上已经有所成就了？"父亲见到儿子后问道。

"我将成为有权有势的人，说不定还是头顶王冠的国王！"儿子夸耀自己。

"原来如此！"母亲叹着气说，"你恐怕连富裕的佃农都当不成。"

儿子根本没听母亲的话，只是问："马厩里还是那几匹老马吗？我要带上它们做买卖去。"

"两匹瘦马做什么买卖？"父亲表示反对。

但是儿子劲头十足，他从马厩中牵出马，拉着父亲去赶集。

当他们快到集市的时候，儿子告诉父亲，他已学会了巫术，并说："现在我要变成一匹骏马，你给我套上马笼头，然后以一百枚银币的价钱卖掉我。不过请你一定牢记，一旦做成交易，必须立即卸下笼头，由你自己拿着，否则我就会遭受不幸。”

儿子口中喃喃地念叨着他从黑色巫书中学到的咒语，随即变成了一匹毛色乌黑的骏马。

父亲替黑马套上笼头，牵着它走向热闹的集市。

“真是一匹好马！”赶集的农民带着羡慕的口吻说，“国王的马厩里也未必能有这么出色的好马。”

一位穿着饰有银纽扣的黑色高级料子服的绅士看了这匹马，问老头儿要多少钱。

“一百枚银币。”老头儿回答。

这位绅士就是城堡里的巫师。他拿出装得满满的钱袋，准备数钱币，老头儿则从马头上悄悄地解下了笼头。绅士付完钱，摸了摸骏马的鬃毛，牵着它离开集市向客栈走去。可是骏马猛地挣脱了主人，消失得无影无踪。

儿子在森林中赶上父亲。他们静悄悄地走着路，一声不吭。

“父亲，”儿子说，“你刚刚拿到一百枚银币，我们还要赚第二个、第三个一百枚银币，等赚足了钱，你和母亲就可以无忧无虑地度过晚年。这一回我还要变成一匹黑马，把我卖掉，可是别忘记解下我头上的笼头。”

父子俩如法炮制，骏马再一次逃离了它的主人。第三回，儿子变成一匹红似火的红鬃马。买主还是那位身穿高级料子服的绅士，他似乎有用不完的钱，交易一拍即成。

老头儿正要解下马笼头，绅士说：“将马笼头一起卖给我吧！”

“先生要那破家伙有什么用？”老头儿问。

“我可以付你一匹马的价钱，也就是一百枚银币。”男巫回答。

老头儿犹豫了一阵子，因为他没有忘记儿子的告诫。可是金钱的诱惑和贪心使他失去理智，一袋银币终于换走了笼头。现在红鬃马已经不能摆脱巫师的控制，也无法再度变成人。巫师把马牵到客栈，架好马鞍，跳上马背，径直奔向他的城堡。路已结冰，红鬃马没有钉上马蹄铁，因此不断打滑，差点儿摔倒在地。路边有一家铁匠铺，铁匠们正在锤打铁器。

“打滑的难题总算可以解决了。”男巫说着把马拴在桩子上。

他走进铁匠铺，问谁能钉马蹄铁。

“通常要由老师傅安装。”铁匠们回答。

“老师傅在哪儿？”巫师问。

“在屋里喝咖啡。”一个小铁匠指一指对面的小屋。

巫师走向老师傅的小屋，铁匠们围着红鬃马赞不绝口。他们从未见过这样的好马。红鬃马忽然开口说话了，这使铁匠们无比惊讶。

“我的好师傅，请帮我松开笼头的绳子。”马请求说。

“我们应该帮助动物。”年纪最大的一位铁匠说，随手解开了绳子。

红鬃马甩脱笼头，变成乌鸦，飞向遥远的天空。老师傅的门开了，男巫走了出来。这时，他发现珍贵的红鬃马已经变成乌鸦在天空飞翔。巫师立即变成黑色的渡鸦，追逐乌鸦。

乌鸦使出全部力气向王宫飞去，因为他的未婚妻住在那里。公主站在向外打开的窗子边，两眼呆呆地盯着窗外的马路，深深地思念着自己的未婚夫。她瞧见乌鸦和渡鸦向王宫飞来，在王宫的上空拼命厮斗，乌鸦明显处于劣势。乌鸦在惊慌中闯进公主的卧房，渡鸦也想紧跟进来。但是公主关上了窗，渡鸦重重地撞在窗子上。

国王听到喧闹声，急忙赶到公主的卧房，询问究竟发生了什么事情。公主告诉他，乌鸦受到渡鸦的追逐，躲进了她的卧房。国王仔细地查看房间的各个角落，可是并没有发现公主所说的乌鸦。乌鸦已经变成了蚂蚁，躲在壁炉的接缝里。

深夜，公主躺在床上，小伙子现了人形，走了出来。公主看到未婚夫出现在床边，高兴得不禁尖叫起来。国王听到叫喊声，以为是盗贼进了王宫，他手拿宝剑赶来保护公主。灯亮了，国王又一次仔细查看房间，可是仍旧一无所获。

国王非常生气，因为深更半夜被惊醒。他责怪女儿说："你怎么学会了撒谎？白天说乌鸦在你房里，现在又讲看到了你的未婚夫。难道这儿真的出现了鬼魂！你吓得我心惊肉跳，心脏几乎停止跳动。"

国王回房去了。隐身的小伙子重新显露出自己的面目，走到公主的床边。

光线暗淡，公主没能看清小伙子的面孔，不过她再不敢高声喊叫，只是轻轻地问：“不速之客，你是谁？”

“我就是曾经要把你煮熟的那个人！”

“如果你真是我的未婚夫，那么请将我们分离时你得到的半只戒指拿出来。”公主提出要求。

小伙子将半只戒指递给公主，它同公主的半只戒指完全吻合，分毫不差。直到这时，公主才肯定自己的心上人真的已经来到身边。小伙子坐在公主的床边，讲述他如何在卖马交易中三次愚弄城堡的巫师，以及变成乌鸦后一路逃遁的惊险经历。

他最后说：“明天我还要同男巫较量一场，不过幸运的是，那将是最后一次较量了。”

“这一切你都是怎么知道的？”公主好奇地问。

“我仔细读了黑色的巫书，我能预测未来。”小伙子回答，“你父亲明天将得重病，尽管有许多医生为他治病，病情仍会不断恶化。正在大家感到绝望的时刻，城堡的男巫将要求觐见国王，为他治病，国王吃了他的药，一转眼就会完全恢复健康。明早我将变成一枚戒指戴在你的手指上，如果装扮成医生的巫师要求将戒指作为报酬，你就使劲地把它扔在地上。”

一切都同小伙子预测的丝毫不差。早晨，国王重病躺在床上，生命奄奄一息。十二位全国闻名的医生来到国王的身边，争先恐后地抢着为他治病。可是，国王的病情不仅未见好转，反而更加恶化。后来，装扮成医生的城堡巫师来到王宫，他只用手摸一下国王滚烫的前额，国王的病状就立刻消失，完全恢复了健康。国王站起身，问巫师要什么报酬。巫师环视四周，看到了公主手指上闪闪发光的宝石戒指。

“如能得到那只戒指，我将万分满意。”他说。

“它只是一件便宜的东西，虽然看起很精致，”公主说，“我的父亲会给你价值更高的报酬的。”

但是巫师固执地坚持自己的要求，说除了公主的戒指外，别的东西都不要。

国王说话了：“我的好女儿，把你的戒指交给我的救命恩人吧！我可以给你买五件新的更珍贵的饰品。”

小伙子的话在公主头脑中萦绕。她摘下戒指，狠狠地把它摔在地上。戒指变成了蘑菇，装扮成医生的巫师随即变成了一只鸡冠鲜红的公鸡，要啄食蘑菇。蘑菇又变成一只红毛狐狸，将公鸡撕得粉碎，鸡毛随风飘舞。那座空荡城堡中的邪恶巫师从此一命呜呼。狐狸现出了英俊小伙子的原形，公主抱着他的头欣喜万分。

国王和王宫侍从目睹小伙子和巫师的格斗，个个目瞪口呆，这般惊险的场面就是在梦中也不曾见到过。国王看到公主搂着一个陌生的年轻人，非常生气，严厉地训斥了女儿。公主告诉了国王，为他治好病的医生究竟是什么货色，而这个小伙子又是怎样将她从滚烫的铜锅中救了出来。她称赞小伙子精明强悍，并决定择他为夫。

公主的愿望得到满足，林中小屋的儿子成了国王的女婿。国王还授权小伙子管理半个国家的事务。他运用自己的才能和智慧出色地管理着国家。

# 黄油娃

从前有一户农家，女主人烤面包、做菜肴都十分勤奋。她用黄油和面包把儿子喂养得胖胖的，人们都叫他黄油娃。一天，家里人去草场干活，只有女主人和黄油娃留在家里，看家狗哈利忽然在院里汪汪地叫了起来。

“我的儿子，出去看看是谁来了，哈利在向谁逞威风。”母亲对黄油娃说。

孩子奔向院子，很快回来说：“一个骇人的老太婆龇牙咧嘴，背着布口袋，正向这儿走来。”

“天哪！”女主人诅咒道，“可别是那个可恶的老巫婆出来活动了。我的儿子，快快藏到面缸后边的桌子下，别出一点儿声音。”

黄油娃照着母亲的吩咐躲到桌子下面。老太婆走进客厅，向四周扫视一下说：“你不是有一个名叫黄油娃的胖儿子吗？他现在到哪儿去了？”

“是的，我有一个胖胖的漂亮儿子，”女主人说，“他和家里人一起到草场去了。”

老太婆解开布口袋说：“那太可惜了！你知道我最喜欢胖乎乎的男孩子。我给黄油娃带来一份礼物，是一把金刀子。”

黄油娃藏在面缸后面，竖起耳朵听着，他无法控制自己，便大声叫道："我在这儿，是母亲让我躲藏起来的！"

"那么请出来接受我送给你的金刀子吧！"巫婆说。

黄油娃战战兢兢地走到巫婆身边。巫婆说："快钻进我的布口袋拿出刀子，因为我的手够不到袋底。"

孩子犹豫了一下，但终归抵不过金刀子的诱惑，爬进了布袋。巫婆迅速扎紧袋口，扛上肩膀，溜出了大门。黄油娃的母亲站着一动也不敢动，因为她非常害怕巫婆。

老太婆沿着回家的路走去。路上尘土飞扬，天气又闷热，布口袋重得好像装了大石头一样，巫婆累极了，她放下布口袋，坐在树荫下休息，不久就打起了瞌睡。

黄油娃开始忙活起来，他从袋底里找到金刀子，割开一个口子，钻出了布袋。他决心捉弄这个吃人的女恶魔，让她记住教训。他将布口袋装满石头，扎好袋口，然后手拿金刀，喜气洋洋地返回家中。

巫婆汗流浃背，好不容易才回到了家。她点燃大铁锅底下的柴火，煮开水，把一口袋东西倒进锅里。可是袋中不见黄油娃，滚出来的全是灰色的石头块。石头块砸碎了铁锅，滚烫的开水溅了巫婆一身，把她的面部和手臂多处烫伤。

巫婆的伤痊愈后，挑了一只更加结实的新口袋，再次来到黄油娃的家。

"哈利在对谁汪汪叫，快出去看一看。"黄油娃的母亲听见院子里的狗叫声便对儿子说。

黄油娃回来告诉母亲："那个龇牙咧嘴的吃人女恶魔又

来了！”

“真不巧，又只有我们两人在家，”黄油娃的母亲眼泪汪汪地说，“赶紧藏到火炉背后的小通道里去，要像耗子一样不能出声。”

巫婆走进客厅，问黄油娃是否在家。母亲告诉她，孩子和父亲一起正在森林里捡做栅栏用的树枝。

“太可惜了！”巫婆叹了一口气，“我带来两把纯金的刀子，作为送他的礼物。”

“给我刀子！”火炉背后传来黄油娃的声音。

“刀子在布口袋里，我的手够不着，你自己爬进去拿吧！”巫婆说。

黄油娃爬进布口袋，巫婆又扎上袋口，溜出客厅，飞快地奔向自己的家。走到半路，巫婆有事要进一趟森林，她将布口袋藏在树丛中。黄油娃利用难得的机会，迅速割开布袋，装满石头块，带着两把纯金刀子回了家。

石头块又一次砸穿了巫婆家大铁锅的底。

她怒气冲天，恶狠狠地立下誓言：不把黄油娃剁成肉饼决不罢休！

巫婆第三次来到黄油娃的家。她问女主人：“你那聪明英俊的儿子在哪儿啊？”

黄油娃的母亲回答：“他跟父亲去磨坊了。”

“哎哟，哎哟！”巫婆惋惜地说，“太遗憾了，这样可爱的孩子不在家，我正打算送他一只金手表哩！”

衣橱的门咯吱一声打开了，原来黄油娃藏在衣橱里。他说："我在这里，快把金表给我。"

"这一次需要你自己去取，因为我不能把珍贵的金表随时带在身上。"巫婆说。

金表的诱惑力实在大，黄油娃走出衣橱，第三次爬进了巫婆的布袋。后来的情形与前两次一样：巫婆扎紧袋口，背上沉重的黄油娃返回家。

巫婆横下一条心，半路上绝对不休息，一定要把狡猾的小东西带回家。这一回她如愿以偿，黄油娃没能在途中逃跑。那一天正好是星期日，亲戚和朋友都上教堂去了，于是巫婆对女儿说，她要去教堂邀请亲朋好友前来参加酒席。

"快将这个小男孩儿熬成一锅美味可口的肉汤，在我们回来之前一定要熬好。"巫婆说。

巫婆的女儿忧心忡忡，因为她觉得母亲交给她的任务实在太艰巨。

"我从来没有熬过肉汤，现在怎么办？"她问黄油娃。

"请不要发愁，我教你怎样熬肉汤、做肉饼，"黄油娃安慰她说，"先要把肉切成块，墙角那边有个木墩，上面放着切肉刀，你把脑袋搁在木墩上，我给你做一次切下脑袋的示范。"

巫婆的女儿真的听信了黄油娃的话，把她的脑袋搁在木墩上。黄油娃一木棒打晕了她！黄油娃把巫婆女儿放在床上，然后拉开被子，盖到下巴。巫婆的女儿如同熟睡在床上一样。黄油娃拾了一大堆砖石放在炉顶上，等待巫婆回家。前厅传来说话声，巫婆同她的亲朋好友一起从教堂回来了。

“懒姑娘，你怎么在睡觉！”巫婆看到女儿的眼睛正在窥视她，生气地说，“炉膛里的火都熄灭了，汤是不是已经熬好？”

巫婆和她的亲友弯下身体，想闻一闻肉汤的香味，黄油娃突然从炉顶推下砖石，狠狠地砸在他们的脑袋上。巫婆被砸死了，那些幸免于难的亲友全都逃向很远很远的地方。全教区的居民沉浸在一片喜悦之中，因为恶行累累的吃人女恶魔终于被消灭了。巫婆被头朝下脚朝上地埋葬了，连同她所有用来施展巫术的家伙一起被埋进她的坟墓，免得它们再对善良的人们作孽。

# 士兵与妖魔

妖魔穿着华丽的服装，带着订婚礼物，去向佃农的女儿求婚。姑娘的母亲很快查明了求婚人的身世。

老婆婆收下订婚礼品，但把女儿叫到墙角边，轻声说："带上那两根鞭子，等求婚人夜里来到你的卧室，想要赖在你的床上时，你就毫不怜惜地用鞭子死命地抽他。"

到了晚上休息时，妖魔鬼鬼祟祟地溜进姑娘的卧室，想挤到床上赖着不走。姑娘抓起鞭子，狠狠地教训了他。妖魔痛得哇哇喊叫，沿着墙根来回奔跑。最后它变得同蚯蚓一样柔软，企图从钥匙眼儿里逃跑。

但是佃农的妻子正拿着瓶子在门外面等候，她用瓶子捉住了妖魔，塞上软木盖后说："你就待在里面吧，好一个求婚人！"

然后，她带着瓶子爬上高山，把它扔进了深山沟。

十年光阴已经消逝。妖魔苦闷地挤在狭小的瓶子里，感到无比不幸。他等待救命恩人的到来，可是谁会迷失方向误入深山沟呢！又一个十年过去了。有一天，一位从土耳其战场回来的士兵来到这条深山沟。当初奔赴土耳其战场时，他是贫苦的士兵，如今他从土耳其归来了，依然一贫如洗。不过他决心要在死去之前富裕起来，为此他到处奔波，想在大山中找到矿藏。士兵看到沟底有一只闪烁光亮的瓶子，就拾起瓶子看了一眼瓶中的妖魔。妖魔恳切地请求士兵将它从瓶子里放出来，并答应付给他五枚金币作为酬谢。

士兵摇了摇瓶子，笑着说："像你这样的破玩意儿从哪儿能弄到五枚金币？"

妖魔决定增加酬金，答应付给士兵每天五枚金币的退休金，直到他离开人间。士兵启开软木瓶盖，妖魔从瓶里爬了出来。长时间的监禁使他骨瘦如柴，但是稍事休息以后，他变成了一位年轻英俊的小伙子。

他对士兵说："请坐在我的背上，去取你的养老金。"

"到什么地方去取？"士兵问。

"当然是土耳其，那里居住的都是有钱人。"妖魔解释说。

"可是我刚从那边回来，除了死尸、鲜血和废墟之外没看到别的什么东西。"士兵说。

"那是因为你没有走到黄金散发着夺目光辉的地方。"妖魔回答。

他要求士兵坐在他的背上。士兵在妖魔的背上刚刚坐定，他们就向着土耳其疾驰而去，没过多久就到了君士坦丁堡。他们在熙熙攘攘的大街上走来走去，东张西望。

"哪儿有散发夺目光辉的黄金？"士兵问。他紧紧地攥着妖魔的衣袖，怕他偷偷溜走。

"这里有一座宫殿，它的主人总是坐在钱袋上面。"妖魔说。他们在极为富有的财政大臣帕夏的宫前停顿下来。

“帕夏有个女儿，”妖魔说，“她是个美貌超群的姑娘，被人称作眼睛的光芒。你先住在那边的客栈里，我要潜入帕夏女儿的心脏，让她生病躺下。帕夏必将贴出告示，聘请各地名医，可是没有一个医生能够使姑娘康复。那时你可以慢悠悠地来到他的宫殿，说向姑娘的嘴里吹一口气就能使她彻底痊愈。不过在帕夏答应每天付你五枚金币直到你归天为止之前，你可不要吹气。”

妖魔的诺言成了现实，帕夏的美丽女儿卧床不起。帕夏聘请土耳其各地的名医为女儿治病，可是他们根本弄不清姑娘得的是什么病，更说不出怎样才能治好她的病。

士兵来到宫殿要求见帕夏，他说：“如果你每天付我五枚金币直到我去世的那天，我将治愈你女儿的病。”

帕夏答应了士兵的要求。于是士兵向姑娘的嘴里吹了一口气，妖魔随即停止挤压姑娘的心脏，姑娘随即就健康活泼地站了起来。士兵得到了报酬。他把一年的酬金统统装入口袋，大摇大摆地走上街头。

妖魔正在那里等候，并向士兵建议：“现在到王宫中去瞧一瞧。”

他们围着宏伟的宫殿转来转去，最后在厨房跟前停了下来。厨房的窗户敞开，向外散发出阵阵香气。妖魔和士兵未经邀请擅自走了进去，看到苏丹的宠妻正在炉灶边为尊贵的君主烧煮美味可口的饭菜。

“我要施展妖法，让这个女人着魔，然后由你治好她的病。”妖魔一边对士兵说话，一边通过嘴巴钻入女人的肚子。

苏丹的宠妻着了魔，变得疯疯癫癫，将锅、壶和火夹子扔得乱飞。士兵抱着脑袋逃出王宫的厨房，回到他暂住的客栈。几天以后，他听说苏丹正在聘请医生为他中了邪的妻子治病。士兵自称医生，保证能给苏丹的宠妻治好病，但要求苏丹给他在马尔马拉海滨建造一座宫殿。

苏丹满口应允。士兵说：“我要将病人带到海边，从她的身上驱走魔力，但是你必须发布命令，让全城敲起所有的大钟，鸣起所有的汽笛，吹起所有的号角。”

苏丹答应满足他的一切要求。士兵拉着苏丹宠妻的手，领她走向海边。钟声、汽笛声和号角声在城市上空回旋，也传到了海边，于是士兵向苏丹宠妻的嘴里吹了一口气。

妖魔离开女人的身躯后好奇地问：“是什么庆祝活动在城里举行，为何钟声齐鸣？”

士兵回答：“听说你的岳母大人前来会见苏丹的老岳母，现在她一定已经到达，要不然怎么会钟声齐鸣呢！”

“我的岳母？”妖魔目瞪口呆，“我哪里有什么岳母？”

“就是那位将你装进瓶子的老婆婆，她长途跋涉，已经来到此地，她肯定还会像上一回那样整治你的。”

“原来是那个老妖婆到了这里！”妖魔惶恐不安地说，“我现在怎么办？”

“立刻逃离此地，逃往遥远的吉尔吉斯大草原！”士兵给妖魔出主意。

“就这么办。”妖魔表示同意。他急忙上路，毫不停息，因为他担心动作慢了又会吃苦头。

士兵将苏丹的宠妻送回到苏丹身边，苏丹在马尔马拉海滨为他建起一座富丽堂皇的宫殿。财政大臣帕夏的美貌女儿嫁给了士兵，因为帕夏反正每天要付给他五枚金币的养老金。

# 陶器匠的儿子

陶器匠没有儿子，也没有女儿。多少年来，陶器匠的妻子耐心地等待着，希望生下一个孩子，可是毫无动静。

一天，她对丈夫说："你用泥巴捏一个儿子吧，好让我们有个继承人。"

陶器匠开始工作，他用最精细的陶土捏了一个小男孩儿，放入炉中烘烧。经过三天的高温烘烧，小男孩儿变成漂亮的红棕色。陶器匠打开炉门，将小男孩儿搬到地上。

陶器匠的妻子前后左右把男孩儿看了个够，然后说："有那么一点儿味道，就是肚皮大了一些。"

陶器匠回答："我能捏出这样漂亮的孩子可太棒了，这辈子我捏的不是坛子、罐子，就是盆子、公鸡，从来没有捏过别的东西。"

小男孩儿站了起来，摸一摸自己的大肚皮说："好母亲，我饿极了，请给我吃的东西！"

"小孩子快要长成壮小伙子了，看他一张口就要吃的。"陶器匠笑呵呵地说。

陶器匠的妻子忙得不亦乐乎，烧猪肉、煮土豆，加上黄油、面包和酸奶，摆了满满一桌子。小男孩儿狼吞虎咽，只用几分钟就吃完了一桌子东西，还闹着要吃更多饭菜。妻子掏空了菜橱，凡是可以给孩子吃的，包括发酵用的干面包和腌鲱鱼，统统拿了出来。可是陶男孩儿的大肚皮还没有填饱，他仍在不停地要吃的。陶器匠妻子取下晾在竿子上的面包圈，他也吃了，可还是不饱。放在墙角的一缸面粉也被他吃得精光。

陶器匠的小屋再也没有其他可吃的东西了，于是陶男孩儿一口吞下了他的父亲和母亲，扬长而去。他拖着两条僵硬的腿，沿着林中小路缓慢地一步一步向前走着。两只乌黑的眼睛从四方的额角下死盯着前方，好像正在思考从哪里可以得到食物。

一头长鬃毛的猪正在泥塘里打滚。

陶男孩儿看了一会儿后说："我已吃下猪肉和土豆、干面包和面粉，还有老头儿和老太婆，可是我的肚皮仍饿得咕噜咕噜乱叫，要是吃下这头猪，不晓得是不是能饱点了？"

猪死命地嚎叫。陶男孩儿连毛带蹄地把整头猪吞进了肚里。可是他的饥饿仍未解除。一群收割饲草的农民迎面走来，他们手里拿着草叉、耙子和镰刀。

陶男孩儿向他们要吃食。农民们瞪着眼回答："什么吃的都没有了，我们在草场已经吃完了所有东西。"

"那么我要把你们都吃掉。"陶男孩儿一面说，一面开始吞食姑娘、男人和老婆婆。他将收割饲草的农民连同草叉、耙子和镰刀统统吞进了肚皮。

陶男孩儿拖着沉重的步伐继续向前走。他来到森林里，可爱的小兔子高高兴兴地跳着蹦着向他表示热烈欢迎，可他毫不留情地将它们塞进嘴巴。狐狸站在路边，带着惊讶的神态窥视着这个长得像人的怪东西。但狐狸再狡猾也无济于事，这只尾巴尖上长着白毛的动物一露面，就被陶男孩儿吞进偌大的肚皮。

来自原始森林的大熊同陶男孩儿相遇。男孩儿问："你到哪儿去，卷毛的家伙？"

"我到哪儿去同一个陶人有什么相干？"大熊气呼呼地回答。

陶男孩儿挡住大熊的去路说："卷毛的家伙，你听我的肚皮咕噜噜作响，好像打雷一样。虽然我今天已经吃下干面包和面粉、割草回家的农民、收割饲草的工具、猪和兔，还有许多别的东西，但是我的肚皮还是叫个不停，兴许吃了你，可以解除我的饥饿。"

"你试试！"大熊咆哮着说。它用两条腿站立起来，然而陶男孩儿的肚皮仍旧是它的最后归宿。

"这是我一生中吃到的最好的食物！"陶男孩儿吞下大熊后打了一个饱嗝，用手拍拍肚子说。

灌木丛中传来一阵很响的声音。一头漂亮的公鹿出现在树木中间，它的头上长着高大威风的角。

"你去哪儿？"陶男孩儿问它。

"哪儿都不去，我只是沿着陆地和沼泽，沿着夏日的道路跑跑步。"鹿回答。

"你知道我有什么难处吗？"陶男孩儿问它，"今天我已经吃了面粉和面包圈、老头儿和老太婆、割草的农民和大熊，可饥饿还是折磨着我，要是吃了你，也许我就不会再饿了。你应该让我吃掉，因为除了沿着夏日的道路跑步外，你没有什么其他事要做！”

“对，我是应该让你吃掉，”鹿回答，“不过你的嘴巴未必能吃下我，因为我的角长得又宽又高。”

这倒是个问题。然而鹿有了解决办法，说道：“那边岩壁陡峭，你走过去背靠岩石，站稳脚跟，张大嘴巴。我则退到草地边，然后使出全部力气以最快的速度钻进你的肚皮，你看这办法行吗？”

陶男孩儿觉得这是难得的好主意。于是，他背靠岩石，站稳脚跟，张着大嘴。鹿向后退了几步，紧接着对准陶男孩儿的肚皮快速冲去。嘭的一声巨响，陶男孩儿裂成碎片。陶器匠和他的妻子从肚子里出来了。随后钻出来的还有翘着尾巴的猪，以及手拿草叉、耙子和镰刀的收割饲草回家的农民。最后走出肚子的是兔子、狐狸和大熊，它们耷拉着耳朵，慌慌张张地躲进了密林。

一缸生面粉已在陶男孩儿肚子里变成了大面包。收割饲草的农民一边吃着面包，一边问道：“是谁做了一个这么吃不饱的大肚皮？是你吗？”他们问陶器匠。

“正是我，”陶器匠悲痛地回答，“今后我再不给自己捏第二个儿子了！”

不过，他后来的确又捏了，而且捏了许许多多。他捏的陶男孩儿可以编成很多个连队。国王听了陶男孩儿的故事，将这位手艺高超的师傅请进了王宫，因为国王有的是吃的，而战争正需要炮灰。

# 国王的卫士

海边住着一个老农民，他有三个儿子。他家仅有的一块庄稼地也紧靠海边。许多年来，老农民一直想在这块土地上种植黑麦，可是每当庄稼快要成熟时，海上就刮起风暴，麦秆被刮倒，麦子被糟蹋。十年来，年年如此。

老人对此已经丧失信心，他对儿子们说："让这么好的庄稼地荒着实在可惜，但我已经厌倦了，因为每年连种子都收不回来，不知道你们是否愿意再轮流尝试一次。"

大儿子带头耕耘播种。麦穗开始开花灌浆，他白天黑夜地守在地头，寸步不离。一天傍晚，海上乌云密布，狂风大作。风刮得空前强烈，芦苇不停地发出刺耳的哀鸣声，树木被刮得嘎吱作响，大儿子不得不跑到围栏后边躲避狂风。东方开始发白，暴风雨停息了。大儿子伤心地看到，麦地好像被铁耙耙过一样，麦穗上连一颗麦粒都没了。

第二年春天，二儿子要求耕种土地。父亲规劝说："不要白费力气了，免得再受损失！"

但是二儿子不信，坚持再试一次。结果，他种下的庄稼又遭到了暴风雨的袭击。

三儿子是国王的卫士，刚从国王的卫队退役回家。小伙子房前屋后来回奔忙，想知道家里的耕地和森林是不是得到了很好的管理。他看到海边那块庄稼地被废弃，就要求父亲答应让他耕种。老人同样规劝他，说那是一块不吉利的庄稼地。可是三儿子不肯放弃自己的打算，还是向父亲借了种子，播下了黑麦。

庄稼长势良好，越长越高，卫士日日夜夜在地头看管。几天后的一个夜晚，天空乌云密布，海上波涛汹涌，暴风骤雨突然来到。不过小伙子没有跑到围栏后边去躲藏，而是趴在灌木丛里留心观察。他看到乌云在上空停止飘动，一群白天鹅飞下云层，落在庄稼地中。它们甩开身上的羽毛衣，变成了年轻漂亮的姑娘。她们在麦田中嬉戏，把麦子踩倒在地。

国王的卫士看中了最年轻的姑娘，她也是这群姑娘中最美貌的一位。小伙子悄悄地拿走了她的羽毛衣。姑娘们玩够了，跳足了，重新变成天鹅，迅速飞向天空，越过海洋。最年轻的姑娘没有找到羽毛衣，孤零零一人坐在岸边哭泣。

“是你拿走了我的衣服，赶紧还给我！”姑娘急得直哭，她对小伙子说，“要是你的年纪比我大，我就认你做父亲；要是你比我年轻，我就认你为弟弟；如果我们一般大，我就同意你做我的丈夫！”

卫士走出灌木丛，臂膀下夹着姑娘的衣服，说道：“你们为什么要让我父亲十年的辛勤劳动化为乌有，又糟蹋我哥哥两年的劳动果实？你能赔偿他们失去的粮食吗？”

姑娘保证加倍赔偿被她和她的姐妹们糟蹋的庄稼。小伙子好奇地问她是什么人，来自什么地方。姑娘告诉他，她是远在大洋那边的一个国家的公主，邪恶的巫婆施展魔法，使她们姐妹全都变为天鹅。听说这块庄稼地里长着一种药草，吃了后能使她们重新变成人，所以她们来到这里寻找药草，才踩坏了黑麦。现在自己的衣服既然被人抢走，也就不得不甘心做这个“强盗”的妻子了。

能有这样美丽动人的公主做妻子，卫士喜出望外。姑娘送给他一枚戒指，作为忠诚的信物。卫士将新娘领回家，全村的男女老少都参加了当晚举行的婚礼。他们吃菜喝汤，还朝天鸣枪，以表示对一对新人的美好祝愿。王宫离小伙子的家不远。国王听到枪声，派人前来查问。他误以为是自己的部队未经批准擅自对外开战。

国王派来的人查明情况后，报告国王说，海边的那幢房子里正在举行婚礼，新娘美貌脱俗，好似仙女下凡。国王也来参加婚礼，他非常喜欢卫士的新娘，因此产生了恶念，阴谋除掉小伙子，然后霸占新娘。

他对小伙子说：“我要你将世界上所有的四脚动物各找一对给我，如果不能在明天送到王宫院里，我就砍掉你的脑袋。”

卫士听了这样无理的要求，既气愤又着急。他向妻子诉说国王要他完成难以想象的任务。

“请不必发愁忧伤，”妻子安慰说，“明天你拿着我这块头巾去王宫，只要把它挥动三下，就会看到奇迹出现。”

第二天，卫士来到王宫的院里。他挥动三下头巾，各种各样的动物——长角的、不长角、长蹄的、不长蹄的，纷纷通过宫门向里面涌来。动物的嘶叫声震耳欲聋，差点儿将宫墙震塌。

国王惊恐万分，请求卫士赶快将动物赶走。卫士一挥头巾，它们随即消失得无影无踪，好像被土地吞食了一样。

但是国王贼心不死，继续阴谋暗算卫士。国王交给他一项新任务，命令他将天上的飞鸟全部送进王宫。小伙子问妻子怎样才能完成这项新任务，妻子依然要他挥舞头巾。卫士进入王宫，挥舞三下头巾，太阳消失了，好像黑夜降临，空中的飞鸟一股脑儿汇集到一起飞向王宫。这些飞鸟一只比一只大，落在房顶上，几乎压塌了王宫。国王惊慌失措，恳求卫士赶走飞鸟。卫士一挥头巾，飞鸟立即烟消云散，不知去向。

可是国王还不肯死心。他对卫士说：“我的父王丢了王宫的一串钥匙，那可都是纯金铸成的，现在命令你找回这串钥匙，不然你就会丢掉脑袋。”

卫士向妻子诉苦，国王又命令他完成一件不可思议的新差事。

妻子说：“这项任务比较难，但你大可不必担心。请你骑马去一趟教堂，在圣坛后面可以找到那串钥匙。不过一定要记住，当你离开教堂时，不管发生什么事情，都不可回头！”

小伙子骑上一匹名叫哈尔莫的马直奔教堂，果然从圣坛后面找到了金钥匙。但是当他转身往回走的时候，忽然听到骇人的鬼嚷声：“你在干什么，卫士？你为什么拿走我的财富？”

卫士冲出大门，跳上马背，没敢回头看一眼。就在这时，卫士的身子一摇晃，从马背上跌落下来，他的额角撞到石头，躺在墓地上几乎断了气。哈尔莫用它的鼻子推一推主人，很想帮他站起来。可是卫士紧闭双眼，一点儿没有动弹。于是哈尔莫叼起钥匙，飞快地跑回家，把钥匙交给了卫士的妻子。

卫士的妻子把钥匙交给国王之后斥责说："你为什么要迫害我的丈夫？我亲爱的丈夫一定是在寻找钥匙时跌进了死亡的深渊，至今未归。"

国王听说卫士失踪，十分高兴，立即宣布将卫士的妻子纳为王妃。卫士的妻子坚决反抗，但国王胁迫她一定要与自己成亲。

"最聪明的办法也许是我离开这个国家，隐居起来，直到国王的欲念完全破灭。"卫士的妻子反复考虑。

她对公公说："我要回一趟娘家，如果我丈夫回来问起我，请告诉他，我在黑海和白海的后边，沉在红海海底的铜宫里等待他。"

妻子凭借天鹅的翅膀飞向天空，消失在遥远的天边。躺在墓地草坪上的卫士终于苏醒过来。他站起身，看到三个死者坐在长满苔藓的墓石上，一人手拿一顶破旧的帽子，另一人拿着一双破皮靴，第三个人拿的是一把生锈的长剑。他们争吵不休，为的是要确定哪一件东西应归哪一位所有。

"你们干什么为这种破烂货争吵不休？"卫士问。

"那可不是破烂货，它们是稀世珍宝，"手拿帽子的那一位死者说，“谁要戴上这顶帽子，他就有了隐身的本领。”

拿皮靴的死者说：“这是一双一步能够迈出七里地的神靴。”

手拿长剑的死者大声夸耀：“谁要挥一下这把剑，对手即使是千军万马也将一败涂地，因为它是万能宝剑。”

“我倒是需要这些神奇的东西。”卫士心里盘算着，对互不相让的三位死者说，“你们都是死者，用不着这种威力无比的东西。那边有一块风水特好的墓地，请你们躺下永远安息吧。这些神奇的东西可以交给我，我是活人，需要威力，你们大可不必这样争吵不休。”

“国王的卫士说得很实在。”死者们心想。

于是，他们将帽子、皮靴和长剑给了卫士，高高兴兴地钻进墓穴安息去了。卫士脚穿皮靴，腰佩长剑，将隐身帽挂在胸前。皮靴棒得出奇，卫士只迈了两步就回到家里。母亲告诉他国王怎样纠缠他的妻子，迫使她变成天鹅飞向了远方。

“她说她在黑海和白海的后边，沉在红海海底的铜宫里等待你。”父亲告诉他。

“我的妻子已经走得很远，”卫士说，“但即使到了天边，我也要把她找回来。”

卫士朝着东方去寻找妻子。暮色降临，他在密林中找到一户开荒的农家。他告诉主人，因为寻找一匹逃失的马，想在这儿借宿一夜。主人表示条件有限，只好请客人在板凳上凑合一夜。卫士坐在板凳上休息，看见女主人忙着准备饭菜。

他听到女主人对丈夫说：“要是他饭前不做祈祷，现在就可以请他吃饭。”

“不妨试请一下。”男主人边说边请客人进餐。

卫士吃饱喝足后随即离开餐桌，既没有向上帝祈祷，也没有向主谢恩。不晓得女主人和男主人对此是否满意，因为他们既信教，又不信教。第二天早晨，男主人请卫士观赏他家的财富，仓库里装满了精细的铜器。

“这儿算不了什么，请客人再看另一个仓库。”男主人说。

第二个仓库藏的全是闪闪发光的银器。第三个仓库更让人眼花缭乱，里面的黄金堆成了山。客人突然从男主人眼前销声匿迹，黄金库中的黄金缺了一大块。

“这个寻马人原来是盗贼！”男主人大声咒骂。

卫士一跃跳到森林边，从头上取下帽子，显露出原形。男主人只有攥着拳头在后面恶骂，别无他法。穿过茂密的森林，黑海终于展现在卫士面前。海边有一幢形状奇特的小房子，像陀螺一样不停地旋转着，支柱像一条公鸡腿。

“请停止旋转吧，让筋疲力尽的人歇一歇，让疲惫不堪的人睡一觉！”卫士说。

小房子停止转动，一个老太婆从门洞里伸出脑袋。老太婆的鼻子足有三尺长，两只眼睛活像锡铸的汤匙。

“你要干什么？除了国王的卫士我不接待别人。”老太婆说。

“我正是国王的卫士。”卫士走进小房子。

老太婆盯了他一眼，好像要把他吞下肚子。她说：“我已有三十年没闻到基督教徒的气味了，现在闻到了，我要把你做成鲜美的肉饼。”

卫士说：“这不可能，用我的肉做不成像样儿的肉饼。我的骨头这么大，又有许多软骨，剩下的没有多少肉。不过你知道怎样才能越过黑海吗？”

“只要把你的左手递给我，我就可以送你到对岸。”老太婆说。

“我需要你的帮助，付你黄金作为报酬。”卫士说着打开他的背包。

卫士请求她让自己在板凳上睡一夜，老太婆没有拒绝。不过她自己一点儿没睡觉，而是汗流浃背地磨了一整夜斧子。

天一亮，卫士立即翻身下床，对老太婆说：“请快帮我划船到对岸去吧！”

老太婆用手指轻轻地试一下斧头的刀锋说：“将你的手搁在肉墩上，就算我拿到了划船钱。”

“先干活，然后才能给报酬，”卫士说，“到了对岸，你将立刻得到报酬。”

老太婆满意地随身带上斧子和肉墩子，在黑浪滚滚的海上划着小船，将卫士送向对岸。老太婆一桨一桨地划着，船两边泛起阵阵白花。一转眼，漫长的路程结束了，他们已经到达黑海的对岸。卫士戴上隐身帽，离开小船跳上了岸。

“国王的卫士，你到哪里去了？”老太婆声嘶力竭地高喊，“你不能没付划船钱就偷偷溜走，你知道我为送你到此地花了多少力气，还流血流汗磨了一整夜斧子！”

老太婆对着海岸大声叫喊，可是国王的卫士早已踏上走向白海的征途。这儿也有一条小船和一幢不停地旋转的灰色小房子，房子的支柱很像一条鹅腿。

“请停一下，过路的客人要进屋。”小伙子请求。

小房子停止转动，小伙子走了进去。里面住的也是一个老太婆，她的鼻子像根拨火棍，一双眼睛同两个银汤匙差不多。卫士进屋时，老太婆正用长鼻子拨弄炉火。

“你的妹妹向你致以美好的问候，她刚送我越过黑海到这儿。”卫士说。

“鬼话！”老太婆高叫一声，抬起她的鼻子说，“没割掉你的左手怎能送你过海！凡是要她送过黑海的人没有一个不被砍掉左手的。”

“原来如此！”卫士假装惊讶，“她所以同意送我过海，是因为我说了千言万语恳求她，外加一捧金光灿灿的黄金，请你也帮我跨越白海吧！”

“要是你献出两只手当作报酬，我就帮助你划船过海。”老太婆带着很浓的鼻音说。

“就这样吧！”卫士答应说，“不过请你到了对岸再砍去我的双手，因为我要掌舵，没有手的人是无法完成这个任务的。”

老太婆没有识破卫士的花招，同意了他的要求。他们划着小船，越过白海，到达对岸。卫士再一次戴上隐身帽，跳离小船，逃之夭夭。卫士到了红海边，又看到一幢小房子在像鹤腿似的支柱上不停地旋转。卫士想用咒语让它停止转动，可是不仅不起作用，它反而加快了旋转的速度。

“现在怎么办？”小伙子伤透了脑筋。这时有个人从岸边走来，他向小房子踢了一脚，鹤腿立刻跪倒在他的面前。房子停止转动，卫士走了进去。

小房子的主人还是一个老太婆，比前两个老太婆长得更丑陋更可怕，她的鼻子像根炉门闩，眼睛像两个金汤匙。老太婆忙着烘面包，用鼻子将炉门闩上。

“你的两位姐妹向你致以亲切的问候。”卫士说。

“十足的谎言！”老太婆吃惊地说，“你怎能来到这里还双手齐全呢？我的姐妹从来都要砍掉过路人的双手的。”

“我是国王的卫士，力大无比，我的双手不是那么容易被人砍掉的。”卫士吹嘘说。

“原来你是这样的人！”老太婆再次表示惊讶，并问道，“我可不可以打听你前往何处，到天边去寻找什么？”

“我去寻找自己的妻子，一个深居铜宫的国王女儿。难道你见过她？”

“没有见过，”老太婆回答，“我也从未听说过有这么个公主。”

“或许你知道铜宫在哪里，听说它已沉入红海海底。”

“没有见过，也没有听说过那样的宫殿，尽管我在自己的大海里前后左右来来回回划了一辈子船。”老太婆回答。

听了这些话语，卫士悲伤地低下了脑袋。可是老太婆安慰他：“不要泄气，快到那边去问问我的下属。”

他们一起走到岸边，老太婆提高嗓门喊道：“喂，所有天上的飞鸟快过来，我要同你们说话！”

顷刻间，鸟儿飞来了，有大的，也有小的，要多少有多少。“你们是否见过，”老太婆问飞鸟，“你们是否见过大海里有一座铜宫？它已被海浪淹没，只有少数几个塔尖依旧露在水面上？”

所有飞鸟异口同声地回答：“没有，我们从未见过，也没有听说过那样的宫殿。”

“难道你也一无所知？”老太婆询问鸟中的长者百岁鱼鹰。

“是的，我不知道。”鱼鹰回答。

“好的，那你们都飞走吧！”老太婆向鸟儿们发出命令。

鸟儿飞向天空，老太婆又命令海里的鱼儿集合在一起。鱼儿对铜宫也一无所知。卫士认定他再也见不到自己的妻子了。这时，海水忽然被分隔成两半，一头巨大的鲸鱼游了过来。

“你到哪儿去了，别的鱼儿在此集合时你为什么缺席？”老太婆追问鲸鱼。

“我所以迟到，”鲸鱼解释说，“是因为我的尾巴在深海的旋涡中被铜宫的塔尖钩住了。”

“请你赶快带我去铜宫！”卫士恳求鲸鱼。

“非常乐意，请你骑在我的背上。”鲸鱼欣然同意。

卫士骑上鲸鱼，这巨大的动物立即向大海游去。没过多久，卫士看到了铜宫露出水面的塔尖。他感谢鲸鱼把他带到此地，并一把抓住了塔尖。

“为什么要把宫殿建造在水下？”他费解地思索着，“兴许是哪个坏家伙施展巫术的缘故。”卫士一边推论，一边潜入海底，探索铜宫的秘密。

原来宫殿被一根一人粗的铁链拴在海底。卫士拿起万能的宝剑，将铁链砍断，宫殿随着一个很大的海岛一起浮出了水面。卫士戴上隐身帽，看着宫里的人涌向外面。

“我们终于解放了，终于摆脱了巫术的枷锁！”宫里的人们万分喜悦，“现在我们重新变成了人，而不再是贝类和鱼虾！”

人们清扫宫殿，因为泥土、海藻、贝蚌以及形形色色的肮脏东西充塞了宫殿的每一个角落。宫殿被清洗得干干净净、光辉夺目，人们载歌载舞、尽情欢乐。卫士拿出戒指放入他妻子的酒杯，那是妻子当初送给他的忠诚的信物。国王的女儿喝完杯中酒，发现了戒指。

“我的丈夫，亲爱的丈夫，你现在在哪里？”妻子看到戒指后不断地呼叫。

卫士摘掉戴在头上的隐身帽，加入了欢乐的人群。第二天，卫士问妻子何时可以返回家乡，怎样才能返回家乡。

妻子拿出天鹅的翅膀说：“哪怕是立刻动身都可以，这两只翅膀足可载乘我们俩。”

他们靠着天鹅的翅膀飞越三片大海，穿过无边无际的大森林，回到了自己的家园。住在邻近的国王得知卫士已带着他可爱的妻子返回家园，就率领一支庞大的队伍耀武扬威地来到卫士的家，再次企图夺走他的妻子。可是卫士威力无比，他从剑鞘中拔出宝剑，在空中挥舞两下，国王和他的军队立刻被火焰卷走，埋入地下。

卫士成了国家的君主。他和年轻的妻子生活幸福，人民安居乐业。

乌云在上空停止飘动，一群白天鹅飞下云层，落在庄稼地中。它们甩开身上的羽毛衣，变成了年轻漂亮的姑娘。她们在麦田中嬉戏，把麦子踩倒在地。

——《国王的卫士》

# 中士和国王的女儿

中士被派去守卫国王的军火库。哨所离兵营很远，对面有很大一片沼泽地。中士肩扛长枪围着军火库巡逻放哨。夜深人静，万籁俱寂，他听见从沼泽地传来一阵阵喊叫声。

“听着，守卫军火库的中士！”那是一个女子的声音，“要是你还长着人心，就请过来帮我一把！”

“哨兵不准离开自己的岗位！”中士回答，“等我下岗后再帮助你，我一定会帮助你的。”

“此时此刻我需要你的帮助，要不然我将永远地陷进泥沼！”女人继续恳求。

“管不得后果究竟怎样了，”中士心想，“要是我前去救助，必然会被关禁闭或者降为士兵，可是我不能见死不救啊！”

他把长枪靠在军火库的墙上，奔向沼泽。他向前跑了二十来步，看到泥沼中露出一颗女人的头。她长得妩媚动人，眼睛像两颗闪耀光芒的珍珠，这样漂亮的脸蛋，中士在睡梦中也未曾见到过。中士使劲想把女人拉出泥沼，然而她纹丝不动。

“请为我祈祷祝福，我就能脱离沼泽。”女人请求。

中士为她祈祷祝福，她立即轻巧地走出了沼泽。更奇怪的是，她的衣服丝毫未湿。中士将她搂在怀中，扶着她走向军火库。

他们坐在地窖的泥炭盖顶上，姑娘告诉中士说："我是国王的女儿，我的国家在大海对面，是妖魔捉住我，将我禁锢在芬兰的沼泽中。你的祈祷祝福拯救我摆脱了妖魔的控制。现在我要永远掌握自己的命运，请收下这只钻石戒指当作纪念，一个月后来码头接我。妖魔想把我弄到他家，希望你能与我同行，不过那个泥腿子老家伙肯定不会同意。再见，一个月后在码头再见。"

他们拥抱、亲吻，互表爱恋和忠诚之心。国王的女儿起程返回她遥远的祖国。岗哨换岗后，中士回到兵营，他未对任何人说起国王女儿的事，也没给伙伴们欣赏姑娘赠送的戒指。

一个月悄悄地过去了，中士请假获准。他在约定的那天快步赶往码头，去迎接国王的女儿。一条陌生的帆船朝着码头驶来，中士无比激动，他以为很快就可以见到自己的心上人了。可是泥腿子老家伙不守信用，根本不按事先答应的去做。他装扮成将军的模样同中士说话，偷偷地在他的身上扎了一针安眠药。在即将与公主会面的时刻，中士忽然倒在长凳上，熟睡得同死人一样。公主的船靠了岸，她急着去见未婚夫。可是中士在长凳上酣睡，公主想尽一切办法都未能将他弄醒。

"我就这样把他带上船吧，"国王的女儿果断地做出决定，命令侍从们将中士抬上船。

侍从们正要执行命令，装扮成将军的妖魔走了过来，喊道："你们要把我的士兵抢上外国船？这是不能得逞的！"

公主明白这是妖魔的鬼把戏。她弯下身子，在中士的耳朵旁轻轻地说："魔法使你沉睡，我已无法把你带走，一个月后我们再在这里相会。不过你要提高警惕，别让任何人靠近你，以免第二次上当受骗，中了诡计。"

公主的船扬起风帆，向远海驶去。中士从酣睡中醒来时，公主的帆船已远离海岸。不过他牢记公主对他的告诫，下一回一定会提高警惕。

光阴似箭，一个月又过去了，中士请假获准，重新奔向码头等候同心上人相见。这一次奸诈的妖魔变成一条狗，将安眠药塞进中士的裤腿。国王的女儿离船登岸后，又一次发现小伙子躺在长凳上酣睡。

公主无法带走自己的未婚夫，只好又一次对着中士的耳朵轻声说："一个月后我第三次来这儿接你，不过那是最后一次了。你一定得照顾好自己，不要再被安眠药弄得昏迷不醒。"

一个月后，中士申请退役，因为他已为国王整整服务了十年，退役申请立即得到批准。在约定的那一天，他站在码头左顾右盼，注意不再上当中邪。可是这一次妖魔变成一只燕子猛地向他冲来，在他的帽子上扎了一针安眠药，随后高高地飞走了。国王的女儿上了岸，千方百计地想唤醒中士。她哭泣、祈祷，都无济于事。

最后，她又冲着未婚夫的耳朵轻轻地说："我再也不能回来接你了，尽管我多么地愿意再来。不过你拥有我赠给你的戒指，我将永远属于你。今后你只能依靠自己的力量到我的国家去，我在父亲的王宫中等候你，请快快来到我身边。”

中士醒了，公主的帆船已驶到遥远的天边，变成一个小小的黑点。他深深地叹了一口气，自言自语地说：“我的欢乐和幸福已经永远失去，像我这样的穷中士哪有可能航行到大海彼岸，最好的办法也许是了此一生，免得痛苦一辈子。”

中士向渔民要了一根绳子，想到森林里上吊寻死。他在一棵长着结实树杈的栎树下停住脚步，看看怎样才能将绳子挂上树杈。天空忽然乌云密布，雷声隆隆，大雨倾盆。中士蜷缩着身子在栎树下等待大雨过去。栎树的树根一半长在墓石下，从那儿传来一阵阵吱吱的惨叫声。

“是什么东西在那儿吱吱作响？”中士想。

他走了过去，看到许多条龙崽子爬来爬去，吱吱地呻吟，因为雨点正打在它们还没有长鳞片的光秃秃的身上。中士想：“我即使全身湿透也无关紧要。”于是他脱下军服，盖在龙崽子们身上。

远方传来啪啪的拍翅声，一条骇人的双头龙正从天而降，它停在墓石上，四只眼睛直盯着中士说：“喂，年轻人，你来到我的窝边太叫人高兴了。现在我要把你撕得粉碎，喂养我的孩子，因为我今天出去捕食一无所获。”

“请撕吧，”中士响亮地说，“我不计较怎样死去，因为我就是为了寻找死亡才到这儿来的。”

龙崽子们从军服下发出请求：“好母亲，请不要伤害他，因为他以伟大的仁慈将军服盖在我们身上，自己却淋得像只落汤鸡，而他本来可以轻易夺去我们的生命。”

双头龙沉默了一会儿说：“感谢你救了我孩子的性命，请说吧，你需要什么报酬。只要力所能及，我将全力以赴地帮助你。”

中士介绍了自己的身世，问龙能否把他带到大海的彼岸——国王女儿的身边。

“完全可以，”龙回答，“我正准备到那个国家去探望亲戚呢。”

第二天，双头龙为小崽子们准备好食物，自己吃饱肚子，然后请中士骑在背上，腾空而起，飞向国王女儿的国度。双头龙在空中疾飞，一朵朵白云排山倒海般地落在后面。它载着中士，飞越大海和高山。

“请往下瞧，”龙说，“你瞧见城市没有？”

中士向下一看，回答：“海边有一座城市，那儿尖塔林立，窗户闪烁光芒。”

“被妖魔劫持的公主就住在那座城市里，”龙说，“我就要降下去了，并与你告别，请一定好好照顾自己。”

双头龙飞临地面，让中士从它背上跳进苔藓丛，然后又腾空而起，向高空飞去。中士徒步走向城市。城门附近住着国王的花匠，他正需要一名帮手，于是中士成了他的帮工。花匠是一个非常喜欢说话的人，中士从他嘴里听到许多宫中的情况。

花匠说，宫里住着一位如花似玉的公主，她有过无数苦难的经历，妖魔曾经控制了她，将她扔进芬兰的沼泽，自从一位中士救了她，她就发誓不嫁别的男人。国王的女儿三次乘船去接中士，不知为何始终没能接到他。听说就在这几天，宫里来了一位王子，他自称救过公主的命，一定要同她结亲。因为国王喜欢他，一星期后宫里就要举行婚礼了。中士听了王子求婚的消息，非常气馁。他夜不能寐，懊丧绝望。

“既然睡不着觉，”中士想，“我何不先给自己挖好坟墓？”

中士翻身下床，拿起铁锹，向森林里走去。他在一块沙质草地上挖掘坟墓，铁铲触到一块巨大的腿骨，紧接着又挖出一具巨人的骨架。附近刚巧有一座小墓地，中士收拢巨人的尸骨，将它埋入墓地。中士做完好事，心里轻松了许多。他回到了花匠家。

“你到哪里去了？”花匠问。

花匠告诉他，宫中和城里处处装饰着黑布条，全国人民生活在恐惧和悲痛之中。一个外国强人已经入侵我国，他力大无比，勇猛强悍，顶得上十个国家的军队。他要求娶国王的女儿为妻。国王发出总动员令，武装全国人民，明晨将同这个强人在城外决一死战。人们都认为，国王的军队将被打败。那位打算同公主结婚的王子早已吓得魂不附体，逃之夭夭。

听了这些令人沮丧的消息，中士想：“既然这么强悍有力的人要强占我的未婚妻，我也无能为力，我还是挖好自己的坟墓，把它整修完毕。”

深夜，中士被巨大的撞击声惊醒，他看见一双巨人的脚伸进烟囱口，从上方传来洪亮的声音：“你把我的尸骨埋入基督徒的墓地，为我做了一件好事，我已做好安排，让公主归属于你，只要按照我的意思去做，你就会万事如意。请即刻到你昨天挖掘坟墓的地方，用铁铲不停地挖土，直到看见铜门，然后用脚踢一下门，说一声：‘以主的神力和指令，将门开开！’铜门打开后，请你走向地下大厅，给那儿的一匹马和一头狮子添些饲料。大厅角落里放着一只柜子，里面摆了一只瓶子，喝一口瓶中水，你就会变得同我一样高大和强壮。请你再到隔壁的房间穿上战服，佩好武器，然后跨上骏马，向外国强人勇猛地冲去。这样公主将永远属于你了。”

巨人说完就销声匿迹了。中士一刻不停地翻身下床，奔向森林，找到昨天挖墓的地方，挥动铁铲。铜门露出地面，他踢了一脚，念了一遍巨人教的咒语，果然铜门大开。中士步入门槛，不料跌进了深渊。他以为末日临头，可是却落在厚厚实实的松软草堆上。

中士看到一间石砌的大厅，里面放着两只大笼子，一只笼子里关的是一匹巨马，另一只笼子里关了一头正用舌头舔着毛皮的巨狮。中士给巨马加了草，也给狮子添了肉，然后奔向摆在墙角的柜子，取出瓶子，喝了一口强力水。他的衣服被撑破，发出刺啦刺啦的破裂声，中士顿时变成三十尺高的巨人，自觉力大无穷。

大厅隔壁是服装库和武器库。中士穿了一套闪闪发亮的铜盔甲，腰间佩带一把十尺长的宝剑。他骑上马，问道：“我们俩是否能战胜那个来自外国的强人？是否还要请狮子帮助我们？”

“不需要，我们俩能够轻易地战胜敌人。”马嘶叫了一声。

中士骑上马背，夹紧双腿，巨马腾跃三下，就到了城外的战场。巨马腾跃，地动山摇，老百姓还以为发生了地震。中士的铜盔甲在阳光下闪烁着灿烂的光辉。人们惊恐万分，因为不知道他究竟是站在国王一边，还是为外国强人助阵。

外国强人率领着一支部队威风凛凛地来到战场。他向中士打过招呼，然后大声说：“你要同我打仗，还是想与我讲和？”

“先打仗，后讲和，如果有此必要的话。”中士回答。

外国强人手持长矛向他刺来，扬起漫天沙土。中士骑着巨马，一夹双腿，向外国强人直冲过去。他一挥巨剑，将强人砍下马背，割掉了他的脑袋。强人的士兵目睹这一切，纷纷抱头鼠窜。国王的军队紧紧追赶，杀死了大部分敌军。

中士掉转马头，不慌不忙地向城里骑去。国王和侍从们站在宫前向他表示感谢，恭恭敬敬地请他进宫，可是宫中没有一个房间能够容纳下松树一般高的巨人！中士决定接受国王的邀请，将马拴在大门柱子上，匍匐着钻进大门，来到刚刚够他躺着休息的院子中。国王和将军们同他热情交谈，国王说：“你拯救了我们的国家和城市，使我们免遭毁灭，给你什么报酬都不过分。请接受一枚骑士勋章做纪念，好让你在世界各地游历时不忘记我们。”

铜匠领着徒弟来到王宫，他们在中士的铜盔甲胸前钻了一个洞，挂上金光灿烂的骑士勋章。国王还命人从王宫的酒窖中抬出贮存白兰地的酒桶，请英雄痛饮。中士喝完酒，爬出大门，骑上马背，向城外疾驰而去。地面三次震动，巨马回到家中，可是谁都不知道骑在马背上的巨人去往何处。

中士走进大厅，将马关进笼子。他还告诉狮子，他们是怎样轻而易举地战胜了外国强人。他喂好巨马和巨狮，走进大厅隔壁的仓库，看到挂钩上挂着许许多多男女巨人的服装，有丝绸的，也有丝绒的，绣着金线，装饰着宝石，华丽而高贵。此外，仓库里还有大量盔甲和名目繁多的武器。

中士决定使自己恢复普通人的形象。他从墙角的柜子中取出一只瓶子，里面装了能够使人缩小的神水。中士喝了瓶中水，立刻恢复到原先的身高。他的旧衣服已经破碎不堪，因为在他变大前没有及时脱掉衣服。他从巨大的针线盒中找出针和线，可是针粗得像铁棒，线粗得像麻绳。幸亏背包里还有普通的针线，他很快把支离破碎的衣服缝补在一起。下午，中士回到了自己的住处——花匠的家里。

花匠在大门口与中士迎面相遇，热情地说：“你一整天到哪儿去了？要是你在家，就可以看到一场惊心动魄的格斗。外国强人的威力固然大，可是帮助我们打仗的巨人威力更出奇，他一挥宝剑就结果了外国强人的性命。现在全城居民沉浸在一片欢乐之中，你快去王宫的院里看一看，那儿正在为欢庆胜利散发钱币，饮酒作乐。”

中士跟随花匠到了王宫院里。公主正从尖塔的窗口将钱币投掷给群众。在成百上千的人群里，国王的女儿当然辨认不出自己的未婚夫。

几天后，花匠慌慌张张地从城里归来，对中士说，王宫和城里又挂起了黑布条，因为那个外国强人的兄弟前来进犯我们的国家，他比他哥哥更加凶狠残暴，国王的军队明天将向他开战。中士听到这些消息后，急忙赶到地下大厅。他先喝了一口强力水使自己变成巨人，然后穿上用黄金制作的防护服，跨上狮背，奔赴城外的战场。

来自外国的强人已经率领他的部队在那儿等候。这是一个长相怪异的巨人，两只眼睛活像一对大水桶。他冲着中士雷鸣般地大吼一声：“你要打仗还是讲和？”

“先打仗，后讲和！”中士回答，骑着巨狮冲向敌人。

两个威力无比的巨人对阵厮杀，地面颤动不已。中士一挥宝剑，来自外国的强人被劈成两半，当场丧命。巨狮一声吼叫，把敌军吓得落魄丧胆，四处逃窜。中士又一次被请到王宫的院里。这一回国王授予他一枚镶嵌宝石的大十字勋章，还请他喝了一大缸朗姆酒。

中士送回狮子后，又恢复了原样。他回到花匠家，花匠忙问道：“你到底是什么人，怎么不来观看两个巨人的搏斗？你说你当过兵也参加过战争，可是对战斗为什么漠不关心？现在王宫前正为欢庆胜利向平民百姓分发钱币，我们一起去看看欢乐的情景。”

王宫的院里挤满黑压压的人群，国王的女儿正在分发钱币。中士走到她面前，伸出一只手索要钱币，公主看到了他手上光辉夺目的戒指。公主的面孔先是苍白得像一张白纸，紧接着又变得如草莓一样鲜红。

她跪在国王的身边说：“我看到了把我救出芬兰沼泽的那位中士。”

公主将中士领进自己的房间，中士向她讲述了全部经历。花匠站在院子里目瞪口呆，急忙回家告诉妻子，他亲眼看到自己的雇工被前呼后拥地领进王宫的内室，受到贵宾一般的款待。

中士讲完故事，公主激动无比。她说：“走，我的丈夫，快将这一切禀报我的父亲，告诉他你怎样骑在龙背上越过大海，告诉他正是你先穿铜盔甲、后着金护身服，两次战胜国家的敌人，等他知道了这一切，定会同意我们在一起的。”

“我的经历这样离奇和冒险，”中士说，“他未必会相信。”

“可我们总得告诉他是谁除掉了外国的强人嘛！”公主说。

她走到国王的身边，详尽地讲述了中士的经历。将军们站在国王的周围。

“难道那些都是真的？”国王听后深表怀疑，“他还不及帮我们打仗的那个巨人的小脚趾长呢！”

中士听了国王的话后说：“既然你不信我的话，就请看看我变成巨人后的样子吧！”

他又奔赴地下大厅，求助于强力水的威力让自己变成巨人，然后穿上金制护身服、骑着巨马回到王宫。

“现在该相信了吧？”他问国王，“难道你依然认为我还不如巨人的小脚趾长？”

宫里人都拥到他的四周，向他投去钦慕的眼光。可是国王提高嗓门说：“我的女儿不配给松树一样高的人做妻子！”

“好的，一会儿就配了。”中士回答。

他将公主扶上马背，掉转马头，向宫外疾驰而去。大地颤动三次，谁都不知道他们去往哪里。中士带领公主进入地下大厅，公主喝了一口强力水，一转眼也成了巨人，并穿上夹金线的真丝外衣。中士搀扶公主上了马，自己用狮子当坐骑。大地又颤动三次，他们回到了王宫的大门前。

“现在相配了吧，难道你还有意见？”中士问国王。

“现在看来你们已像盒子与盖子一样相配了。”国王表示认可。

公主攥住中士的手问：“要是我们就这个模样举行婚礼怎么样？”

中士对此不持异议。就在王宫主楼的阳台上，牧师为这对年轻人主持了结婚仪式。婚礼酒席摆在草坪上，婚礼舞会也在室外举行。在这个王国里，有史以来第一次举办如此盛大欢乐的婚礼。

花匠坐在最后一桌的主位上，指一指中士对妻子轻轻地说："谁会相信那位英雄昨天还是我的帮工哩！"

人们尽情地跳舞直到婚礼结束。一对新人自始至终和大家在一起，他们还不时按照自己的愿望，一会儿变成巨人，一会儿又还原成普通人。

# 老鼠新娘

国王有三个儿子，都已长大成人，可是他们游手好闲，既不上前线，也不娶妻子。

国王对儿子们感到厌烦，便对他们说："你们都已成人，应该成家了，不然我们的家族会绝后的。你们必须在今天之内找到自己的新娘！"

国王把儿子们叫到院里，手里拿着三根长短不一的树枝说："最长的一根树枝指着哪个方向，我的大儿子，你就朝那个方向走。老二根据第二长的树枝所指的方向走，最短的一根将指明老三应走的方向。"

国王将三根树枝抛在地上，大儿子的树枝指向一户富裕人家，二儿子的树枝对着佃农的家，可是老三的树枝却朝着阴森森的原始森林。老大走进大户人家的大门，向他们的女儿求婚。老二表示要娶佃农的女儿。老三则闷闷不乐地走向森林，毫无目标。

傍晚时分，老三看见路边有幢小木屋，他低下头，走进小屋。里面没有人，只有一只小老鼠孤零零地坐在桌子上，头上包着头巾，两只手交叉在脑前，好像在等待什么人。

"晚上好！"小王子表示问候。

"晚上好！"小老鼠回答，"你有什么心事，为何这般忧伤？”

王子告诉小老鼠：“我父亲命令我来这儿娶亲，可是这么荒凉的原始森林里能找到什么人？”

“你娶我吧。”老鼠认真地说。

“娶你？”小王子大吃一惊。

“那有什么不可以的？”老鼠回答，“这个世界上怪事多得很，我会烘面包、纺纱织布，还会酿啤酒。”

“好吧，既然没有别的人，”小王子同意了，“就让小老鼠做我的新娘吧！”

几天之后，国王发话要各位新娘做面包。

“哪个儿子的新娘面包做得最好吃，”国王说，“他就可以得到我的半个国家。”

富裕人家的女儿和佃农的姑娘立即忙了起来。大儿子给父亲送去黑麦面包，二儿子的新娘做的是大麦蛋糕。可是怎么不见小儿子的新娘烘的面包呢？

小儿子听到父亲的命令后慌慌张张地对小老鼠说：“现在怎么办，你会烘面包吗？”

“请不要惊慌，”老鼠回答，“你安心地休息好了，明天一早就会有面包的。”

小王子睡觉去了，将被子一直拉到耳朵边，睡得非常香甜。就在那个时候，小老鼠请了一百只老鼠朋友来帮忙，它们用面粉、白糖、奶油和杏仁做了一个大蛋糕，谁要见到它都会馋得口水直淌。小王子拿着蛋糕去见父亲，谁都夸小儿媳妇做的蛋糕最出色。

“但是，”国王说，“我还要给新娘们一项新的任务，谁要能叫他的新娘织一件最最漂亮的衬衫，他立刻可以得到半个国家。”

儿子们都给自己的新娘转达了父亲布置的新任务。大户人家的女儿织了一件麻布衬衫。佃农的姑娘织的是亚麻布衬衫。那么小老鼠新娘又会织出什么样的衬衫呢？

小儿子向老鼠转告国王的要求后，便问：“你能织出衬衫吗？还是需要由我亲手织布缝衣呢？”

“请不要过分忧虑。”老鼠新娘又说。

王子进入梦乡后，小老鼠动员了五百只老鼠朋友来帮助。它们你追我赶地纺丝线，纺出的丝线比蜘蛛吐出的丝更细更柔软。它们随后织丝绸，用的是很小很小的织布机，织布机发出的声音就像千百只蟋蟀在唧唧地鸣叫。东方发白，衬衫已经缝好。绸料柔软细腻，整件衬衫可以放在核桃壳中。小老鼠将装着衬衫的核桃壳递给了小王子。

“衬衫在什么地方？”国王追问小儿子。

“在这儿。”儿子回答，并将一个核桃交给父亲。

“你在深山老林里发疯啦！”国王说，“这是核桃，不是衬衫。”

“请你打开看一看。”儿子说。

国王掰开核桃，从里面飘出一件柔软、轻飘、细润的衬衫，国王对它赞不绝口。

“给你半个国家我将无所顾忌，因为你有一位如此灵巧的新娘，”国王一面夸耀小儿媳妇缝制的衬衫，一面又说，“不过还有一件事，明天我想同你们的新娘见一面。”

老大和老二觉得父亲的要求天经地义，合情合理，因为他们的新娘都是普通人。唯独小儿子感到发窘，十分为难，他想：“怎么可以领着老鼠同父亲见面呢？”

小王子怀着沉重的心情返回密林中的小木屋。小老鼠坐在桌面上，包着头巾，两手交叉放在胸前，好像正在等待什么人的到来。

小老鼠问小王子：“这一回又有什么新消息？”

小王子讲了内心的苦闷，可是小老鼠安慰他说：“请打起精神来，明天我们一起去你父亲的王宫，你在前头走，我赶着自己的车跟随在后面。”

第二天拂晓，他们关好小木屋的门，出发去王宫。小王子在前头走，老鼠新娘坐在用半个鸡蛋壳做成的车厢里，由六只灰老鼠拉着跟在后面。灰老鼠车夫不停地迈着小爪子向前奔跑，虽然速度不快，但也跑了不少路。一条弯弯曲曲的小河在前面流过，河上的木桥使两岸的往来畅通无阻。他们刚走到桥头，迎面来了一个老头儿。他看到坐在蛋壳车里的小老鼠，捧腹大笑，竟然飞起一脚，将蛋壳车连同老鼠新娘一起踢入河中。

“我的新娘失踪了，我亲爱的小老鼠！”小王子悲痛欲绝。

然而奇迹出现了，蛋壳车沉入水底，六只灰老鼠却变成六匹骏马，拉着金光灿灿、银光闪闪的马车上了河岸。坐在车里的小老鼠变成了倾国倾城的美貌姑娘，她头戴金冠，身着高雅华贵的礼服。

“我的新郎，请坐在我的身旁，让我们继续赶路去你父亲的王宫，”姑娘对小王子说，“我就是那只来自林中小木屋的勤劳节俭的小老鼠——你的新娘。”

小王子登上马车，姑娘告诉王子，她原是邻国的公主，一个邪恶的巫师把她从她父亲的王宫中劫走，并用巫术使她变成了老鼠。要是没有人娶她做新娘，她将一辈子当老鼠。她还必须在迎亲路上被人从桥上推下水，因为那是重新变人的必不可少的条件。现在一切都已如愿，一对新人幸福地驾车前往小王子父亲的王宫。

王宫到了，国王亲自站在院子里欢迎。他多次紧握小王子的新娘的手，想不通小儿子怎么能从深山老林里找到如此可爱能干的姑娘。小王子从此统治着半个王国，老鼠新娘始终是他最好的助手和参谋。

# 小拇哥

小矮个儿能采到地上的浆果，大高个儿却无法摘下天上的星星。森林的深处住着一户佃农。佃农共有七个儿子，最小的儿子个子非常非常矮，人家叫他小拇哥。

一次，佃农的妻子做了七大块奶酪，准备拿到市场去卖。奶酪放在木架子上风干，小拇哥钻到第七块奶酪里面睡大觉。傍晚，一家人围着桌子吃饭，可是不见小拇哥到来。

母亲心里焦急，冲着门口高声喊："小家伙，我的小宝贝，你在什么地方？"

小拇哥听见母亲的叫声，回答："我在这儿，奶酪里面。"

佃农的妻子掰开第一块奶酪，没看到小儿子。她一块接一块地掰开所有奶酪，到了第七块才找到小拇哥。宝贝儿子找到了，可是奶酪已经糟蹋，无法再上市售卖。

第二天，小拇哥的母亲挤了两头母牛的奶，一头母牛名叫珍珠，另一头叫月桂。小拇哥躲到母牛的饲料箱里玩耍，月桂用舌头一舔，将他卷到嘴巴里，吞进了大肚皮。

"小拇哥，我的小乖乖，你在什么地方？"小拇哥的母亲又叫喊。

"在这儿，在珍珠的肚子里。"

佃农宰了珍珠，可是没有在它的肚子里发现小拇哥。为了找到小拇哥，他不得不又破开月桂的肚子。奶酪没有赚到钱，还接着又宰了两头牛，佃农家自然变得贫困不堪。不过牛肉倒是吃了个够。小拇哥吃了牛肉，个子长得同手腕一般高。吃完了牛肉，家里再没有别的东西可吃，甚至连早饭都开不出。

佃农轻轻地对妻子说："我不忍心看着孩子们一天天瘦下去，干脆将他们放在森林里算了。"

小拇哥听到了父母的谈话。一清早，他走到湖边，拾了一口袋白颜色的小石子。佃农领着孩子们走进森林深处，打算将他们留在那里。小拇哥每走几步就偷偷地扔下一粒白石子做记号。父亲没有发现小拇哥的行动，他将孩子们留在被大风吹得东倒西歪的乱树丛中，急忙转身回家。

天色已黑，佃农夫妇正在吃晚饭。妻子叹气说："唉，屋子里实在太清静、太空荡，不晓得孩子们在什么地方！"

就在这个时候，大门打开了，孩子们冲了进来，小拇哥走在最前头。孩子们能够毫不困难地回到家中，全靠白石子引路。几天后，佃农家又受到饥饿的威胁。父亲决定再次将孩子们领到深山老林，让他们摸不着路，回不了家。这一回小拇哥带了面包屑，扔在路旁做标记。

父亲丢掉孩子后立即转身回家。小家伙们打算稍过一会儿再悄悄地跟在父亲后面回家。可是鸟儿吃掉了扔在路边的面包屑，孩子们在深山老林里迷失了方向。天色已黑，孩子们看到树林的间隙中露出一丝亮光。他们朝着亮光走去，来到恶魔的庄园——老魔洞。他们鱼贯进入老魔洞的巨大厅堂，向正在炉灶边忙碌的恶魔老婆致意问好。

“哎哟，好人！”恶魔的老婆看到孩子们进来，惊叹地说，“你们来这里做什么？恶魔回来后会将你们统统吃掉的，连骨头都剩不下。赶快回到森林里躲起来！”

“让我们在这里过一夜吧，”小拇哥代表兄弟们央求说，“要是在森林里夜宿，野兽会吃掉我们的。”

恶魔的老婆非常同情这群小孩子。

“那么快到这里来。”她一边说，一边给孩子们准备了七碗粥。

孩子们喝完粥，恶魔老婆让他们进入壁柜躲藏起来。没过多久，老恶魔发出雷鸣般的吼声走进屋子。

他在门口停留了一会儿，闻了闻气味说：“陆地、天空和海洋，这里有一股基督教徒的海腥味！”

“这里有人，你将他们藏在了什么地方？”恶魔追问老婆。

恶魔老婆守口如瓶，直到老恶魔威胁说要一间房一间房地搜查整个庄园，她才承认将小孩子窝藏在什么地方。

老恶魔像抓小狗一样将孩子们一个个提溜出壁柜，惊讶地说：“你们为什么这样瘦小？先得把你们养肥了才好做肉饼吃。”

老魔洞的人们就要上床休息。恶魔有七个女儿，她们睡在厅堂一角的大床上，小男孩儿们的床铺放在厅堂的另一个角落，老恶魔和他老婆的卧室则在厅堂的后面。没睡多久，恶魔嘴里叼着松明，手里提着斧子，蹑手蹑脚地穿过厅堂，走到屋外。孩子们都为自己的命运心惊胆战，根本无法入睡。

小拇哥轻轻地爬出床铺，去屋外查看老恶魔究竟想干什么勾当。他回来后告诉哥哥们：

“恶魔改变了主意，不想把我们养肥，现在他正在外面磨斧子，准备割断我们的脖子。不过请哥哥不必发愁，因为我有办法摆脱困境，消除灾难。”

小拇哥看到恶魔的女儿们都头戴金环，爱惜得连夜里睡觉都不愿取下。他偷偷地爬到她们的大床边，小心翼翼地偷了她们的金环，然后又将七兄弟的七顶黑绒帽放在她们头上，而兄弟们则戴上了金环。房门被轻轻打开，老恶魔溜了进来。松明已经烧光，屋里漆黑一团，他差点儿摔个大跟头。他走到男孩子睡觉的床铺边，用手去摸他们的脑袋。

他的手指碰到了金环，便恶狠狠地说：“怎么这是我女儿们睡觉的一角？险些把她们的脑袋砍掉！”

于是，他摸到厅堂的另一边，举起斧子，砍死了自己的孩子。恶魔的老婆手提松明走进厅堂，松明照亮了女儿们睡觉的大床。她看到女儿们已经脑袋落地，吓得号啕大哭，瘫在地上。

雄鸡报晓，阳光照进窗户。孩子们决定趁着晴朗的天气逃离老魔洞。大哥带着小拇哥，众兄弟匆匆忙忙地逃奔出来。他们来到山脚下，见到一个很大的山洞，便在洞前停下来，商量下一步该怎么办。

“老恶魔一定会不顾一切、想尽办法寻找我们的。”小拇哥推测。

“他能从我们的脚印中嗅出味道，我们究竟该逃到什么地方去呢？”大哥思索。

“在这里多踩一些脚印吧，他会认为我们就藏在这个山洞的深处。”小拇哥建议。

孩子们在洞口踩了许多脚印，然后藏身在山洞附近的灌木丛中，希望一切都将顺乎他们的心愿。老恶魔睡醒后走进厅堂，看到女儿们已经死去，老婆晕倒在地。他在老婆头上泼了一瓢冷水，老婆才苏醒过来。他穿上从柜里取出的七里靴，去追寻七兄弟。

恶魔一跳就到了山脚下，他用鼻子嗅一嗅洞前的土地，咆哮着说：“好啊，该死的东西，原来你们躲藏在此地！”

老恶魔硬从洞口挤进去，但是洞口太窄，他被夹在石块中间，好像被老虎钳钳住了一样，既不能前进，也无法后退。尽管他死命挣扎，也只是弄得整座大山颤动不已。身材巨大的老恶魔双脚停止动弹，终于一命呜呼。孩子们从藏身的地方目睹了恶魔的下场。

“你们看到没有？”小拇哥问哥哥们，“他为什么一跃就能来到这里？”

“我们看到了，”哥哥们回答，“因为他穿了一双七里靴。”

“让我们带上这双靴子！”大哥说。

孩子们从恶魔的脚上脱下靴子。小拇哥将双脚伸进靴子，

小矮个儿能采到地上的浆果，大高个儿却无法摘下天上的星星。

——《小拇哥》

正想试一试这件神奇的东西，他的个子忽然长高了，变得同普通人毫无差别。他将哥哥们背在自己的背上，七里靴一跃就把七兄弟带回了老魔洞庄园。

恶魔的老婆站在大门口，看到他们后立刻问道："我的丈夫在什么地方？"

"他已成了山大王的俘虏。"小拇哥说。

"他成了俘虏，我可怜的人！"恶魔老婆呜咽起来。

"恶魔派我们来取老魔洞的全部黄金，"小拇哥说，"只有黄金才能救你丈夫的命，否则山大王决不会放他。"

恶魔老婆看到小拇哥穿着丈夫的靴子，就信以为真。她从宝库中取出了所有的黄金。七兄弟成了非常非常有钱的人，他们踏上了生活的漫长旅途。

# 永不凋谢的花朵

巫婆有一个美丽的女儿，王子爱上了她，要娶她为妻。后来，王子发现姑娘的母亲是巫婆，决定放弃同她结婚的念头。巫婆怀恨在心，就施展魔力，使王国变成了不毛之地，百姓都变成了狼、狐狸和狗熊。国王的宫殿空荡荡、孤零零地留在沙漠中间。巫婆让王子着了魔、中了邪，变成了一只高大卷毛的狗熊。巫婆还规定，只有一位姑娘全心全意地爱上了变成狗熊的王子时，她的魔法才能被解除，王子才能恢复本来的面目。

就在那个时候，一位富商正准备出远门经商。他把三个女儿叫到身边，问她们需要什么礼物。

“给我绸缎、丝绒和柔软的裘皮。”大女儿请求说。

“亲爱的父亲，”二女儿说，“请带给我闪亮的宝石、金手镯和镶宝石的戒指。”

小女儿则说：“我要一枝永不凋谢的花朵，不过我不知道世界上是否有这样的东西。”

商人记下她们的要求。他带着仆人和货物来到另一个国家的首都，卖掉货物赚了很多钱，也买了许多东西准备带回家。他买了绸缎、丝绒和裘皮，还有黄金和宝石首饰。小女儿的要求实在难办，因为哪儿都没能找到永不凋谢的花朵，他问过所有的花匠，到过所有的园圃。

富商开始踏上归途。一天夜里，天空昏黑，暴风雨在一片漫无边际的沙漠中袭击了商队，使他们迷失了方向。他们在一团漆黑中毫无目的地向前走，前方忽然隐约出现了微弱的光芒。商队朝着光芒走去，终于来到一座巨大华丽、灯火辉煌的王宫前。

商人走进大门，穿过富丽堂皇的用许多蜡烛照明的大厅和小厅，可是没有见到一个人。他回到院里，对仆人说："将马匹牵进马厩，这儿没有任何人，虽然看起来不久前似乎住过很多宫中人。既然找不到别的地方，我们暂且在这儿借宿一夜吧。"

仆人卸下马鞍，把马牵进马厩，添好草料，加足了水。他同主人一起走进宫殿，坐在沙发上准备休息。由于旅途的劳累，他们很快就进入了梦乡。不久，仆人从梦中惊醒，他感觉有人在房内走动，虽然他没有看见任何人，但是桌上已经摆上了面包和咖啡。主仆俩早已十分饥饿，他们喝了咖啡，吃了面包，重新熟睡过去。肉饼的香味又一次让仆人醒了过来，他发现桌上摆着丰盛的饭菜。富商和仆人酒足饭饱，非常满意。

商人擦了擦嘴说："虽然没见到侍者，可是服务工作做得蛮好，说不定过会儿还给我们铺好床呢！"

他起身来到隔壁的卧房，正如他所期望的那样，里面已经摆好两张床，上面铺着雪白的床单。他们睡得十分香甜，醒来时太阳已经高挂在天空。仆人去马厩套马，商人走遍宫中的房间，很想向主人表示谢意。他没有找到任何人，却意外地看见窗台上的花盆里盛开着一枝美丽的红花。富商不由得想起了小女儿的要求。

“或许它正是永不凋谢的花朵。”他激动地摘下红花。

一只龇牙咧嘴的卷毛大狗熊突然闯入房间。

“你为什么摘走我最美丽的花朵？”大熊怒气冲冲地质问富商。

商人吓得浑身颤抖，回答：“对不起，我不知道做了这么严重的错事。因为我的小女儿要我送她一枝永不凋谢的花朵，我才摘了这朵花，准备送给她。”

大熊说：“那就带走这朵花吧，并请向姑娘转达我的问候。这朵花非常昂贵，你必须记住这座宫殿中正缺一位女主人。将你的小女儿送到这儿，否则我会毫不留情地报复你！”

商人惊慌失措，保证将小女儿送进大卷毛熊的王宫。

商人回到家，女儿们奔向院子，迎接父亲。大女儿问：“亲爱的父亲，你给我带来了优美精制的绸缎和裘皮吗？”

二女儿急着打听：“亲爱的父亲，你是否记得带给我金首饰和宝石？”

“记得，记得。”商人回答。他把礼物交给了两个女儿。

“你一定没有找到永不凋谢的花朵，是吗？”小女儿问。

“我也带来了，”商人回答，他把花朵交给小女儿后又说，“不过花儿的代价是昂贵的，非常昂贵。”

“昂贵到什么程度？”女儿好奇地问。

“你的整个生命。”商人接着讲述了发生在大熊王宫中的事情。

“我既然要花儿，当然应当付出代价。”小女儿说。

第二天，商人就把女儿送往卷毛熊的宫殿。父女俩在院子里泣不成声，依依惜别。

小女儿挺起胸膛走进王宫，穿过空洞洞的大厅和小厅，坐在沙发中放声号哭：“我是多么不幸，难道我真的要一个人孤苦伶仃地在这儿度过一生吗？”

大卷毛熊啪嗒啪嗒地走了过来，把脚掌轻轻地放在姑娘的膝盖上说：“不要悲伤，请擦干你的眼泪，你很快就能回家，一切都将无限美好。”

大熊为姑娘准备了丰盛美味的饭菜，可是她毫无胃口，她的面容一下子变得憔悴消瘦。

“想家了？你想见到你的父母和姐姐吗？”卷毛熊问姑娘。

“有可能吗？”姑娘反问，“我真的能够见到父母和姐姐？”

“当然。”大熊回答。他领着姑娘走进挂着一面大镜子的房间。

“你瞧，”他对姑娘说，“这是一面神奇的镜子，从里面可以看到你最宝贵的东西。”

姑娘向镜子中看去，竟然看到了亲爱的父母和姐姐们。

几天来，姑娘从不离开镜子。卷毛熊问她：“除了亲人你难道没有看见任何别的人？我的面貌一次都没出现在镜子中？”

“没有。”姑娘回答。

大熊非常悲伤，他夺过镜子，把它摔在地上，砸得粉碎。姑娘伤心透顶，低着头不停地哭泣。

“你是因为想家才这样悲伤哭泣？”卷毛熊问。

“我非常想家。”姑娘承认。

“你可以回家，在家住三天，第三天12点钟准时回来。”

姑娘保证按时返回。她搭乘大熊为她备好的马车，朝着自己的家疾驰而去。光阴似箭，三天很快过去，姑娘觉得这三天还不如三个钟点时间长。她出发晚了一点儿，未能及时赶到大卷毛熊的宫殿。

12点的钟声已经敲响，可是姑娘的马车离大熊的宫殿还很远。王宫陷进地面，成了一口很深很深的井。姑娘悲痛极了，坐在井边大声哭泣。

井底传来大熊的声音：“你为什么哭泣？”

“因为你掉进了井里。”姑娘回答。

“那么请你下来，到我的身边。”大熊请求。

姑娘从井口跳了下去，紧紧地抱住大熊的脖子。就在这短暂的 刹那，巫婆的魔法解除了。大熊重又变成英俊潇洒的王子，壮丽的王宫连同它的全部尖塔再度屹立在绿色的花园中，荒凉的沙漠重新变成繁荣昌盛的国家。被魔法变成林中禽兽的臣民们也恢复了人的面目。王宫中喜气洋洋，商人女儿和王子的婚礼正在隆重举行，永不凋谢的爱情之花在他们的窗台上盛开，永远与他们同在。

# 寻找哥哥的妹妹

从前有一位国王和一位王后，他们生了十二个孩子，全都是儿子，没有一个女儿。

一天国王对王后说："如果我们再生一个女儿，我就弄死所有儿子，让女儿一人继承我们的全部财富，由她独自统治国家。"

为此，国王专门做了十二口棺材，里面装满刨花，外面套上布罩，把它们放进宫里最偏僻的房间，锁上一把大铁锁。他把钥匙给了王后，但不许她向任何人泄露秘密。国王心情郁闷、脾气怪异，不过世界上的国王都一个样儿。

王后深居宫中，日夜忧伤，担心失去所有的儿子。小儿子看着愁眉不展的母亲，一而再再而三地追问她闷闷不乐的原因，弄得母亲喘不过气，内心难以平静。最后，王后取下挂在墙上的钥匙，领着儿子来到那个偏僻的房间，让他看了十二口棺材，说出了自己苦闷的原因。

"看起来，"王后最后说，"你很快就会有一个弟弟或妹妹，我不知道将要出世的究竟是男还是女，不过可以肯定，你和你的哥哥将不得不搬到名叫'高岩'的山洞中去居住，从洞口可以看到王宫的尖塔。你们必须有一人站岗放哨，盯着塔尖，如果我生了儿子，白旗将从旗杆升起；要是你们有了妹妹，旗杆上将升起红旗，那时你们必须尽快逃离。”

王后将十二个儿子叫到身边，为他们祝福祈祷。孩子们离开母亲，迁往高岩洞居住。兄弟们轮流在洞口观察王宫的塔尖。有一天，轮到小弟弟值勤，他看到旗杆上升起一面鲜红的旗子，在空中高高飘扬。这红旗向十二位兄弟宣告，死亡正在威胁着他们。

兄弟们得知这个不幸的消息，非常气愤。他们大声喊叫：“为什么我们全部兄弟要为一个丫头片子去死？我们发誓杀死碰到的每一个女孩子！”

兄弟们挎上背包，拿起武器，向浓密的森林深处走去。他们在古老云杉树环抱的开阔地中找到一间长满苔藓的小木屋。看起来小木屋有人居住，因为炉台是热的，炉膛里还有炭火，可是屋子里不见人影。兄弟们决定以这间小木屋为家长住下去。他们商定由小弟弟留在家里做饭，料理家务，看管房前屋后的菜园；哥哥们出外狩猎，负责寻找吃的东西。他们各尽其责，干得很好。哥哥们捕捉到不少飞鸟、兔子和山羊，生活还算充足。光阴似箭，十年过去。兄弟们和睦相处，互敬互爱，在密林的小木屋里过得愉快舒适。

在华贵奢侈的王宫中，小妹妹已长成美丽善良的大姑娘。她美如芙蓉，额头上长着一颗闪烁光辉的金星。一次，她在宫中洗衣服，从衣柜中找出十二件男孩儿的衬衫，便问母亲这些是谁的衣服。

王后深深叹了一口气说：“你曾经有十二位哥哥，他们是你的同胞手足，这些衬衫就是他们的。”

公主听后呆若木鸡，摸不着头脑。她觉得好奇，便问道：“我从未听说有哥哥，他们现在在哪里？”

王后悲痛地回答：“要是他们还活在人间，只有上帝才知道在哪里。你过来，我给你看一件东西。”

母亲领女儿来到放着十二口棺材的房间，告诉她为什么要把棺材存放在那里。王后诉说了姑娘出世前发生的一切，也讲到哥哥们看到红旗升上旗杆后逃进了密林的深处。

“亲爱的母亲，请不要悲伤哭泣，”姑娘说，“明天我就出发将哥哥们找回。”

第二天早晨，太阳刚刚升起，姑娘就将十二件衬衫装进背袋，告别母亲，向浓密的原始森林走去。她走了整整一天，当暮色渐渐笼罩时，来到云杉树环抱的小木屋。姑娘走进小屋，看见一个与自己容貌酷似的小伙子围着锅台忙得不可开交。小伙子好奇地看着这位气质不凡的姑娘，看着她华贵的服饰和额头上闪闪发光的金星。

“你是什么人？来自什么地方？”小伙子终于说出话来。

“我是国王的女儿，”姑娘回答，“正在寻找我的十二位哥哥，即使天涯海角，我也要找到他们。”

姑娘拿出随身带来的十二件衬衫给他看，小伙子激动得说不出一句话。他冲向姑娘，吻她的手，亲她的面颊。他欣喜若狂地说：“是宽厚仁慈的心将你引到这里，因为你是我亲爱的妹妹，我是你的小阿哥！”

但是小哥哥的脸色突然阴沉下来，他说："我们需要解决一个难题，因为哥哥们说过，他们将杀死遇见的每一个女孩儿。之所以立下这样的誓言，是因为我们不得不为一个丫头放弃王室的尊严，逃到深山老林中。"

姑娘回答："我能拯救十二位哥哥的性命，我愿意献出自己的生命。"

小哥哥说："这个难题好解决。虽然你乐于献出自己的生命，但我不能让你落入死亡的魔掌，我亲爱的妹妹。"

小伙子放倒立在墙角的大木桶，请姑娘躲藏在里面。夕阳西下，十一位兄弟狩猎回到家中。他们一边猛吃热气腾腾的饭菜，一边问小弟弟有什么新消息。

"我从早到晚蹲在家里，哪能有什么消息？"小弟弟反问，"你们在林子里走来走去，是否有了信息？"

"我们没有听到什么特别的消息。"哥哥们异口同声地回答。

"不过我倒是有一丁点儿消息，快过来，让我告诉你们。"小弟弟郑重其事地说。

"赶快说一说你的消息！"

"要是你们保证不伤害我们碰到的第一个女孩儿，我就说。"小弟弟提出要求。

哥哥们好奇心强烈，满口答应了他的要求。

小哥哥帮助妹妹爬出木桶，并说："这位额头长有金星的姑娘就是我们唯一的亲妹妹，她单枪匹马、翻山越岭来到这里，为的是寻找我们。”

十一位长期生活在深山老林里的大小伙子，看到这样一位美貌似玉的姑娘，都两眼发直，哑口无言。兄妹相见的欢乐终于迫使他们放弃先前立下的誓言。姑娘留在哥哥们身边，当起小木屋的小女主人。小哥哥帮她料理家务，十一位哥哥照旧进林子狩猎。在浓密阴森的原始森林里，兄妹情谊深厚，团结融洽。

一天，留在家里的兄妹决定准备一顿特别隆重丰盛的晚餐，小妹妹还要采些鲜花点缀桌面。小木屋前长了一小片野花，中间的十二棵红花特别鲜艳。姑娘不知道内中的奥秘，将十二棵红花连根拔起，魔法从此开始施孽。原来密林中的妖魔早就嫉妒小木屋里王室兄妹的好运气。如果无人碰触，这些花朵会开得非常鲜艳美丽，一旦姑娘把它们连根拔起，十二位哥哥就立刻变成黑乌鸦，飞上天空，消失在天边了。长满苔藓的小木屋和果园也顷刻无影无踪，阴森森的森林里只剩姑娘孤身一人。

当她转身时，看到一位手拄拐杖的驼背老婆婆。老婆婆开口对她说：“之所以会这样，是因为你折断了哥哥们的生命之花。他们已经变成乌鸦在高空飞翔，也将永远是一群乌鸦。”

姑娘痛哭流涕，问道：“您是否知道能够使我的哥哥们重新变成人的办法？”

“办法倒是有的，只有一个，”老婆婆说，“不过非常困难，恐怕很难办到。”

“请把那个办法告诉我。”姑娘央求道。

“办法是这样的，”老婆婆慢条斯理地说，“你必须当七年哑巴，不许说话，也不准笑。要是从你嘴里吐出一个字，那就会前功尽弃，只要一个字就足以把你的哥哥们送进死神的大嘴。”

姑娘暗下决心：“如果这个办法能够拯救哥哥们的性命，我就七年不说话、七年不欢笑。我要努力试一试，看一看是否能够成功。”

为了避免意外发生，姑娘决定远离人们，隐居山洞，以采摘野果和设置陷阱捕捉小动物为生。不巧的是，邻国的国王前来姑娘隐居的地区打猎，猎狗找到了藏在山洞深处的姑娘，咬住她的裙子，将她拖出山洞。国王赶走猎狗，救了姑娘。他托起姑娘的头，帮助姑娘整理好被狗撕破的裙子。国王惊讶不已，不知怎么会从阴森漆黑的山洞里找到一位额头上金星闪光的美女。国王尚未成亲，他对姑娘一见钟情，当场请求姑娘做他的妻子。姑娘没有答话，只是轻轻地点了点头。

国王清楚姑娘已经同意，以为她不说话是因为受了猎狗的惊吓。他将姑娘扶上马背，径直返回王宫。宫中举行了豪华、热烈的婚礼。人们有说有笑，一片欢腾，唯独新娘一人一言不发，严肃地坐在一旁。国王和金星王后在宫中幸福地生活了几年。后来，卑鄙可恶的王太后耍弄诡计，阴谋陷害年轻的王后。

她对国王说：“你给卑贱的乞丐丫头这么高的荣誉，可是她却偷偷地玩弄邪恶的巫术。即使她真的是哑巴，笑也总是会的嘛，不笑的人一定心怀鬼胎。”

国王起先装作没有听见这些话，可是王太后天天唠叨，国王感到厌烦，也渐渐对王后产生了怀疑，终于决定对她处以火刑。王宫院子里堆起一个很大的柴木堆，国王准备把王后当作奸诈的巫婆活活烧死。王后被捆绑在柴木堆顶部的木桩上，下面已经点着了火，鲜红的火焰烧到了她的衣服，但她依然紧闭嘴巴，没喊一声，也没吐露一句鸣冤叫屈的话。

正在这个危急时刻，七年的最后一分钟到了，天空中传来翅膀的拍击声，十二只黑乌鸦向地面俯冲而下。乌鸦的脚一着地，立刻变成了王后的十二位哥哥。众兄弟迅速扑灭火焰，拉开燃烧着的木头，解开捆绑妹妹的绳子，将她从火堆中搭救出来。王后的舌头得到解放，她终于可以向人们倾诉多年来既不能说话又不能欢笑的原因。一切如此美好，王后谈笑风生，说得滔滔不绝，笑得豁达爽朗，好像要充分补偿七年间不说不谈笑的损失。

国王和王后生活得愉快幸福，直到生命的最后一刻。阴险毒辣的王太后被送交法庭，法庭判决她移居到当年国王找到王后的那个山洞中隐居终生。

## 富商的继承人

傍晚，两位算命先生来到一家农舍小屋，想借宿一夜，可是屋里已经住进一位阔绰的皮货商。房子很小，无法容纳更多的客人。主人的心肠好，不忍心将算命先生拒之门外，于是问他们是否愿意在牛栏的顶棚上凑合一夜。

“那有什么不可以的？”算命先生回答，“现在是夏天，很暖和，躺在干草堆里挺不错。”

算命先生在牛栏的顶棚上过夜。小屋的窗户向外开着，夜深人静，女主人临产前痛苦的呻吟声不时地传进算命先生的耳朵。

年轻的算命先生对长者说：“听着女主人痛苦的喊叫声，心里很不是滋味，你去帮一帮她吧！”

“还不到帮忙的时候。”年长的算命先生翻了个身说。

“等到需要时你一定得帮她的忙。”年轻人有点儿生气地说。

“你别瞎掺和了，”长者说，“我已经帮了她的忙，她会生下一个健康的男娃娃。”

年轻的算命先生沉默片刻后说：“你知道这个孩子将长成什么样的人？”

“他将成为今晚在小屋里过夜的那位富商的继承人。”年长者回答。

母亲的呻吟声和新生儿的啼哭声使睡在凳子上的富商难以入睡，他在院子里来回溜达，意外地听到了算命先生在牛栏顶棚上的谈话。

“原来是这样，农家的娃娃竟然要做我的继承人！”商人自言自语。

他彻夜不眠，因为算命先生算的命使他心神不定。天亮了，皮货商挖空心思想使算命先生算的命落空。

他用同情的口气对主人说：“你已有一大堆孩子，可是我一个孩子都没有，我想把昨晚出生的娃娃领做养子。”

“这有什么不可以的！”丈夫和妻子高兴地想，“新生儿真有运气，富裕人家愿意领他做养子。”

商人抱着襁褓中的男婴离开农舍小屋，孩子的父母怎会想到他正打算摧残他们的儿子。前面是一片浓密的森林，商人离开小道走了进去。他将男婴挂在一棵大树的杈上，然后怀着轻松的心情离开了密林。他以为十拿九稳，算命先生算的命将失灵。

可是巧事发生了。几个钟头以后，一个猎人刚好途经这里。他听到孩子的啼哭声，看见被人遗弃在树杈上的婴儿，就抱起孩子，把他带回了家。他给孩子请了一位奶水充足的奶妈，像对待亲生儿子一样抚养他。从树杈上拾来的小幼苗长成了漂亮英俊的小男孩儿。养父请牧师为他洗礼，取名恩蒂。小家伙常同村里的孩子们一起玩耍，村里人都知道他的底细，习惯叫他恩蒂·树杈子，这也就成了他终生的姓名。

几年过去了，恩蒂长成潇洒的小伙子。有一天，富有的皮货商在省里转悠，来到恩蒂的家。他穿街走巷收购皮货，因为天色已晚，就请求在恩蒂家过夜。他们坐在桌边聊天，商人听到小伙子叫恩蒂·树杈子，十分好奇，问猎人为什么给孩子起这样一个怪名字。猎人介绍了恩蒂的身世，还详细描述了他发现、收养和抚育孩子的经过。商人听后大吃一惊，终于明白过来眼前这个体格强壮的小伙子就是他当初丢弃的那个男婴。商人彻夜不眠，再次算计着怎样将恩蒂发送给死神，让算命先生算的命失灵。

第二天早晨，商人的诡计出笼了。他对猎人说："我忽然记起一件事，需要立刻告诉家里，能不能请你的养子替我送一封信到家里？"

"好吧，立刻替你送去。"猎人满口答应。他还希望商人能给他养子一份厚厚的酬金。

商人写完信，装进信封，信里要求家里人抓住送信的小伙子，将他吊死在房前的桦树上。

恩蒂拿着这封判他死刑的信件走出家门，根本想不到信里写的是什么内容。一天紧张的奔走使他十分疲劳，他坐在树荫下想休息会儿，可是却睡着了。

两名小学生和恩蒂走的是同一条路。他们看到树下熟睡的年轻人和他手中的一封信，想与他开个玩笑。他们拆读了小伙子手中的信，商量了一阵后，决定戏弄戏弄写信人，并让坏事变好事。学生们相当了解富商家的情况，所以很容易就想出了一个花招。

他们将皮货商的信改写为："我已选定送信人做我的女婿，将我的女儿嫁给他为妻。我在外尚需一段时间，婚事不必等我，可以立即办理。另外还有一件事我离家时忘了交代，请将我们家的那只老狗吊死在房前的桦树上。"

小学生改完信，把它放在恩蒂手中，然后得意地笑着溜走了。恩蒂睡醒后又忙着赶路，终于顺利地到达商人的庄园。他把信交给女主人，女主人大声地将信念给家里人听。大家对主人匆忙出嫁女儿的命令无法理解，可是主人的话犹如圣旨，不执行可不成。庄园主的女儿成了恩蒂的妻子。还有一项有关狗的命令，同样不能不执行。按照来信的指示，雇工们将狗吊死在桦树上。

两个星期过去了，商人带着收购的皮货返回家园。他看到房前桦树上吊着一件黑色的东西，高兴地说："恩蒂·树杈子终于吊在树杈上摇来晃去，再也当不了我的继承人了！"

但是商人高兴没多久，发觉吊在桦树上的是他家忠实的看门狗，恩蒂却已成了家里的乘龙快婿，站在欢迎他的人群里。商人把他的满腔怒火埋在心底。他查清信是假的，并再一次谋划整死恩蒂的诡计。

几天之后，商人找来女婿说："我老了，然而至今没弄清楚从哪儿才能得到最大的幸福。你年轻、精力充沛，劳驾你去一趟北国，请教一下无所不知的岩石奶奶。"

恩蒂立刻起程，但他做梦也没想到，岳父是要他一去不复返。恩蒂背上干粮，手拿木杖，朝着北国走去。连续走了好几天，恩蒂来到高得可怕的妖魔山脚下。山脊上站着一个长相凶狠、高大强壮的巨人，他头顶白云，他的帽子就是八种旋风的发源地。

“你到哪儿去？”巨人问，他的声音震耳欲聋。

“我去北国请教岩石奶奶从哪儿可以得到最大的幸福。”

“麻烦你替我问一问，”巨人要求说，“为什么我的果树会得霉病。过去年年大丰收，结的果子硕大可爱，但是现在得了霉病，收获一年不如一年。”

恩蒂答应记在心上。巨人说：“为了让你走得快，我把最好的一匹马给你当坐骑，那是妖魔山里最好的马，是我自己的坐骑。它正在大草原上溜达，请你骑上它走吧。”

恩蒂谢过巨人，向大草原走去。他架好马鞍，跳上马背，那马便像长了翅膀似的疾驰而去。没过多久，前面传来雷鸣般的轰隆声，地在动，山在摇，但恩蒂没有害怕。他继续向前骑去，直到一座石砌的巨大城堡前才勒住马，停了下来。城堡大门口威武地站着一个头发蓬乱的巨人，他正用拳头猛击大门，整个城堡摇晃不止，地面不断颤抖。

“你是什么人？到什么地方去？”巨人问恩蒂。

“人们叫我恩蒂·树杈子，北国是我的目的地。我想请教岩石奶奶怎样才能找到最大的幸福。”

“请你也替我问一下我的城堡钥匙在什么地方，”巨人请求说，“十年来我一直想进去，可是不成啊，因为钥匙丢失了。要是你能帮忙弄清楚钥匙在哪里，我将重重地奖赏你。”

恩蒂答应一定尽力而为。他没走出多远，就来到一座山坡上长着一棵巨松的高山下。一手拿着一支特大长矛的巨人正高高坐在树顶上，用长矛叉着整头鹿在篝火上烤鹿肉。

巨人老远就看到了恩蒂，喊道：“骑马人，请过来尝一尝我的烤肉！”

邀请来得真及时，因为恩蒂早已饿得难以忍受。他跳下马背，割了一大块烤肉，吃了起来。他谢过巨人的招待，准备继续赶路，但是巨人说：“请不要着急，告诉我你到哪里去？”

恩蒂说，他去北国向岩石奶奶打听关于幸福的奥秘。

“请帮我问一下，”巨人请求恩蒂，“为什么要我一辈子蹲在树顶上？我有时饿得快要死去，因为既没有鹿，也没有其他动物经过这里，我的长矛发挥不出威力。”

恩蒂答应弄清楚问题的所在，骑上骏马，飞奔而去。前面出现一条水流湍急的大河，河岸上坐着一位腋窝下夹着船桨的老婆婆。她年纪很大，长着向外突出的钩形下巴。

“你能帮我摆渡过河吗？”恩蒂问。

“我当然可以帮你过河，可是小船载不了你的马。”渡船老婆婆回答。

“我可以把马留在这里，让它吃草。”恩蒂说。

恩蒂坐上老婆婆的小船，她就摆动船桨，穿越黑褐色的激流。他询问老婆婆，到岩石奶奶的庄园是否还有很长的路程，得到的答复是余下的路程已不多。

“你找北国老太婆有什么事啊？”渡船老婆婆好奇地发问。

听了恩蒂说明后，她又说：“要是见到了岩石奶奶，请帮忙问她有什么办法可以使我脱离现在的工作。我为行人摆渡了一辈子，可是年纪不饶人，手脚已经不麻利，我想不干了。”

恩蒂保证将她的要求牢记在心头。船到对岸后，恩蒂只走了很短一段路就到了北国庄严的庄园。院子里空无一人，厅堂内也非常清静。北国人都不在，不知道他们在哪里，只有岩石奶奶的女儿独自一人在揉面。恩蒂坐在凳子上，开始同姑娘攀谈，得知岩石奶奶要到晚上才回来。姑娘出于好奇，询问小伙子家乡在哪里、为什么要到北国来。恩蒂讲了自己的事情，还将别人托办的事情一股脑儿摆了出来。

“这些问题真够叫人回答的，”姑娘说，“可我不信老母亲会回答。要是我问到了她的答案，重复一遍给你听倒还可以。”

恩蒂是一个英俊潇洒的青年，姑娘决心帮助他。姑娘要他藏身到火炉背后的通道内，竖起耳朵仔细听她和母亲的对话。

白天渐渐消逝，暮色已经降临，恩蒂按照姑娘的安排进到火炉背后的通道里躲了起来。没过多久，门开了，北国的女主人岩石奶奶回到了家中。

“是不是有客人来过？”她问女儿。

“来过一个过路人，”姑娘回答，“他提了一大串问题，可是我回答不了，因为听说母亲不在家，他到别处找答案去了。”

“他问了一些什么问题？”岩石奶奶好奇地问。

“首先，”姑娘告诉母亲，“他想了解怎样才能找到最大的幸福。”

“那些人真傻，连这一点都不知道。”岩石奶奶说，“依靠开荒和种地，他们就可以得到最大的幸福。”

“其次，”姑娘说，“他曾遇到一个高耸入云的巨人，巨人想知道怎样才能根治他果园中的霉病。”

“生活在石头底下的一种昆虫将霉菌散布到空气中，”岩石奶奶说，“只要根除这种昆虫，果树便会开花发芽，获得丰收。”

“可是怎样能够让丢失钥匙的巨人进入他的城堡呢？”姑娘又问。

“客人的问题你记得真牢！”岩石奶奶惊讶地说，“丢失的钥匙在垫脚石下，让巨人取走就是了。”

“那么蹲在树上的那个巨人怎样才能从树上下来呢？”

“这个答案我也知道，”岩石奶奶说，“用一根杨木棍敲打树干，松树枝就将变成黄金从树上落下来，坐在树上的巨人自然会一起落到地上。”

最后她问道：“那个在河上为行人来回摆渡的老婆婆怎样才能脱离她的工作？”

“这个问题很简单，老婆婆只要将行人摆渡过河后跳上岸，然后用左脚跟把船推离河岸，说一声：‘我走了，你留着吧！’”

藏在火炉背后的恩蒂仔细听着两个女人的交谈，牢牢地记下了每一句话。吃罢晚饭，岩石奶奶上床休息。没多久，厅堂里回荡起雷鸣般的酣睡声，威力强大的北国女主人已经进入梦乡。恩蒂告别姑娘，感谢她的帮助，然后踮着脚尖穿过房间，走到屋外。

恩蒂奔到河边，叫醒靠着船桨熟睡的摆渡老婆婆。

“你有答案了吗？”老婆婆焦急地问。

“是的，你可以摆脱现在的工作了。”恩蒂回答，“不过你得先将我送到对岸，然后我再告诉你我得到的信息。”

老婆婆划着小船，将恩蒂送到河对岸。他跳上河岸，告诉老婆婆怎样才能脱离她现在的工作。巨马等待主人已经等得不耐烦了，它冲着恩蒂嘶鸣了一声。恩蒂跳上马背，急忙继续赶路。

东方即将发白，恩蒂到了高大的松树边。巨人依旧手持长矛坐在树顶上。

“看起来你和岩石老奶奶相处得不坏！”巨人大声地对他说，“你记得问我的事没有？”

“当然记得，稍过一会儿你就可以从树上下来了。”恩蒂一面回答，一面掰了一根杨木棍。

“做好准备！”他告诫巨人，同时用杨木棍轻轻敲击松树的树干。松树枝变成黄金，纷纷掉落下来，巨人随之跌落在地。

巨人兴高采烈，他问恩蒂："老弟为我做了一件大好事，怎样报答你才好呢？"

"给我几根树枝做报酬就够了。"恩蒂回答。

"好人，随便拿吧，哪怕拿走整个树尖，甚至整棵松树我都在所不惜。"巨人毫不吝啬地向恩蒂表示。

恩蒂没有拿走整棵树，只是装了一背包金树枝。他骑着巨人的好马快速奔驰，一会儿工夫就来到丢失钥匙的巨人的城堡。

"不要再撞城堡的门了，白费力气！"恩蒂扯大嗓门告诉巨人，"钥匙在垫脚石下面。"

巨人抬起垫脚石，钥匙果然在下面。巨人走进城堡，让恩蒂从珍宝库中随意挑选他喜爱的东西。恩蒂把马褡裢装满珍宝后又继续向前赶路。

恩蒂见到了高耸入云的巨人，教他怎样根治果园中的霉病。巨人立刻动手，把散布霉菌的昆虫消灭得一干二净。为了感谢恩蒂，巨人决定把骏马赠给他，作为永久的纪念。

曲折多事的旅行结束了，恩蒂终于回到家园。岳母看到女婿归来，惊愕不已，因为准备送给死神吞食的人竟然这般活跃和健康。

"你怎么这么快就返回家园，难道真的到了岩石奶奶那儿？"岳父疑惑不解。

"确实到了。"恩蒂回答得一点儿不含糊。

“那么怎样才能得到最大的幸福？”

“她说只要开荒和种地，就能得到最大的幸福。”恩蒂回答。

当恩蒂把一路上得到的财宝分送给大家时，庄园里的人都惊讶不已，说不出话。岳父灰溜溜地站在一边，再也想不出新花招让女婿丢掉脑袋。

几天之后，岳父向家里人说：“至少我不能靠开荒种地得到幸福和安宁，因为我生来是商人，是靠经商获得财富的，也许岩石奶奶对我另有教诲。赚钱不是坏事，我也可以和女婿一样在那儿得到大笔财富。”

不过富商没有明说他要去北国的真实意图。他是想问岩石奶奶，怎样才能使算命先生算的命失去效应，彻底毁掉恩蒂·树杈子。他走的是恩蒂曾经走过的那一条路。他来到黑浪滚滚的河岸，钩形下巴的老婆婆手持船桨坐在那里。

老婆婆帮助商人摆渡到了河对面，迅速跳上岸，用左脚跟把船推向河中心后说：“我走了，你留着吧！”

从此，富商成了北国河上的摆渡人。恩蒂·树杈子很幸福，算命先生的话应了验，他真的成了富商的继承人。

# 伊买提

从前有一个严肃憨厚的年轻人，名叫伊买提。他不抽烟，不喝酒，也不跟在姑娘们屁股后面打转转。他不同村里的年轻人一起玩儿，整天一声不吭地待在家里，好像鼹鼠钻在洞穴里一样。后来，伊买提被卷进世界的洪流。他应征入伍，戴上了王国的军领章。他在军队中干得很出色，也习惯了军营里的生活。伊买提服役期满，上尉问他愿不愿意在军队里继续干下去，还答应提升他为军士长。

伊买提回答："我很愿意留在军队里，可是昨夜做了一个梦，我到了遥远的里加城，在街道上来回走，一只烤松鸡从开着的窗户飞进了我的嘴巴。因此，我想去里加为自己寻觅好运气。"

伊买提领到出国护照后，带上军人证动身了。在异国的城市里，尽管他走遍了大街小巷，但始终不见烤松鸡飞向他的嘴巴。伊买提感到很疲劳，开始怀疑自己的梦是不是可信。就在这时，他忽然看见一幢大楼的窗台上放着一个盘子，里面盛的是一只烤松鸡。他停下脚步，心想应该走进这幢大楼去，因为烤松鸡不会自动飞进他的嘴里。

伊买提走进大楼后，彬彬有礼地向主人致以友好的问候。大楼的主人是个富商，伊买提告诉他自己为什么来到里加城。

碰巧富商也是信梦信卦的人，他看到伊买提精力充沛、诚实憨厚，就留下小伙子在铺子里做帮手。伊买提干活既严格又勤快，慢慢地赢得了主人的信赖。

富商有一条非常好的帆船，他就是乘着那条船前往外国城市做买卖的。他一直想找一个能干的船长，可是连续考察了几个人都不合格，第一个人是酒鬼，第二个人是骗子，第三个人则是小偷。他决定把伊买提这个新帮手送进航海学校去培训。伊买提头脑灵活、聪明过人，学习成绩特别优秀，他的数学很快就达到了老师的水平。学期结束时，伊买提领到了最优秀的船长证书，这样的证书航海学校过去从未颁发过。

伊买提重新给帆船油上漆，并挑选了最好的海员。船舱里满载着贵重的货物，还有大量的金银器。他身穿崭新的船长服，英俊威武地站在驾驶室里。帆船已经起锚，船帆升上桅杆，雄赳赳地驶向大海。

一星期以来，航行非常顺利。可是这一天突然狂风大作、风雨交加，雷电击中帆船，把指南针打得粉碎。狂风暴雨连续几天，帆船完全失去方向，可是伊买提相信运气，让船随波逐流。天气终于晴朗，远处已可看到海岸。那是一座不为人知的港口城市。

“这样也不坏，”伊买提想，“这儿一定可以买到一个新的指南针。”

海员用小船把他送到岸上，他先在城里游览了一番。城中心有个广场，许多人正急急忙忙地涌向那里，伊买提加入其中。广场中间摆着一圈椅子，每把椅子上放着一根芦苇秆。到达广场的人立即坐在椅子上，手里拿起芦苇秆。伊买提不明白这是干什么，但也入乡随俗地抓起一根芦苇秆，并找了一个座位。

椅子坐满后，坐落在广场边上的一幢房子的大门打开了，一匹马拉着一辆车子走出大门。车上放着一口没有盖子的棺材，里面躺着一具老人的尸体。马车在椅子前缓缓地走过，人们用芦苇秆轻轻地鞭打死者。马车走到伊买提的前面，他没有鞭打死者。他问身旁的人死者究竟做过什么事情，为什么死后还要受到这样的惩罚。

“他在所有人那里都欠下一大笔债，”靠近他的那个人说，“虽然鞭打顶不了债，但可以让债权人出口气。”

马车拉着棺材绕广场走了三圈，人们争先恐后地鞭打死者，最后马车按原路走进大门。人们离开广场后，伊买提来到停放死者的房子。他向赶车人打听死者一共欠了多少债，赶车人说了一个大概的数字。

伊买提又问：“要是有人替他还清债，是不是就可以让死者下葬安息了呢？”

“那当然可以，”赶车人说，“如果有哪个傻瓜愿意替他偿付债务的话！”

“市长住在什么地方？我愿替死者偿还债务。”伊买提说。

赶车人自告奋勇地领着年轻的船长去见市长。市长取出死者的债务清单，伊买提付清了死者的全部债务，还支付了他的丧葬费。这一天，人们按照基督教的仪式安葬了死者，所有债权人都来为死者送葬。他们非常满意，因为他们的债务统统得到了偿还。伊买提买好新的指南针，原路返回。

当他离开小船即将登上帆船时，一只灰鸟在上空掠过，哇哇地叫道："我不会忘记你做的好事，如果你遇到困难，请想到我！"

伊买提登船后立即命令扬起风帆，起锚开航。铁锚在海底扎得非常牢固，根本拉不起来。他让全体海员一起转动推杆，他们用尽全力，结果推杆像芦苇秆一样断裂了，铁锚却岿然不动。他们又赶紧做了一个新的推杆，情况没有丝毫改善。伊买提茫然不知所措，不明白问题出在哪儿。

"铁锚是不是钩住了海底的旧船体？"他心里不停地揣摩着。他拿起折断的推杆，插进铁锚的启动架压了一下，忽然想起了那只灰鸟："如果那只灰鸟能帮我起锚该有多好！"太奇怪了，铁锚的启动机轻微地动了一下，他只要一个人就能将铁锚摇起。铁锚露出水面，更大的怪事出现了：铁锚的两只钩子上各吊着一只装满金币的大铜锅。伊买提将钱币放进船舱的大铁柜，心想："由我安葬的死者对我的报答真是快。"

一路上天气晴朗，风平浪静，伊买提很快到达目的地：一个王国的京城。他卖掉很多货物，赚了不少钱，还买进许多新东西。但是主人委托他卖掉的金银器皿却没有做成交易。

伊买提对国王说："现在有一批样式繁多的金银器，不知道陛下是否愿意购买？”

国王派他的女儿先去了解情况。公主来到帆船上，伊买提发现公主就是他在梦中见到的那位最美丽的姑娘。这个从不跟在女人屁股后面团团转的年轻船长深深地爱上了眼前这位美丽的公主。伊买提邀请公主到船长室，暗中却命令大副起锚，以最快的速度把船开向大海。他请公主观赏金银器皿，花掉了不少时间。后来，他再也无法克制自己，于是跪倒在公主面前，表达对她的爱慕之心，请求她同意做他的妻子。

面对突如其来的求婚，公主先是感到愤怒和震惊，可是伊买提是她见过的最英俊的小伙子，她思索片刻后立即同意了。他们互相交换戒指，公主把自己的戒指赠给小伙子，伊买提则选了一只最漂亮、最昂贵的戒指送给公主作为订婚纪念物。他们登上甲板，公主发现帆船在大海中摇荡，几乎已经看不到京城了，这使她极为不安。

伊买提安慰未婚妻说：“请放心，只要我们相亲相爱，一切都将平静如初。如果我现在向你父亲请求娶你，他未必会同意。我们航行一段时间后再回到你父亲那里，他肯定会消除怒气，同意我们结合。”

帆船在海上漂来荡去，毫无目的。船长离开驾驶台，将任务全部委托给大副，大部分时间都和未婚妻一起待在船长室里。大副是一个好嫉妒、不老实的坏家伙，他阴谋除掉年轻的船长，取而代之。他先打算挑动海员起来闹事，在混乱中杀害船长。可是海员们不答应，因为他们喜欢伊买提。

大副又通过贿赂把船员中的几个无赖拉到自己一边。一天夜里，他们闯入船长室，把伊买提的双臂反绑在背后，然后将他塞进一个很小的救生艇，放到大海中。幸亏那几个船员不算太无情，他们偷偷地塞给船长一把刀子、一个取火盒和一些食品。帆船向前驶去，伊买提的小艇则在大海中随波漂流。

大副企图霸占国王的女儿，他花言巧语，说要把公主送回王宫。公主根本不理大副的诱骗，只是不停地哭泣，一心思念着伊买提。帆船再也无法在海上毫无目的地漂荡下去，于是大副决定驶往公主的家乡。国王因为女儿失踪而悲痛得头发全白了。现在公主回来了，宫中又充满了欢乐的气氛。大副吹嘘是他从背信弃义的船长手里救出公主，现在请求娶姑娘为妻。公主当然不答应，她深切地爱恋着伊买提。但是大副甜言蜜语，连蒙带骗，说服国王同意了这门亲事，并择定了举行婚礼的日期。

那么公主真正的未婚夫伊买提在海上的命运究竟怎样呢？一天，太阳已经高高升起，救生艇被风浪吹到一个无人居住的海岛上。伊买提登上陆地，在石头上磨断捆绑他双手的绳子。他在岛上转了一圈，发现这是一个森林茂密的无人小岛，但有一些野兽。于是他设置陷阱捕捉野兽，勉强填饱肚子。伊买提天天爬上山岩——岛上最高的地点，等待可能经过的船只。他堆起篝火，好在船只经过时立刻点燃。但是小岛离航道太远，始终不见过往船只。

他有时失望地自语：“难道我要在这儿蹲一辈子吗？光

阴飞逝，谁知道会有什么人夺走我心爱的未婚妻？我帮助了别人，怎么不见有人帮助我呢？至少那位死者应该前来搭救我！”

伊买提话音未落，一只小船向海岸疾驶过来。

一个面色苍白的人跳上岸，走向伊买提说：“我早就想来帮助你，可是直到现在你才叫我。”

“你是不是有我未婚妻的消息？”伊买提问，“她是否仍在爱恋我？要是你知道她在哪里，能否送我到她的身边？”

面色苍白的人说：“你的未婚妻身体很好，她住在她父亲的王宫里，无时无刻不在想念你，不过几天之后她就要和大副举行婚礼。”

“什么？”伊买提大声疾呼，“这个流氓、无赖！你有什么办法能让我同未婚妻即刻说上话吗？”

“请坐到我的小船上，我一直送你到王城。”面色苍白的人回答。

伊买提跳上小船，这是一条漆得乌黑、摇摆不定、到处渗水的小船，两人一上去，船几乎要沉入海底。可是当面色苍白的人拿起桨开始划动时，小船就像鸟儿贴着水面一样向前疾飞。

王城到了。非常幸运，眼看小船即将沉入水中，可是他们已经平安地上了岸。

“你干吗不买一条新船替换这条破船？”伊买提问。

“这不是船，而是棺材，就是你将我安葬的那口棺材。”

面色苍白的人解释。

他还告诫伊买提在宫中应该如何行事，给他的恩人出了许许多多主意。伊买提马上赶赴王宫，面色苍白的人已不知去向。

为了迎接即将到来的婚礼，王宫内外正在紧张地粉刷装修。为此，各行各业的能工巧匠供不应求，油漆匠尤其短缺。有人问伊买提会不会刷油漆，他回答会，于是被请去粉刷公主的客厅。伊买提拿上油漆桶和刷子，开始粉刷公主的房间。他干得十分利索和熟练，因为他从小就掌握了这门手艺。

他在第一面墙上画了他的帆船，自己威风凛凛地站立在驾驶台上，公主正登上船的甲板；第二面墙上画的是他和公主交换订婚戒指的情景；第三面墙上的画描绘了阴险的大副怎样把船长塞进救生艇，让它在海上随波漂流；第四面墙上画出了他怎样搭乘漆黑的小船，由面色苍白的人划向王城的码头。油漆干后，公主前来欣赏。她看到壁画，悲喜交集，晕倒在地，仆人们给她嗅盐她才苏醒过来。

国王说："绞死那个油漆匠，他竟敢绘出这样的画，害得我女儿失去知觉。他到哪里去了？"

国王和女儿一起寻找伊买提，最后在侍从休息室里找到了他。荒岛生活使伊买提的头发和胡子特别长，英俊的小伙子完全变了样儿，连公主都不认识自己的未婚夫了。伊买提取下手上的戒指递给公主，姑娘认出自己的未婚夫，立即投入他的怀抱。国王看到女儿对这个穷小子竟然如此亲热，非常惊讶，更不能理解。公主解释说，这才是她真正的未婚夫。伊买提也得到讲话的机会，揭露了大副阴谋闹事并把他抛入大海的经过。宫里仆人为伊买提烧热桑拿浴室，他洗过澡，刮净胡子，换上了体面的服饰。

大副满以为自己将成为国王的女婿，可是国王朝他走来，问道："对一个把自己的上司抛入大海任他随波漂流的人，你说应该怎样处置呢？"

大副不假思索地回答："应该把这种坏蛋绑在木板上抛进大海！"

"这正是你应该受到的惩罚，因为你寻衅闹事，陷害船长。"国王做了宣判。

奸诈的大副被绑在木板上，抛进了大海。伊买提和公主的婚礼既隆重又热烈。婚礼之后，伊买提想起了里加的富商，他的船还停泊在京城的码头边。他立刻派出可信赖的海员驾驶着满载货物的帆船前往里加。满盛金币的两只大铜锅原封未动地保存在船长室内，伊买提把它们看作是为了表达感激之情的死者赠给自己的礼物。

# 两个女儿

老头儿和他的女儿住在一间小屋里，他的妻子已经过世。另一间小屋里住的是老太婆和她的女儿，老太婆的丈夫也已不在人世。

一次，老头儿的女儿到老太婆家串门。老太婆说："我非常乐意嫁给你的父亲，你同他说说，让他同意这门亲事。如果我做你的继母，每天早晨让你用鲜牛奶洗脸，给你喝葡萄酒；我自己的女儿则只用清水洗脸，喝白开水。"

姑娘向父亲转告了邻居老太婆的话。

老头儿脱下一只头上有破口的靴子，递给女儿说："把它挂在铁钉上，里面灌满水，要是靴子不漏水，我就让她做你的继母；如果水从靴子中漏出，我们父女俩仍像以往一样过活。"

姑娘照着父亲的吩咐将水倒进靴子，令人难以置信的是，水竟然堵死了洞眼，靴子一丁点儿水也不漏。于是，老头儿便向老太婆求婚，婚礼当即举行。

但是，第二天早晨，当老头儿的女儿在继母家醒来时，既没有鲜奶洗脸，也没有喝上葡萄酒，冰碴子在她的洗脸水上漂动，给她喝的水也是漂着冰渣。老太婆的女儿倒有牛奶洗脸，喝的是葡萄酒。

老头儿的女儿长得同太阳一样美丽，老太婆的女儿却同魔鬼一样丑陋。老太婆对老头儿的女儿恨之入骨，绞尽脑汁想把她除掉。隆冬季节，老头儿进入森林伐木，姑娘只穿一件单衣服被继母赶到门外。

“拿上你的桦条筐，”老太婆冲着姑娘大声喊叫，“不采满一筐成熟的草莓就甭回家！”

姑娘冻得浑身哆嗦，牙齿咬得咯咯响。她手提桦条筐直奔草场边上的堆草房，蜷缩在角落里向上帝祈祷：“尊敬的上帝、我的严寒爷爷，请不要用寒冷刺我蜇我，因为我只穿一件薄薄的单衣服！请赐我一双毛袜和鞋子，还要一顶暖和绒帽！”

严寒爷爷怜悯不幸的姑娘，给了她毛袜、鞋子和绒帽。然而他又逞威风，冻裂了堆草房的墙壁，风雪不停地往里灌。

“亲爱的严寒爷爷，”姑娘又一次请求说，“我仍然感到寒冷，请赐给我皮大衣、手套和头巾！”

严寒爷爷给了姑娘索要的一切，然后向着密林深处呼啸而去。姑娘随即离开堆草房，提着桦条筐走向林地。森林中央的云杉下有一间红色的小屋，三个小矮人趴在窗口往外瞧。姑娘敲了一下门，走进屋子，向他们问好。小伙子们客气地请姑娘坐下，她就坐在火炉旁。姑娘肚子饿极了，拿出老太婆给她的干面包啃了起来。

“给我们吃一点儿！”小矮人要求说。姑娘大方地分给他们一些。小矮人问她为什么来到深山老林，姑娘指了指桦条筐说，继母命令她摘满一筐红草莓。

“真是一个坏良心的老太婆！”一个小矮人说。

“竟然让这么可爱的姑娘大冬天来采摘红草莓！”另一个小矮人非常气愤。

“要是有可能，我就帮助她。”第三个小矮人说。

“我们是能够帮助她的，快走！”头一个小矮人提出建议。

他们要姑娘拿上枝丫扫把清扫院里的积雪。姑娘按照他们的吩咐，拿着扫把去院里。正当姑娘扫雪时，小矮人们把头碰在一起窃窃私语。

“她美貌大方，将来一定会更漂亮。”第一个小矮人说。

“她一贫如洗，愿从今以后她每讲一句话就从嘴里吐出一块金币。”另一个小矮人说。

“但愿她将来有一位王室的丈夫。”第三个小矮人说。

姑娘扫完院中的积雪，发现地上长着一片嫩油油的草莓，结满了鲜红香甜的果实。姑娘摘满一筐草莓，感谢并告别了小矮人，然后急忙往家赶。

出人意料的是，姑娘傍晚回到家，刚说了一句“晚上好”，就从嘴里吐出一块金币落在地上。她讲自己如何遇见三位小矮人，如何采草莓……每说一句话，她嘴里就滚出一块金币，地上很快堆满了金光闪闪的金币。

看到老头儿的女儿走运发财，老太婆的女儿极为忌妒。她渴望变得非常有钱，于是对母亲说，她也要只穿一件单衣服到堆草房，经受严寒爷爷的考验，然后前往森林里摘草莓。可是母亲不答应，给她赶做了一件厚棉袄，外加漂亮的皮大衣。母亲怕她饿肚皮，还为她准备好一大包食品。直到母亲觉得已经万无一失，才让女儿出家门，去采摘埋在雪底下的草莓。

姑娘走了很久，才赶到云杉树下的红色小屋。三个小矮人正倚着窗子往外看。姑娘连门都不敲，大摇大摆地走进屋，一屁股坐在火炉边，打开食品包，大口大口地吃着母亲为她准备的糕点。

“给我尝一点儿！”一个小矮人请求。

“什么？我自己还不够吃呢！”姑娘回答。

“你母亲派你来采草莓是吗？”小矮人看到姑娘拿着筐子后问道。

“是的。”姑娘回答。

“很好，那就请你拿上扫把，扫净院子里的积雪。”另一个小矮人说。

“什么？你们要我当女仆！”姑娘尖声喊叫。

她走到院里，从积雪下面寻找草莓。小矮人透过窗子瞧着姑娘，思考着给她一点儿什么东西。

“她本来就丑陋，愿她更加丑陋。”头一个小矮人说出愿望。

“每当她说一句话，就从嘴里跳出一只活青蛙。”第二个小矮人说。

“最后她将悲惨地死去。”第三个小矮人预测道。

老太婆的女儿翻遍雪地，冻僵了手，还是没找到一颗红草莓。她跑回家，向母亲诉说自己的运气太糟糕。她每说一句话，就从嘴里跳出一只活青蛙。老太婆的女儿再也不敢张嘴了，要不然整间小屋都将挤满活蹦乱跳的青蛙。老太婆变得越来越狠毒，经常冲着老头儿的女儿大发雷霆。一次，老太婆做蛋糕，给自己女儿吃的是面上浇了厚厚一层奶油的精制蛋糕，分给老头儿女儿的却是一块烤得黑黑的面疙瘩。

老太婆说："这是你的蛋糕，见鬼去吧！"

不知是怎么回事，蛋糕从姑娘手里滚到地上，然后滚出房门，好像一个皮球向前直滚，姑娘跟在后面紧紧追赶。蛋糕向前滚，路上不断扬起灰尘。姑娘跑得满头是汗，突然一只角上挂着剪毛刀的公羊挡住了她的路。

"好姑娘，我愿温暖你的身体，请剪下我身上的毛吧！"公羊咩咩地叫着说。

"我的蛋糕溜跑了，你看它不是正在前面滚着吗？"姑娘喊着对公羊说。

"我保证它跑不了。"公羊向姑娘担保，同时晃动一下脑袋让蛋糕停止滚动。

姑娘取下剪毛刀，从公羊身上剪下又长又厚实的羊毛，剪完后，又把剪毛刀挂在公羊的角上。可是蛋糕又向前滚去了，姑娘不得不继续追赶。她越跑越快，小辫子在脑后高高飘起。

一头母牛挡住了她的路。母牛的乳房胀得满满的，牛角上挂着一只盛奶桶。

“好姑娘，”母牛哞哞地叫着说，“请快挤掉我的奶，不然我的乳房就要胀裂了。”

“我的蛋糕逃跑了！”姑娘回答。

“不会的。”母牛一面说，一面让蛋糕停止滚动。

姑娘从牛角上取下盛奶桶，给母牛挤了奶。可是她刚挤完奶，蛋糕又向前滚去。前面是一块庄稼地，中间放着一捆散了架的麦秸。

“请把我捆一下，不然我会被人踩得乱七八糟的。”那捆麦秸请求姑娘。

“好的。”姑娘说完话立即捆紧麦秸。

蛋糕又向前滚去。一转眼，姑娘到了妖魔洞的大门口。蛋糕滚进大门，一直滚到厅堂，好像它非常熟悉这条路。姑娘小心翼翼地跟了进去，妖魔外出旅行，只有他的老婆在家。老太婆坐在板凳上，跷着二郎腿，两手交叉在胸前，胸脯鼓得像皮球，两只眼睛像盐坛，鼻子犹如大铁钩。老太婆想让姑娘给她做女仆。

“在妖魔洞当女仆，同在家里和卑鄙的继母一起生活没什么不同。”姑娘想。她同意留在妖魔洞中做女仆。

“第一件事是烧热桑拿浴，”妖魔的老婆命令说，“不过这儿有一箱羊毛，在你烧好桑拿浴之前先得把羊毛织成布。”

“好一个苛刻的女主人。”姑娘心想，不过她还是接过了羊毛箱。她走进桑拿浴室，坐在长凳上伤心地哭了起来。

一只老鼠悄悄地从墙角爬了过来，问道：“你为什么哭得如此悲伤，亲爱的姑娘？”

“既要烧热桑拿浴室，又要纺线织布，叫我如何干得完？”姑娘回答。

“请不必伤悲，我请伙伴们帮助你。”老鼠安慰姑娘。

一会儿工夫，上千只老鼠来到桑拿浴室。它们从箱子里取出羊毛，理毛的理毛，纺线的纺线，织布的织布，分头忙了起来。姑娘只需负责烧桑拿浴室，浴室热了，布也织成了。妖魔的老婆来洗桑拿浴，夸奖姑娘烧得好，布也织得很不错。

老太婆又命令姑娘挤牛奶，姑娘提着奶桶到牛棚，突然从里面传来可怕的吼叫声，饲草箱里站着几只高大的狼和卷毛熊。姑娘紧握奶桶的把手，虽然惊恐万分，但仍在考虑怎样才能完成女主人交给的任务。

一只花猫围着姑娘的脚团团转，喵喵地叫着说：“亲爱的姑娘、美丽的姑娘，你能否给我一点儿牛奶，然后让我替你完成任务？”

“我给，当然给。”姑娘回答。花猫很快从奶牛身上挤了满满一桶奶。但是麦子飞进了牛奶桶，不过滤就不能交给女主人。姑娘四处寻找过滤器，可是找不到。正当她手足无措时，一群小麻雀飞来请求道：“请送一些麦粒给我们，过滤工作由我们完成。”

“非常愿意。”姑娘一边回答，一边抓了几把麦粒给麻雀。小麻雀用它们的翅膀当作过滤器，一转眼就完成了任务。

夜幕降临，妖魔回到家里。他吃饱喝足后闲着无事可做，不停地搔头发解闷。他发现了漂亮的姑娘，就把雪橇上挂的小银铃扔给她说："让我们一起玩儿，好消磨夜晚的时间！我吹灭松明，你摇动银铃，让我跟着铃声捕捉你。"

妖魔吹熄松明，屋子里一片漆黑。小老鼠爬到姑娘耳朵边，低声要求把银铃交给它，并请她躲进火炉后面的小通道。老鼠摇着银铃，一忽儿奔到东，一忽儿窜到西，妖魔跟着铃声在黑暗中摸来摸去，喧闹不堪。横梁掉落下来，木条散得满地，铁锅也被砸碎，厅堂内一片混乱。妖魔费了九牛二虎之力仍旧没能捉到姑娘。

他认输了，套好马车，装满货物，对姑娘说："你获胜了，这是给你的奖品，赶着马车走吧！"

姑娘跃上马车，攥紧缰绳，迅疾地离开了妖魔洞。

妖魔的老婆看到姑娘赶着马车走了，立刻跑到院里，冲着耸立在大门口的栎树说："快截住那个丫头，砸死她，别让她拿走我们家的东西！"

栎树伸出一根树杈，朝着到达大门口的姑娘狠狠地打去。那捆得到过姑娘帮助的麦秸前来救助，扰乱了栎树的行动，使它的阴谋未能得逞。

姑娘的马车快速奔驰，妖魔的老婆坐着雪橇紧紧追来。迎面过来一条母牛，老太婆对它说："用你的角挑死这个丫头片子！"

但是母牛没有听从她，因为姑娘曾经帮过它，挤掉了它胀得难受的奶。一只公羊立在路中央，妖魔老婆要它顶撞小姑娘。公羊不但没听她的话，反而死命地顶撞了她，老太婆只好一瘸一拐地逃回家。

老头儿的女儿带着骏马和货物回到了家。

“我何不送我的女儿到妖魔洞去发财呢？”继母心里揣摩着。她又揉面做蛋糕，不过这一回给老头儿女儿的是一块漂亮的面上铺了厚厚一层奶油的蛋糕，给自己女儿的则是烤得焦黑的面疙瘩。

她对自己的女儿说：“我的宝贝，赶快去找妖魔吧！”

烤得焦黑的蛋糕向前滚去，老太婆的女儿紧跟在后面。一只角上挂着剪毛刀的公羊走了过来，可是老太婆的女儿没有工夫替它剪毛，因为她为了发财心急如焚。她也没有帮助牛角上吊着奶桶的母牛，散了捆的麦秸则被她一脚踢进水沟里。

黑蛋糕通过大门滚进了妖魔洞，妖魔的老婆聘请姑娘做女仆，分配她的差事与老头儿女儿做的完全相同。可是老太婆的女儿既懒惰又漫不经心，小老鼠被她粗暴地赶走了，纺纱织布一点儿没门，桑拿浴室烧了半天没热气。牛奶没有挤到一滴，因为花猫被她踢在一边，麻雀也被吓得满天飞。妖魔的老婆非常生气。

妖魔傍晚回到家，看到姑娘后说：“啊哈，来了一个新的女仆，不过这个女仆没有昨晚那个漂亮。”他对姑娘说，“快拿好银铃，让我们比赛一场！”

他把银铃扔给她，吹灭松明，开始追逐姑娘。老鼠没有帮她的忙，她在厅堂中一会儿跑向东，一会儿又奔到西。铃声随时告诉妖魔她在哪里，妖魔轻而易举地捉住了她，紧紧一抱折断了她的肋骨。第二天早晨，姑娘向妖魔索要马匹和货物。

妖魔非常生气地说："什么，你不是输了吗？"

老太婆的女儿灰溜溜地离开妖魔洞，同来时一样两手空空。

妖魔的老婆看到姑娘走到大门口，大声喊道："喂，栎树，快快鞭打那个无用的丫头！"

栎树听从老太婆的吩咐，伸出树枝狠狠地抽打姑娘的身子。妖魔的老婆没出够气，继续追赶老太婆的女儿，还指使母牛用角挑她，要公羊用脑袋顶撞她。母牛和公羊愉快地执行了妖魔老婆的命令。老太婆的女儿狼狈不堪，连滚带爬地才回到家。

老太婆看到自己女儿惨遭厄运，对待老头儿的女儿更加凶狠。她叫姑娘做最脏最累的活儿，千方百计地折磨她。一次老太婆染毛线，煮线的水刚烧开，她竟丧心病狂地要老头儿的女儿脱掉上衣，把滚烫的毛线放到姑娘的怀里。她还交给姑娘一把斧子，命令她到冰河上凿开冰窟窿洗毛线。姑娘不敢违抗继母的命令，跪在冰上洗毛线。

世上的事情真是无奇不有，国王的马车刚巧从那儿经过。最先发现姑娘的是马车夫，他惊讶无比，觉得这位姑娘了不起，敢在严寒的冬天蹲在冰窟窿旁洗毛线。国王命令将马车赶到姑娘的身边，问她冷不冷，竟然光着身子在冰上洗毛线。姑娘告诉国王，她的继母残忍无比。国王对姑娘一见倾心，问她愿不愿意一起去王宫。姑娘接受国王的邀请，从此摆脱了继母的折磨。

正如三个小矮人预料的那样，老头儿的女儿成了高贵的王后。姑娘给国王生下一个王子，宫里充满了欢乐喜庆的气氛。每当姑娘在宽敞的大厅中走动，很远就能看到她美丽的金发在肩上飘动。

继母听说老头儿的女儿交了好运，领着自己的女儿到王宫求见年轻的王后。国王刚巧不在家，老太婆又一次设诡计。她假装替老头儿的女儿梳头发，一刀剪下她的金发，并把它接在自己女儿的头上，又用绳子套住王后的脖子，将她拖到湖边，扔进了湖里。

国王返回王宫，看不见王后的金发在大厅中飘动，也不见金币从她的嘴里向外滚。相反，"王后"每说一句话，嘴里就跳出一只活青蛙。小王子也躺在摇篮里号哭不止。以往每当国王外出归来，王后总到院子里迎接，还亲自给马喂料喂水。现在再没有人照料马，它在院里不停地嘶叫。国王给马卸掉马鞍，它就自己跑到湖边去饮水。国王的马饮水时，看见水底闪着金光。那是水神帮助王后重新长出的金发在闪烁光芒。国王的马把姑娘救上岸，一直拖到马厩里，让她躺在饲草箱里休息。

看到国王的马在湖边忙得不可开交，老太婆十分惊慌，指使"王后"阴谋杀死了骏马。国王准备外出，没能找到自己的马匹。后来他到马厩另选御马，发现饲草箱里装满了闪闪发亮的金币，最爱的心上人坐在正中间，每说一句话就从嘴里吐出一块金币。

马儿向国王报告："是邪恶的老太婆换走了你的妻子，因此厅堂里到处是活蹦乱跳的青蛙，王子躺在摇篮中不停地号哭。"

国王急忙回到王宫，抑制着心头的怒火问老太婆："要是一个人换走别人的妻子，又将别人真正的妻子推入水中，应该怎样处置这个人？"

老太婆不假思索地回答："应该把这人连同假妻子一起装进内壁带刺的木桶，推入湖中。"

国王立即照此办理，严惩了可恶的老太婆和她的女儿。王后从马厩回到了王宫，小王子也不再号哭了。

# 三姐妹

从前有一个女人，她的血管里流着吃人女魔的血液，她的女儿也与普通的孩子有所不同。大女儿叫独眼，只有一只眼睛，长在额头的正中间。二女儿叫三眼，有三只眼睛。唯独叫作双眼的小女儿，长得同普通人一样。母亲和两个姐姐都恨双眼，因为她血管里流的血同她们的不一样。

她们说："你以为你的眼睛长得同村里人一样就比我们优越？"

双眼干的活儿最多最累，但穿的是破衣烂鞋，吃的是残羹剩饭。双眼经常上山放牧，她带的干粮不是发霉的面包，就是石头般硬的面包片。

一天，双眼上山放羊，怎么也咬不动死硬死硬的面包片。她感到委屈，坐在草地上伤心地哭了起来。这时候，一个头发浅黄、面目和善的女人出现在她面前，并用手抚摸着双眼的头发安慰她。

"哭泣消除不了悲伤，我的孩子。仔细地听着，我给你出一个好主意，你饥饿时只要对那只白色的小山羊说：'我的小山羊，请给我准备一桌饭菜。'小山羊就会给你准备好一桌丰盛的饭菜。要是你吃饱了，别忘了撤掉饭桌，要说一声：'我的小山羊，请撤掉饭桌！'如果你受到挫折，遇到困难，我会前来帮助你的，只要说一声：‘白仙女，请你快来帮助我。’”

仙女说完这些话就消失得无影无踪。双眼决定试一试，她刚念完咒语，小山羊就在她面前摆好了餐桌，桌上铺着雪白的桌布，碗里盆里盛的是热气腾腾的佳肴，餐具尤其贵重，不是金刀、金叉，就是银匙。她吃饱肚子后，遵照仙女的嘱咐，请小山羊撤走了餐桌。

傍晚，双眼赶着羊群回到家，她一点儿没碰姐姐们留在碗里的剩饭菜。母亲和两个姐姐都发现双眼也没吃随身带去的干粮。头一个星期是如此，第二个星期还是这样，可是双眼却变得更加健壮和漂亮。

“真是不可思议，”妈妈和姐姐们想不通，“一定要设法搞清楚她从什么地方弄到吃的东西，因为光靠空气谁也不可能永远活下去。”

三个女人下了决心。第二天早晨，双眼又赶着羊群上山去，独眼不声不响地跟在后面。

双眼为难了，因为独眼姐姐像影子一样始终跟着她，虽然她饥饿难耐，却不敢招呼山羊摆出饭桌。

第三天，双眼将羊群赶向非常茂盛的草地。天气炎热，路途遥远，姑娘们累极了。双眼对姐姐说：“请在苔藓地上躺一会儿，我唱支歌给你听。”

独眼没想到这是妹妹玩弄的手段，她伸直身子，躺倒在软绵绵的苔藓地上。森林的远处传来布谷鸟的叫声，双眼轻轻地哼着：“布谷姑姑睡觉吧，我的独眼姑娘。”

独眼闭上眼睛睡着了。为了防止意外，双眼又问：“独眼，你还醒着吗？独眼，你睡着了？”

独眼睡得非常香甜，发出均匀的鼾声。双眼念完咒语，叫来小山羊，一桌丰盛的饭菜就摆在草地上。她坐在桌边吃饭，吃完立刻撤掉了饭桌。直到黄昏时分，双眼才叫醒姐姐，两人一起把羊赶回家。怎么双眼一点儿没碰她的干粮？留在家里的人又一次表示惊讶。

母亲把独眼叫到一边，问道：“你是不是死盯着妹妹，还是在那儿睡大觉？”

“我倒是睡了一小会儿。”独眼不得不承认。

“我早估计到了，”母亲说，“肯定是你睡觉时她用巫术弄来饭菜。”

次日，母亲派三眼跟踪小妹妹。双眼把羊群赶到前一天到过的同一片草地上，又让姐姐睡觉休息。三眼听从妹妹的安排，一会儿工夫就熟睡得像烂泥。双眼待姐姐入睡后又吃了一顿美味可口的饭菜。不过三眼虽然睡熟，但她的第三只眼睛并没有闭上，而是密切注视妹妹的行动，看到了她的全部秘密。三眼一到家，当即向母亲汇报了见到的一切。在忌妒心的强烈驱使下，母亲和两个女儿当晚就宰了白色的小山羊。

双眼无比悲痛，孤零零地走到草地上，坐在水沟边哭泣。她忽然想起了白仙女，于是说：“白仙女，请你快来帮助我！”

一瞬间，仙女来到双眼身边。姑娘向仙女诉说了悲痛的原因，并请仙女替她想办法。

“向你的母亲要来小白山羊的心，并将它埋在院子中间的地底下。”仙女对双眼说。

双眼照着仙女说的话，向母亲要来小白山羊的心，并将它埋在院子中间的地底下。第二天早晨，正当太阳徐徐升起时，一件奇妙的事情发生了：埋葬羊心的土地上长出一棵挺拔的大树，树叶银光闪闪，在微风吹拂下发出悦耳的银铃声，树杈上悬挂着成百只金苹果。女人们眼望大树，惊讶得说不出一句话。

“快摇动树干，让金苹果落下地来。”母亲终于开了口。

她们使劲摇树干，只听见树叶发出清脆的响声，就是不见一个苹果掉下来。

“滚一个木桶过来，站在桶上兴许可以够着苹果。”两个姐姐指示双眼。

双眼将木桶滚到树下，竖起木桶。独眼爬上桶，想上树采摘苹果，可是每当独眼快要抓到苹果时，树枝就从她手里滑走。她费了九牛二虎之力，却没有摘到一只苹果。三眼也想试一试运气，但她连一根树枝都没能抓住，甭说采摘苹果了。母亲一样野心勃勃地想上树摘苹果，最后当然也是白费心机。

轮到双眼了，这一回大树一点儿也不吝啬，树上的金苹果让她随便摘，她用自己的围裙把摘下的金苹果包了一大包。

路口拐弯处传来阵阵马蹄声，一位腰佩长剑、头戴羽毛头盔的骑士直奔过来。

母亲命令双眼赶紧躲进大木桶，说道："蹲在里面不许出声，不能让别人见到你这样的人。"

骑士到了树边勒住马，跳下马背，带着爱慕的眼光围着大树转了一圈后说："真是一棵好树，树上的果子更是惹人爱。你们要是允许我采摘几个苹果，要什么我都愿意给。这棵奇树究竟是谁的？"

"它是我的！"独眼大声叫喊。

"不，它是我的！"三眼争辩说。

"不管它是谁的，请摘几个果子给我吧。"骑士提出请求。

两姐妹气喘吁吁地争着往树上爬，可是一无所获。

"真是怪事，"骑士表示不理解，"你们说树是你们的，可看起来你们在它面前并无权威！"

双眼蜷伏在木桶中闷得难以忍受，拿出几只金苹果抛向骑士的脚边。骑士帮助姑娘爬出木桶后说："大概她才是大树的真正主人，我拿什么东西换你的苹果呢？"

"我不要什么，"双眼回答，"尊贵的老爷，请你把我带走吧，让我在你的城堡中当一名放牧人或厨娘都可以，因为在这里我从早到晚忍饥挨饿，痛苦无比。"

骑士将双眼扶上马背，把她带往他的城堡。姑娘在城堡中的地位并不卑贱，骑士让她穿着华丽的服装，与自己同桌进餐。双眼像盛开的玫瑰花一样美丽鲜艳，她成了骑士的心上人。不久，城堡中举行了盛大欢乐的婚礼，出身低微的牧羊姑娘从此成了显赫的城堡夫人。

独眼、三眼和她们的母亲仍在小屋里继续算计：“双眼滚蛋了非常好，那棵奇树将永远归我们所有了。一定要从树上摇下金苹果，好使我们享受不尽荣华富贵。”

但是奇树没有带给她们多少快乐。第二天早晨，长满金苹果的大树从院子里突然消失，无影无踪。早晨，双眼睁开眼睛，看到那棵神奇的从小白山羊心上长出来的宝树已经耸立在城堡的院子中，树上硕果累累、金光灿烂，银叶在风中发出清脆动人的声音，沿着城堡的灰墙萦回。

羊心上长出一棵挺拔的大树，树叶银光闪闪，在微风吹拂下发出悦耳的银铃声，树杈上悬挂着成百只金苹果。

——《三姐妹》

# 万能手

路边的破旧小屋里住着一对夫妻，他们有一个男孩儿，他从小性情暴躁，每天晚上都要哭闹，弄得父母无法入睡。后来孩子长大了，可是恶性未改，他随心所欲，什么恶作剧都做得出来。

父母既为儿子担心，又感到忧伤。他们反复思忖：“为了让儿子学会好好做人，成为有用之才，我们究竟应该为他做些什么呢？”

经过一段时间的考虑，父母决定送儿子进城跟皮鞋匠学手艺。儿子很快学会了皮鞋匠的全部手艺，可是他照样调皮捣蛋。师傅用皮带抽他，他一声不吭，但是师傅刚一走开，他又要弄诡计。最后，师傅实在无法容忍这个调皮捣蛋的徒弟，把他遣送回了家。

父母又送儿子去学玻璃匠的手艺，他也是一学就会，但恶作剧照干不误。玻璃匠不得不把他送还给父母。

“有什么神奇的法子能使你成为正派的人呢？”母亲痛苦地说。

儿子回答：“请给我准备三年的干粮，我打算进森林学鸟语。”

母亲听了很满意，为儿子准备好三年的干粮，送他进森林学鸟语。儿子根本不认路，他在大森林中漫无目的地东奔西窜。一天过去了，一星期过去了，最后他来到一片小森林，那儿栖息着小若戴菊大似老鹰的各种飞鸟。儿子生活在鸟儿中间，学会了所有的鸟语。干粮即将用尽，他决定动身回家。各种飞鸟在前面歌唱，把他引到有人居住的地方。

儿子回到家，坐在窗外的长凳上同一只落在苹果树上的小鸟叽叽喳喳地热烈交谈。声音传到屋里，母亲用轻蔑的口吻问道："那只鸟在唱什么？"

儿子回答："这间小屋的儿子将要成为肩扛金肩章、腰佩银宝剑、老母亲把咖啡送到他床前的老爷。"

母亲听了很生气，粗声粗气地说："要我服侍你这种家伙！"

父母想不出能把儿子教育好的办法，因为他上过各种学校，学会了各种手艺，可就是不成器，未能成为自食其力的人。他们最后决定把儿子装进木桶，推入大海。凑巧的是，国王的儿子正在海上航行，准备去邻国向公主求婚。王子看到一只木桶随着海浪漂流，就命令水手把它拖上甲板。水手打开木桶，发现里面装着一个机灵的小伙子。

"做我的旅伴吧，"王子对小伙子说，"等我回到家，一定给你一间比这个木桶大得多的房子。"

第二天，船到了目的地，王子登上岸，直奔王宫向国王的女儿求婚。国王给他一只擦得锃亮的金鞋子说："如果你能在天亮之前制作出一只同样的金鞋子与它配对，就可以得到我的女儿，否则就甭做美梦了。”

听了国王的话，王子情绪十分低落，回到船上后他命令道：“快起锚，扬帆回家去！”王子向水兵们发出命令后接着自言自语，“我一辈子也做不出同它配对的金鞋子！”

从木桶中出来的小伙子说：“请你放心地睡觉吧，这件事包在我身上，天明前你会得到一双金鞋子的。”

第二天早晨，王子来到小伙子睡觉的船舱，看到他兑现了自己的诺言。小伙子忙了一整夜，用上了过去学到的手艺，光彩夺目的小金鞋展现在王子眼前。

“你看怎么样？”小伙子把金鞋递给王子。

王子称赞小伙子高超的技艺，忙将鞋子送交给国王。国王仔细查看新制的金鞋子，一丁点儿毛病都挑不出来。不过他又把一面水晶磨制的镜子交给王子说：“你必须制作一面同它一样的镜子，否则仍不可能得到我的女儿。”

王子感到太棘手了，拿着镜子返回船上。

小伙子得知王子的新差事后说：“这件事也交给我办吧！”

第二天早晨，王子来到小伙子的船舱，小伙子睡得香又甜，身边放着一面崭新的、四边镶嵌宝石的水晶镜子。

王子拿着镜子去见国王，国王说：“你的双手确实很巧，可你会算命测字吗？你必须在傍晚之前告诉我，御花园里的那棵栎树为什么会凋残枯萎，要是说不出原因，明天就请滚蛋。”

王子回到船上，对他的伙伴说："现在国王要我算命测字，我哪有这个本事？最好还是扬帆回家算了！"

小伙子打听国王问的是什么，王子重述了国王的要求。小伙子提出跟王子一起去看看那棵树。两人来到御花园，静静地坐在栎树下。小鸟儿在树枝上叽叽喳喳谈论得很热烈，不过谁也说不出栎树枯萎的原因。

"它们不知道，它们不知道。"小伙子仔细听了小鸟的交谈，一遍又一遍地重复着。

"什么？"王子大吃一惊，"你懂鸟语？"

"我学过鸟语。"小伙子回答。

"你是货真价实的万能手！"王子说。

万能手的称呼从此出了名。这天下午，两只黑乌鸦在栎树上攀谈。

"什么时候砍掉这棵树？"一只乌鸦问。

"我估计是明天。"另一只乌鸦说。

"你知道栎树为什么枯萎吗？"头一只乌鸦又问。

"肯定是因为国王的女儿把她的私生子埋在树底下，挖土不小心挖断了一些树根。"另一只乌鸦猜测。

"你说得很对。"头一只乌鸦表示同意。它们离开树枝，飞向天空。

万能手将乌鸦的对话翻译给王子听，王子立刻拉长了脸。他说："找国王说说去！"

国王在王宫过厅中碰见了王子和小伙子，就问王子："你已经知道栎树枯萎的原因了？”

“一点儿不错。”王子回答。他告诉国王，公主生下一个私生子，被她埋在了栎树下。

国王听了勃然大怒，高声喊道：“我要让你们看个究竟，你们这些恶意中伤公主的坏蛋！卫士们，快把这些不干好事的家伙关进牢笼，然后查看一下栎树根。”

卫士们遵照国王的命令，把两个年轻人关进了牢笼。他们用铁铲挖树根，挖出了一具婴儿的尸骨，证明王子的话千真万确。公主招认了事实，国王将她投入监狱，同时释放了两个年轻人。

王子回到自己的国家后，任命万能手为他的最高顾问，万能手成了王子最好的朋友。万能手请求回家探望父母，王子大方地提供马匹和车辆。万能手做了精心的安排，到家时正好是傍晚。

万能手身穿华丽的制服，肩戴金肩章，腰佩银宝剑，威武地走出车子，敲了敲破旧小屋的门。老公公和老婆婆急忙出来迎接贵宾，不过他们没认出贵宾正是自己的儿子。来客要些吃喝的东西，还提出要在屋里住一夜。老婆婆诉说屋子太旧太拥挤，建议老爷在车里过一夜，不过她说供应饭菜没问题，明早还可以把咖啡送到马车里。

万能手在马车里过了一夜。第二天一早，母亲亲自送来咖啡，他在车门口接过咖啡盘后说：“你看到没有，我的母亲，那只小鸟说的全都是真话。它早已估计到你的儿子将成为母亲把咖啡送到他床前的老爷。”

老婆婆简直不能相信自己的耳朵和眼睛，连声说：“难道你就是那个学会多种手艺却仍不成器的大饭桶儿子！你是怎么发迹的，甚至有了马车和金光闪闪的服饰？”

“这一切都是真的，亲爱的母亲，”儿子回答，“我向各行各业的师傅学会了上千种手艺，等有机会表现自己的才华时就赢得了荣誉。”

儿子早已把当年被装进木桶扔入大海的经历忘得一干二净。他将父母接上马车，三人一起来到王宫。他们生活得非常幸福，虽然老母亲时不时地还要对着儿子唠叨，说他小时候不安分守己，脾气太坏。

# 买来的兄弟

国王只有一个儿子，王子小时候常在父亲跟前吵闹，质问为什么自己没兄弟做伴。国王把钱袋交给儿子说："命中注定你没有兄弟，这是钱，你到广场上给自己买一个兄弟吧！"

王子拿着钱袋来到广场，人们正在赶集，热闹非凡。他走来走去，寻觅一个适合当自己兄弟的男孩儿。他非常喜欢一个乞丐的儿子，经过讨价还价，最后终于成交，买了一个兄弟回王宫。

当他们还是孩子时，相处十分融洽。可是长大成人后，王子嗜酒成性，爱吹大牛，买来的兄弟却成了有用之人。

一次，两个年轻人一起去饭店娱乐消遣。王子饮酒过量，吹嘘说："世界上还没有一张我拉不开的弓呢！"

"别这么说，"买来的兄弟告诫他，"我做过一个梦，要你拉一张弓，你就没有拉开。"

"废话！"王子说，"世界上也没有一匹我驯服不了的烈马！"

"一旦给你一匹烈马，你可能会失败的。"买来的兄弟认为。

回家路上，王子大喊大叫地说："不管多么厉害的女人做我的老婆，我都能把她制伏！"

“别吹，”兄弟说，“要是让那种女人做你的妻子，她会像洗桑拿浴那样用桦树枝狠狠地抽打你。”

从此王子记恨在心，常在国王面前诬告买来的兄弟侮辱他。

“他是怎样侮辱你的？”国王问。

“他说我成不了射箭手和驯马手，也管教不了自己的老婆，”王子回答，“他从广场中来，应该让他重回广场去讨饭。”

“这些话并不坏，也不是什么侮辱嘛！”国王说，“应该让买来的兄弟像以往一样继续待在宫中。”

但是，只要这个正直的年轻人还在王宫，王子心里就不舒服。国王觉察到了这一点，便对买来的兄弟说：“看来你和你的兄弟之间和睦融洽的关系已经结束了，我看最好的办法是你走自己的路。”

国王给买来的年轻人许多钱，送他走出王宫的大门。王子到了结婚的年纪，听说邻国的公主同仙女一般美丽，决定前去求婚。行前，他请来算命先生，想知道求婚之行能否成功。

算命先生告诉王子：“只要带着路上遇到的第一个人一同前往，此行必定成功。”

王子为旅行做了大量奢华的准备，随从人员排着长长的队，配备了许多辆装饰豪华的马车。买来的兄弟站在道路拐弯处，等待求婚队伍走过来。他早就听说王子要去求婚，也知道算命先生的话，因此打算成为王子路遇的头一个人。买来的兄弟加入了随行人员的行列，他穿的是平民百姓的衣饰，宫里人谁都没有认出他。

队伍行进不久，森林里传来怪异的嗡嗡声。买来的兄弟要求车马暂停行进，以便查清那是什么声音。他看到大石头下蹲着两个窃窃私语的老奶奶，她们俩只有一只眼睛，由两人轮流使用。

买来的兄弟一把夺过那只眼睛，两个老奶奶苦苦地向他哀求："好人，别夺走我们的眼睛，要是你把眼睛还给我们，可以得到一把万能的宝剑。"

买来的兄弟将眼睛还给老奶奶，换回了一把威力无比的宝剑。

往前没走多远，森林里又传来奇异的嗡嗡声。

"快停车！"买来的兄弟说，"我去看看是什么东西发出这种声音。"

马车停住了，买来的兄弟急步走进森林。他发现一块覆盖苔藓的石头边站着两个老奶奶，她们也共用一只眼睛。他再次伸出手，将那只眼睛抢了过来。

老奶奶生气地说："我的好人，别拿走我们的眼睛，不然我们会生活在暗无天日的世界中。请把眼睛还给我们，你可以得到一件最好的宝物——一块会自动准备饭菜的桌布。"

买来的兄弟把眼睛还给老奶奶，换回了一块宝贝桌布。队伍继续行进，森林里第三次传出奇特的嗡嗡声。

"停车，我去了解一下那是什么声音。"买来的兄弟又一次请求。

“如果要弄清楚各种各样的嗡嗡声，我们就甭赶路了。”王子心里很反感，不过他还是同意停车一会儿。

买来的兄弟在森林深处又发现两个共用一只眼睛的老奶奶。他对她们施展了同样的伎俩，结果换回一只威力强大的布口袋。只要抖动一下布口袋，说一声“孩子们，快从口袋里出来”，五十名强壮的小伙子立刻就会从口袋里威武地走出来，他们纪律严明，绝对听从主人的指挥。

队伍马不停蹄地向前赶路，终于来到邻国的王宫。王子派遣媒人觐见国王，通报他正率领大队人马前来求婚。国王并不反对这门亲事，不过要考一考王子，看他像不像一个男子汉。

第一门考试是拉弓，用的是一张九人才能拉开的大弓。

买来的兄弟是马夫，王子听了条件后对他说：“快套好马回家去，一人拉的弓我都未必拉得开，甭说要拉九人才能拉开的大弓了！”

买来的兄弟说：“别惊慌，请你对国王说，他的要求太简单，能不能由马夫代办？”

国王同意了王子的意见，说道：“由谁拉弓我不管，只要你们中间哪一位有此能耐。”

于是，买来的兄弟拿起弓，一下就把弓拉开了。国王又让王子进行第二项考试——驯服一匹九个人都未能驯服的烈马。

王子又对他的马夫说：“回家算了，我可不想同那样的马比力气，折断了骨头自己倒霉。”

买来的兄弟又出主意说："问一问国王可不可以让别人代做驯马人。"

王子的请求又得到了国王的批准。买来的兄弟走进马厩，那匹烈马鼻子里喷着粗气，蹄子向后猛踢，确实令人畏惧。马厩的墙上挂着一条钢丝编织的鞭子，小伙子抓起那条鞭子，毫不留情地向马背上抽去。

烈马忽然开口说："你为什么要如此狠毒地抽打我？"

"因为你不听话，肚子里装满了坏水。"小伙子回答。

"我对你不会不听话，你要我干什么，我样样照办。"烈马保证。

"那就按照我的话去做，"买来的兄弟说，"现在我牵你到王宫的台阶前，你用后腿站起来，要像塑像一样一动不动。等有人用手碰你的背，你必须立即趴在地上。"

买来的兄弟解开拴在木桩上的缰绳，牵着烈马来到王宫的台阶前。

"请大家看呀，这匹野马是多么温驯，"买来的兄弟大声说，"看吧，它居然经不住我主人轻轻地一碰。"

他请王子把手放在马背上，烈马立即趴倒在地。国王和宫中人震惊地看着王子，他们以为王子力大无比，是他的手把马碰倒在地！

国王说："你已出色地通过了我的考试，今晚可以睡在我女儿身边。"

夜色降临，王子来到公主的卧房，国王却同时命令掘墓人在荒野里为王子掘好了墓穴。国王的女儿是个心狠手辣的女人，已经害死了无数向她求婚的年轻人。一对情人肩并肩地躺在床上，公主拿起枕头闹着玩儿一般堵住了王子的嘴和鼻子，王子差点儿被闷死，靠着最后一点儿气力才从床上滚下地。

“请稍等一会儿，”他对姑娘说，“我到外面去一下立刻回来。”

王子跑到马厩，喘着粗气对买来的兄弟说：“那女人同牲口一样厉害，我可制伏不了她，快去把她的嚣张气焰压下去。”

买来的兄弟说：“我们互换一下衣服，我假扮成你，不管那女人如何粗野，我都会制伏她。”

两个年轻人互换衣服后，王子留在马厩当马夫，买来的兄弟从墙上取下钢丝编成的马鞭，直奔公主的卧房。姑娘又想玩弄老花招，用枕头闷死“未婚夫”，可这一回她挨了一顿狠狠的钢鞭。从此以后，公主变得非常服从和温柔。

买来的兄弟回到马厩，对王子说：“快回到你应该去的地方吧，姑娘已经变得同绵羊一样。”

两人换回各自的衣服，王子又来到公主的卧房。他看到姑娘确实变得既温柔又文静，同小羊羔一个样。第二天早晨，掘墓人抬着棺材来收王子的尸体，可是他们大吃一惊，因为这对年轻夫妇依旧甜蜜地熟睡在床上。

他们报告国王后，国王随即请来王子说：“现在立刻举行婚礼，不过你必须备好与我一样多的美酒佳肴。”

王子惊慌不已，又请求他的马夫出主意。

“请不要惊慌，”买来的兄弟安慰说，“此事由我来处理，一切都将顺利地进行。

国王命令摆上一桌有七道菜和七种酒的宴席，还要侍从搬来一张空桌子让王子摆酒菜。买来的兄弟一面将神奇的桌布铺在桌上，一面口中念念有词，一桌质量更高、味道更好的酒菜蓦然出现在国王眼前。

盛大豪华的婚礼开始了，买来的兄弟坐在紧靠新郎的一桌，轻声地对王子说：“少喝点儿酒，不管别人怎样夸耀你，也不管别人如何吹嘘，你什么话都不要说。”

客人们争相夸奖新郎，说他如何出色地通过了困难的考试。

新郎实在憋不住了，说道：“我可没那个本事，所有的事情都是我的马夫代办的。”

国王后悔把女儿嫁给了无用之辈，他悄悄地指使侍从，把安眠药放进王子随从人员的酒中。买来的兄弟假装喝得烂醉，躺在东倒西歪的人堆里。国王将随从人员统统关进监狱，没收了他们的财物。新郎遭贬黜，成了猪倌儿，成天跟在猪屁股后面忙来忙去。买来的兄弟命运更悲惨，他的眼睛被挖掉，还被关进最深层的监牢。

不过关在牢中没多久，买来的兄弟就倚仗自己的神剑穿透很厚的牢墙逃了出来。但他两眼一抹黑，在森林里摸来摸去不知所措。前面传来嗡嗡声和轻轻的说话声，他知道那是老奶奶手捧眼睛在闲谈。他一跃向前，夺过她们共用的眼睛。

老奶奶乞求归还她们的眼睛，小伙子说：“把我带到生命之泉，否则绝对不归还！”

“我们领你去，我们领你去。”老奶奶一边答应，一边领着小伙子沿着林中小径向前走。

一只小鸟在路旁的树枝上歌唱，买来的兄弟把它抓在手里。走了很久，老奶奶突然停住脚步说：“泉眼就在你面前，蘸一滴水抹在眼睛里就会重见光明。”

“生命之水应该潺潺不断，这眼泉水怎么同坟墓一样死寂？”买来的兄弟边问边将手里的小鸟投进泉眼。

小鸟即刻丧了命，买来的兄弟说：“狡猾的老太婆，你们骗我，这是死亡之泉！”

“过来，我们送你到右边的泉眼。”老奶奶说。

他们来到右边的泉眼，泉水发出清脆的潺潺声。生命之水让买来的兄弟重见光明。

老奶奶手捧眼睛走向大石头，买来的兄弟则直奔王宫。

他在路口遇见正在放猪的王子，说道：“我们一起去王宫向奸诈的国王讨回我们的财富，并要他付出高额的赔偿金。”

他们说到做到。国王捶胸顿足、气恼无比，因为来客把他的宝库抢得精光，未留分文。他集合队伍追击王子，可是买来的兄弟摇动一下布口袋，一批强悍的小伙子就从里面出来进行阻击。国王的部队全军覆没，只有很少几个人死里逃生。

经历过甜酸苦辣的王子率领队伍凯旋。曾经诡计多端的公主与他们同行，不过她已被制伏，变得非常温顺。王子回到王宫，向家人详细描述了丰富多彩的经历。买来的兄弟赢得崇高的荣誉，老国王决定择他为婿，并将半个王国交给他统治。他们至今仍旧非常年轻，因为买来的兄弟知道生命之泉在哪儿，可以随时得到生命之水的帮助。

## 魔琴

一个小伙子在一个吝啬鬼家里当了三年长工，后来他辞工不干了，爱财如命的主人只给他三枚银币作为三年的工资。小伙子把钱装进口袋，前往广阔的世界寻觅幸福。

他顺着林间小道往前走，迎面走来一个身体壮实的老头儿。

“咱们做笔买卖好吗？”老头儿问。

“你有什么卖的？”小伙子反问。

“我要卖掉这支枪。”老头儿说，并把一支枪递给小伙子看。

“我要这把生锈的陈年破枪有什么用？”小伙子问。

“它可是一支神枪啊！”老头儿介绍，“不管是否有禽兽，只要朝着天上放一枪，你就会得到猎物。本来我不想把它卖掉，但我已是黄土埋到脖子的人了，死后那个世界不需要武器。”

买卖做成了，小伙子付了一枚银币。

向前没走多远，迎面又走来一个老头儿，他要出卖一只旧黄铜戒指。

“我买不起，”小伙子说明自己的困难，“因为我只有两枚银币了。”

“那就给我一枚银币吧。”老头儿拼命说服小伙子，“谁要戴上这只戒指，他就不能不说真话。我是快进坟墓的人了，另一个世界里不需要这玩意儿。”

小伙子又碰上一个老头儿，他打算卖掉破旧发黑的小提琴。

“我又不会拉琴，要它做什么？”小伙子不愿意买。

“要不是临近死亡，我还不肯卖掉这把提琴呢！”老头儿说，“谁都能拉这把琴，只要用弓触一下弦，它就会自动奏出最优美动听的乐曲。而且这琴声有一种魔力，它能使人们不停地跳舞，无法控制自己。”

小伙子花掉了最后一枚银币，买了这把旧提琴。路上，小伙子遇见了那个爱财如命的主人，他正驾着轻便马车去赶集。

主人在小伙子身边勒住马，问道：“你身上还有钱吗？”

“没有了，”小伙子回答，“我已做了几笔好买卖。”

主人问他做了什么样的交易。听了小伙子的介绍，他深表惋惜：“我猜得到你会把钱浪费掉的！你买的那些破烂货还不值三个铜板呢！”

“你这么认为？”小伙子一边说话，一边朝天放了一枪。

十只又肥又大的野鸭子立刻从天上掉落到路边。

主人迷惑不解：“为什么随便开一枪就能得到那么多猎物？这肯定是一支魔枪。”

于是，主人逼着小伙子把枪卖给他。小伙子先是不肯卖，只因主人死缠着不放，还答应付给他一袋金币，才做成了这笔买卖。主人急着要试一试，就对着天空放了一枪，可连一根鸭毛都没从天上落下来。这枪到了富人手里，魔力就立刻消失了。他气势汹汹地跳下马车，要给小伙子一顿教训。

小伙子决定试验一下提琴的威力，就用弓轻轻地碰了一下琴弦。提琴奏起波尔卡舞曲，主人随之起舞。跳呀跳呀，他龇牙咧嘴不停地跳，直到跳得天旋地转跌进了荆棘丛。小伙子跳上吝啬鬼的马车，拉紧缰绳，疾驰而去。那个废物仍在荆棘丛中不断地挣扎。

小伙子成了出色的提琴手，他走乡村，穿城市，发了大财。他给自己买了锃亮的长筒靴、饰有羽毛的帽子，还有新裤子和新大衣。

小伙子来到京城，听说国王有三个待嫁的女儿。他决心要娶一个真正的公主为妻，就向国王提出了请求。

"我有几个女儿，"国王说，"请你问问我的大女儿，看她是否同意你的请求。"

小伙子见到国王的大女儿，请她戴上神奇的铜戒指，为的是让她说真话。

他问姑娘："你是否被人拥抱过？"

公主虽然摇着头，嘴上却说："一个外国王子拥抱过我两次。"

别人拥抱过的姑娘不配做琴师的妻子。小伙子又请二公主戴上神奇的戒指。

"是否有人拥抱过你？"小伙子问。

"一个外国王子仅仅拥抱过我一次。"姑娘伤心地说。

"你也不配做我的妻子。"小伙子说，同时把戒指戴到小公主的手指上。

"是否有人拥抱过你？"小伙子严厉地问。

"没有一个男人碰过我，哪怕是一个手指头！"姑娘说。

只有小公主才有资格做琴师的妻子。大公主和二公主痛恨琴师，因为他暴露了她们的隐私。她们向国王诬告，说小伙子侮辱了她们，要求将他处以绞刑。国王同意了女儿们的请求，命令绞死琴师。国王的话就是法律。小伙子遭到逮捕，被五花大绑押送到刑场。宫廷侍从和许多平民百姓站在绞刑台的四周看热闹。

刽子手把绳索套在小伙子的脖子上，紧握绞索，准备执行命令。可是小伙子提出了最后的请求："我是琴手，请给我提琴，让我演奏一首辞别人世的波尔卡圆舞曲吧！"

"同意罪犯的请求，"国王说，"把提琴交给他！"

正在这个时候，刚刚爬出荆棘丛的吝啬鬼闯入人群大声叫喊："以上帝的名义，千万不可把提琴交给这个恶棍！他让我不停地跳舞，连裤子都跳得四分五裂了！"

"已经同意的事不得更改！"国王说。

"无论如何请将我绑在树上，那样至少不会把我的衣服跳光。"

吝啬的主人被绑在了树上。小伙子拿起提琴开始演奏，他演奏得比任何时候都出色。宫廷侍从和平民百姓随着悠扬的乐曲没头没脑地跳着舞。绞绳缠住了刽子手的身子，他无法执行国王的命令。由于绳子松动，绑在树上的主人随着乐曲的节拍前后跳动，划破了背脊，鲜血直流。

小伙子不停地演奏，人们像发了疯似的乱跳狂舞。他突然跳下绞刑台，抱起小公主，钻进了马车。再见吧！琴师在马背上猛抽一鞭，赶着马车奔腾向前。要知道琴师和小公主现在在哪里，我想他们是在最美好的地方生活。

# 好帮手

里毕拉佩勒有个守寡的女王，她有一位美貌出众的女儿，名声远扬国内外。数不尽的王子、骑士和显贵达官纷纷慕名而来，向公主求婚。可是女王总要他们完成艰难的任务作为条件，使他们的美梦化为泡影。

离里毕拉佩勒大约三天路程的地方有一个微不足道的无名小国，该国的王子也准备去向里毕拉佩勒的公主求婚。

“别去那个妖魔女王的王宫，”无名国国王告诫自己的儿子，“许多人的脑袋像白菜头一般挂在里毕拉佩勒王宫的围墙柱子上！”

因为无法实现心愿，王子痛苦万分，一病不起。御医建议国王同意王子前去求婚，国王无奈地接受了王子的请求。王子心花怒放、眉开眼笑，完全恢复了健康，立即着手准备旅行。

早晨的阳光特别明媚，王子踏上了求婚的旅途。他看到路边有个人，肚皮大得好像一个干草堆。

“你叫什么名字？”王子问。

“人家叫我罗汉肚，”那人回答，“年轻的老爷，你去哪儿？”

“去向里毕拉佩勒的公主求婚。”王子说。

“请带上我吧，”罗汉肚请求，“听说那边吃的东西应有尽有。”

王子接受了罗汉肚的请求，把他当作旅伴。他们没走多远，又遇见一个长胳膊长腿的人。他屈着两条腿，横躺在道路中央，行人和马车在他的双腿底下穿来穿去。

“他是我的老伙计，”罗汉肚说，“名叫飞毛腿。”

“喂，飞毛腿！”无名国王子大声喊道，“快起来同我们一起走吧。我要去里毕拉佩勒向漂亮的公主求婚，请你当我的媒人。”

飞毛腿站了起来，加入了他们的行列。他们只走了一会儿，又在岩壁脚下碰上一个粗壮的小矮人。烈日当头，可是小矮人却头戴厚皮帽，身穿羊皮袄，尽管这样他依旧冷得浑身发抖，牙齿咬得咯吱咯吱响。

“你是谁？有什么不舒服吗？”无名国王子问。

“我叫冻死鬼，”小矮人说，“我最怕冷，因为我身体里装了九个严寒的冬天。”

“走动走动会暖和身子的，”王子说，“跟我们一起走吧！”

奇怪的冻死鬼也加入了王子的行列。一天，他们在路边看到一个眼睛蒙着黑布的人。

“你为什么蒙上眼睛？”王子问。

“我不能不用黑布蒙上眼睛，”那个人解释说，“因为我的眼睛特别锐利，不仅看得远，还能穿通大山，把它劈成两半。”

王子请求这个名叫千里眼的人也做他的旅伴。快到达里毕拉佩勒时，王子又收留了第五个怪人顺风耳。他躺在草地上，耳朵紧贴地面。

“你在听什么？”王子问他。

“为了消磨光阴，我在听地球另一边轰隆轰隆的炮声和噼噼啪啪的枪声，一场大战正在那儿进行。”

“你能听到里毕拉佩勒的王宫此刻正在忙活什么吗？”王子问。

顺风耳侧耳倾听，说：“他们在计算有多少颗没有完成任务的求婚人的头颅。”

无名国王子听了并未表示震惊，他继续赶路，顺风耳走在队伍的最后。

王子的队伍终于到达里毕拉佩勒有许多尖塔的京城。王子敲响了王宫的大门，女王亲自出来开门。

她看到一群奇形怪状的人后便问：“你们都是求婚人？”

王子彬彬有礼地摘下头上的帽子回答：“只有我一人来求婚，其他都是我的随行人员，暂时可以称呼他们为媒人。”

“请进来。”女王向他们发出邀请。

王子和他的队伍走进王宫的前厅，女王说：“我有一个世界上独一无二的最美丽的女儿，我决定把她嫁给世界上最聪明机智的年轻人。许多人都以为自己很机灵，想到这儿来寻找幸福，可都因为没能完成我交给的任务，他们的脑袋就被挂在马厩后面的围墙柱子上了。我也要给你非常艰巨的任务，如果完成不了，你的命运将与他们相同。你是愿意回家，还是接受我的条件？”

王子表示愿意接受条件。

女王说：“请到厨房里去，那边已经烧好十大锅土豆、五头牛、七只羊，还有十二桶啤酒，你必须吃光所有的土豆和牛羊肉，喝掉全部的啤酒，不过只准你带一个帮手。”

王子当然挑选罗汉肚做他的帮手。一转眼工夫，罗汉肚吃完了所有的肉和土豆，啤酒更是点滴不剩。

罗汉肚拍拍大肚皮，满意地说：“这趟路的确没有白跑，我已有许多年没有吃到一顿这么饱的饭了。”

女王对王子能够如此轻而易举地完成这项任务感到惊讶，又交给他一项新的任务。

“我的羊群跑散了，”女王说，“你必须在天黑之前把它们赶进羊栏，到时候我会来计数的。羊一共有一百只，要是少了一只，就请小心你的脑袋！”

王子出发去赶羊，带上飞毛腿做帮手。王子从牧民那里打听到，女王的羊实际上是一群野兔。

“那没关系，只要不是燕子就可以。”飞毛腿说完话立即奔跑起来。

飞毛腿跑起来像刮风一样，他跨过草地，越过丛林。天黑之前，女王的“羊”被赶进栏，总共竟有二百只。

“棒极了！”女王夸奖王子，“看来你是一个机灵鬼。好吧，现在请你去激流中捞起我不久前掉入其中的宝石戒指。”

王子带着千里眼和飞毛腿前去浪涛河。千里眼揭开蒙眼黑布往河底一瞧，看到宝石戒指在最深的旋涡底部闪烁发光。根据千里眼的指点，飞毛腿伸出长胳膊，将戒指从旋涡中捞了上来。这项任务也完成得很出色。

女王说：“既然你这样聪明过人，我就让你同公主见一面，甚至允许你坐在她卧房的门槛上过一夜。我把公主托付给你了，小心别让人夜里把她偷走。”

无名国王子按捺不住内心的喜悦，因为终于可以见到自己的意中人了。他采取一切预防措施，为的是不让别人在夜间抢走公主。他安排飞毛腿守在公主卧房的后窗，罗汉肚看守大门，连蚊子都不能从钥匙眼儿里飞进去。他自己坐在门槛上，双眼直盯着公主怎样钻进绸缎被。但是，预防措施全部落了空。深夜，女王施展魔法，使王子和他的帮手统统沉入梦乡，她把公主抱在怀里，送往他人无法发现的地方。

王子早晨醒来，女王对他说：“我的孩子在哪里？要是入夜之前不把她找回来，我就让你上断头台！”

王子请求顺风耳想办法。顺风耳把耳朵紧贴在墙上，一会儿就哈哈地笑了起来。

“听到什么了？”王子好奇地问。

“我听见公主一个劲儿地自言自语：‘新来的那位王子倒是可爱的小伙子。唉，天哪！为什么母亲要送我上铅山，这儿离家足有一千里！’”

千里眼弄清了铅山在哪里，他们立刻出发去寻找公主。飞毛腿把伙伴们统统背在自己背上，没走几步就到达了目的地。铅山高耸入云。千里眼揭开蒙着双眼的黑布，用锐利的目光穿透山腰，偌大的铅山被劈成两半，藏匿公主的山洞随即显露出来。

寡妇女王十分懊恼，因为机智多谋的求婚人消除了她设置的一切障碍。

“我要摆脱这帮无赖，把他们全都烧死。”女王说，并命令侍从们把王宫中的桑拿浴烧得滚烫。

宫里的桑拿浴炉是用铜材铸造的。侍从们遵照女王的命令死命地添加木炭，以致鹅卵石块都被烧得熔化了。

女王请来王子，对他说：“你和你的帮手们去洗个澡，随后举行婚礼。”

这个主意太好了！王子和他的朋友们走向桑拿浴室，冻死鬼高兴地走在最前面。冻死鬼从体内排出两个严寒的冬天，桑拿浴室的四壁立即结上一层霜冻。过了一会儿，桑拿浴的温度才变得非常合适。

“这样的桑拿浴应该多洗几次，好排掉我身上的寒气。”冻死鬼洗完澡后不断称赞王宫里的桑拿浴。

最后，女王再没有任何花招可以施展，不得不立即为王子和公主举行婚礼。婚礼热闹非凡，欢乐的乐曲声萦绕在里毕拉佩勒的整个王宫里。

婚礼结束后，女王送给王子一辆华丽夺目的马车，让新郎领着新娘去新房。但是女王贼心不死，马车一上路，她就派出骑兵前去追赶，阴谋杀害王子和他的帮手。顺风耳听到了女王的命令，提醒王子要警惕。

“好呀，让骑兵来吧！”王子继续不快不慢地驾着马车，新娘紧紧地挨着他。

骑兵的马蹄声从后面传来，声音越来越清楚。

“用你的目光射死他们。”王子请求千里眼。

千里眼解开蒙住双眼的黑布条，抬起头向骑兵们瞧了一眼。顷刻之间，他们个个都跌滚下马，全部惨死在马蹄下。女王听说骑兵全部被消灭，顿时昏倒在地。

后来，智勇双全的王子成了无名国国王，这几位赫赫有名的好帮手都被任命为大臣。无名国欣欣向荣、国泰民安，因为年轻的国王拥有如此出色的帮手。顺风耳及时听到邻国阴谋挑起战争的消息，千里眼的威力远远胜过一支庞大的军队，飞毛腿能够快速传递信息，罗汉肚把全国作害的野兽统统吃进了大肚皮。你知道冻死鬼怎么样？他使王宫的冰窖失去了作用！

# 杜赫基摩

古时候，芬兰半岛上住着一个老农民，他有三个儿子。老大和老二吃苦耐劳，非常勤奋。老三却懒惰成性，成天躺在火炉旁边的长凳上睡大觉。他从不洗脸，也不换衣服，一件又脏又臭的麻布衬衣一直穿到破烂不堪、支离破碎。他的名字叫杜赫基摩。

小偷进屋偷干草，连续几个晚上都爬到牛栏的顶棚上，用麻袋装走干草。老农民派大儿子到牛栏值夜，想查明究竟是谁偷走了干草。小伙子爬上牛栏的顶棚，在草堆中挖了一个大坑，倒下睡着了。午夜时分，三个穿着黑衣服的人蹑手蹑脚地走进牛栏，爬上顶棚，将干草装满麻袋后偷偷地溜了出去。小伙子虽然听到了小偷的声音，可是不敢吭气。第二天早晨，大儿子回到屋里，老老实实地告诉父亲，偷草贼又来过牛栏，但他们魁梧强壮，他没敢对他们吭一声。

父亲又派老二去值夜。二儿子也和哥哥一样胆小，半夜三更任凭小偷扛着干草向外走，连一句话都不敢说。

杜赫基摩已经醒来，他跳下地，抹掉脸上的灰尘和眼屎说："难道这个家里只有女人，没有一个男子汉？今夜让我到牛栏顶棚上去值夜。"

"我不信你这样的勇士去了那里有什么用处，"杜赫基摩的父亲说，“难道你会比哥哥们更勇敢？还是躺在炉子边睡大觉吧！”

杜赫基摩装作没听见父亲的话。他手握一只大榔头，腋下夹一条大麻袋，爬上了牛栏顶棚，又装了半袋干草，然后带着榔头钻进了大麻袋。

深夜，几个小偷又来了。他们看到里面装着杜赫基摩的麻袋，哈哈大笑说：“这家人真殷勤，居然为我们装满了一麻袋干草！”

一个小偷将麻袋扛上肩，然后他们沿着狭窄的小路一个跟着一个往前走。扛着杜赫基摩的小偷走在最后面，他放下麻袋想休息下，杜赫基摩趁机不声不响地钻出麻袋，对准前面那个小偷的脑袋狠狠地敲了一榔头。前面的小偷误以为是后面的小偷打了他，怒气冲冲地夺过麻袋，掷到路边，举起拳头进行反击。他性格粗暴，拔出猎刀，一刀刺死了自己的同伙。向前走了没多远，杜赫基摩又趁机敲了走在前面的小偷一榔头。前面的小偷十分恼怒，也拔出猎刀，不分青红皂白就捅死了走在后面的伙伴。最后剩下了一个小偷，杜赫基摩捡起大榔头敲碎了他的脑袋。

前面是一个大山洞，那是盗贼的老窝。杜赫基摩走进山洞，看到深处烧着一堆火，一个尖下巴老太婆正在烤她那双布满皱纹的手。

“你这个盗贼女头目！”他大吼一声，一榔头砸死了老太婆。

杜赫基摩在山洞里转了一圈，看到里面藏着数不清的宝石和珍珠、珍贵华丽的服饰，还有堆积如山的金子和银子。洞口有三根木栏，拴着三匹马：一匹鼠灰色，一匹红棕色，一匹如同黑墨一般。杜赫基摩给马饮了水，喂了料，而后赶回家爬上顶棚睡大觉。

正在此时，国王决定要为自己的独生女儿物色一位才华出众的好丈夫，并将举行严格的考试来挑选未来的女婿。王宫附近有一座既陡又高的大山，很像一个圆锥形的糖块，山坡光亮平滑，犹如玻璃。国王让女儿坐在山顶上，手持一朵金花，然后向全国宣布：谁要能骑马登上山顶，从公主手中夺过金花，他就是国王的女婿，半壁江山都属于他。

三天来，每个年轻人都想碰碰运气。头一天，聚集在玻璃山下的人群黑压压一片，各种各样的人都有。有人骑着火红色骏马，有人则用背部凹陷、鬃毛蓬乱的马匹当坐骑。

杜赫基摩的哥哥们也不甘落后，父亲祝愿他们万事如意，说道：“你们精力充沛，是我的好儿子，去吧，从公主手中夺过金花，让你们的名位高居全国第一。我这儿还有一个儿子，他只能在墙根儿待上一辈子。”

杜赫基摩转身翻下长凳说：“既然你们都去玻璃山，这段时间我就出外采些野果，好让你们回家尝个新鲜。”

父亲准许杜赫基摩出门采野果，他却直奔盗贼洞。他脱掉既脏又破的衬衫，穿上黄铜色服装，头戴黄铜盔，骑上鼠灰色骏马，挥鞭疾驰前往玻璃山，强使骏马冲向滑溜溜的山坡。虽然鼠灰马的马蹄铁由金刚钻铸成，但冲到半山腰时还是滑了下去。

杜赫基摩的父亲和兄弟回到家，谈到第一天竞赛中谁都没能得到公主手中的金花。

他们听到了杜赫基摩的鼾声，便问："躺着打鼾的是采野果的那一位吗？嘿！你摘的野果在哪儿？"

杜赫基摩回答："好父亲，我采了一大桦树条筐野果，倒霉的是回家路上不小心跌了一跤，野果打翻在地，滚到路边的水沟里了。"

第二天，父亲和哥哥们一早就要去玻璃山，杜赫基摩又请求出去采野果。他飞快地赶到盗贼洞，换上银盔甲，骑上红棕色的马。可是红棕马冲到半山腰后也滑落到山脚下。

"别人也没能拿走那朵花嘛！"杜赫基摩安慰自己，而且其他年轻人的坐骑都没有达到红棕马的高度。

杜赫基摩急急忙忙赶回盗贼洞，拴好马，换上自己的破衣服。当父亲和哥哥们回到家里时，他已经悠闲自得地躺在长凳上了。

"第三次一定得成功。"第三天，当他把黄金马笼头套在乌黑的马头上时，暗暗地下了决心。

杜赫基摩身穿金光灿烂的盔甲，骑上鼻孔不断喷发热气的黑骏马，向玻璃山直冲而上。金刚钻的马蹄铁迸发出粒粒火花，平滑的山坡上留下一道道很深的痕迹。黑骏马没有打滑，它驮着年轻人一步一步地登上了山顶。杜赫基摩弯下身，从公主手中取过金玫瑰，紧接着转身让马顺着玻璃一样平滑的山坡下了山。真正的英雄出现了，人们高呼万岁。

杜赫基摩并没有沉醉于人们的欢呼，他快马加鞭，像燕子一般飞离玻璃山，回到盗贼洞，将口吐白沫的黑骏马拴在木桩上，换上自己的破衬衫，把金花藏在胸口前。等到父亲和哥哥们回家时，他仍旧装作躺在长凳上睡懒觉。

人人都在谈论那位从公主手中夺走金花、举世无双的英雄，然而谁也不知道那位身穿金盔甲的年轻人究竟是谁，住在哪里。国王到处张贴通告，邀请无名英雄进王宫。可是一星期过去了，依然杳无音讯。最后，国王别无他法，只好派遣侍从一个个省、一个个教区、一个个村、一户户人家查找骑黑骏马的勇士，想要找到金花的主人。国王的侍从来到杜赫基摩家，问老农民是否有儿子。

"是的，我有两个儿子，"老农民回答，"他们都去玻璃山试过运气，但都没成功。"

"躺在长凳上打呼噜的是什么人？"侍从的长官问。

"我的小儿子杜赫基摩，不过他只会从早到晚地昏睡。"父亲回答。

"你也下来，王国的每一个男公民必须接受严格审查，这是国王的命令！"侍从长官庄严地宣布。

侍从抓住杜赫基摩的腿，把他从长凳上拉了下来。嘿，怪事何其多！侍从在他肮脏的破衬衣里竟然发现了公主的金玫瑰。父亲和哥哥们呆若木鸡，杜赫基摩被送进了王宫。

国王不相信这个眼角都是眼屎的邋遢鬼竟然就是当初骑着黑骏马的小伙子。杜赫基摩不愿让公主受惊伤心，于是急忙返回盗贼洞，穿上金盔甲，骑上黑骏马，威风凛凛地来到王宫。国王现在完全相信，这个英俊的小伙子就是拿走玫瑰的英雄，虽然他一会儿穿的是脏衬衣，一会儿又换上了金盔甲。

国王请来牧师，杜赫基摩和公主随即结成夫妻。婚礼酒席非常丰盛，全体大臣和宫廷侍从都向一对新人表示衷心的祝贺。但是，睡惯了长凳的杜赫基摩不会使用刀叉和汤匙，他不得不中途跑去问母亲，母亲详细地告诉他在宫廷中进餐必须遵循的章法。靠着母亲的帮助，他总算把婚礼酒席对付过去了。

到了睡觉的时刻，杜赫基摩问母亲王室睡觉有什么规定。母亲对他说，任何时候都要轻柔温存地对待公主，要是她感到有什么不舒服，就好好地抚慰她。杜赫基摩躺在公主身旁，完全按照母亲的教导行事。除了跳舞时碰伤的脚趾稍微有点儿疼，他没发现公主还有什么不舒服。

第二天，杜赫基摩要陪公主游玩御花园，可是他不知道王族走路有些什么规矩，不得不再次回母亲那儿去请教。

母亲说：“你见到院子里的公鸡没有？向它学习就可以。”

母亲的意思是，在御花园铺着金沙的花径中漫游应该如公鸡走路一样庄重威武。杜赫基摩观察和研究了一番公鸡，发现它们走路时脖子向后仰，还不时照顾身边的母鸡。后来他和公主到御花园去散步，就模仿公鸡走路。可公主见了他的怪样子，又一次吓得惊叫起来。国王也为有这样邋遢的女婿而感到些许懊恼。

不过许多年过去了，杜赫基摩已经学会了王婿应该懂得的全部礼仪和规矩。

# 国王的马夫

小伙子在吝啬的主人家当了三年不拿报酬的小长工。三年后，他开始要求主人支付工钱。

主人对他说："把挂在墙上的那张弓拿去吧，它会帮你挣更多钱。"

小伙子从墙上取下弓，闷闷不乐地离开了主人家。一只松鸡正在路边的云杉树上跳来跳去，小伙子拉开弓一箭射去，可是松鸡只受了一点儿轻伤，就向森林深处飞去。小伙子追了一整天，夜晚来临，松鸡消失在灌木林中。小伙子环视四周，发现自己已进入密林，到了陌生的地方，就折了些树枝铺在一棵高大的云杉树下躺着休息。

早晨，小伙子被一阵激烈的吵闹声惊醒。原来妖魔的儿子正沿着草场死命奔跑，一只大狼张着血盆大口在后面紧追不舍。小伙子急中生智，往边上一跳，爬上了云杉树。狼张着大嘴坐在树下一动不动。

大狼发现了小伙子，不过看到他手持大弓，非但不敢进攻，反而请求说："年轻人，快射死那个邪恶的小妖魔，我保证永远不伤害你的牲畜。"

妖魔的儿子则说："射死可憎的狼吧，我将给你许许多多报酬，狼皮也作为给你的奖赏。"

小伙子拉起大弓，一箭射死了狼。妖魔的儿子帮助小伙子剥下狼皮。然后，他们一起来到一座高山脚下，那里有一个宽阔的山洞，妖魔一家就住在里面。

老妖魔看到陌生的来人后说：“我的好儿子，你居然从森林里带回肉食，这样的美好时刻我等了整整三十年！”

妖魔的儿子回答：“可不能把我的救命恩人做成肉饼！要是没有他的帮助，我早被狼吞进肚子了。我们应该好好地感谢他、奖励他。”

“怎么个奖励法？”老妖魔问。

“你可以要一匹金鬃马。”妖魔的儿子咬着小伙子的耳朵轻声说。

小伙子按照妖魔儿子的提示说出要求，老妖魔让他从妖魔洞的马厩里挑了一匹最优良的金鬃马。

小伙子正准备骑马离开妖魔洞，妖魔的儿子又悄悄地对他说：“请先别走，要是我老爹问你还要什么，你就说要一把洗桑拿浴用过的桦树枝。”

小伙子得到了桦树枝后准备上路，妖魔的儿子再一次轻声地对他说：“等一等，请再向我老爹要一张旧渔网和一只铜哨子。”

“你是还缺少什么，还是想弄走我家所有财宝？”妖魔看到小伙子迟迟不走便问道。

“没有三就不会有二，没有二也就不会有三。”小伙子说，要求妖魔送给他渔网和铜哨子。

“统统给你，快滚蛋！”老妖魔喊叫着，同时将渔网和哨子扔给了他。

小伙子骑上金鬃马离开妖魔洞，一直来到三岔路口。

“我该选择哪一条路好呢？”他想。

“走中间那条路，因为它通向王宫。”金鬃马说。

“好的。”小伙子沿着中间那条路一直走到王宫。

国王在院子里散步。金鬃马对小伙子说：“他会要求买我的，不过你可别卖，不管他出什么价钱都别卖。要是他请你当马夫，你倒可以接受。”

国王果然想买金鬃马，而且愿意花费大量财宝，但是小伙子没有同意。

“那就留下来当我的马夫吧，”国王请求，“你可以什么活儿都不干，因为我有六个马夫，马可由他们照料。只有当我外出时，你牵着金鬃马陪我，别的事情都不要你做。”

小伙子成了王宫中无事可做的马夫。其余六个马夫非常忌妒他，决心把他除掉。他们对国王说：“新马夫吹嘘说，如果需要他能让所有御马的鬃毛都变成金色。”

国王召来小伙子，对他说：“明天拂晓前让所有马匹的鬃毛闪烁金光，不然我就砍下你的脑袋。”

小伙子回到马厩，暗暗哭泣。

“可怜的孩子，你为什么哭泣，有什么为难的事吗？”金鬃马嘶叫着说。

小伙子说了国王的命令，金鬃马安慰道：“现在是用上那把桦树枝的时候了。”

“先看看马厩里有没有人，要是没有人，你就用桦树枝到水池里蘸些水，抹在马鬃上。”

深夜，小伙子试了试那把旧桦树枝的威力，结果马鬃立刻金光灿烂，整间马厩被映得如同白昼。国王因为得到了漂亮的马匹而兴高采烈，但那六个马夫却因为阴谋失败而气急败坏。

为了除掉小伙子，他们又谋划新的诡计。他们在国王面前搬弄是非：“新马夫吹嘘自己是个出色的渔夫，他说他只要把渔网放进水中，每一个网眼都能捕到一条鱼。”

国王决定验证这话是否可信，就命令小伙子随同他去捕鱼。小伙子向马请教怎么办，马要他带上从妖魔洞得来的旧渔网。果然从水中拉起渔网时，每一个网眼都捕捉到了一条鱼。

但是六个卑劣的马夫害人之心不死。国王的未婚妻是邻国的公主，他早就答应接她过来完婚，却迟迟不敢起程，因为他必须穿越一片浓密的森林，那里不时有各种可怕的野兽出没。现在，马夫们欺骗国王说，新来的马夫保证能将公主接回王宫。

国王对小伙子说：“立刻准备起程，将我的未婚妻接到王宫。”

小伙子不得不哭丧着脸再次求助金鬃马。

金鬃马抚慰他说：“可怜的孩子，不要哭。请你要求国王提供一车牛肉，当路边的野兽攻击你时，你把牛肉扔给它们吃，它们就会让我们平平安安地穿越森林。”

国王给了他一车牛肉，使他顺利地摆脱了野兽的袭击和干扰。

小伙子来到邻国的王宫，提出要接公主去完婚，邻国的老国王说：“如果你不能从白山山坡牵来白马，就不许接走我的女儿。”

“白山在什么地方？”小伙子问。

“我不知道，你自己找去！”老国王很不客气地回答。

小伙子愁云满面地回到马厩。

“可怜的主人，你为什么闷闷不乐，难道又遇到了什么不称心的事？”马问。

金鬃马听了小伙子的诉说后从容不迫地说：“请骑在我的背上，我知道白山在哪儿，而且还认识那匹白马。”

小伙子骑上马，金鬃马立即奔腾起来，越过森林和湖泊，顷刻就来到白山边。小伙子很快找到白马，并将它带回王宫。王宫里正在举行盛大的宴会，客人中有头戴王冠的各国国王，也有公爵和将军。贵夫人和千金小姐体态婀娜、容貌秀美，一个赛过一个。

小伙子站在门口，伸长脖子向里瞅，想弄清究竟哪一位是国王的心上人。王宫大总管向他走来，问道：“你是否已经去过白山并带回了白马？”

“白马在院子里。”小伙子回答。

“好吧，现在就替你的国王接走他的未婚妻吧，”老国王坦率地答应，“她正在那边和姑娘们一起荡秋千。如果你认对了，就把她带走，否则只好请你空手回去。”

小伙子仔细地打量每一个漂亮姑娘，试图猜出哪一位是国王的未婚妻。但是她们长得一样美丽动人，穿着同样华丽高贵，无法猜出谁是国王的未婚妻。

“除了向金鬃马请教外恐怕再没有其他办法了。”小伙子边想边走到金鬃马身旁。

“那位左面颊有一粒小痣的姑娘就是国王的未婚妻，快快把她拉过来，我们好踏上回国的旅途。”金鬃马说。

小伙子按照金鬃马的吩咐将公主拉了过来，翻身上马奔离王宫。背后传来白马的嘶叫声，它挣脱马夫攥着的缰绳，紧随金鬃马疾驰而去。

小伙子顺利地接来了国王的未婚妻，国王欣喜若狂。但六个马夫还想使坏，他们向国王搬弄口舌说，小伙子夸耀自己在路上曾同国王的未婚妻同床睡觉，如同情人一般。国王听了后大发雷霆，当即决定明早把小伙子扔进燃烧着的泥煤坑。小伙子悲痛地告诉金鬃马，这一切都是六个马夫的忌妒心所致。金鬃马再次安慰自己的主人，教他怎样死里逃生。

马夫们挖了一个很深的墓穴，里面填满了晾干的泥煤。第二天早晨，小伙子被押到墓穴边，两只手被绑在背后。墓穴里的泥煤烧起熊熊烈火。

国王亲自来到刑场，想目睹小马夫的下场。小伙子转身请求国王：“至高无上的陛下，你总该记得我为你做的一切，请给我松绑一会儿，让我演奏一支辞别曲。”

国王命令松绑，小伙子从口袋里取出得自妖魔洞的铜哨子放在嘴上吹奏起来。奇怪的事情出现了：国王拉住马夫们的手，七个人围着墓穴跳起了波尔卡舞。小伙子吹得越响，他们便离火越近，最后一起跳进了噼啪作响的泥煤坑。这就是愚蠢、邪恶的国王和好嫉妒的马夫们的最后下场。小伙子被王国的臣民拥为国王，来自邻国的公主成了他的王后。

# 猫王国的宫殿

古时候有一个寡妇，她有一儿一女。母子三个人住在松树林边的一间小屋里，生活虽拮据，但还能勉强度日。

不幸的是，寡妇突然病故，一儿一女成了孤儿。讨债人抢走了小屋和一小块土豆地，孩子们只剩下一头奶牛和一只花猫。兄妹俩埋葬了亲爱的母亲，决定出外谋生。可是遗产该如何分配呢？奶牛比猫值钱，女儿想要，儿子也想要。

花猫在兄妹俩的脚边转来转去，蹭着姑娘的膝盖。姑娘看了一眼花猫说："小猫咪，你最乖，快跟我亲热亲热，可是奶牛比你更值钱。"

花猫跳上姑娘的肩膀，在她耳朵边上轻轻地说："请要我吧，你会一辈子幸福的，我要让你成为头顶王冠的王后。"

姑娘哈哈大笑，因为她不信花猫说的话。不过，出于好意和谦让，妹妹还是把奶牛给了哥哥，自己留下了花猫。兄妹俩依依惜别，各奔前程。花猫让姑娘跟着它走，他们一前一后上了路。

半天过去了，姑娘问："小猫咪，你究竟要把我带到什么地方去？"

花猫喵喵地叫着说："我领你前去河边的王宫。"

花猫把姑娘带到河边靠近王宫的地方。他们坐在桥栏上，花猫对姑娘说："现在请严格地按照我的话去做，那样你就可以成为王后了。"

"好的，我一定照你的话做，"姑娘向花猫保证，"我先做什么？"

"你先脱掉衣服扔入河中，让河水把它们冲走，"花猫说，"然后爬上那棵枝叶茂盛的云杉树躲起来，我不到云杉树下，你绝对不许露面。我将和王子一起过来，王子问你是谁，你必须用无比悲伤的声调说：'我是猫王国的公主，可恨的强盗把我从御花园劫持到这儿，我的上帝，他们抢走了我的珍珠、宝石和衣服。我的处境多么悲惨，甚至不知道身在世界的哪个角落。'"

于是，姑娘脱掉衣服扔入河中，然后一丝不挂地爬上枝叶茂盛的云杉树。花猫迅速跑向河边的王宫，告诉年轻的王子，相貌出众的猫王国公主遭到了不幸。

"真有这种怪事？"王子大吃一惊，"小猫咪你说的可是真话，河边云杉树上真的躲藏着一位一丝不挂的公主？"

花猫发誓一切都是真的，王子立即准备拯救那位不幸的姑娘，还叫了两位侍女做帮手。侍女们挑选了许多件适合公主穿的服装，全是用光艳夺目的绫罗绸缎做成的。姑娘坐在云杉上，远远地就看到了前来救她的人群。花猫走在最前面，摆出一副高傲的样子。紧随其后的是年轻的王子，扛着衣箱的两个侍女走在最后面。王子亲眼看到花猫并没有撒谎，云杉树的枝叶间确实隐约可见一位美丽的姑娘。

王子问姑娘："你是什么人？"姑娘照着花猫的话重复了一遍。

王子转过身子，请姑娘爬下云杉树。王宫侍女替姑娘穿上衣服，把她打扮得同真的公主一样。她们还把她的长辫子盘成发髻，让姑娘看起来更像是猫王国可爱的公主。

他们翻越山坡，走向王宫。姑娘轻轻地对花猫说："现在我该怎么办，是不是要同王子说说话？"

"要说的，"花猫回答，"你可以评论一番他父亲的王宫：'你的宫殿看起来很寒酸，灰色的基石一点儿没有气派，我们猫王国的宫殿所有的柱子都是用黄金铸成的！'"

姑娘把雄伟的王宫说得一文不值。王子不但没有生气，反而为他有幸捉住一只金凤凰而高兴，因为姑娘来自如此高贵的家族。王子让姑娘住进王宫中最华丽的客房，同时报告王后说，他从河岸上找到了无价之宝——猫王国的公主。

不过，王后并没有轻信这位姑娘就是公主。傍晚，她亲临客房看望姑娘，偷偷地在鸭绒褥子下塞进三粒小豆子，想以此验证姑娘是不是真的出身于名门望族。

花猫监视着王后的一举一动，它私下对姑娘说："明天早晨王后肯定会问你是否睡了个好觉，你就回答她：'尊敬的王后陛下，总的来说睡得不错，就是腰部硌得慌，好像睡在鹅卵石上。'"

一大早，王后就来到姑娘睡的客房，问她身体可好、睡得怎样。姑娘重复了一遍花猫教给她的话。

王后对国王和王子说："她真的同我们一样出身于优秀王族，她能感觉到褥子下面的豆子，说好像睡在鹅卵石上面一样硌得慌。"

王后还想验证姑娘的家族是否比他们自己的家族更优越，为此又在姑娘睡床的鸭绒垫下放了一根麦秆。

王后的行动又被花猫看到了，它对姑娘说："要是明早王后问你睡得怎么样，你就回答：'尊敬的王后，总的来说很不错，就是感到床中间好像放了一根横梁。'"

第二天天一亮，王后就来到客房，问姑娘身体可好、睡得怎样。这位假公主又一字不差地重复了花猫教的话。至此，王后完全相信姑娘确实是猫王国的公主，她的家族甚至比他们自己的家族更优越。国王和王后决定接受这位高贵而美丽的公主加入自己的家族。盛大的婚礼后，一对新人住进王宫的配楼。

蜜月在欢乐和幸福中度过，王子开始不停地催问妻子："什么时候带我去猫王国看一看你那显赫的王宫？"

姑娘心想："现在麻烦了，但愿花猫能帮我摆脱困境。"

她向王子建议，行期稍微推迟一些日子。第二天，姑娘向花猫诉说了自己的苦衷。

"只要照我说的去做，一切都将顺利地过去。"花猫喵喵地叫着，"我已给你和王子选好一座宏伟华丽的宫殿，明天你就大胆出发，要表现得同贵夫人一样，我在前面跑，替你们引路。"

第二天，天刚蒙蒙亮，姑娘便对王子说："请备好马车，现在就出发去我的宫殿。”

王子激动得说不出话，即刻备好了一辆四轮马车。国王和王后也想参观一下猫王国的王宫，决定和两个年轻人同行。四轮马车滚滚向前，花猫在前面疾奔，为马车引路。

迎面来到一大片庄稼地，花猫对收割庄稼的农民们说：“国王坐在我后面的马车里，要是他停下马车问你们是哪国人、在为谁收割麦子，你们就回答：‘我们是猫王国的人，正在收割猫王国公主的麦子。’如果你们不这样回答，国王就会派军队来砍掉你们的脑袋。”

国王的马车来到庄稼地。他停住马车，问这是谁的庄稼地、收割庄稼的是哪国人。收割麦子的农民说他们是猫王国的公民，正在为猫王国的公主收割麦子。四匹骏马拉着四轮马车继续向前奔驰，前面是一片一望无际的牧草地，一群群肥壮的牛羊正在慢悠悠地啃着鲜嫩的绿草。国王停住马车问牧牛人和牧羊人，他们放牧的是谁家的牲畜。

“这些都是猫王国公主的牛羊，尊敬的陛下。”牧羊人和牧牛人一边回答，一边脱帽向国王致敬。

他们之所以这样回答国王，全是因为花猫事先已经安排好了。

“你的庄稼地比我的大，牲畜也比我的多。”王子高兴地轻轻拍了一下姑娘的面颊。

“什么时候能到达猫王国的宫殿？”王子急切地问。

“一看到王宫的尖塔就到了。”姑娘回答，同时心里祈祷花猫能用出奇的办法为她造出一座宫殿。

马车继续向前奔驰，车后扬起阵阵飞尘。小花猫跑在马车前面，正赶往名叫烟囱顶的巫师城堡。它的大部分计划已经完成，现在必须赶在马车抵达巫师城堡前把最后一部分计划安排停当。花猫敲了一下城堡大门，巫师亲自出来开门。巫师长着黑胡子，头上戴着一顶高帽子。

花猫喵喵地叫着向巫师问好，还笑眯眯地说："你怎么这般矮小？我原以为比烟囱顶要高大得多！"

"我要多大就能多大。"巫师说。

"真的吗？"花猫佯装表示怀疑，"你未必能变成巨人吧？"

"那有什么不可以的！"巫师说。

他开始伸长身体，变得同松树一般高，最后他的脑袋超越了城堡的塔尖。

"够了，够了！"花猫尖声叫道，"我相信你能变成巨人，现在请你缩回原样吧！"

巫师缩回到普通人的个头后，花猫又说："不过我不相信你有缩小的本领，能变得非常非常小，好像一只小老鼠。"

"我也能。"巫师拼命夸耀自己。

"你试一试。"花猫诱劝道。

巫师又一次炫耀自己的本事，一眨眼就变成了一只灰色的小老鼠。花猫伸出爪子，使劲地捉住小灰鼠，一口把它吞进了肚子。现在花猫体内也有了魔力，它让自己变成一个头戴白帽、围着白围裙、腰里挂着一大串钥匙的女仆。

国王的马车进入巫师城堡的院子，猫女仆多次向姑娘和她的丈夫、公婆屈膝行礼，并陪同他们走进城堡。王僚贵客东张西望，对猫王国宫殿的华贵壮丽赞不绝口。猫女仆给来客准备了咖啡和点心，可是姑娘非常想念自己的花猫，根本吃不下点心，也喝不下咖啡。

她问猫女仆："猫小姐，请问我的宝贝小猫咪现在在哪里？"

正在倒咖啡的猫女仆喵喵叫了两声，将面孔转向姑娘。姑娘看到了白帽底下一张宽宽的微笑的猫脸。猫咪在这儿！它就是姑娘心爱的花猫，就是使穷姑娘变成猫王国高贵公主的花猫。

# 乐于助人的狼

御花园里有一棵苹果树，树上结了许许多多金苹果，每天早晨国王都要亲自到御花园数一数有多少只金苹果。有一次，他发现少了一只苹果，非常生气，问他的三个儿子怎么办才好。

大儿子说：“最好的办法是我手持长枪在御花园值夜，捉住盗贼，免得所有金苹果都被偷走。”

大王子手握长枪来到苹果树下，可是他夜里打瞌睡，没发现盗贼闯进御花园偷走了第二只苹果。第二天由二儿子值夜，他躺在草地上酣睡了一夜，结果金苹果又少了一只。

小王子也想值夜，国王先是不同意，说他还太年轻幼稚，但是小儿子最后说服了父亲。小王子没有躺下睡觉，他手拿长枪警惕地守在树下。到了后半夜，一只羽毛闪烁金光的飞鸟从天边飞来，落在苹果树上，它张开翅膀，把整个御花园照得如同白昼。飞鸟开始用嘴啄苹果，小王子举起长枪，对准它开了一枪。这一回飞鸟没有得到苹果，它虽然幸运地飞走了，但子弹擦下了它的一根羽毛。金羽毛把房间照得通亮，任何蜡烛都无法比拟。

国王非常喜欢这根羽毛，说道：“一根羽毛已经如此珍贵，要是能捉住那只鸟，它的价值肯定超过我的半个国家。”

大王子出发去寻找金鸟，他从马厩里选了一匹好马，骑上就走。可是一个月过去了，两个月也过去了，一点儿没有他返回的音讯。二王子也要试一试运气，但同样一去不返。

现在小王子闹着要去寻找金鸟，国王劝阻他：“难道你也想同哥哥们那样投入死神的怀抱？”

小王子毫不畏惧，天天吵着要出发。

国王让步了，对他说：“去吧，从马厩里挑选一匹好马。要是找不到金鸟，就立刻回家。”

年轻的王子走进马厩，里面全是强壮的公马和毛色漂亮的母马。可是每当他骑上马背，它们就都惊恐地跪在地上。最里面的隔栏里有一匹上过战场的老马，小王子走到它身边，它抬起头，鼻孔里喷着热气。王子决定选它当坐骑，老马轻松地驮着王子一步一步向前走去。

走到三岔路口，中间立着三块路标。

第一块路标写着：

“谁要走这条路，自己有饭吃，马将饿死。”

第二块路标说：

“谁要沿着这条路走，自己将饿死，马会有吃的。”

第三块路标告诉人们：

“谁要走这条路，他将经受千辛万苦。”

小伙子看了路标后猜想，大哥可能走了第一条路，二哥大概挑选了第二条路，于是他决定沿着第三条路走，顾不得路上会遇到什么艰难险阻。

一片牧草繁茂的草场展现在面前，王子决定在这儿稍事休息，让马自由自在地吃鲜草，自己坐在木墩上吃干粮。这时，他忽然看到一只大狼领着两只狼崽从身边跑过。

“你到哪儿去，为什么这么慌张？”王子问狼。

“我正在寻觅食物，否则我和我的儿子都将饿死。”狼回答。

“到这儿来，你将得到一点儿食物。”王子说。

大狼走到王子身边，他扔了一些肉和面包给狼和狼崽子。

吃完王子给的食物，大狼舔了舔舌头说：“你的食物太好吃了，谢谢，我已经很久没有尝过人吃的东西了。年轻的王子，你准备去什么地方，为什么要走这条潜伏着种种灾难和不幸的道路？”

王子说，他正寻找一只神奇的金鸟，之所以选择这条危险的道路，是因为觉得它比两位哥哥走的路更安全。

狼说：“我知道金鸟在哪儿，但你要走很长很长的路。因为你对我如此仁慈友善，我要报答你，护送你到保管金鸟的宫殿。你的马可以留在这儿，由我的儿子们照看，请你骑在我的背上。”

王子骑上狼背，狼便飞快地奔跑起来。风声呼啸着从王子耳边掠过，他的头发高高地飘在脑后，眼泪也流了出来。王子从口袋里掏出手帕打算擦掉眼泪，但手帕被风吹走了。

“稍停一下，我的手帕掉了！”王子高声对狼说。

“你怎么现在才说，手帕已经在五里以外的地方了！”狼一面喘着粗气，一面继续向前疾奔。

终于到了保管金鸟的王宫，王子跳下狼背。

狼说：“勇敢地从大门走进去，经过三个卫士身边时不必理睬，因为他们睡得同死猪一样。走廊尽头有一个小房间，里面的窗台上挂着一只鸟笼，你寻找的金鸟就关在那只笼子里。记住将鸟儿连同笼子一起拿走，要是打开鸟笼的门取出金鸟，它就会发出强烈的声音，惊醒卫士，你也难免遭殃。”

王子保证按照狼的吩咐行事，悄悄地潜入王宫。狼等在宫外的树丛中。王子踮着脚尖小心翼翼地经过三个熟睡的卫士，来到走廊，走进闪耀金光的小房间。他看到窗台上挂着金鸟笼，里面关着一只光彩夺目的金鸟。因为鸟笼很大，王子觉得拿起来很不方便。

“别理会狼的警告了。”他想，“我可以捏住鸟儿的尖嘴，不让它出声，毕竟抱着一只鸟往外走要容易得多。”

王子刚刚打开鸟笼的门，金鸟立刻尖叫起来。卫士们惊醒了，他们冲进小房间，捉住王子，并把他送交国王审问。王子如实地介绍了自己的身世，说明自己为什么来到这儿。

国王原想处死王子，但听了他的说明后决定从宽处理，说道：“我放你一条生路，但你必须从邻国为我弄来一匹聪明伶俐、会两条腿走路、能与人说话的马。要是你成功了，我就把金鸟送给你。”

王子走出王宫，在树丛中找到泪流满面的狼伙伴。它痛哭流涕，以为王子在宫中停留这么久一定是丢了性命。

听了王子的话，大狼高兴地说：“快骑到我背上，我知道那马在哪儿。”

他们迅速赶往邻国，来到这个国家的王宫前。

狼在远离马厩的地方停步不前，对王子说：“那匹马被看管得很严，不过马夫们睡得非常香甜，你朝着拴马的隔栏径直走去，别拉马笼头，要攥着鬃毛把它牵出马厩。”

王子走进马厩，攥着那匹马的鬃毛把它拉出来，马突然开口说：“你算什么骑马人，为什么不拉我的笼头？”

王子改拉马笼头，那马立刻嘶鸣起来，马蹄乱踢，用两条后腿站了起来。马夫们惊醒了，他们捉住王子，把他送交国王审讯。王子又一次详细地介绍了自己的身世和来到此地的原因。

国王摸着胡子说：“一分钟前我还打算把你交给刽子手，现在我开始怜惜你宝贵的青春了。邻国的国王有一位世界上最美丽的公主，如果你能把她接到我身边，我就免除对你的刑罚，还要把会说话的马奖给你。”

王子保证竭尽全力。他在树丛中找到狼，把国王的要求告诉了它。

“看来我们只好再奔向第三个国家了。”狼心情阴郁地说，同时叫王子骑在它背上。

路途漫长而艰难，但他们终于到了美丽公主居住的王宫。狼用爪子摸了摸胡须，思考着怎样才能让受自己保护的王子同公主会面。

“美丽的公主受到极其严密的监护，”狼说，“现在我要在这里变出一座商场，我变成商人，请你装作精明能干的小伙计，为来商场的公主殷勤地服务。”

狼躺在地上打了三个滚儿，一座宏伟的商场拔地而起，货架上陈设着质优价高的商品。整座王城的居民都听说紧挨王宫的地方开设了一家出售高级商品的商场，人们成群结队涌向商场，可是王子有意把商品价格定得很高，以致没有一个人敢于问津。美丽的公主听说城里神奇地出现了一家新商场，很想给自己买些时髦华丽的服装。但她受到严格的监护，三个宫廷侍从一刻不停地跟随着她。

公主一见到“小伙计”，心中立刻燃起熊熊爱火，她悄悄地做出决定：我要成为这个年轻人的妻子，否则我不嫁任何人。王子见到仙女般妩媚动人的公主后，心头也充满激情，他也做出决定：这位姑娘将是我的终身伴侣。他们很想相互表达爱慕之心，但却不可能，因为宫廷侍从的眼睛紧盯着公主。公主买了三大筐东西，三个侍从各扛一筐，累得满头是汗。

“小伙计”包装商品时对姑娘轻声说：“你愿意跟我走吗？”

“愿意。”公主毫不犹豫地回答。

但是宫廷侍从的眼睛一刻也没有离开公主。

当他们走上街头时，公主说：“请等一等，我忘记买丝带了。”

她回到商场询问“小伙计”：“我们有什么办法逃跑？你

难道没看见我的警卫是何等严密？”

站在后面的商人插嘴说：“我有办法。”

商人现出狼的原形，在商场的地上打了三个滚儿，整个商场连同所有商品顷刻间消失得无影无踪。狼请小伙子和公主骑在它的背上，飞快地离开了这座都城。侍从久久不见公主回来感到很纳闷，他们正要返回商场，却发现商场已经不见了，好像一下子埋入了地下。他们害怕受到惩罚而未敢回宫禀报国王。兴许这三位侍从至今仍在寻找世界上最美丽的公主和蓦然消失的商场！

大狼背驮王子和公主奔向王宫，王子心头悲痛不已，因为他即将失去美丽的小公主。

他对狼说：“我不愿用世界上最美丽的公主去换取世界上最聪明的马。”

“我也不愿意，”狼一边回答，一边给王子出主意，“我将变成一位画一般美丽的公主，请你把我交给国王，但得要他同意让我到花园里散步和呼吸新鲜空气，那我就有机会溜跑了。”

王子将自己的意中人藏在王宫外的树丛中。狼在草坪上打了三个滚儿，变成一位亭亭玉立的公主，王子护送她走进王宫。宫里充满欢乐和喜悦，人们都以为世界上最美丽的公主已经驾到。作为报酬，王子得到了一匹会两条腿走路和讲人话的奇马。他骑上马背，去树丛中会见意中人，同时等待大狼逃出王宫。

半天后，大狼吐着舌头疲惫不堪地来到王子和公主身边，抖动了一下毛皮说：“我费了九牛二虎之力才逃出王宫。国王虽然准许我到御花园散步，可却让手持长枪的卫士严密地监视着我，他们简直像苍蝇一样一刻不停地围着我转。后来我借口要到树丛后面绑鞋带，他们无奈地同意了我的要求。于是我在地上打了三个滚儿，恢复了狼的面目。花园的围墙虽然很高，我到底还是跳了出来，子弹从我头上掠过，幸亏没有打中我。”

现在，王子、公主、大狼和奇马同行。美丽的公主骑的是会说话的马，王子仍旧骑狼。马和狼向前疾驰，树木一掠而过，树枝发出沙沙的抖动声，他们瞬间就到达了邻国的王宫边。

“我不想用会说话的马去换取金鸟了。”王子说。

“我也不想，”狼说，“让我先变成马，然后带我进王宫，不过别忘了请求国王今天就放我进牧场。”

大狼在地上打了三个滚儿，立刻变成一匹会说人话的高头大马。王子将公主和真马藏到宫外的树丛中，然后骑上漂亮的人马走向王宫。王子受到最热烈的欢迎，因为他带来的马不仅会说人话，还会玩许许多多别的把戏。

王子得到金鸟后回到公主躲藏的树丛。不久，狼也加入他们的行列。大狼捧着肚子哈哈大笑，说国王一将它放进牧场，它就在地上打了三个滚儿，恢复原形后溜进了森林。他们来到当初王子遇见狼的大草场。王子看到自己的老马不仅安然无恙，而且长了不少膘。王子和狼即将分离，他一再感谢狼朋友多次拯救他的生命，还帮助他找到幸福。

狼说：“你的戏并没唱完，因为还没有回到家。你知道怎样去三岔路口，从那儿你就是闭上眼睛也能找到自己的家。不过你务必牢记，不管如何疲劳困乏，到家之前绝对不可打瞌睡。”

王子保证牢记狼的嘱咐，依依不舍地告别了乐于助人的狼朋友。王子骑在老战马的背上，公主手提金鸟笼、骑着会说话的骏马。旅途开始时很顺利，但在走过三岔路后王子开始犯困，险些落下马背。

“我牵着马稍稍步行一会儿，免得在路上打瞌睡。”他对公主说。

王子跳下马背走了一会儿。他看到路边有一棵枝叶茂盛的大树，就牵着马走了过去，并对姑娘说：“我们在树荫下歇一歇，要是我睡着了，请你唤醒我。”

他们一起坐在树底下，很快熟睡过去，姑娘的脑袋紧靠在王子的肩头。真是无巧不成书，王子的两个哥哥也在同一天往家走，他们两手空空，一无所有。当看到小弟弟在树荫下睡觉时，他们仔细地检查了他的战果，然后交头接耳，认定小家伙没有找到什么幸福，于是拔出宝剑，无情地砍下了小弟弟和战马的脑袋，并将他们合葬在一个墓穴中。

随后，这两个无赖带上小王子的未婚妻、会说话的马和金鸟赶往父亲的王宫。他们威胁公主不得将大树下发生的罪行公之于世，还强迫她欺骗国王，说他们历经千辛万苦、冒着生命危险才得到她、金鸟和骏马。他们犹如英雄般回到王宫。老国王看到两个儿子安全回家，还带来金鸟、世界上最美的公主和一匹神奇的马，高兴得不亦乐乎。其他人同样十分高兴，唯独公主、金鸟和骏马除外。自从小王子惨遭杀害，公主就变成了哑巴，金鸟也不再歌唱，骏马成天耷拉着脑袋。

“他们想家了，”大王子解释说，“等我的婚礼举行后，他们会重新振作起来的。”

大王子决定娶美丽的公主为妻。就在这时，大狼在遥远的森林里心神不定地走来走去，它担心小王子没有听从它的告诫。它赶往三岔路口，在枝叶茂盛的大树下发现了一个新的坟堆。它扒开墓穴，失声大哭，因为可爱的王子正躺在里面。

一只乌鸦领着它的小崽落在墓穴四周，啄食马肉。大狼满腔怒火，一口咬住一只小乌鸦。

老乌鸦惊慌失措，向狼恳求：“求求你放开我的孩子！”

“如果你不给我找来能使死人复活的生命之水，我就把你的孩子一口吞进肚子！”

“可是我没有盛水的家伙！”乌鸦诉说。

“这里有家伙。”狼从王子的大衣上扯下一颗很大的铜纽扣，把它挂在乌鸦的脖子上。

老乌鸦飞向天空，一转眼又飞了回来。

“我有生命之水了，请快放下我的孩子。”它对狼说。

但是狼使劲咬了一口，咬断了小乌鸦的脖子。

“天哪，你这是干什么？”乌鸦呱呱地叫着说，“我已经找来生命之水，你为什么还这样狠毒？”

“把生命之水给我，我要试试它的效力。”狼要求道。

它拿到铜纽扣后，用胡子蘸了一滴水，涂在小乌鸦的脖子上。小乌鸦呱呱叫了一声，飞向天空，翅膀发出嗖嗖声。

“很好，看来这药管用。”狼自言自语，同时把生命之水抹在王子被砍断的脖子上。

王子的面颊出现了血色，开始呼吸，恢复了生命。他坐起身，如梦初醒般瞪着两只大眼睛环视四周。狼又忙着用生命之水使王子的老战马死而复生。

然后，它对王子说：“请你拔出宝剑，砍掉我的脑袋！”

“你怎么可以叫我做这种罪恶的事情？”王子生气地反对，“正是你救了我的命。要是没有你的帮助，我早就被死神夺去了生命。”

“我什么时候给你出过馊主意，快照我说的做吧！”狼继续向王子要求。

于是，王子举起宝剑，一剑砍掉了大狼的脑袋。令人难以置信的是，大狼变成了一位英俊的青年。

“我曾经犯下严重的罪行，”他告诉王子，“因此被罚变成狼追随乌鸦的足迹四处流浪。我知道了许多人类不了解的秘密，要想恢复人的面目，我需要做很多好事，包括救活两条生命。这一切都已发生。我还想让你知道，我是世界上最美丽的公主的哥哥，你的大哥现在正阴谋同我的妹妹结婚。如果你想阻止他们的婚礼，我们必须即刻出发去你家。”

小王子听了心急如焚，两个年轻人跨上老战马直奔王宫。王子抵达王宫时，婚礼的筹备工作即将完成。年轻人阔步进入婚礼大厅，悲痛欲绝的公主奔向王子，并且拥抱自己的亲哥哥。金鸟重又歌唱，骏马用两条腿走路，还不停地说些俏皮话。

老国王被搞得摸不着头脑，但他选择相信小儿子的话，因为他说得贴切又有根据。相貌出众的公主和她的哥哥也有力地证明小王子所说的故事千真万确。国王怒不可遏，将大王子和二王子赶出了王宫。当天，小王子与世界上最漂亮的公主结为夫妻，我们的故事也到此结束。

## 寻觅生命之泉

古时候有个国王，他有三个王子，他的国家繁荣富庶。可是巨大的不幸突然降临到国王头上：他丧失了视力，眼前一片漆黑。

整整一年过去了，国王依然是一个见不到天日的盲人。他做了一个梦，梦见远隔千山万水的地方有一座月皇大帝的宫殿，后殿正中有一眼神奇的生命之泉，谁要是喝了生命之泉的水就会变得年轻，盲人用它洗洗眼睛就能重见光明。

一天早晨，国王命令大儿子和二儿子出发寻觅那眼神奇之泉。他为儿子们配备了马车，给每人一袋黄金，祝愿他们早日顺利归来。可是这两个王子都是无用之辈，他们看到路边有一家旅店，就住了下来不再赶路。他们过着放荡的生活，竟然把父王的嘱托忘得一干二净。

因为大王子和二王子离家后毫无音讯，小王子决定出发去寻觅生命之泉。一天过去了，他看到一只老乌鸦停在路边的云杉树枝上，于是请教乌鸦往哪个方向走可以找到生命之泉。

“往密林里走，往密林里走！”乌鸦呱呱地叫着。

王子迈步走向密林的深处。他在密林里艰难地走了一整天，一块覆盖着厚厚苔藓的岩石挡住他的去路。石头缝好像小屋的烟囱正徐徐冒着青烟。小王子从岩石边上找到一扇小门，随手推开门走了进去。岩洞里住的是一位年纪很大的尖下巴老婆婆。

听了王子的介绍，老婆婆说："我也需要生命之泉的泉水，为的是使自己变得年轻一些，我已经一百多岁了。今晚你就留在这儿过夜吧，明天早晨我把我的牲畜召唤在一起，一定设法帮你找到生命之泉。"

王子在长凳上睡了一夜。第二天一早，老婆婆爬上岩石小屋的屋顶，吹起桦树皮制成的号角，号角声在密林中回荡。不久，她的牲畜成群结队地汇合在一起，有浅灰色的狼和棕色的狐狸，有头上长着壮观大角的鹿和跑得飞快的兔子，有狗熊和狼獾，也有长着羽毛状长尾巴的松鼠和金色胸脯的貂……各种动物应有尽有。

老婆婆问："你们有谁知道月皇大帝的宫殿在哪儿？听说那里面有一眼生命之泉。"

动物们都摇头，谁都不知道这样的宫殿，更不知道什么生命之泉。

"走吧，"老婆婆对王子说，"请你去找我的二姐，她统治着所有水中的动物。你必须走一天路才能到大海边，我姐姐就住在倒扣在地的小船下面，兴许她能帮助你。"

王子高高兴兴地走向大海边，那里确实有一条底朝天、覆盖着一层海藻的小船，一位比林中老婆婆年纪更大的老婆婆住在里面。

"你从我的妹妹那儿来？"老婆婆听完王子介绍后问，

“我也需要生命之水，因为我已是五百岁的人了。我把我的海鱼海兽叫到一起，问一问它们中间有谁知道这样的泉眼。”

老婆婆登上船头，吹响用蚌壳制作的号角。海水顿时激起层层白浪，鱼类从四面八方向着它们的主人游过来，有狗鱼和背长硬鳍的鲈鱼，有肥壮的大马哈鱼和眼珠暴凸的河鲈，也有乌黑的江鳕和扁平的比目鱼……各种鱼类无所不有。但是这些水中的居民没有一个知道生命之泉在哪里，聪明伶俐的海豹不知道，来自大海另一边的巨鲸也不知道。

“除了送你去见我的大姐外好像没有其他办法了，”鱼类的统治者对王子说，“她住在一座高耸入云的高山顶上，从这儿出发要走一天路。”

王子继续向前赶路，顺利地爬上了高山顶。他找到一个填满鸭绒的石洞，一位老婆婆正在里面酣睡。王子唤醒了老婆婆。当她弄清小伙子找她的原因后，立即吹响用雄鹰腿骨制成的号角。各种各样的飞鸟迅速向石洞汇合，阳光被鸟群遮蔽，天空一片昏暗。但是鸟儿们也都不知道生命之泉在何方，只有一只很老很老的乌鸦听说过月皇大帝的神泉，可它记不清泉眼究竟在西边还是在东边。

这时有一只鸟飞临高耸入云的山顶，那是一只巨鹰，它确切地知道生命之泉的位置。按照千岁主人的指令，巨鹰答应把王子送到生命之泉，并保证完整无损地将他带回来。巨鹰让王子骑在它的脖子上，抓住它的羽毛，随即腾空而去。飞了很长很长的时间，终于到达月皇大帝庄严宏伟的宫殿。

巨鹰落在宫墙上，告诫小王子说：“别在宫中耽搁太久，因为月皇大帝的宫殿由凶残可怕的龙警戒，现在它们正午睡，要是惊醒其中一条龙，你和我都会遭厄运。”

王子感谢巨鹰的告诫，悄悄地潜入皇宫的大门。王子刚进院子就已经清楚地听到了雷鸣般的鼾声。但他不是胆小鬼，他毫不犹豫地穿越无数座宫殿和庭院，最后来到最里面的一座宫殿。这座宫殿的地面中央有一眼喷泉，不停地喷发着金色的水柱。

“到底被我找到了。”王子自言自语。

他跪在地上，装满了一瓶泉水。就在他准备走出皇宫与停在宫墙上的巨鹰会合时，忽然听见宫殿深处的床帘后面传来轻轻的叹息声。他好奇地走了过去，想看一看床上躺的究竟是什么人。嗬，原来是一位世上少有的美貌公主在沉睡！

“我为什么要急急忙忙地离开这儿？”小王子对睡梦中的美丽公主一见钟情，“不走是不成的，巨鹰肯定会着急，可是谁愿意离开这儿呢？”

“要不先跟巨鹰说一声我一切顺利？”小王子继续自言自语，同时向落在宫墙上等候的巨鹰挥了挥手，示意他在这儿，很快就将出去。

王子看了三次睡美人才恋恋不舍地走出宫殿。临行前，他还在公主床边的一根螺旋状桦木棍上刻上了自己的姓名和国名。巨鹰在外面急得几乎拔掉了自己身上一半的羽毛，归途中飞越大海时险些落入水中。

“你感觉如何？”它问王子。

“感觉非常不好，胃里特别难受。”王子回答。

巨鹰有三次像石头一样从天空中直落下来，最后一次几乎碰到了汹涌的海浪。王子吓得惊叫起来，他的双脚已经被浪打湿。

“这是对你迟迟不出宫殿的报应，我等了你差不多三顿饭的工夫。”巨鹰说。

“他们终于回来了！”千岁老婆婆看见巨鹰驮着王子飞抵山顶，嘀嘀咕咕地说，“找到了生命之泉？给我喝一口，是我帮你找到泉水的。”

王子取下挂在脖子上的瓶子递给千岁老婆婆。千岁老婆婆喝了一小口，一瞬间年轻了五百岁。

“你给我带来了这么有效的药，我要把这把尺子作为报答送给你。”老婆婆边说边将一把又旧又黑的尺子递给王子。

“我要它做什么？”王子问。

“等到需要的时候，可以用它量布料，还可以丈量庄园。”老婆婆说。

回程快速而顺利，巨鹰将王子一直送到五百岁婆婆住的小船边。这位鱼类的统治者分享了生命之水，变成了一位可爱的少妇。为了感谢王子，她把一条能够自动备好饭菜的神奇桌布送给了他。

王子最后来到百岁婆婆栖身的岩洞，她只喝了一滴生命之水就变成一位脸蛋红润的小姑娘。她赠送王子一把生锈的剪刀，它其貌不扬，却是一件神物，具有镇服林中野兽的威力。

巨鹰将王子送回家乡，随即辞别王子，远走高飞。小王子回程中经过两位哥哥寻欢作乐的旅店，看到门外的木桩上拴着哥哥们的马匹，它们瘦得不成样子，扔在旁边的干草袋空空瘪瘪。哥哥们从窗口瞧见了小弟弟，于是请他进旅店，问他过得怎么样。小王子一五一十地介绍了自己艰难曲折的旅途，还拿出藏在怀里的生命之水请他们观赏。

夜幕降临，哥哥们请弟弟留宿在他们的房间里。小王子压根儿不曾想到哥哥们会心怀恶意，由于一路上疲乏不堪，他的脑袋一碰到枕头就沉睡过去。哥哥们眉开眼笑，互相挤了挤眼睛，心领神会地一起从弟弟的怀里取出装了生命之水的瓶子。他们将生命之水倒进自己的瓶子，然后将污浊的阴沟水装入弟弟的瓶子。

两个坏家伙慌慌张张地离开旅店，奔赴王宫，将包治百病的神水抹在国王的眼睛上。老国王立即重见光明，脸上的皱纹也消失得一干二净。他的眼睛淌着喜悦的泪水，把两个儿子当作自己的大救星。

小王子一觉醒来，也回到父亲的王宫。

“你有什么新鲜事？”国王见到小儿子便问，“你也找到了生命之水？”

“那种乳臭未干的小东西哪儿去找生命之水！”哥哥们插嘴说，“当我们经历各种艰难险阻在世界尽头找到生命之水时，他正在旅店中睡大觉哩！”

小王子气愤极了，从怀中掏出生命之水。

国王仔细查看了瓶子说：“那是青蛙搅混的阴沟水！你想用这样的脏东西糊弄我？要是用它洗眼睛，我的视力不就彻底完蛋了！”

两个狠毒的哥哥建议父亲把弟弟扔进大海，像淹小猫一样将他淹死。昏庸的国王竟然接受了他们的建议！国王指定一名卫士执行他的命令。那个卫士心地善良，不愿淹死小王子，而是让王子坐上小船，在大海里随波漂流。

王子的小船在大海上漂荡，来到一个森林茂密的小岛。他登上小岛，环视四周，发现这儿狼熊成群。狼群张开血盆大口，露出锋利的尖牙；熊群向小伙子直冲过来，想把他吞进大嘴。小王子惊慌失措，急于找到自卫的武器，无意中摸到百岁婆婆送的锈剪刀。剪刀威力超群，小王子只用它晃了一下，各种野兽立即惊恐万状地跑进密林，逃之夭夭。

王子饥饿难熬，想从口袋中摸点儿面包屑充饥，手无意中触到了五百岁婆婆赠予的桌布。他把桌布铺在石头上，发出指令：“桌布桌布，快快备好饭菜！”

桌布马上摆出了各种美酒佳肴，小王子尽情享用。

“我还应该有一件神奇的东西。”王子回想起来。他从长靴筒里找到了破旧发黑的尺子。

“我要看一看它有什么用处。”他自言自语，用尺子丈量海岸。

真是神奇之物，岛上竟然出现了一座世界上最宏伟的宫殿。小王子在海岛宫殿中过着隐士的生活，神奇的桌布供他饮食，魔剪刀驱散敢来进犯的野兽。

在那遥远的月皇大帝宫殿里，相貌出众的公主生下一个小男孩儿。小男孩儿学会了走路和讲话，一次他问母亲，他的父亲是谁？现在住哪里？可是公主无法向小不点儿说明白，因为连她自己都没有见过孩子的父亲。

帝国的船坞建造了一条威武的大船，它有着宽大的红色风帆、蓝色的丝布旗，还装备了几十门灰黑色的火炮。它扬起风帆，礼炮轰鸣，月皇帝国的公主启航去寻夫。大船两边激起层层白浪，它不停地向前航行，终于来到螺旋状桦木棍上刻着的那个国家的京城。

国王从王宫的窗口观察到一条外国船正向海岸驶来，猜不出它的来意是恶是善。大船鸣炮向国王致敬，国王派出一名大臣前去了解红帆船来此的目的。卫士问清根由后禀报国王，大船上坐的是月皇帝国的漂亮公主，她前来寻找曾经到过生命之泉的王子。

大王子和二王子争着说："我到过月皇帝国的生命之泉。"

"请伸出你们的手。"公主要求说。

王子伸出双手接受公主的检查。

"你们都没有到过月皇帝国！"公主严厉地说，"因为从生命之泉取过泉水的手会闪烁金光。"

"哎哟，我的老天！"国王自知受骗，十分痛心，不停地叹息，“哎哟，我的老天！”

后来他说：“我还有第三个儿子，不过我已下令将他淹死在大海里。”

那位受命淹死王子的卫士跪倒在国王面前说：“我没有淹死王子，我将他放在一条小船上随波逐流，他现在安然无恙地在一个海岛上过着隐士的生活。”

红帆船调转船头，驶向小王子隐居的海岛。小王子跑向码头欢迎来客，即使瞎子也会发觉，他的手闪烁着生命之泉的金光。

一对年轻人热烈拥抱，举行了欢乐的婚礼，小男孩儿从此有了自己的父亲。两个奸诈的哥哥被放到一条破旧的小船中，在一望无际的大海里随波漂流。

## 美丽的卡伊莎

老国王躺在病床上已经奄奄一息，他将三个女儿叫到身边，对她们说："要是有人向你们求婚，一定要问清求婚人的姓名、家族世系和家住哪里。"

然后，他对宫廷总管说："在我的独生子长大成人掌管国事后，除了那间墙上挂有卡伊莎女王画像的房间外，请把宫中其他房间的钥匙统统交给他。"

宫廷总管保证按照国王的遗训行事，国王随即离开人世。一天，一位威武的将军来王宫向大公主求婚，大公主喜出望外，竟然忘了询问求婚人的姓名、家族世系和家住哪里。将军娶大公主为妻，谁也不知道大公主被带往何处。

几天后，又有一位年轻的将军进宫向二公主求婚，二公主与大公主一样激动，也没有问清楚来人的姓名和家乡就欣然接受求婚，被求婚人领走了。

向小公主求婚的也是一位威武英俊的将军，姑娘同样没有询问他的姓名和家族世系就跟随他离开了王宫。

王子长大成人，开始掌管国事政务。宫廷总管遵照老国王的嘱托，除了国王特别交代的那把钥匙外，将其他钥匙统统交给了年轻的国王。可是新国王发现总管手里还留着一把钥匙，命令他即刻交出，总管除了遵命别无选择。

年轻的国王走进墙上挂着卡伊莎女王画像的房间，看到画中人如同花朵一样漂亮，他深深地爱上了美丽的卡伊莎，决定有朝一日要向她求婚。

年轻的国王果真开始了他的求婚之行。他走了很长的路程，终于来到一座熙熙攘攘、热闹非凡的城市，市中心有一座用铁铸成的三层宫殿。一位头戴王冠的女人正从窗口伸出脑袋往外看，年轻国王认出她是自己的大姐。大姐请弟弟进宫，弟弟问姐姐身体可好，婚姻是否美满。

姐姐回答："一切都无限美好，只是我的丈夫出身熊的家族，他一走出宫殿，就会变成一头长着蓬松长毛的大熊。现在他正在外面东游西逛，如果他回家时没有大发脾气，我愿留你在这儿住宿一夜。"

姐弟俩最后商量好，弟弟在铁宫中住一夜，姐姐把他藏在顶层拐角的小房间里。不大一会儿，大熊回到铁宫，他横冲直撞地从窗口直接跳进宫殿，窗框被挤掉，挂在他的脖子上。

"你听到消息了吗？"熊问妻子。

"没有。"妻子回答，"你听到什么了？"

"我听说你的弟弟正在这一带活动，他想向卡伊莎女王求婚。"

"哎哟，你听到这样的消息了？"妻子说，"如果我的弟弟来这儿串门，你会不会生气？"

"不会，不会，而且我还要给他出许多好主意。"熊回答。

“现在你可以把主意告诉我弟弟了，因为他就在这儿，”妻子说，“我把他藏在顶层拐角的小房间里。”

“从我身上拔下三撮毛，把它们缝在他大衣的面子和夹层中间，从此他将同我一样强壮有力。”

妻子做完丈夫吩咐的事情，将弟弟从顶层上领了下来。

威武的熊将军对年轻的国王说：“亲爱的小舅子，听说你打算向美丽的卡伊莎女王求婚，我认为那是枉费心机。我们三兄弟都试过运气，都在卡伊莎面前碰了一鼻子灰，还差点儿送了命。不过你的血对他们有吸引力，因此可以继续你的征途，只是别忘了我的告诫——如果你走近卡伊莎的床边而不惊醒卫士，她就能成为你的妻子。结婚后你们一起去花园散步，你会在那儿看到一条大蛇，大蛇向你讨水喝，你若是满足它的要求，它就会从你手中夺走卡伊莎。如果你在接近女王时惊醒了她的卫士，他们会像对待蟑螂一样把你干掉。如果你在地牢里难忍饥饿，我现在送你一条餐巾，只要挥动一下它，你就能得到食物。”

熊姐夫送给小国王一块神奇的餐巾，年轻的国王怀着感激的心情踏上了新的征途。

国王抵达另一个王国的京城，城中央有一座银光闪闪的六层宫殿。一位头戴王冠的女人正从宫殿的窗子向外张望，国王认出她是自己的二姐。二姐请弟弟进宫，两人互相问寒问暖。

姐姐说：“总的来说我万事如意，只是后悔当初没有问清楚我丈夫的家族世系，因为他一走到屋外，就会变成一只灰狼。现在他正在外面游荡，不知道他回家后的情绪怎么样，因此还是请你先到顶层拐角的一个房间里躲一会儿。”

年轻的国王躲进拐角的房间没多久，宫殿的主人就回来了。他从窗子蹿进宫殿，窗框被碰坏，套在他的脖子上。

“喏，世上有什么新消息？”姐姐问。

“听说你的弟弟要向美丽的卡伊莎求婚，”狼说，“不过他很可能白费心血。我们三兄弟都是硬汉子，但没有一个碰上好运气。要是你的弟弟在此地，我愿给他出些好主意。”

“他在这儿，就在顶楼上。”姐姐回答。

“请从我的身上拔下三撮毛，把它们缝在你弟弟的大衣中，从此他将变得同我一样坚韧不拔。”狼说。

妻子从狼的身上拔下三撮毛，缝进弟弟的大衣内，然后带着弟弟会见狼。狼变成了一位威武英俊的将军，他给年轻的小舅子出了许多主意，还送他一只神奇的酒桶龙头，让他享用不完香甜的葡萄酒。

年轻的国王继续赶路，又来到一座城市，市中心有一座金光灿烂的九层宫殿，国王的三姐就住在里面。三姐的丈夫一离开宫殿，就会现出老鹰的原形。老鹰对小国王非常友好，给他出了许多好主意，还送他一个会奏乐曲的小银蛋，银蛋奏出的乐曲，几十里外都能听得见。同大姐和二姐一样，小姐姐也把三根老鹰的羽毛缝在了弟弟的大衣中。

年轻的国王来到一座比熊王国、狼王国和鹰王国的京城更壮观的城市，它就是美丽的卡伊莎女王的京城，她的王宫也耸立在市中心。

趁着夜深人静，年轻的国王悄悄地潜入女王的宫殿，走到她卧室的门边。女王的卫士惊醒了，他们捉住求婚人，毫不留情地把他扔进了地牢。

第二天早晨，地牢看守人送来一只大桶，里面装的是给犯人吃的东西。国王闻到从桶里散发出的酸臭味，飞起一脚踢翻了大桶，他还大声喊叫："我们不吃猪食！"

同牢的犯人不能容忍国王的举动，举起拳头要打他，并纷纷责怪说："你打翻了食桶，我们统统都将饿死。"

"我们不会饿死在这儿，一会儿你们就将吃到可口的饭菜。"国王边说边铺开熊姐夫送的餐巾。

一道道香喷喷、热腾腾的菜肴马上出现在餐巾上，犯人们看得直淌口水。犯人们吃饱肚子后精力充沛，随即在地牢里又唱又跳。地牢看守人以为犯人们斗殴，冲进地牢来干预，出乎意料的是，他们看到菜桶被踢翻，餐巾上摆着名贵的菜肴。

看守人立刻禀报女王说，新来的求婚人有一件神奇的宝物。卡伊莎决定面见新来的求婚人。小国王目睹了卡伊莎的美貌，证明画像不假，她确实美丽无比，绝非语言所能描述。女王要求买下餐巾。

国王回答："它不是用钱可以买到的。"

"那么你要什么代价呢？"卡伊莎问。

"如果我能和你单独在一起哪怕只有一个时辰，你就可以得到它。"国王回答。

“这要求太过分了。”美丽的女王说。

最后他们总算达成了协议：卡伊莎用绳子把国王捆上，连手都不能移动，一个时辰后又把他送回地牢。

中午，看守人送来开水。国王因失去餐巾正想发泄心头的怒气，于是一把抓起水桶，把看守人浇成了落汤鸡。同牢的犯人再次向国王发起攻击，责怪他会害得他们渴死在牢中。

“不会的。”国王取出狼将军送他的酒桶龙头。他拧开龙头，香甜的葡萄酒向外直流，犯人尽情饮用，喝得手舞足蹈、活蹦乱跳，嘈杂的吵闹声几乎把地牢震塌。

看守人弄清情况后立即禀报女王说，新来的小伙子还有一件珍宝。年轻的国王再次与美丽的卡伊莎达成交易，他可以同卡伊莎一起在她的床上睡一个小时。不过国王依然没有如愿以偿，因为狡猾的女王用绳子紧紧地将他绑在床头上。神奇的龙头也失去了，年轻的国王再次被押回地牢。

“忧伤不能喂饱我们的肚子。”国王想。他取出鹰将军赠送的银蛋，在地板上敲了一下，阴暗沉闷的地牢里立刻响起强烈的音乐声，一块块石头从墙上震落下来。犯人们随着乐曲在地牢中跳舞，震耳欲聋的音乐声和吵闹声惊动了看守人。

女王听说有一只会演奏乐曲的蛋，当然很想占有它。她与年轻的国王又一次达成协议：如果女王同意他睡在离她半米远的地方，这一神奇的乐器就归她。他们还商定：如果女王哪怕是稍微碰触一下国王，便要成为他的妻子。

国王被死死地绑在床上，离美丽的卡伊莎只有半米远。不过这一回年轻的国王用了心机，他从地牢里抓了一袋跳蚤，偷偷地放到卡伊莎身边。跳蚤成群结队地攻击美丽的卡伊莎，咬得她细嫩的皮肤无法忍受，女王惊骇得不知所措，无意中碰触了国王的身子。

达成的协议不能撕毁，王宫中举行了卡伊莎女王与年轻国王的婚礼。地牢里的犯人获得了自由，他们还有幸同美丽的卡伊莎女王一起跳波尔卡舞。

一天，天气晴朗，万里无云，国王和他的妻子在御花园散步。一条大蛇从草丛中探出脑袋请求说："尊敬的国王，请给我一点儿水喝吧！"

国王忘记了熊姐夫的告诫，把水给了蛇。大蛇立即变成一阵风，劫走了美丽的卡伊莎。国王既悲痛又焦急，他决心找回亲爱的妻子。他来到一片绿色的草地，看见草地正中间的石块上坐着自己美丽的妻子卡伊莎，一条大蛇盘在她的脚下，脑袋紧贴在她的胸口上。国王想把妻子拖上马鞍，但大蛇醒了，它又变成一阵风，不知把女王带向何地。

国王心想："单靠普通的马是难以追上大蛇的，可是从哪儿能找到一匹比风跑得更快的马呢？"

国王见到一只猫在路边捉住一只老鼠，老鼠凄惨地恳求国王说："喂，骑马人，你将经受一场严峻的考验，如果你肯帮助我，我也将帮助你！"

国王对老鼠顿生怜悯之心，便从猫的爪子下夺过老鼠，并将它放回草丛。年轻的国王途经湖泊，他走向湖岸给马饮水，看到一条狗鱼被石头缝夹住了，无法游向深水。

“喂，小伙子！”狗鱼大声叫喊，“你的路途充满艰险，如果你肯帮助我，我也将帮助你。”

国王帮助狗鱼脱离石缝，游向深水。黄昏降临，国王来到一个牧场，围栏里有许多骏马，一匹比一匹强壮有力。

“要是有一匹那样的骏马就好了，”国王想，“看起来那些马能够赶过阵风。”

马主人是一个跛足的老头儿，他走了过来对国王说：“你想要一匹马？如果是这样，你必须先当我的长工，等你学会了养马的真本领，我可以让你从中挑选一匹最好的马作为报酬。”

国王成了跛足老头儿的长工。他做梦都不曾想到那家伙竟然是妖魔，那些骏马原来都是王子，是妖魔用魔法把他们变成了马。头一天早晨，老头儿就给国王一项繁重的工作。

“砍倒那一片树林，翻好地，种上黑麦，”老头儿指着黑压压的森林说，“你必须干得又好又快，今晚太阳落山前粮食要进仓，麦秸要入库。”

国王手拿斧子，没精打采地走向森林。他坐在石头上越想越苦闷，觉得根本不可能完成任务。

一只小老鼠从地底下探出脑袋，轻轻地对国王说：“喂，小伙子，你是不是碰到了难处？我可以给你什么帮助吗？”

“你未必能行。”国王边说边向小老鼠介绍了主人交给的任务。

“请不必发愁，”小老鼠安慰他，“请看我和我的部族怎样替你干活吧！”

老鼠把它的部族召集在一起，国王看着它们砍倒树，翻好地，种上庄稼。接着黑麦长出麦穗，成熟了，它们又以同样的速度收割庄稼，完成脱粒工序。傍晚，跛足老头儿前来验收长工的工作，发现麦秸早已入库，粮食也已进仓。

“明天你可以挑选一匹最优秀的马，不过在那之前先得让马群到湖中饮水。”

第二天清早，国王赶着马群到湖边饮水，可是它们不听指挥，纷纷跳进湖水，翘着尾巴向远处游去。

国王急得满头冒汗，心想：“现在怎么办，怎样才能赶回马群呢？”

狗鱼把头伸出水面，问道：“喂，小伙子，你愁眉苦脸做什么？”

国王诉说苦衷后，狗鱼说：“我和我的部族会把马群赶上岸的。此外，我还想给你出个好主意，请你挑选那匹脑门上有一粒白斑点的六腿马。你走到它的面前，跛足主人将站在它的屁股边，你只要用手指按一下马头上的白斑点，那马就会用后腿把主人踢死，你就可以获得自由了。你只能选择这条道路，因为你的主人是个大妖魔。”

狗鱼说完话向湖中心游去，它动员湖中的狗鱼将马群全部赶上了岸。国王将马群赶进马厩，老头儿也在那儿出现。

老头儿说：“你真是出色的牧马人，居然能够完成如此艰难的工作，以前没有一个长工完成过这项任务。现在就请你挑选一匹最好的马吧！”

国王走向最里面的一个隔栏，把手放在六腿马的脑门上说：“我要这一匹。”

“挑选一匹更好的吧，那匹马太老了，长得也太蹩脚。”跛足老头儿劝说小伙子。

“我就选它，选定了。”国王一边说一边在白斑点上用手指按了一下。

六腿马踢了一脚，它踢得如此猛烈，站在马屁股边的跛足老头儿被踢出老远，撞在马厩的墙上顷刻丧命。马厩中的骏马立刻变成了一个个英俊的小伙子，他们都当过跛足老头儿的马夫。因为邪恶的老头儿施展魔法，才使他们变成了马匹。年轻的小伙子们高高兴兴地离开马厩，各奔前程。年轻的国王从墙上取下金鞍架在六腿马背上，然后跳上马，六腿马像狂风呼啸一般疾驰而去。

国王来到绿色的草地，草地正中间的石块上坐着美丽的卡伊莎，一条大蛇盘踞在她的脚下，它的脑袋贴在她的怀里。国王快马加鞭直奔石块，一把将妻子拉上马鞍。

大蛇被突如其来的袭击惊醒，它吐着双叉舌头环视四周，发现一个黑点正在遥远的天边越飞越远，它嘟囔着说：“一阵风不能追上他们，因为他们骑的是爷爷的六腿马。”

年轻的国王带着美丽的卡伊莎回到自己的王宫，他们又一次举行婚礼。国王的三个姐姐和她们的丈夫——熊将军、狼将军和鹰将军也前来向他们道喜。

# 恶有恶报，善有善报

兄弟俩决定出外谋生。

哥哥赶着马车先离开了家。一只蚂蚁挡住了他的车，恳求说："好人，求你稍稍等一等，因为我的孩子还在路中间，你的车轱辘别碾死它们。"

"我可没时间，尤其不能因为你们蚂蚁在这儿耽误了我，我还急着去别的国家寻觅幸福哩！"小伙子气势汹汹地说完话，就拉起缰绳向前赶车，蚂蚁的小崽们惨死在马车的轱辘下。

小伙子又来到一条被废弃的小路，路上长满了野草，草丛中飞出一只红头潜鸭，恳求小伙子说："我脑子发呆把窝筑在路中央，因为听说这条路已经废弃，没人来往。好人，请你勒住马，让我把蛋搬到安全的地方，免得被马蹄踩碎。"

"我可没时间为这样的小事勒住马在这儿等待。"小伙子粗鲁地回答完就赶车往前走，潜鸭蛋被马蹄踩得粉碎。

马车接着走进一望无际的荒野，一只山雀停在小伙子的手臂上啾啾叫着："请允许我搭你的车吧，因为要飞很长的路，我的翅膀承受不了。"

"滚开！"小伙子怒冲冲地说，"我可没时间同山雀说话，我正急着去别的国家寻觅幸福哩！"

山雀飞向树丛，在树枝上伤心地吱吱叫着。

小伙子到达王城，径直走向王宫。国王有一个女儿，小伙子向她求婚，想以此得到幸福。

但是国王命令小伙子去院里，要他在一夜之内把混在一起的半桶黑麦和半桶小麦分开。

“如果你能完成这个任务，”国王说，“我就选你做我的女婿；如果你失败了，刽子手将砍掉你的脑袋。”

曾经不可一世的年轻人开始在麦堆边执行国王的命令，但他早就感觉到，没有许多个日日夜夜甚至几年时间，这样的任务是无法完成的。

“这是蚂蚁干的差事，”小伙子心情沉闷地想，“如果有成百上千只蚂蚁帮忙，只要一会儿工夫就能完成任务了。”

一只蚂蚁爬出洞穴，伸着触角问道：“我听到你在召唤我，是不是需要什么帮助？”

“是的，我急需你的整个部族前来帮忙。”

“你过去没有答应我的请求，残忍地把我的孩子碾死在你的车轮下，现在我又何必帮你的忙呢？！”蚂蚁说完话，一溜烟走了。

天亮了，小伙子只捡出两小堆黑麦和小麦，刽子手执行了国王的命令。

光阴似箭，一年已经悄然过去。弟弟也套上马，外出去寻觅幸福。

一只蚂蚁挡住了小伙子的路，请求他别伤了它的孩子。弟弟同哥哥不一样，他勒住缰绳，让蚂蚁从路中间接走它所有的孩子。小伙子也爱惜红头潜鸭，让它在路中间的草丛里安全地孵出小鸭。

山雀落在小伙子的手臂上，唱歌一般地对他说："让我做你的旅伴吧，有我同你谈天，旅行会更自在。"

小伙子来到王城，直奔王宫向公主求婚。国王也要他分开黑麦和小麦，同给他哥哥的任务一个样儿。不过结果却不同，因为蚂蚁排着长队前来帮忙，天亮前就将黑麦和小麦清清楚楚地分成了两堆。

国王看到小伙子顺利地完成了艰难的任务，非常满意。可他还要给小伙子另一项困难的任务，以便进一步考察他是否真的适合做他的女婿。

"我的金库钥匙掉进了海底，"国王说，"如果你能潜入海底取回钥匙，我就把女儿嫁给你。"

小伙子走到海边，在沙滩上走来走去。他望着波涛汹涌的大海，无法想象自己如何从其深莫测的海底捞出沉在下面的钥匙。红头潜鸭领着它的小宝宝们向他游来，询问小伙子为什么愁眉苦脸。潜鸭听了小伙子的诉说，立即命令小潜鸭们分头去寻找。它们潜入海底，找到了钥匙，很快就把它交给小伙子。

国王接过钥匙后又说："我还要再考验你一次，如果成功了，你就能如愿以偿。"

国王将全体年轻宫女集合在一起，公主混在她们中间，然后让小伙子猜猜哪一位是公主。小伙子面对一群嬉戏的姑娘不知所措，因为她们长得一样美丽，穿着相同的服装。

一只山雀飞到他的耳边，吱吱地叫着说：“不用着急，请照我的指点办。”

小鸟落在一位姑娘的肩头，小伙子立刻抓住她的手大声喊道：“你就是国王的女儿，即使闭上眼睛我也能从一千人中间认出你！”

小伙子终于找到了幸福。古人说：“善有善报，恶有恶报。”此话千真万确。

# 渔夫和他的妻子

贫穷的渔夫和他的妻子住在大海边的旧鳕鱼桶里。只要天气允许，渔夫就划着小船出海，撒网捕鱼。

一天，渔夫坐在一块伸向海面的岩石上钓鱼，眼睛盯着清澈的水面。鱼钩骤然被拖向深处，他紧抓鱼竿，一会儿拉，一会儿放，幸亏鱼线结实，没有拉断。最后，一条头戴金王冠的巨大的比目鱼被拉出水面。

渔夫举起木棍，正准备打晕这条鱼，它忽然张口祈求说："好人，请别杀我，我并非比目鱼，而是一个被施了魔法的王子。我有权有势，尽管目前处在无助的状态。请从我的颚上取下鱼钩，放我回归自己的国度，我将加倍报答你的恩德。"

"你的恳求如此真切，我的心早就软了。"渔夫边说边从比目鱼的颚上取下鱼钩。

比目鱼摇动了下尾巴，向深水游去，后面留下一道长长的血水。

渔夫回到他的大鱼桶住房，妻子问道："今天的运气怎么样，是否有所收获？"

"运气一般，"渔夫回答，"一条头戴金冠的比目鱼上了我的钩，但它一个劲儿地解释自己是被魔法变成鱼的王子。看它恳求真切，我被感动了，就放它回归了大海。"

“难道你没有索取任何报酬吗？”妻子唠唠叨叨地问。

“当然啰，”渔夫不动声色地回答，“我不知道要些什么！”

“真是傻瓜蛋！”妻子深表遗憾，“住在这样的鱼桶里我已厌恶透顶。这里既拥挤，味道又难闻，简直受够了。快去海边告诉比目鱼，我们很想有一幢小房子！它一定会送我们一幢房子的。”

“这怎么成呢？”渔夫心里嘀咕着，“还是不去的好。”

“快去，快去！”妻子拼命地催促，“让比目鱼给我们一间小屋！”

渔夫拗不过妻子，只好慢吞吞地向海边走去。大海突然变得十分阴暗，尽管天空中的太阳依然放射着光芒。

渔夫提高嗓门喊道：“海中的比目鱼请听着，我的老太婆有个愿望，希望你能帮忙！”

话音未落，头戴王冠的比目鱼就钻出水面问道：“你在召唤我，想要什么？”

“我并不想要什么，”渔夫回答，“只是我的老太婆说，她已无法忍受住在鱼桶里，很想有一幢小房子。”

“你已经有一幢小房子了，赶快回家吧。”比目鱼说。

渔夫回到家，发现一幢粉红色外墙、白色窗框的标致小屋坐落在当初放置鳕鱼桶的地方。

妻子坐在长凳上，嘴角挂着甜蜜的微笑。她拉着渔夫走进小屋，里面的摆设非常舒适：地上铺的是花布条编织的地毯，一把摇椅放在地毯上，碗柜里陈设着各种各样的瓷器，壁橱中摆着锡制的酒器和咖啡壶。屋里还有单独的卧室，卧床也十分精致。屋后有个小院子，鸡鸭成群地在那里觅食，附近的菜园里生长着许多种蔬菜和果树。

“我们的房子太棒了！”妻子得意地说。

“一点儿不错，让我们就这样活到老吧。”渔夫回答。

但刚刚过去两个星期，渔夫的妻子又开始唠叨：“我们住得依旧太拥挤，院子也太小，菜园只有这么一点点。你再和比目鱼说说，让它给我们弄一幢大房子，要是有一幢石砌的城堡当然更好。老头子，你听着，快叫比目鱼送给我们一幢宏伟的石头城堡。”

渔夫先是反对，最后却不得不向妻子让步。他走到海边召唤比目鱼，平静的大海激起层层波涛。比目鱼探出脑袋，问渔夫有什么要紧事需要它办。

“这一回她要一幢石砌城堡。”渔夫哭丧着脸回答。

“回去吧，你的妻子正在石城堡的大门口等候你。”比目鱼说完，用尾巴生气地拍击着水面，迅速潜入海底。

渔夫回到家，看到一座宏伟的石城堡已经耸立在岩石上。夫妻俩对富丽堂皇的新居赞叹不已。地板是大理石砌的，侍者多得像蚂蚁，头结小辫的侍童时刻等候在门边为他们开门和关门。桌椅金光锃亮，每个房间的天花板上都挂着水晶玻璃大吊灯，地上铺着厚厚实实的红地毯，踏上去如同踩在柔软的草地上一样舒服。餐桌上摆满各种佳肴，酒杯中盛的是美味的高级葡萄酒。城堡后面有一座用石墙围起来的大院子，另有马厩、牛栏和车辆。郁郁葱葱的花园更是令人向往，里面盛开着最美丽的花朵，长着稀有的珍贵果树。城堡附近还有一座方圆五公里的大公园，里面有各种动物供人玩赏。

“这难道还不够美吗？”妻子欣赏着城堡中的一切，问渔夫。

“太美了！”渔夫吸了一口气。

他们走进卧室，脱去衣服，钻进覆盖着红床罩的睡床。弹簧床极为舒适，床垫非常柔软，睡在床上就像被垫子吞没了一样。第二天一早，渔夫的妻子首先醒来，透过窗子观赏着晨曦斜射的大公园。

她突然推醒渔夫说：“我们睡在这儿只不过像一对公爵和公爵夫人，但是我要当女王。赶快穿上你的裤子去海边告诉比目鱼，说我要当头顶金王冠的女王。”

“我不敢再麻烦比目鱼了，”渔夫表示反对，“上一回它对我已经很生气了。”

“是你的功劳才保住了它的性命，”老太婆说，“快，快去海边吧！”

老太婆不停地催促渔夫，老头儿只好再次让步。大海中巨浪翻滚，渔夫的妻子得到了金王冠，周围的侍从都称她为尊敬的女王陛下。

但是渔夫妻子的胃口越来越大，女王的角色也不能满足她的欲望，她要当权力无限、至高无上的女皇。在威力无比的比目鱼的帮助下，她又登上了女皇的宝座。

凭借比目鱼的魔力，一座座教堂、城堡和皇宫出现在海边的红色岩石上，宫殿一座接一座，女皇的宝座设在最后面的一座大殿中。渔夫的妻子坐在庄严的宝座上很像一只棕色的猴子。她身穿金袍，头戴镶嵌宝石的沉重王冠，压得她几乎喘不过气。她一手拿着权杖，另一手拿着金苹果。她不敢转动脑袋，既不敢往左看，也不敢向右瞧，因为她怕沉重的王冠滚落到地上，她只能两眼发直，死盯着前面。

金銮大殿灿烂夺目、清香扑鼻，千万支蜡烛将大殿照得通亮，成千顶装饰用的水晶宝冠像一条彩虹闪耀着奇光异彩。紫红丝绒宝座的两边，两排蜡烛光芒四射，最大的蜡烛有松树那么粗，最小的只有缝衣针一般细。女皇的卫士像一尊尊塑像站立在宝座两旁，最矮的卫士只有大拇指一般高，最高的卫士脑袋碰到了大殿的顶梁，他们分别穿着铁的、银的和金的盔甲。朝臣在宝座前走来走去，公爵、伯爵、男爵等贵族和将军们三五成群，有的细声交谈，有的相互斗嘴，好似大晴天的蜜蜂窝发出嗡嗡声。

穿着补丁裤子和上衣的渔夫穿过高贵的、散发着香气的人群闯进皇宫。他吓得两腿发颤、心脏猛跳，对自己的妻子——如今的女皇说："喂，亲爱的妻子，你是多么美丽、多么春风得意呀！现在你该满意了吧！"

"你在啰嗦什么，老头儿？"女皇问，"你应该同别人一样挺起胸膛。你问我对现状是否满意，我不满意，这一点你很清楚。世界上只有一个人比我有权有势，那就是罗马教皇，因此我要成为教皇，赶快告诉比目鱼，让它使我成为教皇。”

“愿上帝保佑！”渔夫虔诚地祈祷，“我的坏老婆子连最后一丁点儿理智也失去了！”

“别再啰唆了，快去找比目鱼！”女皇下达命令。

渔夫走到海边，天空乌云密布，犹如黑夜降临。顷刻间狂风大作，暴雨倾盆而来，大树被连根拔起，海浪像小山一样冲击海岸，发出大炮轰鸣般的巨响。渔夫惊恐万分，双手紧攥着岩石，免得被大风刮进大海。

他冲着大海高声叫喊：“海中的比目鱼请听着，我的老太婆有个愿望要你帮忙……”

比目鱼将脑袋钻出波涛汹涌的海面，喊道：“你那贪得无厌的老婆这一回又想要什么？”

“她想成为基督世界的教皇！”老头儿回答。

“很好，回家去吧，你将看到贪婪的代价。再见了，老公公，这是我们最后一次见面了！”

比目鱼说完话，随即翻转身子，拍击一下尾巴，溅起一阵水花，消失在狂涛之中。

暴风雨过去了，乌云渐渐散开，阳光不时透过云隙射向大地。渔夫拖着沉重的步伐回到家里。暴风雨冲走了所有的教堂、城堡和宫殿，留下来的只有渔夫和他妻子居住多年的那只大鳕鱼桶。渔夫的妻子坐在桶前的石块上，活像一只晒得发黑的小猴子。

“你见到比目鱼了？”她问老头儿。

“是的，我见到了，”渔夫回答，“不过从此以后它再不与我相见了。”

渔夫和他贪心的妻子一直住在破旧的鳕鱼桶里，或许至今依然如此！

## 裁缝的故事

从前有一个裁缝，当了一辈子光棍，后来他上了年纪，手脚不灵，视力衰退，连线都穿不进针眼了。于是，他决定领一个养子，把自己的手艺传授给他。

他没有好好挑选，随随便便地把路上碰到的第一个男孩儿领做养子。男孩儿以行乞为生，身上有乞丐的基因，即使用尺子鞭打，严格要求，他也成不了像样儿的裁缝。

老裁缝过世了，养子也已长大成人。他决定出外寻找幸福，自言自语地说："俗话说'谁先跑到房子，他就占有房子'。可是我往哪个方向走呢？让我用占卜来决定方向吧。我闭上眼睛打转转，然后将裁缝工具掷出去，掷得最远的工具的方向就是我旅行的方向。"

小伙子手拿烙铁转了一圈，随即将它抛了出去。由于烙铁沉重，它落在不远的地方。小伙子又掷了尺子，因为尺子分量轻，它就落在他的脚下。剪刀重量适中，被扔得最远。

"有剪刀就够了。"小伙子说。他用布包好剪刀放进怀里，然后朝着掷出剪刀的方向走去。

小伙子走到一座小山脚下，看到狮子、狗、山雀和蚂蚁吵得不可开交。原来它们共同养过一头公牛，整整养了一个夏天，把它养得又肥又壮，现在牛被宰了，不知道怎样分配才好，因此争吵不休。

“看，那边有人来了，请他帮我们分配吧！”动物们看到小伙子后异口同声地说。

它们向小伙子说明争吵的原因，并表示如果他分配公道，让各方满意，还要给他一份厚礼。

小伙子从怀里取出宽大锋利的裁缝剪刀，割下牛肉归狮子，骨头交给狗，山雀和蚂蚁分别得到牛油和牛头。大家对小伙子办事公道极为满意。

狮子对他说：“一旦你需要力气，希望同狮子一样强壮，我会把力量借给你的。”

狗保证说：“如果你想跑得快，需要好的嗅觉，可以指望我的帮助。”

山雀吱吱地叫着说：“倘若你遇到困难，需要飞行，我一定给你送去飞鸟的翅膀。”

蚂蚁抚摸一下两根触角，庄重地宣布：“我身体虽小，但也不要小看我的能力，只要你需要帮助，我一定全力以赴。”

小伙子感谢它们的厚礼，把剪刀放进怀里又继续赶路。黄昏时分，小伙子到达京城。他身无分文，但还是想办法找到了栖身之地。他帮助旅店梳刷马匹，晚上走进马厩，在小马夫睡觉的草堆上过了一夜。那一晚，他意外地听到了宝贵的消息。

“我们的国王只有一个女儿，”一个小马夫说，“她长得实在漂亮。要是能够得到她，就是砍掉左手我也心甘情愿。”

但另一个小马夫说：“要那种巫婆做什么？谁把她带出王

宫，她就会被风刮上天空，消失得毫无踪影。”

小裁缝还进一步了解到事情的根由。原来公主早在摇篮里就着了魔、中了邪。国王和王后曾经请了许多仙女做公主的教母，但是没请波的尼亚的巫婆，巫婆一气之下对公主施了巫术——公主一走出房屋，就会像羽毛一样被风吹上天。

小马夫们入睡后，小裁缝爬到阁楼的窗边眺望。整个王城一片漆黑，只有王宫尖塔的窗口射出一丝光线。

“那公主一定悲痛得难以入睡，”小裁缝心想，“如果我有翅膀，一定像鸟儿一样飞进她的房间，同她聊天。”

一转眼，小伙子身上长出翅膀，变成了一只鸟，就像山雀曾经答应过他的那样。小裁缝飞到公主卧房的窗子边，用翅膀拍打窗框。

“是谁呀？”公主一边问，一边让鸟儿进了房。

“你确实漂亮！”小鸟吱吱地叫着说，“我不愿再当鸟儿来回飞翔了，我要变成一个英俊的小伙子热烈地拥抱你。”

小裁缝恢复了本来面目，把公主搂在怀里。公主大吃一惊，急忙按响警铃，侍女和国王冲进公主的卧房。

国王问：“我的小宝贝，你深更半夜按响警铃，究竟发生了什么意外？”

公主回答：“先是一只鸟敲窗，当我放它进房后，它却变成一个血气方刚的小伙子，他还企图拥抱我。”

“哎哟，我的宝贝！”国王叹了一口气，“该是让你出嫁的时候了，你居然会产生这样的幻觉。那个年轻人现在在哪儿？”

“我不知道他到哪儿去了。”公主回答。

“要是再发生怪事，你就敲敲墙，别再按响警铃了。”国王嘱咐女儿。

公主按响警铃时，小裁缝吓得不知如何是好，他突然产生一个念头，希望自己变成一只蚂蚁。他的愿望马上实现了，他变成了一只小蚂蚁，一步一步地爬进公主的被窝里。国王和侍女刚离开公主的卧房，蚂蚁重新变成了小伙子。公主轻轻地敲了敲墙，待在门外的国王猛然冲进了房间。国王来得如此迅捷，以致小裁缝没能及时变化身形。

“你是什么人？”国王厉声责问，“深更半夜你是怎样潜入我女儿卧房的？”

小裁缝如实地告诉国王，他有狮子的力气、狗的嗅觉、鸟儿的飞技和蚂蚁的能耐。他还向公主求婚，要娶公主为妻。

“你是否知道我的女儿中了魔法？”国王问小裁缝，“波的尼亚的巫婆丧心病狂地对她施展巫术，使她一辈子只能待在屋里，任何时候都不能走到屋外，否则就会像一片羽毛那样被风吹到九霄云外。”

“我听说这些了。”小伙子回答。

“如果你能解开巫术，我就让你做我的女婿。”国王真诚地许下诺言。

“我能解开巫术，因为我有狮子的力气。”小裁缝得意地自诩。

王宫中开始为婚礼进行各项准备。国王希望在宫里举行仪式，可是小裁缝坚持让他和公主坐着敞篷车去广场边上的教堂举行婚礼，说是为了让人们见到他们，分享他们的幸福。

国王拗不过小伙子，只好同意了他的要求。但是马车刚刚穿过广场，一阵强大的龙卷风就把公主刮上了天空，把她带向遥远的天际。小裁缝随即变成了一只鸟，紧紧地跟随着未婚妻。

小裁缝和被龙卷风卷走的公主飞越了许多国家。前面出现一座大山，公主一下子钻进裂缝，不见了踪影。小伙子立刻变成狮子，用强有力的爪子抓起大石块狠砸大山。

波的尼亚的巫婆听到震耳欲聋的轰隆声，从石缝中探出脑袋请求说："好小伙儿，别砸坏了我的城堡！"

"我要把大山夷为平地，因为你劫走了我的未婚妻！"小裁缝威胁说。

"公主已经不在这里，"巫婆说，"她变成了一只兔子正沿着沼泽地蹦跳，如果你有本领追上她，我的巫术就失灵了，公主也就归你了。"

小裁缝变成一条狗，一转眼就追上了兔子，兔子就变成了公主。

可他们远在波的尼亚的沼泽中，怎样才能回家呢？小裁缝把公主变为蚂蚁，自己变成了小鸟，他小心地抓起蚂蚁，放在自己的翅膀下。归途固然遥远，但他们还是在当天回到家，幸福地结为终身伴侣了。

我闭上眼睛打转转，然后将裁缝工具掷出去，掷得最远的工具的方向就是我旅行的方向。

——《裁缝的故事》

# 神奇的戒指

很久以前有一个穷苦的老婆婆，她有一个儿子。老婆婆死后，儿子只继承了三十盆尼，因为生活无着，他决定外出谋生。他走到河边，看见一个老头儿正要淹死一只可爱的小猫。

小伙子热爱动物，请求老头儿说："别淹死这小猫，把它卖给我吧！"

"如果你付得起十盆尼，这猫就归你了。"老头儿回答。

"只要十盆尼，太便宜了，"小伙子说，"我付你十五盆尼！"

买卖做成了，小伙子抱着小猫继续赶路。没走多远，他看到村口有人正鞭打一条小狗。

"别打了，把它卖给我吧！"小伙子请求。

"可以，"打狗人很爽快，"如果付得起十盆尼，这狗就归你。"

"只要十盆尼，真是小事一桩，"小伙子说，"我可以付你十五盆尼。"

他把剩余的钱统统给了那个人。小伙子带着小猫和小狗来到浓密的原始森林里。一株老松树横卧在路中间，一条白蛇给树干压住了。白蛇使尽全力想摆脱困境，但却没有任何效果。小伙子怀着一颗同情的心救了白蛇的性命。

小伙子来到岔路口，正准备往左走，白蛇飞速地爬了过来，请小伙子一定向右走。白蛇当向导，小伙子带着狗和猫跟随在后。白蛇领他们走进一座因为战争而荒芜的宫殿，小伙子跟着猫爬上楼梯，来到宽敞的大厅。整个宫殿成了真正的蛇宫，地板上到处是蛇，墙壁和天花板上也是，但只有把小伙子领进宫殿的那条蛇是白色的。

小伙子在蛇宫里住了几天。一天清晨，白蛇突然变成一位体态优美的姑娘。她告诉小伙子，每星期她必须六天是蛇，只有第七天才能变成人。

“我被压在树下，是你救了我的命，”她说，“作为对你的报答，你可以拿走这只金戒指，也可以把我领走。”

小伙子选择了金戒指，因为他不想在蛇群中生活一辈子。

姑娘虽然感到失望，但还是将戒指给了他说：“这是一只神奇的戒指，它能帮你变得无比强大，只要对着阳光看一下戒指，同时说出你的希望，魔力就会产生，希望即可实现。”

小伙子接过戒指，深情地感谢蛇中之主，随即离开城堡。他带着狗和猫不停地赶路，感到疲惫不堪，就坐在青苔上休息，同时想试试戒指的威力。

他用大拇指和食指夹着戒指，对着阳光看了一下说：“我希望有一辆国王乘坐的由两匹骏马拉的马车。”

他的愿望立刻实现了。一辆金马车停在路旁，两匹良种马套在马车前面，马车夫是一位英俊的青年，他彬彬有礼地请示小伙子将马车赶往何处。

小伙子躺在弹簧坐垫上，手里抱着猫，狗坐在他的脑袋边。他说：“去王宫，任何一座王宫都可以！”

车夫勒紧缰绳，马车轻轻地颠簸着向王宫驶去。小伙子见到国王，国王忧心忡忡地对他说，公主染上了一种从未见过的疾病。

“我已通告全国，谁能治好我女儿的病，我就将她嫁给他，”国王说，“前来给我女儿治病的人倒不少，可是她的病情不见好，反而不断恶化。”

“请让我为她治病吧！”小伙子说。

国王不相信这个看起来平庸的农村小伙子能治好公主的病，但是既然找不到更高明的医生，也就答应让他试一试了。

小伙子将公主领到桑拿浴室，对着窗外的阳光看了一下戒指说：“快快治好公主的病，愿她如同玫瑰花一样美丽。”

姑娘恢复了健康，变得同盛开的玫瑰花一样美丽。但是国王不想让裤子打补丁的穷孩子做自己的女婿，于是有意难为他。

国王说：“要是你能一夜之内在海湾那边建起一座宫殿，我就把公主嫁给你，而且那座宫殿必须比我的王宫更加宏伟。”

“明天看吧。”小伙子说完后直奔海湾的另一边，拿出戒指冲着阳光说：“宫殿，宫殿，快快起来，你必须比国王的王宫宏伟一倍。”

一座有许多尖塔的华丽宫殿好像从天而降，忽然屹立在海边的岩石上。

小伙子赶回王宫问国王："宫殿已经建成，是不是可以把你的女儿嫁给我了？"

国王摸着胡子说："你还必须建造一条水晶桥，把我的王宫同你的宫殿连接起来。"

戒指的威力帮助他很快建造了一条横跨海湾的水晶桥，阳光把它照得绚丽夺目，就像一道彩虹悬在天空中。

"现在去参观一下你的宫殿，看它是不是符合标准。"国王边说边命令马夫备好马车。

但是桥面非常光滑，马匹无法在桥上行走。国王转身对小伙子说："你给马钉上金刚钻马蹄铁，再招募一千名强壮的年轻人坐在桥墩上，明天我坐车通过大桥时，要他们一边敲鼓，一边用俄语对话。"

小伙子在天亮以前完成了国王交代的全部任务。马蹄上钉的是金刚钻马蹄铁，桥面上迸发出美丽的火星，一千名强壮的大胡子男人坐在桥墩上，一边说俄语，一边敲着鼓，鼓声震耳欲聋。国王再没有别的招儿可以使了，只好答应小伙子做他的女婿，不过他暗地里仍要女儿摸清楚这个穷小子怎么弄出奇迹的。

婚礼后，小伙子和公主住进新宫殿。头一夜，公主就摸到了神奇戒指的秘密。小伙子刚刚进入梦乡，她立刻偷走了他的戒指。

公主看着戒指说："戒指，戒指，快将这乡下穷孩子投进地牢！”

戒指按照公主的旨意，从柔软的羽绒被中拉出小伙子，将他投入了阴暗潮湿的地牢中。

小伙子一早醒来发现自己被关进牢笼，知道一定是公主偷走了他的戒指。

“我怎样才能获得自由呢？”他悲叹，不停地踱来踱去。

地牢的铁栏外面传来喵喵的猫叫声，还能听到地牢外汪汪的狗叫声。

“四条腿的朋友到底没有忘记我。”小伙子叫猫走到自己身边，对它说，“我现在需要你的帮助，你要不惜一切代价帮我取回戒指，要不然我会在这个牢笼中挨冻受罪一辈子的。”

小伙子把通向公主卧房的路告诉了狗和猫，再三叮嘱它们找回戒指是最重要的任务，它们发誓将竭尽全力。一开始狗和猫就遇到了困难，因为国王在桥头设置了岗哨，禁止行人过往，他怕水晶桥面被人踩坏。看来只能靠游泳才能去海湾的另一边了，可是小猫不敢下水，它最怕弄湿爪子。

“你可以骑在我的背上。”狗对猫说。

小猫立即同意了。狗擅长游泳，很快越过了海湾，小猫身上一根毛都没湿。深夜，它们小心翼翼地溜进新宫殿，悄悄地潜入公主的卧房。公主睡得正香，它们翻箱倒柜，四处寻找，可就是没有找到神奇的戒指。

小狗坐在地中央，一边用爪子抚摸长嘴巴，一边沉思。它突然像发现什么秘密似的，兴奋地对猫说：“我们查看了所有地方，就是忘记了公主的嘴巴，兴许戒指就含在她嘴里。快用你的尾巴扫她的嘴唇，好让她痒得张开嘴巴。”

小猫轻巧地跳到床上，用尾巴轻柔地抚弄公主的嘴唇。姑娘在睡梦里笑了起来，戒指果然从她嘴里滚了出来。小猫机灵地抓起戒指藏进自己嘴里，立刻和狗一起跑向海边，狗又一次背着猫向海湾对面游去。

途中，狗忽然问道：“戒指是不是还在你那儿？”

小猫没有回答，因为它怕戒指从嘴里掉入大海。

可是狗不放心，再次追问，猫喵地叫了一声说：“是在我这儿！”

不幸的是，戒指滚出猫嘴，掉进了海里。它们到达对岸，相互责怪，争吵不休。

“戒指丢了，这是你的过错！”狗汪汪地叫着。

“是你的过错！”猫喵喵地反驳，“你为什么要在中途一个劲儿地追问我，主人真的要在地牢中挨冻一辈子了！”

正当它们激烈争吵时，一条大狗鱼正在芦苇丛中拼命挣扎，竭力想摆脱险境，游向深水。猫发现了狗鱼，闪电一般冲过去咬住了它的脑袋，要挟说：“我的金戒指掉进了海湾，要是你不把它捞出来，我就要你的命！”

“请松开你的爪子，我一定尽最大努力。”狗鱼保证说。它向海底游去，可是一会儿又游回来说：“戒指掉进了很深的海底裂缝，我没本事把它取出来。”

“那不行，你一定得想办法把它取出来！”猫斩钉截铁地命令。

“你可以找几个帮手嘛！”狗说。

狗鱼将一大群兄弟姐妹召唤在一起，一条咬住一条的尾巴结成了一条长带。游在最前头的是一条小狗鱼，只有缝衣针那么长，它钻进裂缝，将戒指含在嘴里，然后游出水面，将它交给了猫。依靠忠实的狗、猫朋友的帮助，神奇的戒指终于回到了小伙子的手中。

“牢墙，牢墙，快快倒塌，让我获得自由！”小伙子对戒指说。

结实的牢墙倒塌在地，小伙子走出地牢，重新沐浴在阳光下。他和公主继续住在华丽庄严的宫殿中，狗、猫朋友高度警惕，一刻不停地注视着，不让公主再次偷走神奇的戒指。

# 妖魔的磨

村子里有一对兄弟，哥哥很有钱，是大庄园主；弟弟却很穷，只是一个能勉强度日的佃农。佃农的妻子生下一个非常可爱的孩子，夫妇俩决定给孩子洗礼命名，还要像样儿地招待左邻右舍。可是他们家养的一头猪还没有长大，因此只好到哥哥家去借些肉。

“我不会让你吃亏的，”穷弟弟说，“我想跟你借一块好猪肉，圣诞节前一定加倍还你。”

阔哥哥给了穷弟弟一大块猪肉，穷弟弟为儿子操办了非常像样儿的洗礼仪式。圣诞节即将来临时，穷弟弟宰了猪，割下很大一块肉还给哥哥。

碰巧这一天阔哥哥情绪不好，他粗声粗气地对穷弟弟说：“我不稀罕那种干瘪的猪肉，你把它送到妖魔洞去吧！”

穷弟弟是个老实人，对待哥哥的话非常认真，他肩扛一袋猪肉向妖魔洞走去。他走了整整两天两夜，终于到了妖魔洞。

守卫大门的小妖问：“站住，你的布袋里装的是什么？”

“一袋好猪肉，准备送给魔王做圣诞礼物。”

“很好，我的主人一定会因为有人给他送礼而高兴，你是否想过要什么东西作为回礼？”

穷弟弟从来没考虑过这个问题。小妖替他出主意说：“魔王有一只奇妙的口袋，里面住着五个强壮的小伙子，只要你对他们好，他们就愿意替你干任何事。如果你需要他们，只要打开袋口说一声‘孩子们，快快从口袋里出来’，然后立即分配他们工作就行。要是分配工作迟疑不决，他们就会发怒并狠狠地抽打命令人，我看你就向魔王索要这个口袋吧。”

佃农拜见魔王，赠送了猪肉。妖魔洞的主人十分喜悦，他问佃农希望得到什么东西作为回报，佃农表示要那只里面住了五个强壮小伙子的神奇口袋。佃农如愿以偿，离开了妖魔洞。

傍晚，他来到一户农家求宿，因为主人家境贫寒，穷弟弟不忍心让人家破费，于是决定试验一下那只口袋的威力。

他稍微打开口袋，命令道：“孩子们，快快从口袋里出来，赶紧备好一桌美味的饭菜！”

五个活泼强壮的小伙子立即钻出口袋，七手八脚就准备好一桌非常丰盛的饭菜。佃农又指示小伙子们返回口袋，并用绳子紧紧地扎好袋口。佃农和农户一家饱餐一顿后各自上床休息。

农家的女主人翻来覆去无法入睡，她揣摩着：“如果我们也有这么一只口袋，一辈子的生活就不用发愁了。”

她翻身下床，从挂钉上取下那只神奇的口袋，换上一只外形相同的布口袋挂在原先的地方。佃农没有发觉女主人偷梁换柱的勾当，第二天一早就告别农家，背上假口袋继续赶路。回村后佃农先去见阔哥哥，说他已经去过妖魔洞，并得到了一只奇妙的布口袋。

“用这只口袋抵偿我向你借的那块猪肉吧。”朴实厚道的穷弟弟对哥哥说。

可是阔哥哥不识珍宝，对穷弟弟说：“我要这种破口袋有什么用？赶快把它还给魔王！”

穷弟弟又一次来到妖魔洞。

守门的小妖已经认识佃农，惊讶地问道：“难道你还想向我的主人要点儿什么吗？”

“我再次来到这儿是为了把口袋还给魔王。”

“魔王能重获珍宝一定无比喜悦，”小妖说，“可是你是否考虑过向他索要什么东西作为回报？”

“没有考虑过。”

“我看你就向魔王要他的石磨吧。”小妖又帮佃农出主意，“那盘磨看起来很像破旧的咖啡磨，但一旦转动起来，你要它磨多少东西都可以。它能不要任何原料就磨出咖啡、白糖、面粉和食盐，一次磨出的东西足够全村人吃上几天。”

魔王重新得到神奇的布口袋，喜悦的心情难以抑制，于是毫不犹豫地将石磨当作回礼赠给了佃农。回家路上，佃农又一次来到上次那户农家借宿。

夜幕降临，女主人很想显示自己也是强人，就取出口袋抖了一抖，打开一个小口说：“孩子们，快快从口袋里出来！”

话音未落，五个小伙子已经冲出口袋，他们的动作如此迅速，以致女主人忘记给他们分配工作了。无事可做的小伙子们非常恼火，纷纷攻击女主人。幸亏佃农帮助，命令小伙子返回口袋，否则女主人将难逃厄运。

“我的好人，请拿走你的口袋吧。”女主人泪流满面，羞愧地向佃农恳求，“其实这口袋是我上一次偷你的！”

穷佃农心肠很好，一点儿没有计较女主人的丑恶行为，相反还取出神奇的石磨，为主人家磨了许多食品。

回村后，穷弟弟又先到哥哥家。

“我到过妖魔洞了，”他说，“从那儿得到一个举世无双的石磨，要是你喜欢，我愿用它顶那块猪肉。”

“你留着吧，我要那种破烂干什么！”有钱的哥哥瞪着大眼高声喊叫，毫不留情地将弟弟撵出了大门。

穷弟弟无可奈何，耷拉着脑袋回了家。但是不久后，阔哥哥听到许多有关穷弟弟的神奇传说。邻居们说，穷弟弟已经不住破旧的小屋了，他现在是一位巨富，搬进了豪华的石砌城堡，那城堡是由住在妖魔口袋中的五个壮汉一夜间建造起来的。据说他还有一盘神奇的石磨，它不需任何原料就能磨出咖啡、白糖、面粉和食盐，供全教区的穷人吃好多天。

“我太傻了，当初怎么没有理会这个神磨呢！”阔哥哥后悔莫及。

“不过，如果我再去向他要，兴许他还会给我的。”阔哥哥非常了解他忠厚善良的穷弟弟。

阔哥哥不得不放下臭架子，向穷弟弟借用妖魔的石磨，说道：“哪怕只借一小会儿都可以。”

“石磨可以借给你，”弟弟说，“但必须用土地作为押金，因为你有土地，还有无穷无尽的沼泽地，让我们先签好协议。”

交易做成了，哥哥用沼泽地换回妖魔的石磨。弟弟命令五个强壮的小伙子走出口袋，他们立即全力以赴，不到一个星期，挖掘的排水沟望不到尽头，开垦的良田一望无际。

哥哥家开始收割庄稼，他把家里人统统赶到地里劳动，连女主人也不例外，他自己负责烧菜煮饭。

午饭时间快到了，哥哥对着妖魔的石磨说：“石磨，石磨，快磨出鲱鱼和稀粥，磨得越多越好。”

石磨飞速转动，鲱鱼和稀粥像一股股洪流向外奔腾。

“别磨了，够了，够了！”主人慌忙叫喊。

地板上的稀粥已经没到了膝盖，鲱鱼在里面游来游去，可是磨依然不停地转动。哥哥按动中轴，想让石磨停下来，结果适得其反，石磨越转越快。屋里的稀粥已经没到主人的腰部，他逃到隔壁的房间，但是稀粥和鲱鱼随之流了进来。他又从窗口跳出屋外，向庄稼地奔去，稀粥像条带子尾随着他。

女主人看到丈夫身上到处是稀粥，便问：“你难道不会做菜烧饭吗，怎么满身是粥？是不是打翻了锅？”

“我的天哪，快叫庄稼汉吃饭吧，多少可以减少一些饭菜！”主人恳求。

干活的人们走近房子，看到稀粥和鲱鱼像河水一样从门窗里流出来，淹没了小路和草坪，还不断地流向庄稼地。

阔哥哥急得两眼发直，哀求穷弟弟帮忙。弟弟不慌不忙地坐上小船在粥和鱼的河流里向哥哥的房子划去。石磨浮在粥面上依旧不停地磨出稀粥和鲱鱼。

阔哥哥爬上石砌的牛栏，对弟弟大声说："别让磨再转了，快把它拿走，要不然我的房子就毁了！"

弟弟轻易地使石磨停止了转动，并将它带回自己新建的城堡。稀粥泛滥的故事到处流传，一个海盗船长也听到了关于神磨的传说。

"我应该拥有那件稀世珍宝。"海盗船长思忖。

他设法偷偷溜进穷弟弟的城堡，掠走了妖魔的磨。

"扬起风帆，立即启航！"船长向海盗们发出号令。他怕被人追赶，加速将帆船驶向大海。

"现在无须再到大海彼岸去买盐了，"海盗得意忘形地说，"我磨它一船盐，即可在临近的港口城市中卖掉。"

海盗转动石磨，雪白的食盐源源不断地从磨盘中流出来，很快装满了所有的舱位。海盗试图让石磨停止工作，可它一点儿也不听使唤。海盗的处境同阔哥哥毫无差别。盐装满了船的每一寸空间，海水几乎没到了船舷，海盗船长命令海盗们用铁铲将盐铲到海里。他们干得疲惫不堪，可船舱中的盐山仍在继续增高。最后，这条壮观的海盗船被汹涌的波涛卷进大海，沉没了。

妖魔的磨不知疲劳、日复一日地继续工作着，据说它至今还在很深的海底磨盐，这就是海水带有咸味以及我们食用的盐来自大海的缘由。

妖魔的磨不知疲劳、日复一日地继续工作着，至今还在很深的海底磨盐，这就是海水带有咸味以及我们食用的盐来自大海的缘由。

——《妖魔的磨》

# 神奇的苹果

兄弟三人都在京城的皇家禁卫军服役，禁卫军是由全国最优秀的青年人组成的。

一次，小弟弟获准三天假，他带好干粮、背上长枪，向着浓密的大森林走去。森林中有一座高山，妖魔在山顶上造了一座城堡。小伙子扛着长枪爬上山，整夜在城堡的大门口走来走去，为城堡站岗放哨。

早晨，妖魔出门查看，便问小伙子："你为什么整夜在我的大门口咔嚓咔嚓地走来走去？"

"我在守卫你的城堡，防止盗贼闯入。"

"干得很好，或许你想要些报酬，说吧，你想要什么？"

"悉听尊便。"小伙子说。

妖魔进入城堡，给小伙子取了一只鹿皮钱袋。这是一只取之不尽用之不竭的魔袋，里面有永远倒不完的钱币。

小伙子谢过妖魔，返回军营。傍晚，他把两位哥哥请到京城最豪华的一家餐馆，痛痛快快地饱餐了一顿。兄弟仨酒足饭饱，小弟从怀中取出钱袋，将一大堆金币倒在桌上。

"够了吗？"他问招待，"这是饭钱，多余的算是给你的小费！"

"你干吗如此挥霍？"大哥责备小弟弟。

小弟弟拍一拍钱袋说："这是一只倒不完金币的钱袋！"

"你是从哪儿得到这件宝贝的？"两个哥哥好奇地问。

小弟弟详细地叙述了他的妖魔城堡之行。

"说一说那城堡在哪儿，我也想去碰碰运气。"大哥说。

小弟弟做了详细介绍，大哥随即请了三天假，奔赴大森林中的妖魔城堡。他也在城堡的大门外来来回回地溜达了一整夜，地上的砂砾被他的大军靴碾成了粉末。

清晨，妖魔探出脑袋问老大："你一整夜扛着长枪走来走去干什么？"

"我在守卫你的城堡，防止盗贼闯入。"

"你想要什么报酬吗？"

"随你的便吧！"小伙子回答。

"给你一把宝剑，只要举起这把剑，你的对手就会无力反抗，蜷伏在地上向你求饶。你看够不够？"

"够了，谢谢。"小伙子从妖魔手中接过宝剑，返回军营。

看到哥哥和弟弟的收获，老二也决定去妖魔城堡碰运气。结果，妖魔送他一顶神奇的帽子，只要举一下这顶帽子，想去什么地方都能到达。

一段日子后，兄弟仨对禁卫军枯燥单调的生活厌倦了。

一天，小弟对两个哥哥说："把你们心爱的神奇之物卖给我吧，我想带上它们去寻找幸福。"

哥哥们答应把宝剑和帽子卖给他，条件是他必须为他们每人买一座庄园。小弟弟有的是金币，他用金币把自己和两个哥哥赎出了禁卫军，然后一起上路去买庄园。

他们走过一座拥有五十头奶牛的庄园，老三问庄园主：“这庄园你能卖吗？”

“没有什么不可以的。”主人信口回答。不过他要价特别高，他以为没有一个理智的人会花这么多钱买这座庄园。

“好的，我买了，”小弟说，他掏出钱袋把金币倒在桌上，“你是自己数还是请人代数，或者拿走这堆金币就算了？”

“我就拿这堆金币算了。”主人迫不及待地回答。

兄弟俩在合同上签了字，庄园归了大哥，小弟弟从大哥手中接过宝剑。

小弟和二哥来到一座拥有一百头奶牛的庄园，弟弟向主人表示要买这座庄园。主人开价出奇的高，可是小弟二话没说就接受了主人开的高价。二哥得到了庄园，神奇的帽子自然也就给了弟弟。小弟弟只身向前走去。

突然，他停下脚步对自己说：“我何苦用腿跑路？我不是有一顶顷刻间即能到达任何地方的神帽吗？还有威力无比的宝剑和用之不尽取之不竭的钱袋。拥有这些稀世珍宝，我至少应该成为头顶王冠的国王。”

小伙子举了举帽子，表示想去邻近一个王国的都城。一转眼他已到达那座五彩缤纷、熙熙攘攘的城市。尖顶金塔的王宫就坐落在城中心，宫墙很高，手持刺刀的卫兵守着宫门。警觉的卫兵和高大的宫墙给他进入王宫带来了困难，可是当他举起帽子时，已站在公主卧房的窗下。他向窗子上投了一粒石子，公主打开窗户，并问他怎么进的院子，想要干什么。

“我为向你求婚而来，”小伙子回答，“能不能让我进到屋里？咱们好好谈谈。”

公主把床单系在一起，小伙子顺着床单编成的绳子爬进了公主的卧房。

“看服饰你只是一名普通的士兵，”公主说，“你怎敢向我求婚？”

“为什么不敢呢？！”他取出剑，夸耀说，“我用这宝剑，只要几下子就能将千军万马打得落花流水。”

“如果你真的拥有如此神奇的东西，咱们倒是可以谈一谈。”公主边说边把葡萄酒倒入小伙子的酒杯。

小伙子喝了许多酒，他先是滑稽可笑地说了一阵子粗话，然后倒在沙发上像死猪一样睡着了。公主见小伙子睡熟了，便急忙奔向王宫武器库，挑选了一把形状相同的剑，换走了小伙子的神剑。随后，公主叫来几名卫兵，命令他们把小伙子扔进深山老林，让他永远回不了京城。

卫兵们一丝不苟地执行了公主的命令，把小伙子扔在茫茫的原始森林中。直到午后，小伙子才从睡梦中醒来。他揉了揉眼睛，只觉得脑袋发涨，不明白自己怎么会躺在深山老林中。他急忙检查宝贝，钱袋、帽子和宝剑件件都在，啥都没有丢。但当他仔细查看每件宝贝时，却发现那把威力无比的神剑已经被人换走了。

“啊哈，这个捉弄人的坏公主！你偷走我的剑，还想让我在原始森林里迷失方向，可你错了，你没那么容易得手！”小伙子暗想。

小伙子举了举帽子说：“我要去公主卧房的窗下。”

小伙子即刻如愿以偿。他拾起一粒石子掷向窗框，公主探出脑袋，不禁大叫一声：“天哪，你怎么又在这儿了！那就请进来继续昨晚的交谈吧。”

小伙子顺着系在一起的床单爬进了公主的卧房，公主又替客人倒酒，并好奇地问：“难道除了宝剑你还有别的奇物吗？”

“我有一只钱袋，只要你需要金币就能源源不断地从里面倒出来。”小伙子得意地炫耀，并取出钱袋给公主看。

小伙子又一次饮酒过量，很快沉睡得同死猪一样。公主瞟了他一眼说：“一个普普通通的士兵要这种无价之宝有何用！”

她又拿走了小伙子的钱袋，把另一只形状相似的钱袋放进他怀里，还在里面塞了一块金币。公主叫来马夫，命令他把小伙子送往很远很远的异国他乡，使他永远无法返回。马夫忠实地执行了公主的命令，把小伙子送到遥远的邻国，并扔在荒野中。

小伙子醒来时发现钱袋也被换走了，不过他并不紧张，因为他还有一顶神奇的帽子。傍晚时分，小伙子再次出现在公主的窗前。

“太神了！”公主见小伙子抬着头站在她的窗子下，惊讶万分，“你真是一位魔术大师，你是用什么魔术来到这儿的？”

小伙子看到公主如此好奇，就又把帽子的秘密毫不保留地向她亮了底。公主乘小伙子酒性发作熟睡之机，又偷走了他的神帽。这次公主下决心要彻底摆脱这个出身卑贱的求婚人，命令侍从把他放在一条没有桨的小船上，然后将小船推入大海，让它随着风浪任意漂流。

小伙子第二天醒来时，发现自己在无边无际的大海上漂流，于是气得破口大骂：“该死的公主，你竟然干出这般丧心病狂的缺德事，可我还得想法活着回去！”

经过长时间的漂流，小船终于漂到了一座无人居住的小岛。小伙子把船拖上岸，深入小岛去查看。他发现岛上有一个果园，里面长着两种苹果树：一种树枝叶繁茂，结的是水分充足的大红苹果；另一种树长得又矮又小，树枝弯弯曲曲，结的是干瘪的小青苹果。

小伙子又饥又渴，随手摘下漂亮的红苹果狼吞虎咽地吃了起来。可是饥饿尚未消除，头上却长出了两只又大又沉的山羊角。他用尽力气想掰掉羊角，却是白费力气，因为山羊角已经成为他头盖骨的一部分。

小伙子沮丧地坐在石块上叹气：“这究竟是怎么回事，难道我一辈子都得头上长着山羊角过日子了吗？反正已经这样了，我干脆再试试干瘪的青苹果会有什么后果。一定要尝试一下，就是屁股长尾巴、身上长毛也在所不惜！”

小伙子随即吃了一个小青苹果，它味道虽涩，但他并没有因此长出尾巴和长毛。相反，两只山羊角却意外地脱落了。

“原来如此，”小伙子欣喜若狂，自言自语道，“命运与我同在，要是还能见到那位骗人的坏公主，我知道怎样对付她最合适。”

小伙子成天琢磨着怎么从小岛返回大陆。一天，他从岸边找来一根干树条，用猎刀做了两把方便灵活的桨，还采摘了两种苹果装进口袋。天公作美，那天正好顺风，他只花了一天就顺利地回到了大陆。

小伙子以相当理想的价钱卖掉了小船，还因为公主在假钱袋中塞了一块金币，所以日子还过得去，不必沿街乞讨。小伙子请理发师给他精心化装，将他打扮成一个长着又长又白胡子的老头儿。他穿上一件褪了色的大褂，走起路来弓着腰，即使是哥哥和母亲见到他肯定也认不出来。

礼拜日到了，人们纷纷上教堂做祷告。小伙子乔装成老头儿、提着篮子坐在教堂的台阶上叫卖苹果。他有意把漂亮的红苹果放在显眼的位置上，吸引了不少顾客。可是因为要价太高，没能做成一笔买卖。公主在宫女的伴随下来到教堂。她看了看大红苹果，询问要多少钱。

“十个金币一只。”

公主并不计较价钱，随手买了一只红苹果。她无须吝惜钱币，因为她有一只取之不尽用之不竭的钱袋。公主步入教堂，坐在长凳上听牧师布道。她有点儿犯困，就拿出苹果吃了起来。但当人们做完礼拜相继走出教堂时，公主却站不起来了，因为她头上长了一对又长又粗的山羊角，它们弯弯曲曲地绕在长凳的靠背上。公主无法摆脱困境，最后只好连人带长凳被抬回王宫。

后来，长凳被锯断，可公主头上的山羊角岿然不动。医师、巫师、木匠川流不息地奔向王宫，各显神通。但羊角依然牢牢地长在公主头上，猎刀砍不掉，钢锯锯不断，巫术和高级药品也无济于事。

国王通告全国，谁能去掉公主头上的山羊角，即使是乞丐也可以娶公主，并在老国王过世后继承王位，统治全国。各行各业、各个阶层的人们蜂拥而至，有伯爵和医师，有牧师和男爵，也有放牧人和烧炭人。不过他们都是高兴而来，扫兴而去，因为没有谁能去掉公主头上的山羊角。

一天，一个白胡子老头儿踉踉跄跄地走进王宫，他说自己能去掉公主头上的山羊角。

“老头儿，你认为自己要比那些强壮的小伙子更有能耐？”国王问。

“是的，一点儿不错，”化装成白胡子老头儿的小伙子回答，“让你的侍从们赶快准备婚礼吧，以免明天羊角掉了弄得你们手忙脚乱的。”

“你的口气好大呀！好，我就命令他们准备婚礼，不过要是你失败了，我当场就砍掉你的脑袋。”

“给我两名侍从做帮手，我要烧热桑拿浴，因为只有洗了桑拿浴才能去掉公主头上的山羊角。”小伙子说。

侍从烧热了王宫中的桑拿浴，温度特别高，炉中的鹅卵石变成了白色。小伙子还要了一把柳树枝，说是洗桑拿浴时需要它。他和公主一起走进桑拿浴室，用她的角将她吊在天花板的铁钩上。

小伙子一边往鹅卵石上泼水，一边用柳树枝抽打公主的光屁股，并问道：“公主，你头上长角是不是因为做了什么坏事？”

公主哭着承认，她曾经三次欺骗了一位前来向她求婚的年轻士兵。

“但是我做的坏事已无法弥补，因为我把那个士兵放在没有桨的小船上，推进了汪洋大海。”

“你能承认自己的罪恶，非常好，”小伙子说完后又问，“如果那个士兵已经获救，你是否愿将珍宝归还他？”

公主保证一定归还。小伙子觉得公主的态度是真诚的，便把一只干瘪的小青苹果递给她，要她即刻吃掉。公主皱着眉头吃下了青苹果，头上的山羊角掉了，自己也随之落入等候在下边的小伙子的怀抱。

桑拿浴的水蒸气使小伙子的假胡子脱落，公主立刻认出他就是向自己求婚的年轻士兵。她紧搂小伙子的脖子，保证从此以后永远对他温顺忠诚，永远听他的话。

# 牧兔人

从前有一个国王，他把一只虱子养得跟水牛一样粗大，后来他宰了虱子，将剥下的虱子皮贴在王宫的大门上。

“这不是一个极好的谜吗？”国王得意地想，“谁要能猜中那是什么动物的皮，他一定是头脑敏捷、才华出众的人才。”

国王一直希望能有一个聪明过人的女婿，于是他命人在全国各地张贴布告：谁能猜中宫门上贴的是什么动物的皮，他就可以娶公主为妻，统治半个王国。王宫外人山人海，宫门前从早到晚挤满了来自全国各地的男性公民。他们两眼死盯着贴在宫门上的兽皮，可是没人能解开这个谜。

一个贫苦农民的儿子也想试试运气，他肩搭讨饭的背袋，踏上了通往京城之路。迎面飞来一只金龟子，请求与他同行。他欣然同意，把它放入讨饭的背袋。一只大青蛙在水沟里哇哇鸣叫，它也想跟着他们去京城看看。小伙子二话没说，把它也放进了讨饭的背袋。大青蛙有机会去远方旅行，兴高采烈地唱了起来：“虱子皮，虱子皮……”青蛙的叫声深深地铭刻在小伙子的脑海中。

宫门前，宫廷大臣高声喊叫：“请说吧，请猜吧，那是什么动物的皮子？”

乞丐小伙子羞怯地回答："那是虱子皮！"

国王和大臣都没有听见小伙子的回答，但是站在他身边的一位高贵绅士却扯开嗓门叫喊道："那是虱子皮！"

"正确。"国王热情地向他未来的女婿表示祝贺。

乞丐小伙子终于克服了羞怯，穿过人群冲到宫门前，说他已在绅士之前做出了正确答复。站在他旁边的人们也证明他说的全是真话。但是国王不愿将女儿嫁给乞丐，于是他命令绅士、公主和乞丐小伙子三人在夜里同睡一张床。公主睡在中间，小伙子和绅士躺在两边，第二天早晨公主面向谁睡，谁就可以娶她做妻子。

夜晚，金龟子和青蛙爬出小伙子的背袋来到床上，金龟子叮咬绅士的大腿，青蛙用又冷又湿的蹼抚弄他的皮肤。绅士被折腾得难以忍受，就翻身躲到床底下去了。第二天早晨，国王亲自进房视察，他没有找到绅士，自己的女儿却搂着乞丐的脖子睡得又甜又香。

但是小伙子还不能成为国王的女婿，因为国王需要对他再进行一次艰难的考试。国王让卫士从森林中捉来一百只机灵又胆小的兔子，命令小伙子白天将它们赶到林里放牧，晚上收进笼子，要是不慎丢失一只兔子，他不但得不到公主，还要被处绞刑。

清晨，小伙子将兔子赶到森林，它们像旋风一样钻进了树林和草丛，一转眼连条兔子尾巴都找不到了。牧兔人不知如何是好，就坐在树根上痛哭起来。一个慈祥的白胡子老爷爷忽然出现在他面前。

老爷爷看小伙子这么伤心，就送给他一管小笛子说："小家伙，你别哭，到头来一切都将合你的意。夜幕降临时你只要吹起这管笛子，小兔子就会一只不落地汇集到你身边。"

太阳即将下山，小伙子吹起笛子，躲藏在各处的小兔子飞快地向牧兔人跑来，乖乖地跟着他走进笼子，一百只兔子一只没少。

国王非常气恼，第二天要女儿尾随小伙子进森林，想方设法搞到一只兔子。公主花言巧语，一定要小伙子送她一只可爱的兔子。

"你想让我上绞刑台吗？"小伙子说，"要是晚上少了一只兔子，绞索就会套上我的脖子！"

但是公主施尽诡计，小伙子终于让步说："如果你让我亲一亲，我就答应给你一只兔子。"

牧兔人亲了公主许多次，公主就得到了兔子。可是当她回到王宫时，小伙子吹起笛子，兔子随即逃离公主的怀抱，重新回到了小伙子身边。傍晚国王计算兔子，不得不懊恼地承认，一百只兔子没少一只。

第二天，国王又派王后向小伙子诱骗兔子。王后手提钱袋大模大样地走进林子，要求小伙子卖给她一只可爱的兔子。小伙子痛快地答应了王后的请求，但当她抱着兔子回家时，小伙子吹响笛子，小兔子又立刻跳出王后的怀抱，回到兔群中间。

"女人真没用！"国王发现兔子仍然一只不缺时生气地

说，“明天我自己进森林去买小乞丐的兔子。”

第二天早晨，国王骑着一匹高头大马来到森林，他在牧场附近碰上了小伙子，便要求卖给他一只兔子。

“国王陛下，”小伙子回答，“你知道我的兔子是一只都不能丢失的，要是缺了一只，我就会被你送上绞刑台的！”

“是的，我们是这样商量的，”国王说，“不过请你卖一只给我吧，我实在想吃烤兔排。”

小伙子坚决不同意。最后国王表示，只要小伙子肯卖，多高的代价他都不在乎。

“这样吧，如果你吻一下母马的屁股，我就送你一只兔子。”

“荒唐透顶！”国王气得大发雷霆，“这不是太有损我的尊严了吗？”

“这是我的要价。”小伙子坚决地回答。

为了不让小伙子成为自己的女婿，国王不得不忍辱答应了小乞丐的要求。

国王抓着兔子，跳上马背，直奔王宫。小伙子吹响笛子，兔子立刻扭动身子，想从国王怀里逃出来，可是国王紧紧地抓着兔子的腰部，使它的挣扎无济于事。国王回到王宫，将兔子关进小屋，顿时松了一口气。

“绞索终将套上小乞丐的脖子了！”国王得意地说。

晚上，小伙子只带回了九十九只兔子，但当他走进王宫的院子用尽全力吹响笛子时，关在小屋中的兔子听到笛声便使劲跳上窗子。窗玻璃被撞碎，一百只兔子又汇合到一起了。

“你是很好的牧兔人，”国王称赞小伙子，“可是你是称职的传教士吗？这是我对你的最后一次考试了。如果你布的道能够装满这只麻袋，我就把公主嫁给你，不然绞索还会套上你的脖子。”

国王将宫中人集中在一起，小伙子昂首站在绞架边，手里拿着一只空麻袋，他必须在众人面前布道，并将他布的道“装满”一麻袋。乞丐小伙子一五一十地叙述了他的求婚之行。他讲到怎样把金龟子和青蛙装进讨饭的背袋，青蛙怎样帮助他猜中宫门上的虱子皮，还有金龟子和青蛙怎样把绅士轰到床底下。他还批评国王说话不算数，让他变成了牧兔人。他越说越顺口，毫不掩饰地说出了公主用亲嘴、王后用钱袋换取兔子的丑事。

正当小伙子即将讲述国王怎样吻马屁股换走兔子的丑事时，国王怕宫中人了解他的隐私，就踢了麻袋一脚，大声说：“够了，够了，麻袋已经装满，你是我的乘龙快婿了！”

从此以后，国王再没有为难小伙子。隆重的婚礼在王宫中热闹地进行着，一百只活泼可爱的小兔子在客人脚下蹦来跳去，给婚礼增添了喜庆的气氛，给人们带来了无限的欢乐。

# 神奇的冰刀

从前有两个本领高超的手艺人，一个是铁匠，一个是金匠。一次，他们就谁的手艺更高超而争论不休，最后商定进行一场比赛以此一决雌雄。

金匠用黄金做了一只精美的鸭子。它栩栩如生，会在水中游泳，会下蛋，还从金蛋中孵出了一群活泼可爱的小金鸭子。

铁匠也不示弱，他用三天时间打了一副冰刀。冰刀的外表与普通的冰刀没什么不同，但是只要把它绑在脚上，人们就能像燕子一样在空中自由飞翔。

两个手艺人拿着各自的手艺精品互比高低，可是难分伯仲。他俩只好一起前往国王设在京城远郊的行宫，让国王评定谁的手艺更高超。

金鸭精致美妙，在御花园的水池中游来游去，悠然自得，堪称是一只上帝创造的水鸟。

铁匠把冰刀绑在脚上，一转眼就滑向了天空，只过了一会儿，他就访问了七个国家，并带回了七国国王的友好问候。

小王子非常喜欢那副冰刀，成天闹着要国王把它买下。国王只得拿出一大笔钱高价买下了铁匠的冰刀。王子欢天喜地地把冰刀绑在脚上，沿着王宫的台阶呼的一声滑向了天空，顷刻间飞得无影无踪。

一天过去了，两天过去了，一星期过去了，两星期过去了，王子杳无音信。铁匠因此被投进监狱，金匠扬扬得意地不时站在牢狱的铁窗外讥讽挖苦他。

其实，王子并没有碰到什么意外和不测。他滑得很远很远，越过了陆地和海洋，来到一座人口众多的美丽城市。他决定放弃王子的奢华生活，自食其力，就在一家铺子里找了一份小伙计的差事。

一天，这个国家美丽的公主前来小王子工作的杂货店购物，两个年轻人一见倾心。王子轻轻地向公主表示，希望她夜间不要关上窗子。夜色降临，王子下了工，套上冰刀，滑向王宫三楼的公主卧房。

守卫宫门的卫士发现一个人从空中飞过，飞向公主卧房，立即报告了国王。国王闻讯后审问女儿，但公主守口如瓶，没有吐露点滴真情。

国王并未死心，决心查清夜来客的来龙去脉。他偷偷地藏在公主卧房的窗后，还在窗台上抹了一层薄薄的松脂。那天夜里，小伙子又来同公主相会，两个人的情话简直没完没了。

后半夜，王子正准备告别公主，国王一把抓住了他的冰刀。王子虽然逃出了王宫，但他的裤腿被松脂粘掉了一小块。小伙子没发现裤腿被粘掉，公主也没注意到粘在窗台上的小布条。

天刚蒙蒙亮，国王迫不及待地来到女儿的卧房，取走了从小伙子裤腿上粘下的小布条，命令全城清查穿着这种衣料的年轻人。宫廷侍从来到王子工作的店铺，不费吹灰之力就找到了他。国王命令把王子和欺骗了他的女儿一起绞死。

公主和王子被押赴刑场。王子说他的全部财产只是一个小包袱，现在还留在住处的床头边，希望死前能让他把它取来。国王发了善心，答应了他的请求。后来他又要求做祈祷，也没有遭到国王的拒绝。

两个年轻人肩并肩地跪在绞架下，王子悄悄地打开被公主的裙子掩盖起来的小包袱，取出冰刀，绑在自己脚上。

“再见了！”王子突然向人群高呼，搂着公主一阵风似的滑向天空。

王子回到了自己的祖国。他请公主在御花园中等候，独自进宫见国王。

他对国王说：“我带来了七个国家对你的友好问候！”

国王看到儿子安然无恙，非常高兴。王子还说他带回了一位美丽无比的未婚妻，请国王面见和批准他们的婚姻。王子从御花园将公主领进王宫，国王看到一对幸福的年轻人，十分满意，欣然同意了他们的婚事。

铁匠被放出监狱，他精湛无比的创造力赢得了极高的赞誉。

# 真理与谎言

商人有两个儿子，他们俩常常为世界上的真理和谎言、谬误和正确哪个更有力量而争论不休。老大觉得，谎言和谬误能使人变成富翁。老二认为，真理和正确将最终获胜。

商人死后留给儿子们一条帆船，他们把船整修一新，决定到海外寻找幸福。但在帆船启航前，兄弟俩又争得不可开交。于是，哥俩就用帆船打赌，商定让在大海上遇见的第一个人裁定谁对谁错。

傍晚，他们遇见一个长相怪异的老头儿，他划着一条黑黑的小船。

老大对着老头儿大声喊叫："喂，你认为真理和谎言谁将在世上赢得胜利？"

"谎言和谬误将占统治地位。"老头儿恰好是大海里的魔鬼，他不假思索地回答。

"听见了吧？"老大兴高采烈地说，"你赌输了，快从我的船上滚下去！"

老大心狠手毒，竟然丧心病狂地弄瞎了弟弟的眼睛，将他扔进帆船的救生筏，让他在大海中孤立无援地随波漂流。风浪把小筏子吹到荒凉的地方，弟弟两眼不见天日，只好在那里摸来摸去。他摸到了一块大石头，就爬了上去，以防野兽袭击。

突然，小伙子听见滑雪板滑动的声音，好像有人滑雪经过。

“滑雪的先生，请帮帮我这个遭受灾难的人好吗？”小伙子大声请求。

滑雪人转身来到小伙子身边，问道：“你遇到了什么困难？”

小伙子向滑雪人介绍了自己的经历，并表示他依旧相信真理一定会胜利。

“请不要悲伤，一切都将变得无限美好，”滑雪人安慰他说，“请拿上这副滑雪板，它将带你前往光明之泉，只要用那儿的泉水洗眼睛，你立即就能重见光明。”

小伙子兴奋地穿上滑雪板，很快来到泉眼，用泉水洗了洗眼睛，美好的一切又重新展现在他面前。然而，眼前的一切都如此陌生，小伙子不知该走向何方。于是，滑雪板把他送回出发的石头边。他见到了自己的救命恩人——一个满脸胡子的小老头儿。小伙子感谢老爷爷救命之恩，恭恭敬敬地把滑雪板还给了老人家。

“我还有一个请求，”小伙子说，“你能告诉我怎样才能回到我的祖国吗？我虽然一无所有，但在那儿总能找到一个安身之处，老老实实地生活。”

“这副滑雪板就送给你吧，我会替自己再做一副的，”小老头儿说，“去吧，滑雪板将把你带到一棵高大的云杉树下，你爬到树杈上躲藏起来，就会听到给你带来幸福和富贵的咒语，不过千万别忘了将那副滑雪板一起带上树。”

小伙子再次谢过救命恩人。一瞬间，滑雪板就将他送到长着高大云杉树的地方，他背着滑雪板迅速爬上了树杈。半夜时分，云杉树下来了三个魔鬼，他们点燃篝火，脑袋凑在一起像是在商量什么事情。小伙子一看就知道他们不是好人，竖起耳朵仔细听他们交谈。

一个魔鬼说："我知道一件你们不知道的事情。"

"我也知道一件你们不知道的事情。"另一个魔鬼说。

"但我知道的一件事情你们俩根本无法知道。"第三个魔鬼表现出非常了不起的样子。

"老兄，你说给我们听一听吧！"第一个魔鬼要求。

"王宫里现在正闹水荒，他们不得不用车子到很远的地方拉水。但那完全是白费力气，因为只要砍倒院子里的欧椴树并刨出树根，宫院中就会出现一眼水质优良甘甜的水井。"

"我知道驯鹿逃离王宫鹿苑的原因，"第二个魔鬼说，"以前鹿苑里驯鹿成群，自从有人锯下鹿角装饰在苑门上后，它们受了惊吓，就纷纷逃了出去。"

坐在篝火边的第一个魔鬼说："大家都知道国王有个女儿患病多年，可没有一个医师能治好她的病。其实只要在旭日初升时把她领到御花园，脱光她的衣服，用带露水的野草擦洗她的身体，她立刻就能恢复健康。"

随后，他们一边聊天，一边离开了云杉树。躲藏在树上的小伙子记住了他们说的每个字。他觉得这些信息比黄金更贵重，等魔鬼们走远后，他立刻下了树，穿上滑雪板向王宫飞快地滑去。

小伙子请求国王给他一份差事，国王让他当了运水夫。他的工作非常辛苦，每天都得赶着马车到很远的地方去取水。由于宫里人口众多，他天天都得从清晨干到天黑。

一次国王对小伙子说："太怪了，为什么附近就找不到水源，把人和马都搞得如此劳累。"

小伙子回答："水源是有的，只要砍倒宫院中那棵高大的欧椴树，再刨出树根，水井自然就成了。"

"你敢用脑袋担保吗？"国王问道。

小伙子毫不犹豫地说他可以用脑袋担保。欧椴树被砍倒并挖起树根，一股清泉随即强劲有力地从地下涌了出来。国王高兴极了，为了嘉奖小伙子的贡献，提升他为王宫护猎队队长。

"这是目前最清闲的工作，"国王说，"几年前我的鹿苑里驯鹿成群，不知为何它们后来纷纷逃离了。"

"快快取下挂在大门上的鹿角，我相信不久后驯鹿会陆续返回的。"小伙子说。

第二天一早，鹿角被取下。国王亲眼看到一只只驯鹿不断地返回鹿苑。

"你的本事确实不小。"国王称赞小伙子，再次提拔他为宫廷总管。

几天后，小伙子看到国王十分忧伤，便问他有什么心事。

国王说："我没法不整天忧伤，因为我的独生女卧床已有五年，病情一天比一天恶化，全国的名医都没能治好她的病。

我曾通告全国，谁要是治好我女儿的病，他就是我的女婿，半个王国受他管辖。但始终没见一人能治好公主的病。”

“我能治好公主的病。”宫廷总管拍拍胸膛对国王说。

他备了一副担架，清晨时将重病的公主抬到潮湿的御花园。他脱掉公主的衣服，用结着露珠的湿草擦洗她的全身。

“那个蠢家伙会把公主折腾死的！”一位将军轻轻地对国王说。

国王和宫中人都在现场观察小伙子替公主治病。

“要是他把我的女儿折腾死了，我就砍掉他的脑袋。”国王声色俱厉地说。

但是公主不仅没有丧命，反而奇迹般地痊愈了，重新变得同鲜花一样美丽。

小伙子即将成为驸马，王宫中正在为婚礼盛典进行准备，为此从国外进口了许多货物，小伙子还亲自去码头迎接商船。两条豪华的帆船驶进码头，小伙子意外地见到了宣扬谎言和谬误的哥哥，因为他正是两条帆船的船长。

小伙子发现这些货物与订单不符，并且质量低劣，于是同船长交涉。船长想用金银财宝贿赂小伙子，要他对此保持沉默。

“贿赂帮不了你的忙，难道你不认识我了吗？你早该知道我是不信邪的！”弟弟说。

“高贵的宫廷总管，我怎会有幸认识你呢？”哥哥说。

“太怪了，难道你把亲兄弟都忘了？难道你也忘了怎样弄瞎我的双眼，把我扔进大海的事了吗？！”

哥哥终于认出了弟弟。他非常惊慌，心想弟弟一定会对他的罪恶进行报复。他请求弟弟宽恕，保证今后老老实实地做人，相信真理和正确。弟弟心地善良，宽恕了哥哥，还请他到王宫做客。

船长哥哥问总管弟弟：“你是怎样同国王交上朋友，爬到这么高的地位的？”

弟弟说他靠的全是忠诚和老实。他还把神奇的滑雪板、治愈双眼的光明泉水和三个魔鬼的谈话向哥哥和盘托出。

“真是傻人有傻福。”哥哥心想。随后，他对弟弟说：“你肯不肯把神奇的滑雪板借给我，我也想从魔鬼那儿得到点儿信息。”

船长如愿以偿地踏上滑雪板，迅速滑向长着一棵高大云杉树的地方。他爬上树杈，但却忘了随身带好滑雪板。午夜时分，三个魔鬼又到树下聚会，发现了船长忘在树下的滑雪板。

“哪个可恶的家伙爬到树上偷听我们的秘密？”他们咆哮如雷。

魔鬼们使劲儿摇晃那棵巨大的云杉树，船长终于像一块大石头那样重重地跌在地上。把谎言和谬误当作信条的哥哥在三个魔鬼的重鞭抽打下一命呜呼。

相信真理和正确的弟弟与美丽善良的公主相亲相爱，生活得无比美好。

# 四个能工巧匠

古时候有一个穷人，他有四个儿子。

儿子们成人后，父亲对他们说："我老了，已经没有能力养活你们，希望你们离开家，每人都去学一门本领。学成后，不管本领是高是低，你们都要回来表演给我看看。"

四兄弟辞别老父亲，走上了寻找幸福和富裕的道路。他们走到一条弯弯曲曲的小河边，大哥建议四兄弟各走各的路，四年后再在这里会面。三个弟弟表示同意，于是四兄弟依依惜别，各奔前程。

老大在路上遇见一个行人，他好奇地问小伙子打算去哪里，目的是什么。

"我想学一门手艺，为了生活得好一些。"小伙子回答。

"当我的学徒吧，"那人说，"我教你学会偷东西，成为同我一样的偷窃能手。"

"我不干！这种职业太不光彩了，到头来盗贼都没有好下场。"小伙子坚决地回答。

"纯粹是废话，"那人哈哈大笑，"你是不是害怕绞刑？你可知道，从来都是小偷进牢狱大盗却当阔老爷的，这可是千真万确的真理呀！"

老大终于经不住油嘴滑舌的劝诱，同意与那人合伙。那人真的把老大调教成了偷盗的能手。

老二路遇一个学者，他问老二："我的孩子，你要到哪里去，准备做什么？"

"我自己也说不上。"老二回答。

"当我的学生吧，我可以教你研究星座和星辰，"学者说，"这是非常崇高的职业，因为研究星星就能洞悉天上的奥秘。"

老二高高兴兴地当了星象学家的学生，结束学业时成绩非常优秀。

老师送给他一架天文望远镜说："你用这架望远镜不但可以看清地面上的一切，还能见到天空中发生的事情。"

老三当了猎人的学徒，掌握了狩猎的全部窍门。

当他告别师傅时，师傅送给他一支猎枪，并说："这支枪百发百中，不管你瞄准什么，子弹肯定会丝毫不差地命中目标。"

老四遇见的是一个裁缝。他听了小伙子的介绍后问道："你想不想当裁缝？"

"不太想，"老四坦率地回答，"我不想弯着脊背从早到晚没完没了地玩弄缝衣针和烙铁。"

"纯粹是无稽之谈。"裁缝说，"跟我学艺吧，我将教你成为一个什么都能缝制的巧匠。"

老四就这样做了裁缝的徒弟，并且很快掌握了全部手艺。

当他告别师傅时，裁缝送给他一根缝衣针，并说："不管是像蛋壳那样轻薄易碎的东西还是像钢铁那样厚重坚硬的东西，这根针都能缝补。”

四年过去了，四兄弟在当年约定的小河边会面，他们相互问候、拥抱并立刻赶赴家乡，面见老父亲。

“你们一起回家了，我非常高兴。”父亲说，“现在说说你们的旅行和学到的手艺吧！”

儿子们各自怀着自豪的心情介绍了一番。

“尽管如此，我还是要试一试你们的本事，”父亲用手指着屋前一棵枝叶茂盛的大树对二儿子说，“树杈上有个金翅雀窝，你说窝里有几只金翅雀蛋？”

星象学家拿起望远镜对准鸟窝看了看说：“有五只雀蛋。”

父亲转向大儿子说：“你去取出雀蛋，但不许惊动正在孵蛋的金翅雀。”

偷盗能手爬上树，从孵蛋的金翅雀身子下巧妙地取出了五只蛋，丝毫没有惊动雌雀妈妈。

父亲接过雀蛋，在方桌的四个角上各摆了一只，又将第五只蛋放在桌子中间，然后对老三说：“表演你的技能吧，看你怎样一枪打裂五只雀蛋的蛋壳。”

猎手举起枪，稍加瞄准随即扣动扳机，只用一颗子弹就打裂了五只雀蛋的蛋壳，因为他的弹药可以对着各个方向同时发射。

“现在该你表演手艺了，”父亲对小儿子说，“你能把蛋壳缝补好但又不损伤里面的胚胎吗？”

裁缝取出针线，只用一会儿时间就出色地将蛋壳缝补好了，上面没有留下一点儿裂痕。偷盗能手再次运用高超的技能把雀蛋重新放到雌雀身体下，丝毫没有干扰它。

不久，小金翅雀孵化出来了，除了它们的脖子上有一粒小红点，居然没有任何其他异样。这粒小红点是当初缝补蛋壳时打结的地方。

“棒极了！”父亲对儿子们的成就赞不绝口，“你们都是最出色的能工巧匠。我一直在考虑你们哪一个本领最大，但这太困难了。除非到了紧要关头，你们全力发挥自己的才能，那时我才能下最后的判断。”

过了很久，真正的考验机会来到了。据说一条恶龙劫走了国王的女儿，国王宣布谁能把公主从恶兽的魔爪下拯救出来，他就可以成为公主的丈夫，统治半个王国。四兄弟认为这是他们表现才干的好时机，便决定一起前去拯救公主。他们来到坐落在山顶上的王宫，星象学家先用望远镜观察周围。

“我先要查清公主的下落。”他用望远镜仔细观察了各个方向后告诉兄弟们，“一个头戴王冠的姑娘正坐在遥远大海中的一座孤礁上，一条骇人的巨龙盘在她的周围，严密地监视着她。”

兄弟们要求国王提供一条船，以便出海拯救公主。国王满足了他们的要求，他们随即扬帆启航，驶向恶龙盘踞的孤礁。船越驶越近，他们从船上能清楚地看到公主神情沮丧地坐在岩石上，恶龙睡在她旁边，用尾巴把她团团围住。

“我一定设法救出那姑娘。”偷盗能手沿着船的搭板登上孤礁，成功地抓住姑娘并把她抱在怀里。他干得干净利落，恶龙一点儿没发觉，它继续酣睡，发出雷鸣般的鼾声。偷盗能手把姑娘背到船上，四兄弟立刻向京城返航。

恶龙一觉醒来，发现姑娘已不知去向。它向远方眺望，看到一条帆船正向前疾驶。于是它张开翅膀腾空而起，一下子追上了帆船，并从鼻孔里向它喷射一股股火柱。它在帆船上空不停盘旋，想寻找降落的机会以便夺回被四兄弟抢走的公主。

老三举起神枪，一枪打死了恶龙，它咕咚一声沉重地落到了甲板上。然而不幸的是，帆船也被恶龙那笨重的躯体砸得四分五裂，公主和四兄弟全都掉进了大海。这下子裁缝有活儿可干了，他取出奇妙的缝衣针，把一块块破碎的船板缝合在一起，缝起来的帆船甚至比原先更加牢固。四兄弟和公主重新登上帆船，继续向京城航行。

王宫中充满了喜悦和欢笑，因为恶龙已被除掉，年轻的公主安全健康地回来了。

国王对四兄弟说：“你们中间的一个可以娶我的女儿为妻，至于是哪一个，我想请你们自己解决！”

为此，兄弟间展开了一场激烈的争论。

“要是没有我查明姑娘在哪儿，你们的本事都白搭。”星象学家表示。

精通偷盗的老大说：“要是没有我从恶魔的魔爪中夺回姑

娘，你看到她在那儿有何用？”

猎手强调：“要是没有我打死恶龙，你们早就进了它的肚子！”

裁缝则坚持：“要是没有我把破船缝在一起，你们早就溺死在大海里了，国王的女儿理所当然应该属于我。”

他们争论不出结果，国王不得不出面调停说：“你们全是无与伦比的能工巧匠，都有权娶我的女儿为妻，可她不能分成四份。为了你们同胞手足的情谊，我建议你们都不要做她的丈夫。我愿将半个国家分成四块，以省建制，你们一人管理一个省。”

四兄弟都表示接受国王的意见，随即分别出任一个省的省长，而且很快地找到了各自的心上人。

# 狗鱼的话

有一个名叫雅科的小男孩儿懒极了，成天躺在炉子边的长凳上睡懒觉。哪怕家人叫他吃饭，他都说：“不，我要睡觉！”因此，人们都叫他懒雅科。

要不是妈妈用抹了黄油的面包哄他起来，雅科真会饿死的。除了抹了黄油的面包，几乎没有任何其他办法能让他起床。

“起来，快到湖边提些水来！”妈妈对雅科说。

“要是我愿意就去，可是我不愿意。”

“快去吧，我给你许多块抹了黄油的面包。”妈妈哄雅科。

“要是这样的话，我就去。”雅科拉长嗓音，从炉子边的长凳上懒洋洋地站了起来。

妈妈故意给了雅科一只漏水的筐子，想让他多提几次水，帮助他克服懒劲儿。雅科拿着筐子来到湖边，开始往里装水。漏水的筐子当然盛不了水。当他第三次用筐装水时，一条很大的狗鱼浮出了湖面。狗鱼头戴一顶金光灿烂的小王冠，它可能是湖里的狗鱼王。

可是雅科对王冠并没兴趣，他使劲儿抓住狗鱼的长嘴巴说：“等我把你用面糊一抹，放进油里一炸，兴许很有味道哩！”

“好雅科，请别油炸我！”狗鱼乞求说，“如果你放我回到湖里，我就教你掌握咒语，到时你要什么就有什么。”

“你教吧。”雅科同意了。

狗鱼教会雅科念咒语后，雅科就把它放回湖里。

“现在我要试试狗鱼的咒语，看看是不是灵验。”雅科心想，然后念道，“狗鱼讲，鱼儿说，快让这个筐子装满水。”

按照雅科的指令，筐子里立刻装满了水。妈妈对雅科的表现非常满意。第二天，妈妈又用黄油面包哄雅科到森林里砍柴。

雅科口中念念有词：“狗鱼讲，鱼儿说，锯子锯，斧子砍，给我五捆好柴火！”

钢锯和斧子开始工作，顷刻之间五捆柴火已经堆在雅科面前。

“怎样把木头运回家呢？”雅科心里盘算着，“最好让我坐在木堆上，由它自己回家去。”

凭借狗鱼的魔法，一堆柴火像一匹马那样沿着林中小道慢慢地向着雅科家移动。穿过王城是雅科回家的捷径。公主正靠着窗户向外瞧，她看到一个小伙子骑在柴火堆上赶路，禁不住捧腹大笑。

雅科以为公主在笑他，于是念起了咒语：“狗鱼讲，鱼儿说，让公主生一个儿子，谁也不知道孩子的父亲是哪个。”

妈妈看见雅科从森林中带来的柴火，抑制不住内心的喜悦。她以为随着年纪增长，儿子的“懒虫”已经除掉，因此决定送他进作坊当学徒。她再次用抹了厚厚一层黄油的面包把雅科哄进了作坊学手艺。

“孩子，快拉风箱！”师傅对雅科说。

“我不想拉。”雅科一边说，一边念起咒语，“狗鱼讲，鱼儿说，铁锤铁锤快快锤。”

雅科一动不动地躺在木炭上。铁锤自动地锤打铁块，上下左右非常熟练。虽然新来的学徒成天躺在木炭堆上睡大觉，什么事情都不干，但师傅对他还是很满意。

一天，那个对着雅科捧腹大笑的公主生下了一个儿子，孩子长得很漂亮，可惜不知道谁是他的父亲。于是国王请来占卜先生，问他谁是孩子的父亲。尽管资深的占卜先生也回答不了国王的问题，但他给国王出了一个好主意。

“请把这只金苹果交给公主的孩子，”他说，“然后邀请全国的男人进宫来，让孩子向他们扔苹果，金苹果粘在谁的胸部，他就是孩子的父亲。”

雅科的师傅是最后一个进宫的男人。

正当师傅就要离开王宫时，国王焦急地问占卜先生：“现在怎么办？所有人都来过王宫了，可就是找不到我外孙的父亲！”

“我知道还有一个人没来过这儿。”师傅说。

“他是谁？”国王急于打听。

“他叫懒雅科，”师傅说，“他躺在我作坊的木炭堆上，只有黄油面包才能吸引他。”

“那就试一试吧。”国王命令厨房做了一大摞美味可口的黄油面包。

雅科真的被哄到了王宫。公主的儿子向他扔去金苹果，苹果牢牢地粘在他前胸上。

“你是孩子的父亲！”国王诅咒说，“这个长着黄麻一样头发的黑鬼要做我女儿的丈夫？绝对不可能！快绞死这只脏猪！”

刽子手逮住雅科，将绞索套在他的脖子上。

但是雅科毫不惊慌，他口中念道：“狗鱼讲，鱼儿说，快让刽子手绞死他自己。”

谁也无力反抗咒语的威力，刽子手果然把绞索套在自己的脖子上绞死了自己。国王让第二个刽子手执行绞刑，他同样把绞索套进了自己的脖子。第三个、第四个、第五个……刽子手的命运最终全都一样。

“我再没有别的办法了。”国王说。

他恶狠狠地下令把雅科同让他丢尽了脸的公主和她的儿子一起关进一只内壁装了无数尖钉的大木桶。木桶被推下峭壁，掉进了大海。谁都以为关在里面的三个人肯定已被尖钉扎死，但是雅科他们三人依靠狗鱼的咒语安然无恙。木桶在大海中漫无目的地漂荡，公主呜咽，小男孩儿吓得号啕大哭。

“你们不必担忧，”雅科念起咒语，“狗鱼讲，鱼儿说，让木桶快快变成一条豪华的大帆船。”

一转眼，他们发现自己正乘着一条极其豪华的帆船航行在波光粼粼的大海上。小男孩儿不再哭泣，可是公主依旧无比忧伤。

“你为什么如此忧郁悲伤，现在不是一切都好了吗？”雅科说。

“唉！”公主叹了一口气，又哭着说，“因为你又脏又丑，我为此感到难过！”

情况很快发生了变化，狗鱼的咒语使雅科变得白净英俊，他还身穿饰有金纽扣的海蓝色船长服。一座郁郁葱葱的海岛出现在他们眼前，雅科的帆船向它驶去。三个人一起高高兴兴地登上了岸。

“现在我们只好住在云杉树下了！”公主说。

“不会的，我们应该有一座宫殿。”雅科说。

狗鱼的话再一次产生威力，一座雄壮的多尖塔宫殿在岛上拔地而起。一群侍女、男仆和其他服务人员站立在大门两旁，施着大礼欢迎自己的主人。

两天后，公主的脸上又浮起了愁云。

“你又为什么哀伤？”雅科问。

“应该由真正的牧师主持我们的婚礼，邀请我的家人参加。”

那有什么难的！狗鱼的话又一次帮助了雅科。一座跨越大海、连接海岛和京城的水晶桥建成了。水晶桥光芒四射，好像白天的太阳。仆从们听命于雅科，从马厩中牵出一匹最好的马，为了不致在光滑无比的水晶桥面上打滑，还专门给它装上了金刚钻的马蹄铁。穿着华丽服饰的传令官跳上马背，前往王宫邀请王公贵胄和牧师前来参加公主与懒雅科的婚礼。

听说公主和雅科仍旧活着，宫廷中顿时一片惊讶。王公贵胄和众大臣全都受到邀请，他们有的乘车，有的骑马，有的因为水晶桥面太滑只好爬着前来参加公主和雅科的婚礼。一位真正的牧师主持了公主与懒雅科豪华盛大的婚礼，但他可不是狗鱼的咒语变出来的！

客人们坐在一张很大的婚礼餐桌旁，餐具都是由贵金属制成的，盘子是银的，刀叉和汤匙是纯金的，奢华无比。所有的食品色香味俱全，出类拔萃。

宴会结束了，客人们纷纷离开餐桌，但是一只金汤匙不翼而飞，人们四处寻找，毫无结果。

国王勃然大怒，大声说："在我女儿的婚宴上居然会丢失汤匙，这事太丢脸、太不像话了！我要检查所有人的口袋，谁要是拿了汤匙，我就立即把他处死。"

汤匙终于找到了，可它正是在国王自己的衣袋里。

"我这是自讨苦吃，自己惩罚自己！"这位粗暴的国王终于后悔自己做事太武断，他对雅科说，"让刽子手将绞索套在我的脖子上吧！"

"我的好岳父大人，"雅科说，"绞索是没有必要的，是我求助于狗鱼的话才把汤匙放进你的衣袋的。我只是跟你开个小小的玩笑，现在就让我们握手言和吧！"

懒雅科与国王和解了，岳父和女婿一起管理着国家的各项事业，人民安居乐业，国家欣欣向荣。

# 会说话的鸟儿

王宫附近住着一户佃农。不久，佃农和他的妻子相继去世，家里的活计就全由三个能干灵巧的女儿承担。姑娘们都已到了婚嫁的年龄，于是她们在仲夏夜祈求上帝为她们安排中意的丈夫。

“我希望国王的面包师做我的丈夫，”大女儿说，“如果能做他的妻子，我就可以一辈子吃上热乎乎、香喷喷的白面包。”

“我愿做国王酒库总管的妻子。”二女儿表示。

小妹妹说：“我愿做年轻国王的妻子！我知道这也许是痴心妄想，不过人们说仲夏夜表达的愿望会变成现实。”

年轻的国王恰好在附近散步，听到了姑娘们内心的秘密。他走过来，对老大和老二说：“你们的愿望都将实现。至于你嘛，”国王转向老三说，“我决定娶你为妻。”

就这样，佃农的三个女儿都进了王宫，得到了各自希望的丈夫。老大和老二虽然成了贵夫人，但她们并不满足，对小妹妹又恨又忌妒。

面包师夫人对酒库总管夫人说：“如果早想到我的愿望会实现，我就会说愿做年轻国王的妻子了。”

国王即将奔赴前线，临行前他要求两个姐姐照顾好她们的王后妹妹。年轻的王后快要分娩了，姐姐们充当接生婆。王后产下一个漂亮的王子，但是被忌妒心驱使的姐姐们竟然将婴儿放进猪槽，让河水冲走。她们用一只小猫顶替王子，塞进王后的被窝，硬要她相信她产下的就是这么一个小玩意儿。

国王从前线归来后得知王后生了一只小猫，他虽然非常气恼，但并没有责怪妻子。当王后生下第二个王子时，邪恶的姐姐们再次毫无人性地把婴儿投入河中，并用狗崽顶替了小王子。王后的第三胎是公主，她们施展了同样的诡计。

姐姐们喋喋不休地向国王诉说，王后只会生狗生猫，应该将她关进石砌的教堂地下室。国王一气之下竟然失去理智，将王后关进了教堂阴森森的地下室。整个地下室只有门上留了一个很小的洞，它是不幸的王后获取食物的通道。好在三个婴儿并没有遭受意外，因为国王的花匠在岸边发现了他们。花匠没有子女，他和妻子对待小王子和公主就像对待自己亲生的孩子。

日月如梭，孩子们长大成人，养父母也相继过世。兄妹三人继承了花匠夫妇的事业和手艺，都成了出色的花匠，妹妹的手艺更高一筹。他们将花园修整得非常美丽，甚至吸引了许多外国人前来参观。每当客人们参观游览时，姑娘总是亲自陪同讲解，客人们无不称赞花园奇美无比，夸奖三兄妹的高超手艺。

一次，哥哥们进森林打猎去了，一个老婆婆来到花园里参观。她在姑娘的陪伴下走遍了花园的每一个角落，看到花园里栽培着许多来自远方的稀有花木，她不住地点头赞许，但是又说：“花园相当不错，可惜美中不足，还缺三件东西。”

姑娘急于知道缺的究竟是什么，老婆婆告诉她：“花园里应该有一只会说话的鸟儿、一眼生命之泉和一棵长金苹果的果树。有了这三件东西，我才能说你的花园完美无缺。”

老婆婆离去后，姑娘日夜思索着从什么地方可以找到这三件珍宝。她冥思苦想，废寝忘食，一天比一天消瘦。哥哥们注意到妹妹的变化，便问她为什么这样苦闷忧伤。姑娘说，花园还不算十全十美，因为缺了一只会说话的鸟儿、一眼生命之泉和一棵长金苹果的树。哥哥们安慰妹妹说，哪怕是天涯海角他们也一定要找到那些宝贝。

大哥首先上路，他从国王的马厩中挑选了一匹好马，并把一把闪亮的猎刀插在花园的木桩上，对弟弟说：“我的路将是漫长和危险的，请你随时观察我的猎刀，要是刀刃红了，这说明我已不在人世了。”

大哥跃上马背，向远方飞驰而去。他走了很长很长的路，到处打听查问，终于了解到有一座神奇的花园，里面有他要找的那三件珍宝。小伙子找到了那座由魔法变成的花园，见到了园丁老爷爷。

“你好，王子，你要去哪里？”老园丁问。

“我不是王子，而是花匠的儿子。”年轻人向老爷爷解释。

“那座花园里有你要找的东西，”园丁老爷爷说，“那里有一棵结了金苹果的树，树枝上停着一只会说话的鸟儿，树下的生命之泉反射着生命的光芒。许多人自远方而来，都想得到它们，但他们总是一去不复返。如果你要得到它们，不管从背后传来什么声音，都不要向后看，因为向后一看，你就会同其他寻宝人一样变成一块灰色的石头。”

小伙子牢记园丁老爷爷的告诫，将马拴在花园门口的柱子上，跨进花园去摘取那梦寐以求的宝贝。一棵长着金苹果的树果然光辉夺目地出现在前面，但他突然听到从背后传来令人毛骨悚然的喊叫声，于是情不自禁地向后一瞧，可怜的小伙子瞬间变成了灰色的石块。

一天，弟弟发现哥哥猎刀的刀刃变成了红色，便对妹妹说：“我们的哥哥已经遭到不幸，我必须立即出发去查明原因。”

他离家时也将猎刀插在柱子上，要妹妹注意观察刀刃上的变化。小伙子从马厩中挑选了一匹好马，沿着哥哥走过的路向前骑去，顺利地来到大哥到过的那座花园。园丁老爷爷把他哥哥出事的原因告诉了他，但他并没有因此退缩。

他挺起胸膛，朝着金苹果树走去，下定决心不管听到什么声音，绝对不向后面看一眼。小伙子的背后开始传来喊叫声、怒吼声和威胁声，声音越来越大，好似两座大山撞在一起。小伙子再也无法控制自己，就回头一瞧。他也立刻变成了一块灰色的石头，同他的哥哥和许许多多寻宝人变成的石头躺在一起。

妹妹在家里看到猎刀的刀刃颜色发红，知道二哥也遭到了厄运。她不肯就此罢手，决定亲自上路查明哥哥们遇难的根由。她从国王的马厩中牵出一匹良种马，套上女用马鞍，沿着哥哥们走过的路不停地奔驰。她在园丁老爷爷跟前勒住缰绳，向老人家打听两个哥哥的命运。老爷爷乐于助人，回答了姑娘提出的所有问题。

姑娘聪明过人，牢记着哥哥们遭受不幸的悲痛教训。她在跨入花园前用黄蜡堵上了两只耳朵，因此听不清背后传来的骇人的喊叫声和威胁声。震耳欲聋的轰鸣声在她听来只不过像是蚊子的嗡嗡声。姑娘穿过花园走到金苹果树边，捉住了停在树枝上的小鸟，掰了一根嫩枝准备带回家种在自己的花园里。她还随身带着一只瓦罐，装了满满一罐生命之水。

姑娘往外走时在灰石累累的地方停住了脚步，随口问道："用什么办法可以让我两个可怜的哥哥死而复生呢？"

"把生命之水洒在石头上！"会说话的鸟儿解决了姑娘的疑难。

姑娘把水洒在石头上，毫无生命的石头顷刻间变成了一个个生龙活虎的年轻人，他们精神抖擞地站了起来，两个哥哥和许多为取宝而遭到不幸的年轻人重又恢复了生命。姑娘领着两个哥哥回到了家。他们把金苹果树的嫩枝插在花园的正中央，又在树枝旁边挖了一眼井，把瓦罐里的生命之水倾倒在井中。

一天，国王来到花园观赏珍宝，看到这美不胜收的花园后决定为三兄妹举办一次盛大的活动，以褒奖他们为建设御花园做出的巨大贡献。花园里摆满了长凳和桌子，全体宫中人都应邀出席。国王得知三兄妹并非花匠的亲生子女，便好奇地询问他们的身世，可是他们谁也回答不了国王的问题。这时，会说话的鸟儿张开伶俐的嘴告诉国王，花匠三兄妹本是他的亲生子女，新生婴儿被扔入河中，顶替他们的却是狗崽和猫崽。

国王听了鸟儿的话大吃一惊，马上下令释放无罪的王后，并将两个阴险毒辣的姐姐终身监禁在石砌的教堂地下室里。王后终于见到了自己的孩子，她悲喜交集，一句话都说不出来。从此以后，他们生活得非常幸福，经常有说有笑地在花园里赏花散步。花园的正中央有一棵结满了金苹果的树，树枝上那只说真话的鸟儿不时啼唱，树下的生命之泉清澈见底，长流不竭。

# 金冠公鸡

从前有一对年老的夫妻。他们吃光了家里所有的粮食，只得翻箱倒柜，四处寻找，最后从粮仓角落里找到两颗很大的豆子。老太婆马上取走一颗煮了一锅汤暂时充饥，而老头儿把另一颗豆子埋在屋后的院里，等待豆子收获。

老头儿的豆子开始发芽，越长越高，直冲云天。他顺着豆秧向上爬去，想看一看天国究竟是什么样子。他来到圣彼得面前，彼得威武地守卫着天国的金色大门。

他告诉老头儿："你仍在活人的花名册中，我不能放你进去。"

老头儿回答："我并不想进去，但你能不能给我一点儿东西，让我在地上生活得好一些，我的日子实在太困难了！"

于是，圣彼得送给老头儿一具石磨和一只头上长了金冠的公鸡。老头儿回到家里，老两口的日子与过去大不相同了。石磨一转动，不用麦子就能磨出很多面粉，几个村子的人都吃不完。公鸡用它的金嗓子啼叫，它的声音像音乐一样优美动人。

神奇的石磨也传进了国王的耳朵，他心里打起了小算盘："我是一国之君，那石磨应该归我所有。"

于是，国王派出卫士向老头儿借来了石磨。他久久不愿把石磨归还给老头儿，老两口的粮食已经吃完，饥饿使他们难以忍受，于是老头儿派公鸡前去王宫向国王索要石磨。金冠公鸡庄重地一步一步向王宫走去。

一只狼迎面走来，它问公鸡："大公鸡，你到哪里去？"

"我到王宫唱歌去。"公鸡回答。

"带我一起去吧！"狼请求说。

"如果你能变成一只跳蚤，我就带你去。"公鸡说。

狼果然变成了一只跳蚤，公鸡随即把它放在自己的翅膀下面。

"大公鸡，你到哪里去？"一头熊好奇地问。

"我到王宫唱歌去。"公鸡客气地回答。

"我也想去王宫看看。"熊请求道。

"我可背不动你这么笨重的家伙，"公鸡说，"如果你能变成一只跳蛋，我就带你一起去。"

熊在地下打了一个滚儿，立即变成了一只小跳蛋，公鸡也把它放到翅膀下面。

公鸡走了很久，感到腿酸口干，于是决定在一口清泉边稍事休息，喝几口水。

清泉发出哗啦哗啦的声音，询问公鸡去哪里。一听说公鸡要去王宫，它也想陪着一起去。

"如果我能把你喝干才谈得上带你一起去，不过如果你能变成一滴水，带上你就不成问题了。"

清泉真的变成了一滴水，公鸡把它装在自己的翅膀下。

王宫到了，公鸡站在高高的门柱顶上开始啼唱："喔喔喔，国王快要呜呼了，老头儿又有面粉填饱肚子了！”

国王听到公鸡的啼唱非常生气，命令卫士说：“捉住那只无赖公鸡，把它关在羊栏里，让山羊用羊角把它撞死。”

公鸡被关进了羊栏，山羊用脑袋顶撞它，公鸡的生命危在旦夕，它不得不请狼朋友帮忙，大声召唤道：“狼朋友，快从我的翅膀底下出来吧，请你尽量吃饱肚子，并把余下的羊统统咬死！”

狼从公鸡的翅膀下跳了出来，咬死了所有的山羊和绵羊。第二天早晨，国王带着卫士到羊栏查看，公鸡的狼朋友躲开了他们的视线，迅捷地逃进了森林。

公鸡则继续冲着国王高声啼唱：“喔喔喔，国王快要呜呼了，老头儿又有面粉填饱肚子了！”

国王养了十五匹凶猛异常的野马，他命令卫士：“把那只可恶的公鸡关进马厩，让野马把它踢死。”

于是公鸡被关进马厩，野马猛踢公鸡，但它又得到了熊朋友的帮助，十五只野马全部在熊口中丧生。天一亮，国王又到马厩查看，公鸡的熊朋友已经逃往森林。

公鸡照样啼唱：“喔喔喔，国王快要呜呼了，老头儿又有面粉填饱肚子了！”

国王听了公鸡的啼唱怒不可遏，便对侍从说：“快烧热客厅的壁炉，烧得越热越好，然后把公鸡塞进炉膛，把它活活烧死，它不是说我快要一命呜呼了吗？！”

侍从们将壁炉烧得火热，捉住公鸡扔进了炉子，随即关上了炉门。但是公鸡得到了清泉的救助，泉水洒在炉膛中，噼里啪啦地响了一阵，炉子完全冷却了，公鸡连一根羽毛也没损伤。

国王打开炉门，公鸡弯着脑袋从炉膛里走了出来，继续喔喔喔地啼唱。

国王惊恐万状，简直不敢相信自己的眼睛和耳朵。不过他很快醒悟过来，恶狠狠地说："我决不会放过你这个孬种，我要把你做成肉饼，饱餐一顿。"

"不管你用什么花招儿，都无法摆脱我。"公鸡坚定地说，"即使你把我做成肉饼，我还将继续啼唱，不过那时你的末日就要临头了。"

国王根本不理公鸡的警告，当即命令厨师杀掉公鸡，把它做成了肉饼。王宫里大摆筵席，厨师端着一银盘鸡肉饼送到国王面前，国王扬扬得意地叉起肉饼送进嘴里。

"让你的预言见鬼去吧，臭公鸡！"国王边说边用餐巾擦了擦油嘴。

但是公鸡的脑袋忽然从国王嘴里伸了出来，它还是不停地啼唱："喔喔喔，国王快要呜呼了，老头儿又有面粉填饱肚子了！"

客人们看到这个情景，无不感到恶心，可是国王却命令卫士："要是它再伸出脑袋，你就用军刀将它砍下！"

卫士手握军刀，站在国王身边严阵以待。公鸡又一次从国王嘴中伸出脑袋，卫士迫不及待地挥起一刀，但他没把握好方

老头儿的豆子开始发芽，越长越高，直冲云天。他顺着豆秸向上爬去，想看一看天国究竟是什么样子。

——《金冠公鸡》

向，无意中砍掉了国王的脑袋。客人们面面相觑，目瞪口呆，全都束手无策。

公鸡跳上桌子，扛起老头儿的石磨，飞快地奔回老夫妻的家。老夫妻和他们的公鸡团聚了，神奇的石磨又能继续造福平民百姓了。

# 梦中人

一位富商有三个儿子，商人很想知道孩子们长大后将成为什么样的人物，于是请巫婆施展魔法，让他们昏睡做梦，看看他们自己成人后将是什么样子。巫婆施展了魔法，三兄弟像铅块一样一动不动地躺在床上。第二天清晨，他们一醒，富商父亲就急于想了解他们做了什么样的梦。

“我梦见自己是个商人，非常富有。”大儿子告诉父亲。

“很好。”父亲说，接着又问二儿子。

“我梦见自己是一个批发商，是全城第一号有钱人，我拥有很多条大帆船，航行在世界的四大洋。”二儿子回答。

“好梦。”商人表示赞许，然后他又问小儿子。

老三迟疑不决、吞吞吐吐，不过最后还是告诉了父亲：“梦中我成了国王，头戴金光闪闪的王冠，身穿貂皮大衣，哥哥们见了我跪拜在地，你和母亲把咖啡送到我床边。”

父亲听了很不是滋味，他同老大和老二商量怎样对付小儿子，因为他不愿让小儿子成为大人物，要全家为他服务。他们决定将老三装进盛酒的木桶抛入大海。木桶在海上随风漂流，最后漂到一座满是岩石的荒凉海岛。

小伙子非常走运，一天后就发现有一条帆船在附近海域航行。他脱下身上的衬衣拼命挥舞，船长发现有人求救，立刻派出小船，把小伙子救出了孤岛。小伙子登上甲板，船长问他怎么会只身流落孤岛，他如实地介绍了自己的遭遇。

“好吧，你就拿上扫把，打扫甲板吧！”船长问清小伙子的身世后说。

帆船驶抵京城的码头，国王亲自登船巡视，问船长航行是否顺利，是否有特别的事情发生。船长禀报国王，他从孤岛上救出了一个商人的儿子，还说到孩子所做的梦。

国王摸了摸胡子，若有所思地说：“他很可能成为危险人物，必须想办法阻止他的梦成为现实。”

国王下令逮捕商人的小儿子，将他监禁在石砌的尖塔中。国王的女儿听说小伙子不幸的命运，对他非常同情。美丽的公主提着一只小篮子走进厨房，装了许多好吃的东西，随后来到石塔，说服守门人让她同小伙子会面。世界上的事情无奇不有，公主一见小伙子就产生了爱慕之心，从此天天到尖塔看望心上人，带去一篮篮美味的饭菜，小伙子过得还挺不错！

邻国的王子到了结婚的年龄，大臣们为他收集了许多国家年轻公主的画像。年轻的王子花了整整三天研究画像，最后认定那位已经爱上富商小儿子的公主相貌最出众。王子深深地爱上了她，决定立即动身去求婚。

王子由几名大臣陪同来到美丽公主的王国，请求国王允许他向公主求婚。国王决定测试求婚人的才智，要他首先解答三个问题，解答出来就把公主嫁给他。

首先，国王交给王子一根两头一般粗细的木棍，要他说出哪头重哪头轻。王子反复掂量木棍，一会儿竖起，一会儿横放，但就是说不出哪头重哪头轻，聪明的随从也帮不了他的忙。

公主轻声地问父亲，是否可以让关在石砌尖塔中的年轻人前来解答。国王同意了公主的请求，公主即刻把小伙子请到王宫，还告诉他怎样识别木棍的轻重。小伙子接过木棍立即将它抛向空中，木棍落到地上，他指出先接触地面的那一头比较重。

“回答正确。”国王说。邻国的王子气得面孔发青，因为他没能通过如此简单的考试。

然后，国王交给邻国王子一把两头锋利的宝剑，要他猜一猜哪头锋利哪头钝。

王子答不出来，国王又将宝剑交给商人的儿子。公主悄悄地教他破谜的办法。小伙子将宝剑抛向天空，当剑插入地面后，他说：“当然是冲着我下来的那一头比较钝。”

小伙子的回答又是正确的。国王又叫王子解答第三个问题，他命令马夫从马厩里牵出三匹毛色毫无差别的马驹，要王子说说哪一匹马驹年岁最大哪一匹最小。

王子仔细研究三匹马驹，不停地围着它们转来转去，但就是答不出国王的问题。公主走到国王身边，撒娇地请求父亲同意让商人的儿子参加竞赛，她又一次悄悄地把小伙子拉到一边，教他怎样解答。

小伙子有了公主的指点，心里非常踏实。他扬起马鞭，让三匹马驹围着院子奔跑，接着禀报国王说："为头的一匹年岁最大，跑在最后的年岁最小。"

"判断正确。"国王带着称赞的口吻对小伙子说。

王子失败了，他非常气恼，让他与一个罪犯竞赛更是令他无法忍受，他带领随从气冲冲地不辞而别。

才貌出众的公主成了商人儿子的妻子。小儿子就像睡梦预示的那样当上了国王。婚礼过后，小伙子和他美丽的妻子搭乘豪华的帆船出海欢度蜜月。他们来到小伙子的祖国，年轻的国王穿着华贵的王服领着妻子走进父母家。随从们介绍他是大洋彼岸一个国家的国王，如今正在周游世界，希望在商人家里过一夜。

商人没有认出自己的儿子，说："我家里倒有一间空房，原先是我的小儿子住的。要是陛下不嫌寒酸，就请住在那间房里吧！"

小伙子和妻子在自己的房里住了一夜。第二天早晨，两个哥哥敲门进房，向国王和王后跪拜致敬，并诉说了自己的苦衷。原来他们做生意不走运，请求国王贷款，国王不假思索地答应了他们的请求。

这时又有人敲门，小伙子的父母端着咖啡走了进来，年轻的国王一边喝着咖啡一边说："我的梦真的成了现实。哥哥们刚刚向我跪拜致敬，现在我的老父老母又亲自把咖啡送到我的床边。"

富商终于认出了自己的小儿子。全家团圆，沉浸在欢乐之中，全家人为小伙子成为头戴王冠的国王而欢欣鼓舞。

# 铁匠大师

从前有一个铁匠师傅，他带了一个徒弟。但徒弟没出息，跟师傅学艺多年却连最浅易的手艺都没有学到手。

师傅非常生气，便对徒弟说："我再不想无谓地供你吃和穿了，你去别的地方谋生吧！"

小伙子流下了伤心的泪水，但他没有其他办法，只好收拾行装离开师傅家。他垂头丧气，根本不想遇到村里的熟人，于是向着浓密的森林慢吞吞地走去。

他神志恍惚，在森林中转悠，无意中碰到了一身猎人打扮的大魔鬼。

魔鬼问小伙子："年轻人，你为何如此忧伤？"

"我跟师傅学手艺，但学到现在仍旧一无所获，被师傅赶出了门，不知到哪里去找吃和住的地方。"小伙子坦率地回答。

"只要你答应三十年后把灵魂送给我，我就教你一个绝招儿，到时你想做什么就能做什么。"

小伙子听了"猎人"的话深深地吸了一口气，他已经猜出自己是在同什么人打交道。可是他没有别的出路，只好答应把灵魂出卖给魔鬼。

魔鬼叫小伙子重新回到师傅家，装成快要饿死的人那样向师傅乞求工作和面包。魔鬼还说：“明天我将要你师傅制造一支能够同时发射火药和水的枪，他当然造不出那样的枪，你就说你会，但必须要求你的师傅和小伙计离开作坊。”

魔鬼说完话立即消失在暮色之中，不知去向。小伙子回到师傅的作坊，苦苦哀求师傅继续收留他，说他已经饿得走不动路、直不起腰了。师傅心地善良，看到徒弟的可怜相很不忍心，就同意他重新回作坊学艺。

“你继续拉风箱吧，但愿最终能把你培养成为一个像样儿的人！”师傅说。

一天一夜过去了，旭日从东方徐徐升起。一位显赫的贵族驾着豪华的四轮马车进入作坊的院子，车前的两匹骏马口冒白沫，喷着一股股热气，眼睛闪闪发亮。

贵族下了马车步入作坊，对师傅说：“请给我打一支能同时发射火药和水的枪！”

师傅摸了摸胡子，感到很为难，因为他从未见过、更没打过那样的枪。贵族对着小伙计们瞧了一眼，问他们是否会造那样的神枪，因为他们的师傅没那个能耐。一个学徒冲到前面拍拍胸膛说，他能制作那样的枪，不过造枪时任何人不得留在作坊内。

师傅和小伙计们见是那个笨蛋徒弟无不大吃一惊，但又不得不离开作坊让他一人干活。贵族也走回马车，坐在里面等候。小伙子关上作坊的门，开始制造神枪。

院子里可以清楚地听到风箱的抽动声，师傅心想：“这小子存心叫我在贵人面前出丑，明天一清早我就让他滚蛋。”

可是一转眼，作坊的门开了，徒弟手握一支做工精细的枪从里面走了出来，把它递给贵族。贵族举起枪扣动扳机，同时向天空发射出火药和水。师傅看到这一幕早已呆若木鸡，甚至当贵族询问价钱时，他都说不出一个字。贵族扔给小伙子一袋金币，随即驾着马车扬长而去，车后面扬起一股长长的尘土。

师傅终于从惊异中恢复过来，他开始忌妒徒弟，凶狠地说：“快滚你的蛋，我看你是同魔鬼勾结在一起了！”

“那有什么不可以的？”小伙子平生第一次感到心里很踏实，他两手插在裤子口袋里，向旁边吐了一口唾沫，若无其事地离开了师傅的作坊。

他来到一个富裕的村庄，在村外大路边建造了一座漂亮的小作坊。顾客源源不断，因为他手艺非凡，什么活计都会做。他的名声很快传遍了全国，国王也请他制作精美绝伦的王冠。

小伙子渐渐变得高傲自大、不可一世，谁要是不称他大师，他就不接受活计。愚笨的徒弟就这样成了一个富翁和能工巧匠。

一次，我们的主在彼得陪同下视察芬兰半岛，马车经过铁匠大师的作坊时，马蹄铁不巧碎裂脱落。

“大师，你能帮忙给我们的马安装一副马蹄铁吗？”彼得问。

“那有什么不可以的？”大师开始锤打新的马蹄铁和铁钉。

于是，彼得从马腿上割下马蹄，把它们放在铁砧上请大师安装马蹄铁，并说采用这种办法最方便。安好马蹄铁后，彼得把马蹄重新接在马腿上，铁匠大师看到彼得的高超手艺，惊诧不已。

“只有学会了这门手艺，我才算是真正的大师，”小伙子思忖着，“可我只不过是一个魔鬼的徒弟，而这些过路客肯定是天国的高师。”

客人们准备重新上路，彼得问小伙子：“你帮了我们的忙，想要什么东西作为报酬吗？”

“希望我的作坊前有一棵结满优质苹果的大苹果树，如果有人胆敢去碰它，没有我的命令，他就甭想离开它。”

“很好，你将得到一棵这样的苹果树，不过你还可以再提一个要求。”

大师心里很想长生不老，嘴上却说：“尊贵的客人，请设法使墙边的那条长凳产生魔力，谁要是坐在上面，没有我的许可就别想走开。”

“完全可以。”彼得欣然同意，同时让小伙子提出第三个要求。

小伙子脑子里想的是去天国，可是嘴上却说：“能不能使我的旧旅行箱具有魔力，任何东西装到里面后不经我许可就再也出不来。”

铁匠大师得到了他要求的一切。我们的主在彼得的陪同下继续自己的行程。不久，一个马车夫拉着一匹马到作坊安马蹄铁，大师也仿效彼得从马腿上割下马蹄，把马蹄铁装在马蹄上。一切工作进展顺利，可就是没能将马蹄接回到马腿上。马死了，铁匠大师赔给马车夫许多钱。

马车夫离去后，大师心里难以平静，他想："大魔鬼，你说你什么事情都能做，这未免过于夸口了，我就没有学到天国高师安装马蹄铁的手艺。不过你来吧，我也要让你吃点儿苦头。"

三十年光阴悄悄逝去，魔鬼派来仆从接铁匠大师。

魔鬼的仆从看到大师精力旺盛，便问："你是否已做好了上路的准备？"

"一切都已准备就绪，不过请你到树上帮我摘几个苹果，因为我还有一些事情没有做完。"

魔鬼的仆从压根儿没想到那是铁匠的计谋，他坐在苹果树上再也下不来了。铁匠在炉子里添了许多木炭，木炭烧得通红，放在小魔鬼的屁股下烘烤。

仆从被烤得无法忍受，但又离不开苹果树，最后央求铁匠说："别折磨我了，我让你再活十年行吗？"

铁匠得到了可靠的保证，才让魔鬼的仆从离开了苹果树。但是十年一晃就过去了，大魔鬼又派来一个仆从接铁匠进炼炉。

头一个仆从曾经告诫这个新来的仆从："不管铁匠怎样引诱，你千万不可碰触作坊门前的苹果树。"

魔鬼的第二个仆从见到铁匠后便问："你是否准备同我一

起走？”

“是的，”铁匠回答，“请你先在那条长凳上坐一会儿，让我稍微收拾一下东西。”

小魔鬼坐在凳子上再也站不起身了，铁匠又用火红的炉子烤他，迫使他满口答应再给铁匠延长十年寿命。

十年时间并不长，一眨眼就到了期。大魔鬼准备派遣第三个仆从去接铁匠，可是谁都不肯去，因为没有一个小魔鬼不怕铁匠的威力。大魔鬼只好亲自出马，不过他始终牢记着苹果树和凳子的教训。

大魔鬼走进作坊问铁匠大师：“你准备好了？”

“是的，”铁匠回答，“我把吃的东西装进那只旧旅行箱后就动身。”

铁匠装好箱子后立刻同魔鬼一起离开作坊。他们不停地赶路，走得既累又饿，大魔鬼建议：“我们到路旁歇一歇，吃点儿你带的东西吧！”

他们坐在路旁边吃边聊，非常自在。

“听说你想变成什么就能变成什么，你能不能变成一只蓝狐？我还从来没见过那种动物呢！”铁匠问道。

“我变给你看。”大魔鬼得意地变成了一只蓝狐。

“可是你能变成白熊吗？那种动物我也从未见过。”铁匠继续说。

“你看吧！”大魔鬼话音刚落，一只雪白的北极熊就出现在铁匠面前。

“可是你能变成老鼠那样的小动物吗？”铁匠又问。

一转眼，大魔鬼又变成了一只小老鼠。

“你真有能耐！”铁匠大加赞扬，又说，“我困了，想到那边草地上打个盹儿，你可以从我的旅行箱里拿点儿面包吃。”

变成老鼠的大大魔鬼钻进了箱子。但是铁匠并没有打盹儿，他看到大魔鬼进了箱子，立刻提起箱子返身回家。大大魔鬼施尽魔法都没能钻出旅行箱。

铁匠回到家，把箱子搁在铁砧上，命令小伙计们使劲捶打。变成小老鼠的大魔鬼东窜西逃，从箱子的这一头跳到那一角。

“铁匠大师，求求你放我出去吧，从今以后我再也不找你的麻烦了，你愿意活多久就活多久好了！”

铁匠放出大魔鬼，它拖着长长的耗子尾巴一溜烟逃跑了，连头都没敢回一下。

铁匠老了，满头白发，他已厌倦了人间的生活。他告别家人，沿着通向死亡的道路蹒跚而去。他走到岔路口，一条是下坡路，通向地狱；另一条是上坡路，通向天国。铁匠停步思索，决定选择下坡路。

“这是我的归宿，我罪孽深重，没有资格进到天国。”铁匠忏悔道。

铁匠拖着沉重的步伐，艰难地走着，走了很久很久，终于到了地狱大门口。他敲了敲大门，请求步入门槛。出来开门的正好是那个粘在苹果树上被炭火烤得无法忍受的小大魔鬼，他一见铁匠便抱头鼠窜，躲进地狱的最底层一点儿也不敢动弹。

另一个吃过铁匠苦头的小魔鬼不知道自己的伙伴为什么吓得魂不附体，很想弄清楚是怎么回事。他打开一条门缝，发现魔力强大的铁匠站在门外，于是慌慌张张地锁上大门，转身向里逃奔。大魔鬼亲自出来探个究竟，他一打开大门立刻紧皱眉头，因为他太了解这位铁匠大师了。

大魔鬼说："无论如何我都不会让你进来，还是请你去那一边吧，尽管他们也未必愿意接受你。"

铁匠只好回到岔路口，走上通向天国的大道。铁匠来到天国大门口，叩了一下金门环。

彼得打开大门瞧了瞧铁匠说："好兄弟，你是没有资格进入天国的，因为你在人间犯下的罪孽太深重了。"

"那么我应该到哪里去呢？"铁匠伤心地说，"我刚刚三次请求去大魔鬼的地狱，可是他们不让我进去！"

"我当初让你提三项要求，你为什么就不提天国呢？"彼得问道。

"能不能让我通过门缝观赏一下天国的美景？"铁匠请求。

彼得稍稍打开大门，铁匠便摘下戴在头上的红皮帽，把它塞进了天国。可是天国不能容忍罪人的东西，那顶帽子又被扔出了门外。

彼得对铁匠说："请拾起你的帽子，离开这块神圣的地方吧！"

铁匠大师走到帽子边，他没有离去，而是坐在帽子上不停地摇晃着脑袋，颤动着衰弱的身子。

# 大拇指

一对老夫妻只有一个孩子。虽然他们已经上了年纪，但还想再要一个孩子，可惜他们的愿望没能实现。后来，老太婆从鸡窝里取出一只鸡蛋，放在胳肢窝下孵化。很久以后的一天，蛋壳破裂，竟然孵出了一个小男孩儿。这个小不点儿只有大拇指一般长，因此取名大拇指。

一次，老头儿到山脚下耕地，带着大拇指帮他做饭。大拇指是个好帮手，父亲耕地，他烧火煮土豆。土豆煮熟了，父亲坐下吃饭休息，大拇指请求父亲允许他耕几垄地。

“去吧，好孩子！”父亲一面说，一面抱起大拇指把他放在马的耳朵边。

大拇指指挥马一会儿拐弯，一会儿向前。他虽然个子小得一只马耳朵就能遮住，但他翻的地却十分精细，沟也犁得笔直。

国王正好路过那里，看到一匹马无人看管就能耕地感到无比惊异，他停下脚步对老头儿说：“你的马真聪明，居然能自己干活。”

“不是的，那马有人看管。”老头儿回答。

国王很想看看那位出色的耕地人到底是什么模样。当他看见大拇指后便向老头儿提议：“把你那个勤快的儿子卖给我吧！”

老头儿不能失去大拇指，但大拇指却咬着父亲的耳朵轻轻地说：“只管卖掉我好了，你会得到许多许多钱的。”

老头儿将大拇指卖给了国王，从而换来一袋金币。国王把大拇指装进口袋，继续向前走。国王的口袋里装满金币，大拇指便在袋底抠了一个洞眼，金币接连不断地掉到地上，老头儿紧紧跟随国王，不停地弯下身子拾金币。

国王回到王宫，感到十分疲劳，他斜靠着躺椅命令大拇指脱掉他的靴子：“小奴才，快脱掉我的靴子和袜子，放在火炉边把它们烘干！”

大拇指使尽力气，就是脱不掉国王的靴子，后来他发现靴子后跟有两个破洞，才找到使劲的地方脱下了靴子。大拇指将靴子和袜子扛到火炉边，但靴子离炉子太近被火烧坏了，袜子则掉进了洗脚盆。

第二天早晨，国王命令大拇指拿来靴子和袜子。可是，一只靴子只剩后跟，另一只只剩靴筒，刚从脚盆里捞起来的袜子则在不停地滴水。

国王非常生气，训斥说：“我要狠狠地揍你一顿！”

国王想抓住“大梅指”，但大拇指灵活地跳上床，躲进床垫底下的麦秸中。国王翻遍了麦秸，可就是找不到小人儿。国王命令侍从把麦秸送到牛栏喂奶牛，一条名叫黑果的奶牛将大拇指吞进了肚子。

早晨女仆到牛栏挤奶，她对着奶牛说：“早晨好，我的奶牛！”

“早晨好，我的好姑娘！”大拇指在奶牛的肚子里回答。

听到奶牛说人话，女仆吓了一大跳，她对领班说黑果一定是着了魔。领班叫来屠夫，黑果被宰掉了，可是它的胃里根本没有什么魔鬼。躲在黑果内脏中的大拇指偷偷地溜了出来，藏身在牛栏中。夜间一只饿狼袭击牛栏，大拇指又被狼吞吃了。狼沿着牧场转来转去，虎视眈眈地盯着羊群，准备发起攻击。

大拇指感到情况危急，立即在狼的肚子里大声叫喊："喂，牧羊人，狼来了！"

牧羊人被大拇指叫醒了，他立即赶走了恶狼。

狼饥饿难熬，看着牧场上的牛群口水往下直淌，欢蹦乱跳的小牛更使它馋得坐立不安。可是，大拇指又在狼的肚子里警告牧牛人："喂，牧牛人，快看好你的牛群，小心恶狼！"

恶狼被牧牛人赶跑了。狼趴在地上恶狠狠地说："坏家伙，快离开我的肚皮！"

"我非常乐意离开你的臭肚皮，不过你得先把我送到我父亲庄园的大门口。"大拇指说。

他们到了庄园的大门口，大拇指又要求："请把我送到过厅里吧！"

当狼跑进过厅后，大拇指便大声叫喊起来："喂，父亲，狼进过厅了，快快打死它！"

老头儿手握木棍奔进过厅，一棍子打死了恶狼。亲爱的小宝贝回到了老父亲和老母亲温暖的怀抱。老头儿用狼皮替自己缝了一副手套，给大拇指做了一件大衣，还缝制了一只皮口袋用来装从国王那儿赚来的金币。

# 国王与狮子

红胡子国王出国考察，他乘坐一条大帆船准备远涉重洋，可是第三天突然狂风大作，海洋上波涛汹涌，帆船触礁沉没了。船员和国王心爱的花猫全都被淹死，唯独国王本人依靠一块破碎的木板侥幸生还。他在无边无际的大海上漂流了整整五天五夜，最后被海浪冲上一个无人居住的荒凉海岛。

国王在岛上四处寻觅，期望找到有人居住的地方，但是未能如愿以偿。他忽然发现一片草地上留有动物搏斗的痕迹，于是向前走去，看到一只巨大的山鹰正与一头长毛狮狂斗。狮子多处负伤，流血不止，看来过不了多久，山鹰就会夺去它的生命。

狮子将头转向国王，摆动了一下前爪，好似在恳求："我的好人，要是可能的话请你帮帮我吧！"

红胡子国王腰间仍旧佩戴着宝剑，他向搏斗中的禽兽猛冲过去，挥动宝剑，砍下了山鹰的脑袋。狮子用舌头不停地舔着伤痕，野兽就是用这种办法来医治创伤的。

狮子对国王说："我应该怎样报答你的救命之恩呢？"

"我饿极了，要是再得不到食物就会饿晕在地的。"

"请稍等一会儿。"狮子说完话随即跑进丛林。

国王坐在石头上等候，思索着这只长毛兽究竟能找到什么食物。一转眼狮子从丛林中走了出来，嘴里叼着一只小鹿。

“先吃这只小东西充充饥吧。”狮子向国王建议。

“我不习惯吃生肉，你能不能找到火，让我烤熟了再吃？”国王问道。

“火不好找，但是我有办法做肉饼。”狮子说。

狮子用爪子将鹿撕成小块，然后又将肉块踩成肉泥。附近长了几棵胡椒树，狮子摘了两把胡椒籽，把它们踩成粉末，撒在肉泥饼上。国王拿起肉饼尝了尝，觉得味道还过得去。

就这样，国王和狮子在荒凉的孤岛上一起生活了七年。对国王来说，食物已不成问题，狮子朋友勇敢机智地找来各种食物，肉食也可以熟吃了。一次雷电击中枯树起火，国王引火种在山洞口点燃一堆篝火，并使它长年不灭。

不过，国王的内心非常苦闷，他担心自己将永远与世隔绝。海岛远离航道，既不见过往的船只，更没有人在这儿登陆。国王的衣服早已支离破碎，要不是狮子朋友给他一张鹿皮披在身上，他只得赤身裸体了。忧伤使国王潇洒的红胡子变成了白色。但在第八个年头，一个妖魔正好飞越荒岛。

国王用手势示意妖魔下来，妖魔着地后问道：“白胡子国王，你遇到了什么麻烦？”

“我要返回家园！”国王叹了一口气说，“如果你能帮我重返我的王国，任何东西我都可以给你。”

“如果将你的小女儿给我，我就送你回家。”妖魔提出要求。

"看来除了牺牲我可爱的孩子是没有其他办法可想了，不过你必须把那头狮子一起送到我的王宫，因为我不能抛弃忠实的朋友。"

"可以。"妖魔说完随即右手抱起国王，左手抓住狮子，腾空而起，直飞王宫。

宫廷以为红胡子国王已遭不幸，因此任命了一位新国王。现在，被认为已经死去的国王突然在王宫中出现，引起了一片惊恐和混乱。

看起来新国王并不愿意放弃王冠和君权。红胡子老国王弯身同狮子说了些什么话，狮子立即竖起骇人的长鬃毛，张开血盆大口，露出锋利的牙齿，用它的长尾巴猛烈地拍打宫殿的大理石地板，把新国王连同他的卫队一起赶出了王宫。

红胡子国王和家人共进晚餐，狮子坐在他的右手边。国王用怜悯的眼光看了小女儿一眼，他实在舍不得把她交给妖魔，他知道只要能够守住小公主直到天明，妖魔就无法把她带走了。

国王请来牧师商量对策，牧师建议公主前去教堂，待在靠近圣坛的地方。

牧师给公主一本《圣经》，告诫她："不管什么人夜间来请你，你一步都不要跨出圣坛的栏杆。即使你父亲来叫你，你也不要理他，但可以表示你愿把《圣经》送给他。"

夜间，公主孤零零一人待在教堂里，顶住了形形色色的诱惑。妖魔曾以各种面目出现，一会儿变成公主爱恋的王子，一会儿又成了她的母亲或父亲。公鸡报晓，太阳从东方徐徐升起，牧师到教堂请公主返回王宫。公主心有余悸，怎么都不肯走出圣坛的栏杆，因为妖魔也曾多次装扮成牧师勾引她一起上路。

红胡子国王年事已高，终于离开了人世。狮子趴在他的墓顶上不吃不喝，不停地悲痛哭泣，五天后随着老国王平静地死去。为了纪念国王与狮子的友情，威武雄壮的狮子至今仍在王国的国徽中。

# 三兄弟进魔鬼城堡

三兄弟想找一份不用干活只需成天吃吃喝喝睡大觉的差事，他们沿着林中小道往前走，路上遇到了一个魔鬼。

“你们到哪儿去？”魔鬼问。

“去找一份不用干活只需吃吃喝喝睡大觉的差事。”大哥回答。

魔鬼想了想，对老大说：“我需要一个雇工，只需吃吃喝喝睡大觉，你来做我的长工吧。不过你先要猜一个挺绕脖子的谜，要是猜不中就会倒霉。”

“什么样的谜呀？”

“以后会让你知道的。前面有一座宏伟的红色城堡，那是我的家，你到那里等着我。”

魔鬼说完话继续办他的事去了。三兄弟照着魔鬼的吩咐向前赶路，果然一座壮丽的红色城堡出现在面前，三兄弟高高兴兴地走进了大门。两个魔鬼在城堡中看家，询问三兄弟有什么事情。听说三兄弟想找工作时，他们答应一定安排一个懒汉的差事，不过三兄弟必须先解开一个很难的谜。

三兄弟吃饱喝足后就躺下睡觉了。第二天早晨，老三开始想家，更想见到留在村里的未婚妻，他请求魔鬼主人准他回一趟家。小伙子到家后同未婚妻有说不完的话。由于在村里待的时间太长，离家时天色已黑，以致在森林中迷了路，无法找到魔鬼的城堡。

“明天早晨再走算了。”小伙子躺在栎树下酣然大睡。

三只大渡鸦落在栎树上，它们都是红色城堡里的魔鬼，夜间变成渡鸦到处活动。

“我订了一份漂亮的合同，”一只渡鸦呱呱地叫着说，“我在路上找了一个雇工，等我把他喂肥了，就可以吃一顿美味的烤肉了。我要他猜一个谜，如果猜不中，就立即把他推进炉子。”

“你准备叫他猜什么谜？”另一只渡鸦问。

“我要他猜我吃饭用的盆是什么材料做的，”第一只渡鸦回答，“他当然猜不到那是人的头盖骨！”

“我也找了一名雇工。条件与你的相同，”另一只渡鸦说，“我问他餐桌上铺的是什么东西，他当然不会猜到那是一张鹿皮。”

第三只渡鸦已经迫不及待，它结结巴巴地说：“我同样雇了一个雇工，他压根儿不会猜着公鸡腿是我餐桌的四只脚。”

渡鸦的对话，小伙子听得一清二楚，并且记住了每一句话、每一个字。他睡得香又甜，第二天一早就奔赴魔鬼的城堡。三兄弟在魔鬼的城堡中过着猪一样的生活，从早到晚不是吃就是睡。

“现在已经养得够肥了！”魔鬼们窃窃私语，“等他们猜谜后就有烤肉吃了！”

魔鬼们叫来三兄弟，桌子上摆了一大堆钱币。

“我们早就说好的，现在开始请你们解谜。”年长的魔鬼说，“如果猜对了，这堆钱币归你们；要是猜不中，我们就会毫不客气地将你们做成肉饼。”

“我可以替两个哥哥猜谜吗？”小弟弟问。

魔鬼们同意了，同时提出三个关于饭盆、桌布和餐桌脚的谜语。

小伙子毫不含糊地说：“饭盆是人的头盖骨，铺在桌上的是鹿皮，餐桌脚是公鸡腿。”

小伙子解开了所有的谜，魔鬼们既惊愕又气恼。虽然他们气得咬牙切齿，可是不得不信守诺言。他们付了工钱，让三兄弟自由地离去。

回家路上，两个哥哥越想越好奇，便问小弟弟怎么有本事解开那些谜。开始时，小弟弟不肯说出真相，哥哥们便威胁说，如果不公开秘密就把他掐死。小弟弟被逼无奈，只好一五一十地介绍了那天夜里在栎树下偷听到渡鸦交谈的经过。

但是，小弟弟最后说：“如果你们要去栎树下偷听魔鬼的谈话，请把所有钱币都交给我，因为偷听人口袋里哪怕有一块铜币，就听不懂渡鸦说的话。”

两个哥哥把得到的工资如数交给了小弟弟，身上再无分文。他们找到那棵大栎树躲在树下偷听秘密，小弟弟则奔回村子，将钱币交给未婚妻保存。大约半夜光景，三只渡鸦又一次落在栎树顶上，开始呱呱地大声交谈。

“我猜想那几个小青年还会回来再让我们安排差事的。”一只渡鸦说。

“如果他们再来的话，”另一只渡鸦说，“我将要他们解一个根本不可能解开的谜。”

“那是什么谜？”第三只渡鸦问。

“京城中的水井全都枯竭了，”第二只渡鸦回答，“只有套上两匹纯白马，让它们拉着柳条绳锯开御花园中的那块大石头，水井才会重新冒出清水。”

两个哥哥全神贯注地听着渡鸦的交谈，牢记它们说的每一个字。第二天，三兄弟又一次来到魔鬼的城堡，表示愿以过去的条件充当城堡的雇工。

“你们来了，很好！”年纪最大的魔鬼高兴地说，“我现在又有了一个谜，不知道你们中间哪一位猜得中。”

他问：“京城中的枯井用什么办法可以重新冒出清水？”

大哥当即说出了正确答案。魔鬼感到惊讶，但却弄不清楚三兄弟怎会知道这个秘密。他们既没有缺胳膊断腿，更没有丧命，离开魔鬼城堡时又得到了一大笔钱。

因为城里人正经受着缺水的煎熬，三兄弟当众宣布，他们有办法使所有枯井重新冒出清水。他们从国王的马厩中牵出两匹白马，让它们拉着柳条绳锯割御花园的大石头。石头被锯成两半，枯井中立即冒出了清水。国王早已准备了大量赏金，奖励给为京城带来清水的能人。三兄弟得到一大袋金币，继续由小弟弟送回家中保管。

老大和老二重又回到栎树下，想从渡鸦嘴里再听到些秘密。夜幕降临大地，三只黑渡鸦又一次停在栎树上聊天。

年岁最大的渡鸦呱呱地说：“这几个家伙肯定偷听了我们的谈话，要不然他们怎能解开那些谜呢！”

“这一点不难弄清楚，”另一只渡鸦说，“让我们查看下栎树根，兴许他们还在那里。”

渡鸦们蓦地变成大魔鬼，气势汹汹地跳下栎树，吓得躲在下面竖起耳朵偷听的老大和老二不知所措。他们被大魔鬼逮住了，要不是苦苦哀求，恐怕早被掐死了。他们被大魔鬼押到城堡，关在铁笼中催肥。过了些日子，大魔鬼认为两个年轻人已经养肥了。

大大魔鬼对他的老婆说：“我现在出去搞些猎物，你把炉子烧热了，把那个大孩子推进炉膛，等我回来后好一起吃顿美味的早餐。”

三个大魔鬼外出了，留下大大魔鬼的老婆在家里烧炉子。炉子烧得通红，大魔鬼老婆将老大拖出铁笼，命令他躺在推车上。小伙子服服帖帖地躺在推车上，大魔鬼老婆便打开炉门，准备将他推进炉膛。但是小伙子突然伸开两腿，使大魔鬼老婆无法把推车推进炉膛。

“躺直了！”大魔鬼老婆对小伙子严厉地说，“要不然我会办不成事的。”

老太婆加快速度，再次想把小伙子推进炉膛，可是小伙子又跷起一只脚，她的行动又失败了。

“我不是说你必须躺直嘛！”老太婆气恼地说。

小伙子猛地从推车上跳了下来，说：“我不知道怎样躺才符合你的要求，好婶子，请你示范一下吧！”

大魔鬼的老婆肚子朝天躺在推车上，小伙子迅速握住推车把手将她连人带车一起推进炉膛，并且立即关上炉门，插上门闩。院子外传来车轱辘的滚动声，小伙子往窗外一瞧，原来是大魔鬼们回来了。

大大魔鬼看见窗子边有人走动，误以为是自己的老婆，他高声叫道：“肉烤熟没有？我们饿极了！”

“很快就得，”小伙子学着大魔鬼老婆的腔调回答，“你们进来吃吧，我来卸车！”

大魔鬼们从大门走了进来，大哥哥用最快的速度把老二放出铁笼，两人沿着厨房后边的楼梯奔向院子，跳上马车，在马背上猛抽几鞭，像阵疾风般逃离了大魔鬼的红色城堡。他们总算安全地回到了家，他们决心从今以后再也不好吃懒做，更不想到大魔鬼城堡去谋什么“雇工”的差事了。

# 皮鞋匠

镇上住着一个很有雄心壮志的皮鞋匠，他起早贪黑、一刻不停地干活，希望有朝一日成为富有的皮鞋大师，在城里开设一所作坊，雇上十来名伙计。他非常严格地利用时间，每当做完一个村子的活计向别的村子转移时，都是在节假日。

一个星期天，他肩背修鞋箱到邻村找活计。迎面过来一辆由纯黑马拉着的豪华马车，马车夫在皮鞋匠跟前停住马车，一位高贵的先生从车上走了下来。

“你会做漆皮靴子吗？”先生问鞋匠。

“人家都说我会。”

“那就请你到我这儿干活吧！至于工钱嘛，你可以拿到一袋金币，不过只要还有没做完的皮革就不得停止工作。”

皮鞋匠没有认真考虑就同意了高贵先生的建议，并且身不由己地坐上了马车。马车夫在马背上抽了一鞭，马车便奔驰而去。

皮鞋匠闭上眼睛，对马车的豪华羡慕不已，心想：“大人物乘坐高级马车威风凛凛，穷人不得不退避到路边。看来好运终于降临到我头上，但愿我能从乡村皮鞋匠变成庄园皮鞋师。”

他想呀想呀，不知不觉来到了一座大庄园。主人腾出一间漂亮的房间给他做工作室，里面有使不完的皮革。

皮鞋匠心里盘算着："要是把这些皮革都做成靴子，我就将成为大富翁了。"

他坐在板凳上，往手心吐了一口唾沫，开始认真工作起来。吃饭的钟声响了，皮鞋匠走进餐厅。长桌的一头摆着丰盛的饭菜。他毫不客气，狼吞虎咽地吃了起来，肚子鼓得同蛤蟆一样。不过奇怪的是，农庄里既不见人，也不见其他动物，尽管每顿饭都很准时。

皮鞋匠勤奋劳动，不久就制作出七双同一型号的靴子。他虽然不停地工作，可堆放在墙边的皮革却不见减少。半年过去了，皮鞋匠制作的皮靴足足可以装备一个连队。他对隐士般的生活感到厌倦，就站起身，伸了伸懒腰，想去周围查看查看。

柴火房传来砍木头的声音，皮鞋匠向那边走了过去。他发现砍木头的原来是他同村的老熟人，不过皮鞋匠记得这个人五年前就已上吊死去，现在怎么会在这里？

"你好，"砍木头的人说，"你怎么会来到这里？"

"那有什么奇怪的？我在这里工作，给先生制作漆皮靴子。"

"难道你不知道这是大魔鬼本人的庄园？"

"现在你说了，我也就明白了。不过我早已不想在这里干下去了，可是皮革总是做不完，我同先生有过协议，只要还有皮革我就不能停止工作。不知道你有没有办法让我做完那些皮革？"

“有啊，我们是同村人，我愿给你出点主意。现在你就去工作室，不过不要做皮靴，而是按照式样裁剪好所有的皮革，然后将裁好的皮革抛在地上，并说：‘小鬼们，你们努力干吧，我要休息了！’小鬼们将认真地完成你的工作，等到皮革做完了，桌上将出现一袋金币。你拿到金币后要尽快离开那里，大门外有一只黑山羊，你可以骑在它的背上，紧紧抓住它的长角，它将把你送到你当初登上魔鬼马车的地方。那里的路中间有一条用白粉画的线，你跳下羊背后赶紧越过白线，否则黑山羊就会把你送回到这儿，从此以后你甭想再出去了。”

皮鞋匠感谢同村人的真诚告诫和指点。他回到工作间拼命裁剪皮革，并发出号令要人眼看不见的鬼魂缝制皮革。一堆堆皮革被裁剪一空，一袋钱币随即出现在桌子上，皮鞋匠抓起钱袋，毫不迟疑地冲到门外。大门外果然有一只长了角的黑山羊，皮鞋匠骑在它的背上，两手紧抓它的双角，山羊驮着皮鞋匠奔向他当初登上魔鬼车的地方。皮鞋匠腋下夹着沉甸甸的钱袋，立刻跨到白线的另一边。山羊以粗哑的嗓音叫了一声，晃了一下长胡子，只身向魔鬼的庄园跑去。

皮鞋匠用手掂了掂钱袋，扬扬自得地说：“那些罪恶之手再也不能施孽了，掌握钱袋的已是我的手。”

皮鞋匠买了一幢漂亮的房子，雇了许多长工和女仆，过上了贵人的生活。就在同一时刻，镇上的教堂被盗，大量钱币、银器和其他财宝失踪了。为了查明盗贼，人们开始怀疑鞋匠。由于他无法证明自己如何在一夜之间成为暴发户，法院判他犯了盗窃教堂罪，并处以死刑。

死刑在第二天一早执行，绞架周围挤满了人群，牧师为可怜的皮鞋匠做了最后的祈祷。一位高贵的先生坐着一辆由两匹黑马拉着的豪华马车来到刑场，他头戴丝制高礼帽，手持手杖，脚穿漆皮靴，当众宣布是他给了皮鞋匠一袋金币。

“皮鞋匠是无罪的，他同白绵羊一样纯洁清白。而这位虔诚的牧师才是真正的窃贼！”高贵的先生大声说。

皮鞋匠得到了自由，牧师被判处了死刑。

“这难道不是恶有恶报、自食苦果吗？”高贵的先生说。

“说得非常正确。”人们响亮地回答。

高贵的先生抓起缰绳，套住牧师的脖子，骑着马跃上天空，牧师礼服的飘带在高空随风飘扬。从此以后，皮鞋匠工作得更加勤奋，生活得更加幸福美好。

# 三枚银币

一个富翁死了，他给两个儿子留下一大笔钱。哥哥买了一条船准备当哥哥出海。

弟弟却走到海边，把钱币扔进了大海，并说："让不义之财沉入海底吧！愿用真诚老实的手段赚来的钱币浮出水面！"

绝大部分钱币沉入海底，只有三枚闪亮的银币浮出了水面。弟弟拿了这三枚银币，对即将出海的哥哥说："这是我的全部财产，请用这三枚银币替我从海外买些东西。"

"留着这几块钱吧。"哥哥说。

但是弟弟一再要求，哥哥不得不接过银币，答应把这件事记在心里。哥哥的帆船起航了，向大海驶去。航行十分顺利，不久就驶抵一个繁华的商港。哥哥购买的货物装了满满一船，可他在忙碌中忘掉了弟弟交托的事情，直到帆船就要起航时才发觉裤子口袋里还有弟弟的三枚银币。

"用这点钱买些什么呢？"他一面想，一面顺着舷梯走向码头。

哥哥在小巷中遇见了怀抱着两只小猫的姑娘，便问道："姑娘，你准备将猫送到哪儿去？"

"我准备将它们扔进大海。"姑娘回答。

"请将猫卖给我吧，不要淹死它们！"哥哥请求，并将弟弟的银币交给姑娘。

交易做成了，哥哥带着两只小猫回到船上。帆船起锚了，扬起风帆，驶向哥哥的故乡。无边无际的大海忽然狂风大作，帆船不幸触礁沉入海底，所幸哥哥、海员和两只小猫未遭不测，他们坐在狭小的救生艇中随波漂流。

遇险者熬过了无数艰难困苦的日日夜夜，终于抵达一个很大的海岛。他们登岸后想在一座华丽的贵族庄园中借宿一夜，主人非常热情，不但同意他们过夜，还主动请他们吃了一顿丰盛的晚餐。

但有一件事使客人们百思不得其解，这里每人的座位前都放了一把结结实实的木槌，客人们询问木槌的用途，主人说："深灰色的长尾巴老鼠伤透了我们的脑筋，只要一打开锅盖，它们立刻就会跑出来，那时候只有用木槌敲它们的脑袋才能把它们赶跑。"

主人的话一点儿不假，当食物盛入菜盘向四周散发出一股香气时，偌大的老鼠便从墙角爬了出来。它们肆无忌惮地爬上桌子与人争食，主人和客人都不得不拿起木槌敲打它们。两只小猫表现出天性，伸出爪子向老鼠猛扑过去。很多只老鼠被咬死，更多老鼠到处逃窜，掉进海里淹死了。

农庄的主人非常喜欢这两只小动物，因为整个海岛上从来没有养过猫。他愿出高价买下小猫，但是哥哥不答应，因为那是他为自己的弟弟买的。主人表示愿以整座仓库的珍贵物品换取小猫，哥哥依旧没有同意。最后主人提出再加一条豪华的帆船，哥哥才动了心。他想：要是不接受这样优越的条件，我未免太不理智了。双方达成协议，两只猫换了主人，一仓库的珍贵物品装入船舱，哥哥立即命令起航回国。

几天后，帆船顺利地返抵家乡，弟弟登上甲板，问哥哥：“你记得用我的三枚银币替我买些东西的事吗？”

“我用三枚银币买了很多东西，这条豪华大船连同船上的物品全都是你的，而我将一无所有。”他摊了摊空空的双手回答弟弟。

弟弟无法相信。于是哥哥详细地讲述了他们经历的事情——用三枚银币买下的小猫、从未见过小猫的海岛以及他同庄园主达成的交易。弟弟确信自己已经依靠用真诚老实的手段赚来的三枚银币成了富翁。不过他不是忘恩负义的人，也不想占有全部财产，于是只拿了船上的物品，把它们卖掉后买了一幢漂亮的房子，而将豪华的帆船送给了哥哥，让哥哥继续远航。

# 船长打赌

多年来，船长出海航行一帆风顺，因此成了远近闻名的富翁。但有一次他遇上了狂风暴雨，情况十分危急，他便对天发誓："如果能够平安地渡过难关，我一定娶上岸后遇到的第一个姑娘为妻。"

狂风暴雨过后，大海显得格外平静，帆船安抵港口。船长看到一位年轻美丽的姑娘正在码头上洗衣服。帆船抛锚后，船长搭乘小船到码头同姑娘交谈。

当船长向姑娘表示愿娶她为妻时，姑娘生气地说："请不要戏弄我们穷人！"

"我是当真的。"船长向姑娘保证，"我是堂堂正正的男人，绝对不会欺骗你，让我们同去黄金铺买订婚戒指，然后去你家征求你父母的意见。"

"我可是边远地区穷鞋匠的女儿。"姑娘继续拒绝。

"可我是一条大船上的船长，快把那些破衣服扔进大海，跟着我去办大事！"船长简直像在下命令。

他们订婚后一起到穷鞋匠的破小屋拜见姑娘的父母。船长行动果断，婚礼当即举行。他为妻子在城里买了一幢漂亮的房子，建立了美满的小家庭。船长出海前和他的老朋友——一家旅店的老板话别，告诉老板他刚与一位姑娘结婚。

旅店老板听了既惊讶又生气，说："你在娶卑贱的姑娘为妻之前为什么不先问问我的女儿？你很清楚我的姑娘要比皮鞋匠的女儿漂亮、富裕得多。"

"生米已经做成熟饭，尽管我认识妻子才几天，但我相信她是一位贤惠忠诚的妻子。"船长回答。

"谁能担保女人的忠贞？我们不妨打一次赌。从今天算起如果一年内我不能把你的妻子勾引过来，我的房子和全部东西就都归你。"旅店老板信誓旦旦。

船长同意打赌，押出他的帆船和为妻子买的房子作为赌注。船长没有将打赌的事情告诉妻子，只说他这次出海至少要一年，要她细心看管好家。

一年即将过去，旅店老板坐立不安，因为他没能同船长的妻子搭上腔，更谈不上与她来往了。一次，他在路上遇见一个老太婆。那人一贯挑拨离间，她的恶劣品德全城闻名。

"老板有什么难处，我能给你什么帮助吗？"老太婆看见旅店老板哭丧着脸便问。

"没有什么。"不过他还是将打赌的事告诉了她，"我将百分之百地丢掉房子和财产了，因为皮鞋匠的女儿对她的丈夫如同对黄金一样忠实。"

"不要忧愁悲伤，我替你想想办法。"老太婆思考了一会儿说，"给我弄一只木衣箱，要大一些的，可以装得下我才行，箱子里还必须装一把能从里面打开的锁。"

旅店老板准备好木衣箱，老太婆爬到里面藏了起来。然后，老板照老太婆的吩咐用手推车把衣箱送到船长家。他敲了敲门，船长的妻子出来招呼。他自称是船长的老相识，想借船长家把这衣箱存放一夜。船长的妻子当然想不到这里面有阴谋，就让来客把衣箱扛到她的卧室里。因为他说箱子里装的是贵重物品，姑娘怕放在外面不安全。

半夜，船长的妻子已经熟睡。老太婆轻轻地打开箱盖，蹑手蹑脚地走到年轻妻子的床边，偷走了放在桌上的订婚戒指和地上的一只鞋，又重新躲进了木衣箱。第二天一早，旅店老板来取衣箱。船长的妻子穿着拖鞋打开大门让他扛走了衣箱，但她不知道家里丢失了东西。

船长的帆船从海外归来，旅店老板迫不及待地跑向码头。

船长的两只脚刚刚踩上陆地，老板便大声宣布说："你的妻子没有保住贞洁，我在她那里过了一夜。"

"你有什么证据？"船长问。

老板立即展示了订婚戒指和一只鞋。

船长清楚地知道那些都是他妻子的东西，于是阴沉着脸说："我赌输了，我的帆船和房子全归你。"

船长回到家，对他的妻子说："跟我来，我有重要的话同你说。"

妻子看到丈夫如此消沉和气恼，很纳闷。她心想："看起来他像失掉了帆船似的，但我还是别打听，由他自己说出来好一些。"

但是船长没有向妻子吐露半个字。他领着妻子走进浓密的森林，突然拔出猎刀刺向她的胸膛。妻子受惊昏倒在地，但总算保住了性命，因为她胸前佩戴的铜首饰挡住了刀锋。船长以为妻子已经死去，头也不回地离开了森林。

船长来到另一个码头，登上一条远洋船当了一名普通水手。远洋船不幸遇上海盗，船被劫持，海员们全被铐上脚镣，成了从事繁重劳动的奴隶，船长当然也在其中。

昏倒在森林里的船长妻子终于苏醒了。一开始她不知道发生了什么事情，当她明白过来后立刻号啕大哭起来。她连滚带爬地跑回家中，但是旅店老板已成了房子的主人，还用刻薄的语言把她撵出了大门。年轻的姑娘回到父母的破小屋，得知旅店老板不但霸占了房子，还使用阴谋诡计骗走了船长的帆船。悲惨的事情发生了，但她决心战胜邪恶。

“只有英勇的男子汉才能解开这个疑团，”年轻的姑娘想，“为什么我就不能是男人呢？”

于是，她穿上男人的服装，在一条远洋船上找了一份水手的工作。这条远洋船也遭到海盗的抢劫，姑娘同样成了海盗的奴隶，被送到孤岛上做繁重的劳动。女扮男装的妻子在奴隶中间见到了自己的丈夫，但他却没有认出她。妻子很快赢得了强盗们的信任，被指定为奴隶头头。强盗头子在一次战斗中丧生，众强盗一致推举女扮男装的妻子当他们的总头目。船长的妻子变得有权有势，她命令强盗们为远航建造一条高级船。工程顺利完成，她让强盗和奴隶们上船，同时宣布释放奴隶，起航回家。

一路上风平浪静，几天后船就安抵家乡。担任船长的妻子要求依然蒙在鼓里的丈夫和他的伙伴陪她前去骗人老板的旅店。旅店中在举行婚礼，老板的女儿找到了丈夫。老板不算吝啬，他邀请海上来客与新郎新娘一起共享欢乐。为助兴，他还请各人轮流介绍自己一生中最有意思的经历。

轮到旅店老板时，他得意地讲了起来："几年前我就在这张桌子边遇到一个船长，他傻得出奇，同我打赌，结果把船和漂亮的房子统统输给了我。"

老板越说越来劲，最后竟然毫不掩饰地抖出了赢得这场赌注的手法。

穿着普通水手服的船长蓦然站了起来，大声喊道："我就是那个受骗的船长，现在我要收回帆船和房子！"他向四周看了一眼，用低沉的声音叹着气说，"我还要收回忠贞的妻子！"

许多参加婚礼的客人也认出了船长，他们主持公道，支持船长收回自己的财产。女扮男装的妻子悄悄地回到父亲的小屋，换上当初与丈夫一起进森林时所穿的那套衣服。

当她重返旅店向丈夫问候致意时，船长顿时热泪盈眶，激动地说："你没有屈死森林是我最大的幸福和最大的欢乐。我太愚蠢了，当你充当奴隶头头整天忙碌、作为船长威武地站立在驾驶舱中时，我竟然没有认出你，但我现在认出你了，你是我亲爱的妻子！"

他们相互拥抱，热烈亲吻，就像分别多年的夫妻重见时所做的那样。

# 小乞丐当上了国王的女婿

国王有个女儿会讲世界上所有的语言，说起话来就像放机关枪，没有人能够难倒她。国王通告全国，要是哪个年轻人有本领堵住公主的嘴，让她答不上话，他就可以娶她为妻，统治半个国家。

很多年轻人信心百倍地来到王宫，但又全部灰溜溜地离去，因为伶牙俐齿的公主总能轻易地堵住他们的嘴。

国王的通告传进了一个小乞丐的耳朵，他心里揣摩："一个女人的嘴还有堵不住的！难道公主的嘴与别的女人长得不一样？最多灵活一些就是了！"

他请另一个小乞丐做伴同去王宫试一试本事。一只麻雀在路边的树丛中跳来蹦去、叽叽喳喳，小乞丐一把捉住那只麻雀，将它放进了背袋。

"你要麻雀做什么？"他的伙伴问道。

"会有用处的。"小乞丐回答，但他没有解释这样做的原因。

他们走了一段路，小乞丐看见一只刚刚开始学飞的小乌鸦。他抓住小乌鸦，将它也装进了背袋。后来，他又捉了一只呱呱叫的老渡鸦和一只黄眼睛的猫头鹰。背袋里装满了各种各样的飞鸟。

“你捉这么多鸟儿究竟要做什么？”小伙伴迷惑不解，很想问个究竟。

“你会看到它们将是很有用的。”小乞丐说，但他依然没有进一步解释。

一头无主的公牛从对面走了过来，小伙子用鲜草引诱它跟在他的后面。一位哑巴老婆婆迈着笨重的脚步向前赶路，他也请她同行。

“你动员了差不多半个世界的动物，看来我已经没什么用处，可以同你告别了。”小伙伴威胁说。

“别着急，”小伙子说，“王宫的塔尖已经隐约可见。你瞧吧，所有东西都会有用的。”

他们走进王宫，公主亲自在院子里迎接挑战。她是与人交谈的热心人，只要有人同她谈话，她都欢迎，从不计较贫富贵贱。

“你是抱着与其他年轻人同样的目的到这里来的？”公主问小乞丐。

“是的，我来到这里为的是要堵你的嘴，让你说不出话。”

“你还带来用人和老母亲，甚至赶来了牲口！可你的背袋里装的是什么东西？”公主问。

“大家听着，如果我能堵住公主的嘴让她答不上话，或者证明她并不懂世界上所有的语言，我就赢了。请你们都做我的证人。”小伙子大声说。国王和众大臣已经站立在宫廷庭院中。

小伙子把手伸进背袋，轻轻地捏了一下麻雀，麻雀惊慌地叫了起来：“叽叽叽！”

“请问公主，你懂这种语言吗？”小伙子问。

“我不懂麻雀的语言。”公主坦率地承认。

“那么你懂这种语言吗？”小伙子一面说，一面捏了一下小乌鸦。

乌鸦便呱呱呱地叫了起来。

“我也不懂乌鸦的语言。”公主说。

小伙子又捏了一下渡鸦，渡鸦高叫：“咯咯咯！”

装在背袋里的猫头鹰也伴着其他飞禽叫了起来：“咕噜、咕噜、咕噜！”

“我不懂渡鸦的语言，也不明白猫头鹰说的话。”公主目瞪口呆地说。

“这是我的朋友，也许你懂公牛的话？”小伙子问道，同时拍了拍公牛的背。

公牛叫了一声：“哞！”

公主哑口无言，因为她一点儿也不懂牛的语言。

“还有那位老婆婆，”公主说，“请她说话吧，她说的话我肯定懂，因为我会讲所有人讲的语言。”

“你同老婆婆说说话吧。”小伙子说，同时在老婆婆的手臂上轻轻地拧了一下。

老婆婆挨了拧很不高兴，就咿咿呀呀地骂了几声。公主也听不懂哑巴说的话，她多次被堵住嘴回答不出一个字。国王和众大臣都是现场的证人。

国王恪守诺言。机灵的小乞丐成了公主的丈夫，还统治了半个王国。

# 穷姑娘与国王

很久以前，有个穷苦的农民。除了坐落在山腰的一间破旧小屋外，他没有任何别的财产。不过，他有一个女儿，她长得像鲜花一样美丽。

一天，女儿对父亲说："我们应该有一小块土地，要是山脚下的那块草地能归我们就好了。听说现在的国王慷慨大方，你能否找国王说说，请求他把那块荒地赐给我们？"

父亲走进王宫，向国王深深地鞠了一躬，提出了自己的要求。国王二话没说就把山脚下的那块荒地无偿地给了他。父亲和女儿开始辛勤耕耘，打算播种大麦和黑麦，还要栽种几棵果树。父亲用锄头翻地，碰触到一块硬东西，溅起一片火星。

"孩子，你看我找到了什么东西？"父亲对女儿说。

女儿过来一看，发现那是一具沉重的纯金铸成的臼子。

"国王如此善良，我们应该好好地报答他，现在我们就去王宫，把这具金臼子作为礼物赠送给他吧。"

女儿不同意，婉转地说道："我的好父亲，如果你送去金臼子而没有杵，国王一定会要你交出杵，可是我们到哪儿去找杵呢？最好还是把金臼子埋在草地边上，什么话都不要对人说。"

但老父亲固执己见，还是把金臼子献给了国王。

“国王陛下，现在我要以礼物还赠礼物，这具金臼子是我从您恩赐的地里发现的。”

国王表示感谢，用手掂了掂金器的分量，贪婪的念头突然产生。

他说：“我的地里没有找到别的什么吗？”

“没有。”

“有金臼就应该有金杵，你一定是把它藏起来了！”

老头儿再三说明他从未见过金杵，但国王就是不相信他的话，可怜的老头儿被关进监牢。国王还说，要是他不交出金杵，就甭想出狱。监牢里伙食极差，发霉的面包片上放了几条发臭的鲱鱼。

一次，老头儿冲着监牢看守人边叹气边自白：“唉，要是早听了女儿的话，我也不至于被关在铁窗后面！”

看守将老头儿的话禀报了国王，国王决定面见老头儿。

“你说要是听了你女儿的话，这是什么意思？”国王问。

“女儿不让我送来金臼，因为她估计你会索要金杵。”老头儿回答。

“你的女儿真聪明，我很想见她一面，如果你能叫她来这里，你就可以立刻回家。”

老头儿回到家里向女儿说明了情况，要她即刻去见国王。

“亲爱的父亲，请你不必忧虑，不管国王怎样固执，我都有办法让他服服帖帖。”

穷姑娘穿戴着最漂亮的服饰，落落大方地跨进了王宫的高门槛。国王客客气气地接待了她，还说他从未见过如此美丽的姑娘。

“不知道你的才智是不是与相貌同样出色。”国王一面思索，一面大声地说，“我要考考你，如果你能完成我交给你的任务，我就向你求婚。”

“什么任务？请说吧！”姑娘说。

国王说：“现在请你立刻回家，明天再来这儿。但你再来时既不许穿衣服又不可赤身裸体，既不能有马又不得没有马，既不能骑马又不能乘车，既不沿路走又不走路边，既不许白天来也不许夜间到，既不准进大门又不要站在大门外。要是能做到这一切，你就是我的妻子，王国的王后。”

姑娘重复了一遍国王提出的条件后回到家里。她脱掉身上的衣服，然后找来一张渔网披在身上，这样既不赤身裸体又没穿任何衣服。她借了邻居的一头驴，驴不是马但又像马。她把渔网结在驴子尾巴上，被驴子拖着向前走，因此她既不骑马又不乘车。驴子拖着她沿着沟渠滑溜，所以她既没有沿路走又没有走路边。她掌握时间恰到好处，天蒙蒙亮时抵达王宫，那时既不是白天又不是黑夜。她脚踩门槛，既没有进门又不是站在门外。姑娘通过了智力考试，国王非常高兴。王宫中举行了盛大的婚礼，聪明的穷姑娘成了王后。

一天，几个农民赶着两辆车在王宫前停了下来，其中一辆是马车，另一辆是牛车。农民进饭馆吃饭，一匹母马刚巧在那个时候产下一匹马驹。小马驹撑起四条腿摇摇晃晃地离开母马，躺在两头牛的中间。农民们出来后发现了小马驹，于是展开了一场马驹归谁的争执。牛主人想占有马驹，硬说马驹是牛产下的。母马的主人理直气壮，说小马驹自然是母马生的，应该归他。双方争论不休，只好请求国王裁决。

国王正睡午觉，信口开河地说："马驹躺在哪儿就归哪儿。"

于是，牛主人莫名其妙地得到了一匹漂亮的马驹。马驹的真正主人对国王的错判非常不满，但他敢怒而不敢言。马主人听说王后美貌超群、聪明过人，而且为人公正、乐于助人，便求见王后。

王后想了一阵儿，说："你必须保证不告诉任何人曾经找过我，这样我才能帮你夺回权利。明天上午皇家卫队在中心广场举行阅兵仪式，国王将顺着大街检阅队伍，你可以站在大街正中，手拿渔网，像真的一样在石头路上捕鱼。"

王后还告诉马主人怎样回答国王可能向他提出的问题。第二天上午，马主人手拿渔网在石头路上做着认真捕鱼的样子。国王骑着一匹高头大马，在将军和大臣们的簇拥下前来检阅皇家卫队。

他见到马主人站在路中间便问道："你疯了？还是生了什么病？"

马主人说："我正在用渔网捕鱼。"

"石头路上能捕鱼！"国王扑哧笑了一声。

"牛能产下马驹，石头路上为什么不能有鱼呢？"马主人反问。

国王皱了一下眉头，想起了他曾把马驹判给牛主人的裁决。

国王对马主人说："你纠正了我的错误，干得非常出色。不过我相信这绝非你的发明创造，快告诉我是谁给你出的主意？"

马主人信守他向王后许下的诺言。尽管国王不断施加压力，他仍坚持说那是他自己的主意。国王下令鞭打马主人，他忍受不了毒打，被迫供出了王后。

国王大发雷霆，指着王后的鼻子说："你对我残酷无情，竟然在大庭广众下指责我是不称职的判官，现在我要宣判对你的惩罚——收拾好你的东西，赶快滚回你的破小屋！"

王后听到这么严厉的惩罚禁不住泪流满面。国王的内心也充满了矛盾，于是说："你可以搭乘马车，并从宫中取走你觉得最宝贵最珍爱的东西。"

国王和王后共饮咖啡告别。王后在国王的杯子里掺了强烈的安眠药水，国王喝下咖啡，立即倒在沙发中昏睡。

王后紧急召来侍从，命令说："陛下得了重病，我要送他去一位外国名医的诊所求医，立刻通知马车夫备好马车。"

王后取出一条柔软的白床单裹在国王的身上，然后由侍从们将他抬到马车上。车夫扬起马鞭，四匹骏马拉着华丽的皇家马车向前奔驰。马车没去外国名医的诊所，而是到了王后的旧居。侍从们将国王抬进破旧的小屋，他昏迷不醒，足足睡了两昼夜。他醒来后觉得周围很陌生，弄不清自己究竟睡在什么地方。他大声叫侍从，可是没有一个人答应，最后来到他床前的却是穿着农民服装的王后。

“你能说说我在哪里，这一切都是怎么一回事吗？”国王问。

“你把我赶出王宫，但答应我可以带走最珍爱最宝贵的东西，你就是我最珍爱和最宝贵的，所以我把你带到了我的出生之地。”

国王听了王后深情的话语，激动得说不出一句话。他拉住妻子的手，过了半天才从嘴里挤出两句话：“你能饶恕我的粗暴无礼吗？天底下再也找不到第二个像你这样美丽聪明的妻子了！”

国王终于得到了王后的谅解，从此他们永远相亲相爱，幸福无比。

# 被调换了的儿子

王后和铁匠的妻子在同一晚分别生下一个儿子。当时国王正在前线指挥作战，一位阴谋篡权的大臣偷偷地调换了两个婴儿。他把小王子放进铁匠儿子的摇篮里，铁匠的儿子则被包在挂了王冠的襁褓中。这位大臣盘算，因为他掌握着重要的国家机密，一旦铁匠的儿子成为王储，他就可以对王子进行敲诈，谋取种种利益，直至篡夺王位。

两个孩子同时洗礼，王子取名杨内，铁匠的儿子叫所罗门，因为他从小就表现出非凡的聪明才智。两个孩子长大后，上了同一所学校。课间，孩子们到室外玩耍，他们在海边用石头搭了一座王宫。

“我们有王宫了，可是缺少一个国王，该推选谁当国王呢？”他们彼此相问。

“我知道选谁当国王。”铁匠的儿子说，“让我们一起到那边的林子去，林子向谁鞠躬，谁就是国王。”

“傻瓜！树木怎会鞠躬呢？”孩子们异口同声地说。

不过他们还是朝着树林走去，所罗门走在最后面。孩子们全都清楚地看到，各种树木都向所罗门低头鞠躬。

“我们还不能选你当国王，因为我们中间有一位王子。”一个孩子说，“我建议再来一次比试，看你是否真的比别人聪明。”

所罗门领着别的孩子来到小湖边，说：“那片睡莲叶下有许多青蛙。我们讲好，那些青蛙游到谁的前面，谁就是我们的国王。”

孩子们同意所罗门的建议，于是各施本事想把青蛙吸引到自己身边，可是湖面上一片平静，不见一只青蛙跳动。但当所罗门大喊一声，成百只青蛙便竞相向他游来，它们一边哇哇地欢叫，一边向他低头致敬。

“等到第三次比试后，我们才能选你当国王。”孩子们一致提出，“再由你出一个比试题吧！”

“让我们一起前去激流边，”所罗门说，“谁有本领让激流停止流动，谁就是我们的国王。”

孩子们冲着激流大喊大叫，但是湍急的流水无动于衷，一刻不停地向前奔腾。然而所罗门一挥手，激流就立即停止了流动。孩子们对所罗门佩服得五体投地，一致公认他为国王，并向他高呼致敬。

后来，孩子们来到王宫，每人都为自己雕了一匹木马，存放在共同的马厩中。一天，所罗门的木马突然失踪了。经过认真的调查研究，孩子们认定是杨内王子偷走了木马。皇家的尊严无济于事，因为所罗门懂得法律，他下令按照有关惩办偷马贼的法律鞭打了杨内的屁股。

杨内挨了打，哭着回到家。他告诉父亲，小伙伴们根据所罗门的命令鞭打了他的屁股。于是，国王找铁匠的儿子谈话，惊讶地发现这孩子精通所有法律，对他的提问对答如流。

“这个小家伙比我最高明的法官还高明。”国王心想，接着问，“你的父亲是哪一位？”

国王告诉所罗门，要他的铁匠父亲第二天进王宫，还请他带上最好的朋友。所罗门赶紧跑回家，向父亲转达了国王的命令。铁匠是老实巴交的平民百姓，听到国王的命令胆战心惊，满面愁容。

“我从来不同别人打交道，一下子叫我到哪里去找最好的朋友呢？”铁匠说。

“你可以带上帕努。”所罗门向父亲建议，“等国王感到好奇，询问看家狗怎会成为你最好的朋友时，你就拿鞭子抽打帕努，它必将逃到墙角躲藏。到时你就亲切地叫它，它定会摇着尾巴重新回到你身边，并原谅你的鞭打，这就是真朋友之间应有的关系。”

铁匠非常感激儿子。他洗了桑拿浴，清除掉身上的污秽，穿上最好的衣服，吹了一声口哨让小狗帕努跟着自己前往王宫。

“狗是你最好的朋友，”国王问，“这应该怎样解释？”

铁匠就用鞭子抽打帕努，帕努夹着尾巴呜呜地叫着躲向墙角。但当他唤它过来时，它又摇着尾巴走到铁匠面前，高高兴兴地在他周围转来转去。

国王说：“你很会选择朋友，是很有办法的人。我现在给你两打鸡蛋，你必须在二十天之内孵出小鸡，要是做不到这一点，你就难有好的结果。”

铁匠手提鸡蛋篮子，耷拉着脑袋回到家里。

所罗门已经放学回家，听到国王的要求，便对父亲说：“让我看看鸡蛋！”

铁匠把一篮鸡蛋交给所罗门，所罗门在一个鸡蛋壳上抠了一个小洞。

“那是煮熟了的鸡蛋，”所罗门说，“我们已经许多天没吃煮蛋了，先把这些蛋吃了，等国王来要小鸡时，我自有办法对付他。”

二十天过去了，所罗门守在路边的树丛中等候国王。国王一露面，小家伙就冲到父母跟前，要他们赶快走进牛栏，他将在那里告诉他们怎样对付国王。

国王探进脑袋向小屋里看了看，见到所罗门后问道：“你的父母在哪里？”

“他们在牛栏里。”小家伙回答。

国王走进牛栏，看到铁匠和他的妻子蹲在地上聚精会神地盯着一头小公牛。

“二十只小鸡在什么地方？”国王问，“你们蹲着做什么？”

“我们在等待小公牛产下小牛崽。”

“公牛怎会生小牛？那是不可能的事情。”国王说。

“让煮熟的鸡蛋孵出小鸡不也是一样不可能的事情吗？”铁匠针锋相对。

国王自知理亏，干咳了一声，不再向铁匠索要小鸡。当初阴谋调换两个婴儿的大臣听说所罗门聪明过人，而且国王像喜欢自己的儿子一样喜欢他，于是又转动脑筋策划新的阴谋。他将铁匠和他的妻子逐出国境，赶到遥远的大海彼岸，所罗门从此流落街头成了小乞丐。

后来，所罗门为教堂放牛，教堂附近的林子里水草茂盛，他就常在那儿活动。所罗门用杨木刻了一管笛子，每当他吹起笛子，牛就会抬着脑袋，翘起尾巴，摇来晃去地在草地上跳舞。牛的喧闹乐坏了所罗门，他每天都要对着牛群吹奏那管魔笛。但是麻烦的事情发生了，所罗门的牛群因为跳舞疲劳不堪，吃得越来越少，奶也下得少了。

牧师为了查清奶牛产奶减少的原因，便跟踪所罗门藏身在森林中。由于牛群停下吃草，牧师未能藏身在比较隐蔽的地方，不得不选择多刺的野蔷薇丛做掩护。所罗门为了消磨时光，便爬上一块岩石取出笛子吹奏了一支小曲。奶牛听到音乐声随即抬着脑袋高兴地跳起了舞。狂热的气氛感染了牧师，他竟也情不自禁地在多刺的野蔷薇丛中跳开了舞。当牧师回到家中，他的脸和手上血迹斑斑，衣服也被剐得稀巴烂。从此，所罗门没有牛放了，他在教堂里无事可做，不过有时候仍用魔笛给牧师的女儿和夫人吹几曲。

正当所罗门四处行乞和放牛时，国王别出心裁搞了许多新花样。他命令工匠制造一辆不要马拉的马车，由两个体格强壮的士兵牵引着大车周游全国，寻找聪明之士进王宫。

为此，国王指示拉车的士兵，凡在路上遇到人，必须停车问一问："请猜猜这辆车要花多少钱？"

"谁要是答得不同寻常，你们就将他送到王宫来。"国王又补充了一句。

士兵拉着车经过教堂，所罗门跑上街头看热闹。士兵停车问他："小家伙，你猜这辆车子要花多少钱？"

所罗门手里正拿着一片面包，他向士兵晃了晃面包说："付给造车人的报酬未必比这片面包对我更值钱，因为牧师夫人送我这片面包表达了她的真诚善意。"

"小家伙的回答非同一般。"士兵们轻声地交换一下意见，然后对所罗门大声说，"小孩子，快上车，我们送你进王宫！"

所罗门走进车厢，坐在舒服的沙发座上。士兵们拉着车子一步步往前走，汗流浃背。车子返抵京城，正巧国王外出旅行，那个曾将国王和铁匠儿子互相调换的大臣代行国王职务。士兵们领着所罗门觐见代理君主。奸诈的大臣没问上几句话就已清楚站在他面前的正是王冠的合法继承人。大臣以莫须有的罪名将所罗门投入监狱，因为他害怕所罗门有朝一日弄清楚自己是真正的王子后会报复他。

所罗门丈二和尚摸不着头脑，不知道为什么自己会被关进监狱。不过他认为这件事不难查个水落石出，于是取出随身携带的魔笛吹起了乐曲。一队士兵正在监狱的院子里操练击剑，笛子的乐声传进了他们的耳朵，他们不再按照长官的口令进行操练，而是疯狂地乱蹦乱跳，胡乱地挥舞军刀，结果许多人都受了重伤。

代理君主分析了情况，认定所罗门是罪魁祸首，随即下令将他处以绞刑。绞架已经竖起，绞索上好了蜡，刑场周围由一队士兵警戒，防止危险的年轻罪犯逃跑。所罗门登上绞台，对刽子手说他是吹笛子能手，请求给他最后一次吹奏笛子的机会。按照惯例，死刑犯的要求必须满足，于是刽子手答应了他的要求。

所罗门奏出颤抖的乐曲声，刽子手连同围观的群众都手舞足蹈地开始跳舞。他们越跳越疯狂，根本控制不了自己，更谈不上执行代理君主下达的绞刑令了。负责警戒的士兵也参加了大表演，其中一个还砍伤了代理君主，情况严重。正在大家拼命厮杀之际，国王的御车驶近刑场。所罗门停止吹奏，所有人立即站在原地一动不动。

"这是怎么回事？"国王走下御车问道。

要尽阴谋诡计的大臣已经奄奄一息，他在临死前终于良心发现，向国王交代了自己的罪行。他告诉国王，许多年前他曾调换了王子和铁匠的儿子。最后，他用尽力气抬起手臂，指了指那个无所畏惧地站立在绞架下的所罗门说："他才是真正的王位继承人，无论从才智还是出身来说，那个位子都应该属于他。"

奸诈的大臣一命呜呼，所罗门成了王储。父亲去世后，所罗门继承了王位。他在位多年，在他的领导下，这个王国繁荣富强，人民安居乐业。

# 三句话

从前有一个不走运的小伙子，他雄心勃勃，很想干一番事业，但计划总是落空。

“我决不能一辈子这样穷困下去。”小伙子心想。

于是，他觐见国王，请教国王怎样才能使他的计划取得成功，从而发财致富。国王思考了一阵儿，但提不出好的建议。

国王的女儿刚巧听到小伙子的诉说，便走了进来，说：“如果你想富起来，就应该娶一个有钱的姑娘。”

“我到哪里去找有钱的姑娘呢？”小伙子问。

“你就娶我吧！”公主大方地说。

结婚之后，公主得到了可观的嫁妆，不走运的小伙子一转眼成了大富翁。小伙子很想积累更多钱财，但买卖不顺手，公主带来的嫁妆像羽毛遇到大风一样赔得精光。穷人永远富不了，好像这是命中注定的。除了一间赖以栖身的小破屋外，年轻的夫妻再无别的财产。国王也停止接济不走运的女婿了，公主只好依靠劳动养活自己。她从邻居那儿借了一架织布机，开始纺纱织布。她起早贪黑地辛勤工作，终于织成了一条漂亮的布毯，交给丈夫去卖。小伙子夹着布毯来到闹市区，准备卖给一家店铺。

店铺老板有心买下这条漂亮的布毯，问道：“你要现钱还是一句对你有用的话？”

“我很需要钱，”小伙子心里考虑，“不过有用的话不会像钱那样很快消失。”

于是他对老板说：“请给我一句话吧！”

“哪里有柳丛，哪里就有水。”老板一边说，一边把布毯搁在货架上。

小伙子回到家，妻子问钱在哪里，他说用布毯换了一句有用的话。妻子对丈夫的愚蠢行为很生气，但她没有吭声，而是坐在织布机上以加倍的速度编织第二条布毯。

布毯织成后，公主再次让丈夫去市场售卖。小伙子又到原先去过的那家店铺，用布毯换回了另一句有用的话。

“争吵无助于建立和睦。”这是店铺老板的第二句话。

丈夫又一次两手空空地回了家，妻子批评他是无用之辈和大傻瓜，但她又坐在织布机旁开始编织第三条布毯。小伙子拿着妻子织好的第三条布毯再次走进原先的店铺，他还是不要金钱而要有用的话。因为店铺老板对他说，缺了第三句话，头两句话就将一钱不值。

“请说吧，我的坏运气也许会从此一去不复返的。”小伙子说。

“举起剑，但不可砍下。”店铺老板说。

小伙子用布毯换了第三句有用的话。他正打算回家，忽然情不自禁地紧张起来。

“一分钱都没带回家，妻子会说什么呢？”小伙子心想，

“她一定会发火的，会用棍棒敲烂我的脑袋，我还是逃到海外去算了。”

小伙子四处徘徊，最后走到码头，在船上找了一份差事，随船出海远航了。一路上风平浪静，小伙子的船抵达了一座驻有一支军队的海岛。岛上找不到淡水，士兵们面临着渴死的危险。将军当众宣布，谁能找到饮用水，就奖给他四桶黄金。

小伙子回想起店铺老板的第一句话：“哪里有柳丛，哪里就有水。”

他在岛上找到了柳丛，将柳条连根拔起，一股清泉随即从柳丛下涌出地面。不走运的小伙子终于交上了好运，将军兑现了自己的诺言，奖给他四桶黄金。船继续向前航行，船上载着小伙子得来的财富。但是船上的伙计们产生了忌妒之心，便趁他不备把他推进大海，瓜分了他的四桶黄金。

小伙子被海浪卷入海神王国的王宫，他看到两个海神怒目相视、争吵不休，据说他们已经争吵了整整十个年头。

“如果你能调解我们之间的纠纷，就奖给你八桶黄金。”两个海神一致请求小伙子。

小伙子回想起店铺老板卖给他的第二句话非常适用，于是说：“争吵无助于建立和睦。”

“千真万确。”两个海神都说。

他们立即握手言和，并奖给小伙子八桶黄金，还帮他将黄金送到船上。从此以后，他的伙伴们再也不敢对他玩弄阴谋诡计了。经过多年的航行，帆船返抵家乡。小伙子已经变成一个非常富有的中年人，不再是当年身无分文的小伙子了。小伙子夜里回到家中，妻子已经上床睡觉。他看到妻子身边躺着两个年轻人，立即怒火满腔，从剑鞘中拔出宝剑，准备砍下他们的脑袋。

在那千钧一发的时刻，他想起了店铺老板的第三句话：“举起剑，但不可砍下！”

听从店铺老板的规劝，他没有将剑砍下去。妻子和两个年轻人惊醒了，他从妻子嘴里得知两个小伙子原来是他的双胞胎儿子，妻子在他出海远航时生下并抚育他们长大。小屋里顿时充满了欢乐和幸福。丈夫向妻子展示了财宝，并说：“坏运气已经永远地离我而去，从今往后只有好运伴随我们。”

# 国王、牧师和磨场工

教区的牧师年事已高且十分肥胖，他再也无心履行自己的职责，因此聘请了两个助理牧师帮他的忙。

教区里只有一家磨场，牧师是它的所有者，收入相当可观。牧师住在宏伟、庄严的教堂中，过着无忧无虑的生活，他自认为是世界上最幸福的人，还在教堂的大门上挂了一条横幅，上面写着“无忧无虑先生之家”。当时，芬兰受瑞典统治，瑞典国王到芬兰视察时刚巧路过那座教堂。

国王看了教堂大门上的横幅后问道：“是哪个幸福人住在我这块领地上？”

“我们教区的牧师住在里面。”地方官急忙禀报国王。

国王命令停车，走进教堂问牧师：“你怎么可能无忧无虑呢？你作为教区居民灵魂的指路人，难道不替他们操心吗？”

国王穿了平民百姓的服装，牧师没能认出这位高贵的来客是国王。

他毫无思想准备，就随随便便地回答：“我不必为教区操心，因为有两名助手帮我办事。我只需领取薪俸，还能从磨场得到一笔相当可观的收入，因此我过的是清闲阔绰的生活。”

国王听了牧师的回答非常生气，便说：“我是国王，我决不能容忍懒汉！明天你来见我，回答我三个问题。如果你的答复不顺我意，我将永远结束你无忧无虑的日子。”

国王离去后，牧师彻夜不眠，担心他的回答不能使国王满意。公鸡报晓，他立即起床，穿好牧师服，前往国王下榻的旅店。他的磨场正好坐落在去旅馆的路边，于是他走进磨场向磨场工诉说内心的苦恼。

磨场工年轻聪明，他向牧师建议：“请不要愁眉不展，你可以把牧师服交给我，让我穿上它代你去见国王。”

牧师非常感谢磨场工的好主意，他脱下牧师服给了磨场工，并答应由他暂时看管磨场。牧师还保证，如果事情办得顺利，他一定付给磨场工很高的报酬。磨场工身穿牧师服，手持牧师杖，慢条斯理地向国王住处走了过去。

国王以为牧师按照他的命令前来接受审问，便说：“现在我向你提三个问题，第一个问题是世界的中心点在哪儿。”

磨场工略加考虑后回答：“这个问题很难在屋里答复你，让我们一起走到外面，我再告诉你。”

国王听了磨场工的回答有点儿生气，不过他指指自己的身体、身上穿的王服和头上戴的王冠后又问：“你知道我的价值是多少？”

“你的价值大约是二十银币。”磨场工满不在乎地回答。

国王听了简直想暴跳如雷，但他还是压住心头的怒火说：“你低估了我的价值，王冠上最小的宝石也比二十银币贵重许多倍。”

然而，磨场工机灵地解释：“耶稣基督是天堂和人间之主，他也只卖三十银币，我认为人间的统治者至少应该比他便宜三分之一。”

国王对他的答复非常满意，接着命令：“现在让我们一起去屋外，请你告诉我世界的中心点在哪儿。”

他们来到院子，磨场工用牧师杖在地上捅了一下，说：“这儿是世界的中心点，从这儿到任何地方的距离都一样。”

国王同意磨场工的回答，但他又提出了第三个问题：“你说我现在正在想什么？”

“你一定在为我穿的牧师服怎么这样肥大而惊讶，因为我没有教区牧师那么大的肚皮。”磨场工回答。

“难道你不是牧师？”国王问。

“他正在替我看管磨场。”磨场工回答。

“今后就永远这样好了，”国王说，“磨场让牧师看管，使他也有些忧虑的事情。你可以搬到教堂里住，过一过无忧无虑的日子。”

国王的命令是不能违抗的。年轻的磨场工成了牧师，胖牧师却当了磨场工，从早到晚在磨场里扛麻袋、磨面粉。

# 那是谎话

古时候有一位国王，他在全国贴出通告说，谁要是有本事让他的女儿说一句“那是谎话”，就可以娶公主为妻，并分得半个王国。

人们听到这个消息后都想去碰碰运气，就连最懒惰的家伙也不例外。王宫前挤满了黑压压的人群，他们中间有贵人和富人，也有穷军人和下等人；有胖子和瘦子，也有拐子和罗圈腿；有人长着狮子鼻，也有人长着土豆鼻和鹰钩鼻……不过他们全是未婚的年轻人。

他们编造形形色色的弥天大谎，像枪林弹雨一样发射向公主。但是公主不动声色，不管故事怎样离奇和荒唐，她听完后总是说：“世界已经变了，世界还将变化，你说的故事也许是真的。”求婚人纷纷高兴而来、扫兴而去，看起来公主是没有嫁出去的希望了。

伯科的牧牛人潘蒂也想试试运气。他洗净眼屎、梳好头发、束紧腰带，离开偏僻的乡村前往京城。他足足赶了三天路，终于来到富丽堂皇的王宫。那是一个美好的春夜，公主坐在金光闪闪的宝座上，背靠鲜红的丝绒垫。侍臣请潘蒂坐在宝座跟前的椅子上，他用舌头舔了舔嘴唇，不停地转动脑子，思考着怎样开始同公主说话。

公主弹了下手指，凝视着小伙子，心想："唉，可怜的小伙子，何苦浪费你的聪明才智？即使黄金能够变成白的，你也甭想叫我开口说出'那是谎话'。"

国王的女儿对潘蒂大声说："喂，你打算讲些什么谎话？"

"我说的句句是真话，"潘蒂说，"我的父亲非常能干又有独创精神，当我还只有膝盖那么高时，他建造了一间牛栏，那间牛栏要比一般的高。父亲不小心在架设横梁时把斧子弄掉了，当斧子落到地面时，一只燕子已在横梁上筑好窝，还孵出了六只小燕子。新建的牛栏特别宽敞，母牛在牛栏这一头与公牛交配后走到另一头自己的隔栏时，竟然产下了小牛崽。"

公主睁着一双银扣子般闪亮的大眼睛，兴致勃勃地听完了小伙子讲的故事，说："世界已经变了，世界还将变化，难道你不记得童年的其他故事了吗？"

潘蒂用指甲轻轻地挖了一下耳朵，说："在我长到与大人齐腰高的那一年，我的叔叔从骏马湖中捕到一条大鲈鱼。那条鱼非常大，特别重，一路上居然压坏了三辆马车，光是它的一只眼睛就煮了一锅足够六口人喝的汤。"

"那条鱼真够大的！你还记得别的事情吗？"公主继续问。

"当我长到与大人肩膀一般高时，"潘蒂继续讲他的故事，"我种了一块萝卜地。那是一个多雨的夏天，萝卜越长越大，我不得不七次挪动保护萝卜地的篱笆。一次，一只老母猪在萝卜地里失踪了，人们足足找了五个星期也没找到。但在圣诞节前夕，我们从地里刨出一只空心大萝卜，原来是母猪吃掉了萝卜心，还在里面产下了八只可爱的小猪崽。”

“圣诞火腿不缺了！”公主说。

潘蒂还是滔滔不绝：“后来我给人家当长工，主人家的奶牛有挤不完的奶，家里的盛器全部用上了，最后只好将奶挤在屋前的池塘里。主人雇了两位贫苦的老婆婆，叫她们从早到晚在牛奶池里来回划船，让船桨搅拌面上的奶油，使它变成黄油，然后用铲子将黄油铲进木桶，送到市场上去卖。”

“那家的主人和雇工有这么多油脂，嘴唇肯定不会破裂，眼力也不会减退。”公主心想。她又说：“我相信你讲的一切，不过你当长工时还有什么别的新鲜事吗？”

“我记得有一年庄稼长得特别好，”潘蒂说，“黑麦长得又高又粗，从一根麦穗上脱下的麦粒就可以磨半口袋面粉。秋收结束了，麦子进了仓。一次，牧羊人赶着羊群经过晒麦场，老公羊突然离开羊群钻进一根黑麦秆，牧羊人跟着爬了进去，想把公羊拖出来，但是麦秆太长，费了好大力气也没能把公羊拖出麦秆，直到麦秆被运进牛栏，被牛咬断，牧羊人才把老公羊从麦秆中赶了出来。”

“那麦秆真是够长的！”公主听得出神了。

潘蒂没有理睬公主的插话，继续说：“也是那一年秋天，人们在场上忙着摘豌豆，一粒豌豆掉进了泥土，立刻发芽成长，直冲云霄。我从小喜欢爬树，就顺着豌豆秧爬了上去，我

世界已经变了，世界还将变化，你说的故事也许是真的。

——《那是谎话》

爬了整整一个星期，最后爬到了白云国。当时我饿极了，很想顺着豆秧向下爬，可是不行啊，打场的人用斧子砍断了豌豆秧，打算把它切成饲料。我从白云国往下瞧，那么高真是急死人了。我挖空心思，想着怎样才能完好无损地返回地面。天无绝人之路，那天刚好是星期六，女主人正在烧桑拿浴，因为木头太湿，一股浓烟从烟囱徐徐升起，就像一根长长的绳子。于是我顺着烟绳滑了下来，不过也成了一个十足的黑人。”

“你这样年轻已有了这么多经历，很不简单嘛！”公主说。

“那算不了什么。”潘蒂若无其事地回答，“有一次我抓住了快速转动的风车，本来只想转几圈，可是突然刮起大风，风车转得像陀螺。后来我筋疲力尽，松开了双手，结果就像一发炮弹被抛向高空。”

“那里是什么样的？”公主好奇地问。

“我父亲在那里当总检察官，十个可爱活泼的天使竞相为他服务。我在那里也见到了你父亲，不过他是可怜的马夫。”

“那是谎话！”公主脱口而出。

说话要算数，说出的话再也没法收回。牧牛人潘蒂成了国王的女婿，他不但赢得了公主的心，还有权统治半个王国。

# 木桶里长大的男孩儿

夫妻俩生了一个男孩儿，他们非常想把自己的独生子培养成有用之人，因此父亲建议：“我准备把孩子放在木桶里，用羊角喂他吃饭。”

“为什么要这样呢？”母亲问。

“要是在木桶里成长，他就不会沾染世上的恶习了。”父亲解释。

母亲觉得这个想法有道理，从此他们把小男孩儿放进木桶，用羊角喂他吃饭。光阴似箭，孩子慢慢长大，脑袋顶到了桶盖。于是，父亲打开桶盖，让儿子接触外界。孩子长得很高，但是面色苍白、消瘦无比，他睁着一对大眼睛东张西望，对看到的一切都感到好奇。

“我们已将你喂养大了，”父亲说，“现在你应该帮助我们到城里去卖黄油。”

母亲给了儿子一小木桶黄油，说：“你要想办法把黄油卖给有钱人，向他们讨个好价钱。有钱人的眼睛都是从上向下看的，穿的是讲究的服装。”

小男孩儿提着黄油桶向城里走去。他看到路边立着一座红色的路标，上面贴的人头像的眼睛从上向下直盯着他。

“唔，他一定是有钱人。”小男孩儿做出判断。他向人头像深深地鞠了一躬，问道："老爷，你买黄油吗？"

人头像没有任何反应，还是一动不动地死盯着他。

"也许他是哑巴，好可怜的老爷！"小男孩儿深表同情，"不过黄油他总是需要的，我就卖给他吧。"

小男孩儿用木勺从桶里舀出黄油，抹在路标两边的窟窿中。然后，他高高兴兴地回到家里告诉父母，他已经把黄油卖给了路上遇到的第一个有钱人。

"钱在哪儿？"母亲问。

"我忘记向他要钱了，不过明天他会给我的。"儿子说。

第二天一早，小男孩儿背上背袋，腋下夹着一根木棍，去向有钱人讨债。

他对路标上的人头像说："我昨天给了你黄油，现在请快付钱吧！"

但是人头像既看不见小男孩儿，也听不到他说的话。

小男孩儿生气了，他说："要是你不听好话，我就不客气了！"

小男孩儿抡起木棍砸向路标，路标沉重地倒在地上。然而奇怪的是，男孩儿竟在路标下面发现了古时候埋下的大量钱财。于是，他装了满满一袋金币和银币回到家里。

"我强迫那个有钱老爷付了钱，现在把黄油钱交给你们。"小男孩儿一面说，一面将一袋金银币给了父母。

几天以后，母亲又派木桶里长大的小男孩儿去城里卖肉。

"我在你的背袋里装了一块好肉，"母亲说，"到了城里你会看到很多穿着讲究的有钱人，不过他们中的许多人口袋里毫无分文。只有牧师才是最有钱和最可靠的，他们穿的是黑长袍，脖子上系着一条白围带。”

城里熙熙攘攘，小男孩儿四处寻找牧师。一只动物突然出现在他眼前，那是一条脖子上长了白毛的黑狗。按照母亲的描述，小男孩儿误以为这条吐着舌头的黑毛狗就是牧师。

“牧师老爷，你买肉吗？”小男孩儿彬彬有礼地问。

“汪！”黑狗摇着尾巴叫了一声。

“他大概是讲话讲哑了喉咙，所以连话都不会说了。”小男孩儿心想。

他把一大块肉给了狗，但又忘记向“牧师”要钱了。

“我已见到牧师，把肉卖给他了。”小男孩儿到家后说。

“钱在哪儿？”母亲问。

“糟糕，我又忘记要钱了！”小男孩儿深为惋惜地说，“不过明天我会要回来的。”

第二天，小男孩儿又赶到城里，他在广场上见到了昨天“买”肉的那条黑毛狗。黑毛狗已经认识他了，又摇尾巴又舔他的脚，希望能再得到一块肉。

但是小男孩儿却严厉地对它说：“快把昨天的肉钱付给我！”

黑毛狗只是不停地摇动尾巴，还向他热情地伸出爪子。

“别套近乎！”小男孩儿狠狠地抓住那条黑毛狗说，“走，让我们一起去王宫请国王亲自评评理。”

“你要把狗拖到哪儿去？”看到小男孩儿拖着黑毛狗，人们好奇地问。

“我要它上国王的法庭，”小男孩儿说，“昨天它买了我的肉，至今还没有付钱。”

人们听了他的话无不捧腹大笑。他们说：“好小伙子，要是你把这样的欠债人带到国王面前，最高法庭也免不了会大笑一场的！”

黑毛狗不肯上王宫的台阶，小男孩儿就将它扛在肩上，擅自闯进了王宫。国王只有一个独生女，她总是表现得文静严肃，冷冰冰的像墓石一样。很多人费尽心机想让公主欢笑和说话，但毫无结果。国王曾经宣布，谁要是能使公主欢笑和说话，他一定给予重赏。想碰运气的人虽然不少，但都以失败告终。

木桶里长大的男孩儿闯进大殿，国王和大臣们立即震惊地中止了闲谈。严肃地坐在国王宝座边的公主活像一个哑巴，不过她的眼睛始终没有离开那个胆大包天的小男孩儿。

小男孩儿轻轻地将狗放在地上说：“这是一个骗人的牧师。他买了我的肉，可是不付钱，因此我将他带到这儿请国王判以重刑。”

国王、大臣和侍从们看到这样可笑的举动无不哈哈大笑，连公主脸上也露出了笑容。

公主大声说：“这是我见过的最傻的事情了！”

“公主笑了。”侍女们急忙禀报国王。

“公主说话了！”贵夫人们也向国王禀报。

“我要重赏那个小男孩儿。”国王说。

遵照国王的命令，王宫金库总管取来一大袋黄金奖给了小男孩儿。小男孩儿背上钱袋一口气奔到家里，高高兴兴地对母亲说：“亲爱的母亲，牧师付钱了，这是肉钱！”

# 机智的三兄弟

一个负债累累的老头儿不幸去世，债权人拿走了绝大部分财产抵债。他的三个儿子能继承的遗产所剩无几。大儿子分了一把提琴，二儿子得到一具石磨，三儿子拿到一架绕绳机。

三兄弟各奔前程，想依靠父亲的遗产谋生。

大儿子手持提琴，沿着林间小道赶路。夜幕降临，他就在路边的草房里过夜。因为一时未能入睡，他拿出松香擦了擦琴的弓毛，心想："我现在何不练练琴，将来也好混口饭吃。"

一条大狼听到了草房里传来的琴声，误以为那是猪叫，就流着口水蹿进草房。小伙子聪明机灵，他一个箭步冲出草房，反扣上大门，大狼就被关在里面。一个有钱人经过草房，听到里面有呜呜的声音。他感到好奇，便打开了大门，大狼趁机逃进森林。

小伙子走到有钱人跟前哭诉："你放跑了我驯养的狼，叫我今后怎样生活呢？我刚教会它随着我的琴声跳舞，要是我在广场上表演一场，收入将是非常可观的。现在你把它放跑了，必须赔偿我的损失，否则我同你没完！"

有钱人二话没说就赔了他一大笔钱，小伙子从此过上了美好的生活。

二儿子背着石磨在邻村的一间马厩中过夜。正当他爬上阁楼准备在草堆上睡觉时，一群强盗慌慌张张地闯入马厩，他们抢了许多东西，要在马厩里分赃。小伙子往下一瞧，立刻转动磨盘。石磨转动的声音好似天公打雷，强盗们听了惊慌失措，以为是老天爷要惩罚他们，于是立即抱头鼠窜，留下了大量赃物。小伙子由此变成了富翁。

三儿子扛着绕绳机来到湖边。他放开绕绳机上的绳子，把绳头抛入湖里，然后慢慢地摇动绕绳机，将绳子重新绕了回来。

他一边摇，一边说："我要像缝烟袋一样把湖缝起来！"

水妖的儿子正好躲在水草下，他听到小伙子可怕的独白，急忙报告父亲："岸上有个年轻人正在摇动绕绳机，他说要把我们的湖像缝烟袋一样缝起来。"

水妖皱皱眉头说："你的力气很大，可以同他比试比试，要是你赢了，就把他杀掉算了。快拿上我爷爷的大锤，同他比比谁扔得更远。"

大锤是纯金铸造的，又大又重，一般人是无法挥动的。

水妖的儿子提着大锤来到老三身边，问道："你敢同我比试扔大锤吗？看看我们谁扔得远。如果你赢了，这只金锤归你；要是你输了，别怪我拧断你的脖子！"

小伙子接受了挑战，并请小水妖先扔。小水妖举起金锤，身子转了几个圈，金锤便呼啸着飞向天空。它飞得非常远，连肉眼都看不见了，最后金锤深深地砸进地里，连锤把都没露在外面。

“现在轮到你了，扔吧！”小水妖对老三说。

小伙子不慌不忙地揉了揉眼睛，对着天空仔细观望。

“你在等什么？”水妖好奇地问。

“我在等那团白云靠近一点儿，好把大锤搁在上面。”小伙子回答。

“好人，千万别把我曾祖父的宝贝搁在上面！”小水妖惊慌失措地请求，同时向他父亲如实地报告了情况。

“你不是跑得很快吗？”老水妖说，“就同他比试一下赛跑吧！”

“你说得对，比试赛跑我准能赢。”小水妖信心十足地说。

小水妖回到岸边，要同老三比赛跑步。

小伙子慢吞吞地向旁边瞧了一眼说：“我不想同你比赛，因为你肯定会输给我的。我的四岁小弟弟正蹲在那边的草丛里，你还是同他比一比吧。只要拍一下手，大喊一声，你就会看到我的小弟弟是怎样跑步的。”

小水妖走到草丛边，拍了一下手，大喊一声。正在那里打盹儿的兔子惊醒了，它蹿出树丛，像飞箭一样沿着草地向前奔跳。小水妖死命追赶，可是兔子钻进了树丛，消失得无影无踪。

“你的小弟弟跑得好快呀！”小水妖回来对老三说。

小水妖不得不硬着头皮告诉父亲，自己赛跑又输了。

“你丢尽了我们全家的脸，”老水妖气得满脸通红，但他又对儿子说，“你壮得像头公牛，应该同他比赛摔跤，一定要拧断他的脖子。”

“我同他比赛摔跤准能赢，这可是你说的！”水妖的儿子说。

小伙子听了小水妖要同他比赛摔跤后，说：“很好，不过我们是不是先到林子里找一块平坦松软的苔藓地做摔跤场？”

他们一起来到森林，可是始终没能找到一块合适的苔藓地。小伙子来到一棵被风刮倒的大树边突然停住了脚步，说：“按照惯例，摔跤前应该热身，请你同我的爷爷一起热热身子吧。他正在那棵被风刮倒的大树边打瞌睡，他已是九十高龄了，睡得昏昏沉沉的，不过你可以对准他的腰狠狠踢一脚，那样他就会醒过来的。”

小水妖走过去猛踢一脚，躺在大树边酣睡的大狗熊被踢醒了。它狂怒咆哮，肥大的身躯倏地立起，要同小水妖“摔跤”。两个力大无比的家伙死命格斗，你来我往互不相让，树丛被踩得东倒西歪，平坦的苔藓地也被踏得支离破碎。最后，小水妖招架不住了，他找机会摆脱狗熊逃进了密林，鼻子里不停地喷着粗气。

“你不能不承认我在三场比赛中都已获胜，现在我要继续缝你的湖了。”小伙子说。

“别，别这样！”小水妖跪在地上恳求，“如果你肯将绕绳机扔进湖里，并永远离开此地，我愿赔偿你四桶银子。”

小伙子同意了这桩交易。小水妖从他父亲的金库中取来四桶银子，老三从此过着非常富裕的生活。

## 万能博士

皮鞋匠已经厌烦自己的职业，他从坐凳上站起来，把鞋锥、割皮刀和鞋楦头扔到一边，说道："我再不想穿针引线、缝补鞋子、给皮靴钉铁掌了。不少人靠自己的聪明才智过得很宽裕，也许我也能以自己的才华在世上干一番事业。"

皮鞋匠走进店铺购买鼻烟，看到小伙计们马不停蹄地忙个没完，可是肥头大耳的店老板却悠闲自得地站在柜台边，嘴上叼着雪茄，喷出一股股蓝烟。

皮鞋匠走近老板轻声问道："店老板，请你帮我出出主意，我怎样才能摆脱烦人的劳动，过上像你那种嘴上叼雪茄的悠闲生活？"

老板的眼睛眯成一条线，轻声细语道："你不是有一头奶牛吗？你把奶牛送给我，我就教你怎样成为一个阔老爷，除了手捧烟枪坐在摇椅上享清福，其他什么事情都不用做。"

那头奶牛可是皮鞋匠的全部财产，他犹豫不决，考虑了很久，不过最后还是把它送给了店老板。

老板为了应付皮鞋匠，动了一番脑筋后说："你当医师吧，那是一种既轻松又赚钱的职业。只要动手开几张药方，就能赚很多很多钱。我希望你发大财，过上宽裕的生活，因此我愿意帮助你，让你开始新的事业。"

老板送给皮鞋匠一瓶墨水、一支鹅毛笔和一摞纸，还叫小伙计做了一块涂了白漆的铁板招牌，上面写着“万能医学博士诊所”。皮鞋匠回到家，把招牌挂在大门上，坐在摇椅里等待顾客上门。可是既没有病人前来求医，也不见健康人登门拜访。消息很快在城里传播，那位新医师不是别人，正是人人皆知的皮鞋匠。

皮鞋匠把气全部撒在妻子身上。因为她不停地唠叨：“你把海鲁娜奶牛白白送了骗子，我们还喝什么牛奶、吃什么奶油？！你以为躺在摇椅里摇来晃去地做懒虫就会发财了吗？”

人们正在城里赶集。一个农民的马被人偷走了，他满面愁容不知如何是好，无意中发现了新开张的诊所。

“他既然说是万能的，也许能帮我找到被人偷走的马。”农民满怀希望地走进皮鞋匠的诊所。

皮鞋匠认真听取了农民的叙述，学着阔老爷的架势透过挂在鼻梁上的老花镜瞧了他一眼，拿起鹅毛笔蘸了下墨水，随手在纸上涂抹了几下。

“我给你开了药方，现在就去药店买药吧，它会帮你找到盗贼的。”

农民从腰里掏出钱包，付给医师看病费用后急匆匆地奔向药店。药店的伙计们看了医学博士的药方，嘻嘻哈哈地笑个不停，因为药方上根本没有写一个字，只是横七竖八地盖了几个手印。皮鞋匠原本是一个地地道道的文盲！伙计们为了寻开心，将一瓶又黑又苦的止咳水卖给了农民。

农民走出药店，不见任何过路人，他就打开瓶盖，喝了一大口药水。但是药水苦得呛喉咙，他顾不得礼貌就慌慌张张地闯进一户人家的院子，从水井中舀了一杯水漱口。可是奇迹发生了：盗马贼正在这个院子里出卖他的马！农民收回了自己的马，他非常感谢万能博士，为此专门前去诊所致谢，还加付了酬金，因为万能博士的药方的确灵验。

从此以后，皮鞋匠的劲头更足了。他对妻子说："你看到了吧，咱们门上的招牌并不是骗人的，我是货真价实的万能博士！"

一天，国王来到皮鞋匠的城市，看到了万能医学博士的招牌。他命令车夫停车，要求立刻见这位博士。当穿着华丽衣袍的大臣走进诊所时，皮鞋匠正倒在摇椅中打瞌睡。他头发蓬乱，多年皮鞋匠的活计给他留下的深深烙印是两手黑黑。听说国王召见，他手忙脚乱，不知如何是好。

国王用怀疑的目光从头到脚打量了一番小老头儿，严肃地问道："老实告诉我，你真是万能的医学博士？"

"是的，我不是任何别的人，尊敬的陛下。"皮鞋匠回答。

"随我到王宫去，我要给你一份差事干。"国王说。

皮鞋匠拿上鹅毛笔、墨水瓶和开药方的用纸，坐在马车最前排，随着国王去了王宫。

马车进入王宫后，国王对皮鞋匠说："半年前我丢失了一只戒指，那是一只非常昂贵的金刚钻戒指，我怀疑它被人偷走了。现在是你表现万能才华的时候了，要是你表现无能，我已经为你准备了一条又粗又结实的绞索！”

皮鞋匠听到国王交给的任务，不禁吸了一口冷气。不过，他装得若无其事，坐在王宫前的台阶上。“这一位是万能博士，他聪明过人，尽管看起来微不足道、穿着简朴。”宫廷侍从们看到坐在台阶上的皮鞋匠，奔走相告。

午餐即将开始，侍从们将饭菜从厨房端到王宫的餐厅里。皮鞋匠习惯了大声说话，他正聚精会神地计算着有多少道菜。“那是第一，那是第二，那是第三……”皮鞋匠大声计数，声音传进了侍从们的耳朵。

正是那些端菜的侍从偷走了国王的金刚钻戒指。他们以为万能博士已经看出他们的秘密并查明了他们的罪行，于是惊慌失措地在厨房里紧急开会，商量对策。

“把他收买过来是上策。”他们一致认定。

一个侍从代表去见皮鞋匠，说：“万能医师老爷，你真是明察秋毫，确实是我和两个伙伴一起偷走了国王的无价之宝——金刚钻戒指。请你想想办法，怎样才能使我们免进监牢甚至更为严重的惩罚。要是能摆脱困境，我们一定给你一大笔酬劳。”

皮鞋匠用手摸了摸下巴，问：“国王吃不吃烤公鸡？”

“那是他最爱吃的菜。”侍从回答。

皮鞋匠说：“准备一只又肥又大的公鸡，把戒指放进鸡肚子里，然后在大油锅中炸一下，用银盘盛着全鸡摆到国王面前。至于下一步怎样应付，你们就不用操心了。”

侍从们紧张地杀了公鸡，拔掉鸡毛，取出内脏，放进戒指，又在大油锅里把公鸡炸得又黄又香。

国王邀请皮鞋匠共进午餐，问道：“万能医师是否已经查明金刚钻戒指的命运了？”

皮鞋匠回答：“刚才我坐在台阶上打了一个盹儿，梦见一只大公鸡吞食了陛下的戒指。”

“那只公鸡在什么地方？”国王问。

“就在你面前的银盘中。”皮鞋匠回答。

国王拿起刀叉，急忙切割油炸公鸡。陪同国王进餐的大臣和将军们张着大嘴，紧张地注视着国王的动作。果真不假，珍贵的戒指确实就在公鸡的肚子里！

国王还想试试新医师是否真的万能。他从御花园的池塘里捉了一只小青蛙，紧紧地握在手里，然后对皮鞋匠说：“万能博士，你必须准确无误地说出我手里抓的是什么东西。”

皮鞋匠一阵儿发冷、一阵儿发热，感到自己陷入了难以自拔的困境。最后，他深深地叹了一口气，自言自语道：“可怜的Samppa，你现在的处境是多么尴尬呀！”

Samppa是皮鞋匠的名字，但国王却把它误听为Sammakko（青蛙），于是以极为赞许的口气对皮鞋匠说：“你猜得完全正确，我手里抓的就是Sammakko。”

此外，皮鞋匠还表现出作为医师的才能。一次，国王的喉头肿了，疼得难以忍受。御医胆小怕事，不敢清除脓液，导致脓肿越长越大，几乎堵住了整个喉咙。万能医师应召进宫治疗国王的病。

“我的视力太差，请给我一架放大镜，以便仔细观察疼痛点。”皮鞋匠提出要求。

放大镜送来了，皮鞋匠请国王站到窗子边，因为那儿的光线好一些。他请国王张开嘴，打算透过放大镜观察喉头的脓肿。但他不会使用放大镜，拿起放大镜时映入眼帘的却是窗外一个怀抱柴火、赶着奶牛的老婆婆。

“怪哉！怪哉！”皮鞋匠伤心地叹了一口气说，“陛下的喉咙已经破裂，因为一个怀抱柴火、赶着奶牛的老婆婆正在里面走路。”

国王听了皮鞋匠莫名其妙的诊断忍不住大笑了一声。这一笑正好帮了大忙，喉头的脓肿破裂，疼痛立即消失。国王对万能博士佩服得五体投地，果断地任命他为最高御医。

皮鞋匠住进了王宫中一间富丽堂皇的房间。在那朝阳暖和的房间里，他手捧烟枪坐在摇椅里，悠闲自得地度过了自己的后半生。

# 老头儿与骗子

浓密的大森林中有一间破旧的小屋，里面住着一个老头儿和他的一头奶牛。年复一年，奶牛老了，既不会下崽儿，也不再产奶。老头儿没有牛奶就难以生活，于是决定卖掉老牛，买进一条能下奶的奶牛。

老头儿牵着老牛顺着林间小道进城赶集。城门边站着几个年轻人，探头探脑地注意着每一个过往行人。他们是狡诈的骗子。

老头儿赶着老牛就要进城，几个骗子交头接耳地交谈说：“那个傻老头儿一定好糊弄。”

骗子们朝着老头儿走了过去，问道：“喂，老大爷，你赶着山羊去哪儿啊？”

老头儿没有理睬他们，一个劲儿地赶着牛向前走。

骗子们跑到墙角边，稍微乔装打扮了一下，又出来跟老头儿搭讪：“老大爷，你要卖羊吗？价钱多少？”

老头儿以为向他提问的是另外几个年轻人，于是心里嘀咕起来：“难道是城里的喧闹搅乱了我的脑子，究竟谁对？是赶奶牛的我还是那几个把奶牛当作山羊的年轻人？”

几个骗子第三次出现在老头儿面前，他们又一次更换了服饰，老头儿根本认不出他们。骗子们说：“啊，是只山羊！老大爷，把山羊卖给我们吧！”

老头儿已经完全相信他赶的就是一只山羊而不是一头奶牛了，因为路上遇到的人都说它是山羊。买卖做成了，骗子们只用一头山羊的价钱买了一头奶牛。

老头儿站在街头，一面数着手中的铜币，一面看着年轻人将奶牛赶向集市。

老头儿忽然产生一个念头：“难道他们是骗子，利用我的轻信欺骗了我？”

老头儿开始跟踪那几个年轻人。他们把牛卖给了屠夫，得到了奶牛的价钱。老头儿气愤极了，决心想办法进行报复。思考了一阵儿，他终于想出了一个好主意。

广场边有一家饭馆，老头儿走了进去，对老板说：“我打算跟我的伙伴们开一个小小的玩笑，过一会儿我们将一起喝酒吃饭，我现在先付饭钱给你，等我们吃饱喝足准备离开饭馆时，我将用手指转动帽子，然后问你饭钱是否已经付清。你必须回答：‘已经全部付清，而且还多了许多。’”

老头儿把钱放在桌上，老板保证照他的吩咐行事。老头儿又去了两家饭馆，与老板达成了同样的协议。后来，老头儿急急忙忙地赶到集市，假装意外地遇上了那些骗子。

他们带着取笑的口吻问老头儿：“老大爷是不是进去喝几盅，因为你轻而易举地卖掉了山羊？”

“好哟，我们一起去吧！”老头儿请骗子们进了第一家饭馆。

他们吃饱喝足。到了付账时，老头儿用手拍着帽子，让它转动起来，同时问老板："饭钱是否已全付清了？"

老板回答："全部付清了。"

骗子们十分惊讶，因为他们根本没看见老头儿付给老板一分钱。

他们离开饭馆，一起逛了一会儿马路。

路边又有一家饭馆，老头儿问："再进去喝几盅吧，难得碰上赶集，一年就这么一次嘛！"

几个骗子听了很高兴，于是又走进饭馆大吃大喝了一顿。老头儿叫来饭馆老板，只用手指转动一下帽子，几个人的饭钱又全都付清了。到了第三家饭馆，情况还是一样，老头儿不交分文就付清了全部账单。骗子们摸不着头脑，便好奇地打听这顶帽子的奥秘。

"这是一顶了不起的帽子，它的魔力可大了，只要将它转动一下，然后问收账人是否已经付清账单，收账人就会说他已得到了所有款项。"

骗子们阴险地交换了下眼色，不约而同地认为他们必须不惜一切代价占有老头儿的帽子。他们花言巧语地动员老头儿出卖帽子，以为这顶破帽的价值远远超过三百铜币，于是就毫不迟疑地满足了老头儿的要求。

年轻的骗子们与老头儿分手后就去了一家饭馆，想靠神帽再白吃一顿饭。他们大摆酒席，还请了许多客人。

吃罢酒席要算账，一个骗子一边用手指转动老头儿的破帽，一边问老板："全部的账单是否都已付清？"

"没有，是谁付的啊？"老板惊讶地问。

"把帽子给我。"另一个骗子说。

他像旋转陀螺一般转动帽子，又问："是否已经付清了全部账单？"

但这一回魔力也不灵，骗子们不得不硬着头皮为一张长长的账单付出大量钱币。

他们咒骂自己是笨蛋，并说："老头儿并不像当初那么愚蠢，他确实把奶牛当作山羊卖给了我们，但坑我们坑得更厉害！"

"我们一定要好好地整一整那个老骗子。"他们气冲冲地前去追寻老头儿。

他们沿着老头儿可能走的路不停地追赶，还不时向行人打听是否见过那样的老头儿。傍晚，他们来到一家客栈，了解客人中间是否有一个老头儿。

"那边客房里躺着一个可怜的老头儿，不过他病得不轻。"客栈老板娘说。

"老骗子，你也会生病！"他们说，"我们再不会受你第二次骗了。"

几个骗子走进客房，看到老头儿躺在床上痛苦地呻吟着。

"好啊，你是不是在为把奶牛当作山羊卖掉而伤心？"一个骗子问。

老头儿假装没有听见他的话，继续不停地呻吟着说："我浑身都痛，因为碰上了强盗，他们不但抢走了我的全部钱财，还把我打得半死。”

“你甭想再干坏事了。”一个骗子抓起放在墙角里的木棍，狠狠地抽打老头儿。

老头儿挨了打，反而精神抖擞地站了起来，还感谢抽打他的骗子：“亲爱的朋友，你打得太好了，那是一根魔棍，死人挨了打能复活。”

真有这样的事情？几个年轻的骗子又想得到这根木棍了。他们讨价还价，最后掏出所有钱币，向老头儿买下了那根木棍。

年轻骗子怕上当，做成交易后又问老头儿：“我们能相信你吗？怎么能知道你没有再骗我们呢？”

“你们不妨试试木棍的威力，”老头儿说，“客栈的女用人正病在床上，你们可以用木棍狠狠地打她一顿，看看她的病是否好转。”

他们真的听信了老头儿的话，用木棍狠打躺在床上的女用人。她受到严重的惊吓，伸直两腿，就像断了气一样。

骗子们吓破了胆，跑到老头儿面前结结巴巴地说：“那姑娘死了，现在怎么办？警察一定会来抓我们的。你太会害人了，那木棍没有治病的魔力！”

老头儿回答：“木棍儿是有魔力的，只怪你们打得太重了。你们不是害怕警察吗？像你们这样的年轻人被关进铁窗确实令人惋惜，我已是快要入土的人了，要不由我承担全部责任，你们觉得怎样？”

“谢谢你了，好大爷！”他们感激不尽地回答。

“不过我总不能没有报酬，白白为你们牺牲自己吧？”老头儿说。

“可是我们已经身无分文，所有的钱都给你了！”

“你们背心口袋里不是还装着怀表吗？可以把它们作为给我的报酬嘛！”老头儿要求说。

骗子们别无他法，只好乖乖地交出怀表。他们神情紧张、慌里慌张地逃离了客栈。骗子们离去后，老头儿仔细检查了女用人的情况。她并没有死，只是因为受惊吓暂时昏了过去。老头儿用冷毛巾敷在她的额头上，不久后她就恢复了健康。

第二天，老头儿回到自己的小屋。他的钱包满满当当，背心口袋里装着贵重的金怀表。他一会儿看看这只表，一会儿又看看那只表，口中念念有词：“愿城里的骗子再次把我的奶牛当作山羊买走吧！”

# 傻瓜蛋

一头母牛已经很老了，没法再生育。它的主人是个农民，他决定把它卖给城里的屠宰场。但是妻子担心丈夫进城会大吃大喝、挥霍浪费，因此决定自己出马。她戴上头巾，套好马车，将老牛拴在马车后面，随即起程上路。

“哎哟，”屠夫见是女人前来卖牛，惊讶地问道，“女主人为什么亲自出来做生意，男主人到哪儿去了呀？”

“他留在家里了，”妻子说，“因为他每次进城总是空着钱包回家。”

屠夫没有立刻搭腔，他在考虑怎样给女主人来点恶作剧，叫她今后不再过问男人们的事情。他将女主人请进屋，还招待她吃饭喝酒。女主人从来滴酒不沾，只喝一点就醉得不省人事，趴在酒桌上昏睡过去。屠夫把焦油抹在她脸上，还撒了许多羽毛，女主人简直成了一个吓人的鬼怪。

女主人酒醒后看到自己的怪脸，三番五次地自言自语道：“难道这就是进城来卖老牛的我？还是我已经变成了一只怪洋鸟？我已经不认识自己了，不知道我家的马是否还认识我。”

女主人走近拴在院子里的马，但马一点儿也不认识她，见到她像见了魔鬼一样，又喷气又用马蹄使劲儿踢土。

“我得赶快回家，”女主人果断地做出决定，“我的孩子和丈夫，还有那条看家狗还不至于不认识我吧！”

但是当她走进院子时，看家狗不但没有认出她，还把她当作衣衫褴褛的乞丐，对着她汪汪地狂叫。孩子们也认不出自己的母亲，吓得东逃西窜。

妻子进屋后问丈夫：“你大概认识我吧？”

“是的，”丈夫回答，“尽管你的样子特别怪，不过我每次进城回来从未有过这种模样儿，你卖掉奶牛的钱在哪儿呀？”

“一个铜板都没有，因为我忘记问屠夫要了。”妻子回答。

“你真是个傻老婆子，”丈夫气呼呼地说，“你进城去原来是为了把一头牛白白地送给人家！好吧，我进城去，要是碰不到像你那样的傻瓜蛋绝不回家！”

丈夫甩手离开了家，但他没走多远，就遇见一个女人正在院子里用笤帚打一只老母鸡。

“你为什么要打母鸡呀？”农民问。

“因为它生了十二只小鸡，但却不肯给它们喂奶，小鸡都快饿死了！”

“你太傻了，”他说，“哪有母鸡喂奶的呀！”

女人把大麦面拌入牛奶盆，十二只小鸡立即抢着吃了起来。

“至少这个女人与我妻子没有什么两样儿！”他想。

农民继续向前去，在一间破旧的桑拿浴小屋附近遇见两个老人正在为一头母牛忙碌。小屋的屋顶上长满了绿油油的青草，老人们认为那是放牧母牛的好地方，因此想用绳子绑住牛角将牛拉上屋顶。

“你们在干什么呀？”农民问。

“我们正在拉母牛到这么好的草场上吃草。”两个老人站在屋顶上说。

“你们太傻了，”他说，“横梁会被母牛踩断的。要是屋顶塌下来，牛非摔死不可，你们应该用镰刀割下青草再喂给母牛吃。”

“唔，这话有道理，我们可以试一试。”老人们一面说，一面顺着扶梯下了屋顶。

农民向前走了一阵子，迎面又是一间桑拿浴小屋，他看见一个老头儿一丝不挂地张着双手站在屋顶。老头儿刚刚洗完桑拿浴，妻子站在屋下，撑开丈夫的裤子，让他跳下屋穿裤子。可是老头儿一次又一次地往下跳，两条腿就是跳不到裤腿里。直到农民帮助指点，教会他们怎样穿裤子，老头儿才结束了这场跳屋穿裤子的滑稽戏。

最后，农民来到一幢新建的木屋前，见到两个老头儿正在折腾一只皮袋，他们一会儿冲着阳光打开袋口，一会儿又用绳子扎紧袋口，把皮袋拖进屋里。

“你们在做什么呀？”他问。

“我们要把阳光扛到屋里去，”老头儿们说，“这有什么奇怪的，难道皮袋装不了阳光？我们的旧房子非常明亮，不知这幢新房子为啥如此阴暗？”

农民进了屋观察了一番，发现建房时忘了设计门窗。“如果我将亮光引进房里，你们打算给我多少报酬？”他问。

老头儿们答应付给他很高的酬金后，他就用斧子在墙上开了一个窗口，屋内顿时有了亮光。老头儿们对此非常欣赏，他们希望屋子里有更多亮光，因而不断地扩大窗口，把整堵墙都拆掉了。然而他们还不满足，继续推倒了另外三堵墙，使整幢新建的木屋彻底地塌在地上。

农民一边赶路，一边不停地思索着：“看起来傻瓜蛋的确到处都有，绝非只有我老婆一个！”

天色将黑，他走进路边的一幢房子，请求借宿一夜。主人们客客气气地接受了他的请求。但他发现这幢房子的主人笨得难以理解，他们全都背靠墙壁站着打盹儿，不懂得躺平了休息。于是他教主人们怎样躺着睡觉，他们很快学会了这门技巧。他们非常喜欢这种睡觉的方法，直到客人告别时，他们依然躺在地上不愿站起来。

农民离开村子时又走访了一户人家，因为那儿不断地传出喧闹声。他看到女主人替丈夫做了一件结实的麻布衬衫，丈夫将衬衫套在头上，但怎么也拉不下去。老婆非常生气，就拿起木棒敲打丈夫的脑壳。

“你准备敲死你的丈夫吗？”农民问。

“怎么会呢？我只是想让他的脑袋顶穿这件衣服。”老婆回答。

丈夫哭丧着脸说：“愿上帝保佑我能穿上新衬衫，如果谁有本事教会我老婆怎样做好领口，我就送他一半财产。”

农民用剪子在衬衫上部剪了一刀，一个领口就轻易地做成了。他得到报酬后立即离开了那户人家，但心里始终难以平静。他想：“看起来平民百姓中到处都是傻瓜蛋，而且比我老婆还要傻。不知道有钱老爷们的情况怎么样，我要设法了解一番。”

河边有一座富丽的大庄园，他大摇大摆地走进庄园的大院。一只大肥猪正伸着腿躺在院子里打呼噜，他便在肥猪旁边蹲下身子柔声柔气地对它说：“我的婶婶，你身体可好呀？我的婶婶，你是否有空儿出席我的宴请呀？”

庄园的女用人听到他同猪谈话，立即进屋禀报女主人，说院子里有个男人把大猪当婶婶，还要请它出席宴会。

“如果猪是他婶婶，就让他带着他的亲戚赴宴去吧，”庄园女主人说，“给他一匹马和一辆车，免得肥猪跑路受累。”

农民把大肥猪拖上车，驾着车离开大庄园。庄园主回到家，听说一只猪、一匹马和一辆车白白地送给了一个陌生人，非常生气，于是套上另一辆马车前去追赶骗子。农民听到后面传来车马声，就把自己的马车赶进森林隐蔽起来，然后走到路边坐下来。

一只夜莺正在一上一下地翻飞，农民以闪电般的速度用帽子捉住了它，像对待无价之宝那样守护着它。

庄园主在农民身边停车问道：“你在这里守护什么？”

“我捉住了一只金毛鸟，”农民说，“它就在帽子里面，现在必须用网子才能逮住它。”

庄园主完全忘记自己是在追捕骗猪贼，走下马车对农民说：“你去我家取一张网吧，这段时间里我替你守护金毛鸟。为了快去快回，你可以借用我的马车。”

农民跳上马车，直奔庄园。他对女主人说：“庄园主派我告诉你，他不幸在密林中碰上强盗，强盗索要一大笔赎金，否则不肯放他回家，我就是他派来取钱的。”

“当今世界很不安宁，确实是强盗四处出没，骗子到处可见。”庄园女主人边说，边把一满袋金子银子给了农民。

农民赶车回家了，不过他没有忘记到隐蔽着马车和大肥猪的森林里拐了一个弯。他赶着装了肥猪和金银的两辆马车回到家里，妻子热情地迎了上去。

他对妻子说：“我在世界上见到了各色各样的傻瓜蛋，相比之下你算是出类拔萃的聪明人！”

庄园主坐守金毛鸟已经不耐烦了，他稍稍提了一下帽子，夜莺就嗖的一声飞上了天空，还不停地发出嘲弄的鸣叫声。

庄园主气鼓鼓地回到家，女主人搂着他的脖子高兴地说：“亲爱的，你终于摆脱了强盗的魔爪，我是多么幸福啊！”

庄园主只字未提上当受骗的事情，只是心想：“我的好太太，你和我一样受了骗，因此我们打了个平手。”

# 后　记

## 芬兰故事的传承

十八世纪初叶，一位名叫克里斯·弗雷德·格纳戴尔的穷牧师生活在芬兰半岛波赫雅玛地区的朗契拉教堂里。他是伟大的收集家，收集了我们民族古老的诗歌、谜语、谚语和成语，也积累了一些童话故事——著名的芬兰童话故事的始祖。

十九世纪初叶，许多年轻学者热心于搜集民间诗歌，也十分重视发掘童话故事。芬兰民族史诗《卡莱瓦拉》和《康泰乐琴女神》的整理和编纂人埃利阿斯·伦洛特，在其广泛的考察和搜集过程中，对这些故事尤为重视。从他当时编辑的《蜜蜂》期刊中就可以读到短小有趣的卡累利亚民间故事。十九世纪五十年代，许多贵族青年为拯救口头流传的芬兰民间文学而奔走于芬兰各地，他们也越来越发现这些“脆弱花朵”的绚美。芬兰文学协会的档案库当时已经收藏了成百上千篇童话和民间故事。埃洛·萨尔曼·拉依宁是最出色的收集家之一。他曾编写了一部名为《芬兰民间故事和童话》的作品。他以民间故事为素材，并融入自己的思想，使内容更加丰富充实。埃洛·萨尔曼·拉依宁的这部作品，至今仍是芬兰最优秀的童话著作。不过，与其说它是儿童读物，倒不如说它更是一部适合成年人的作品。

越来越多的年轻人穿梭在芬兰各地旅行，从年老的游吟诗人嘴里收集到大量新的关于公主、乞丐、杜赫基摩、力大无比的马蒂、神奇的戒指以及乐于助人的动物等等的传奇冒险故事。最后，芬兰文学协会的民间诗歌档案库中总共收藏了五万首游吟人说唱的民间故事。收集记载民间故事最多的是著名教授卡尔勒·克朗。这些民间故事有的已按原样整理出版，有的被改写成为浅易的儿童读物，迄今不失其灿烂夺目的光彩。

几年前，经芬兰文学协会同意，凡尔纳·舍德尔斯特姆出版公司决定从协会档案库收藏的童话故事中为芬兰儿童选编一部大型的芬兰童话故事集。谁都知道，这是一项极其艰巨的任务。但是才华横溢的童话大师劳尔·洛依奈挺身而出。他自己曾经发表过许多部深受欢迎的童话故事，现在又自告奋勇地接受了这项任务。他阅读档案库所收藏的大量素材，尤其注意深入研究新收集到的童话故事，进而逐步形成对我国童话故事的认识。他挑选出最有代表性的各类童话，又从不同的类别中选出最优秀和最有代表性的作品。但他并没有以此为满足，他还对各种童话故事进行对比，尽可能地将它们融合成为一个完美无缺的整体。他从不原封不动地抄录原有的句形和文字。恰恰相反，他还尽力改善某些童话体裁，甚至故事情节——不过大体上总不脱离民间流传的形式。经过几年的辛勤努力，这部奉献给每个芬兰家庭的童话巨著终于正式问世。

无数代人给他们的子女讲述过这些童话故事。这些子女又给自己的孩子重复同样的故事。这些童话故事就是这样凭借人们的记忆存在于芬兰家庭之中。然而不仅如此，其他民族也在讲述着相似的童话故事，他们用自己的语言——在古代巴比伦和埃及，在印度、中国和阿拉伯世界讲了成百上千年。这部巨著中的许多童话故事，都是对远古时期和遥远地区的珍贵记忆。但是古老没有使它们失去光泽，它们仍然同初生时一样崭新和充满活力。

芬兰科学院院士 马尔蒂·哈维奥

**图书在版编目（CIP）数据**

讲了 100 万次的故事．芬兰 /（芬）劳尔·洛依奈著；杜钟瀛译．-- 北京：北京联合出版公司，2020.4（2020.5 重印）

ISBN 978-7-5596-2744-5

Ⅰ．①讲… Ⅱ．①劳… ②杜… Ⅲ．①故事—作品集—世界 Ⅳ．① I14

中国版本图书馆 CIP 数据核字（2018）第 235559 号

**讲了 100 万次的故事·芬兰**

作　　者：（芬）劳尔·洛依奈
译　　者：杜钟瀛
策　　划：乐府文化
责任编辑：张　芃
特约编辑：李　洁　刘美慧
封面设计：崔晓晋
版式设计：萧睿子

---

北京联合出版公司出版
（北京市西城区德外大街 83 号楼 9 层 100088）
北京联合天畅文化传播公司发行
北京美图印务有限公司印刷　新华书店经销
字数 173 千字　787 毫米 × 1092 毫米　1/32　14.25 印张
2020 年 4 月第 1 版　2020 年 5 月第 2 次印刷
ISBN 978-7-5596-2744-5
定价：66.00 元

---

# 致谢

“讲了100万次的故事”系列的版画插画提供者为北京市朝阳师范学校附属小学和平街本部版画社团的老师与同学。

在此向朝师附小和祁兵、陈志君、李莉三位老师致以诚挚的谢意。并感谢以下同学充满灵感的创作：

梁嘉茵　张依阳　周林楠　郭倩男　周康勋　董文熙　刘泓成
常佳琪　王禹博　俞莎莎　汤　为　吴　轩　赵欣曜　马英宸
李子恒　高文睿　叶梓慧　王紫萱　沈卓然　梁子瞻　闫嘉彤
刘子一　张源东　王格格　王　喆　郑梓君　杜礼妍　王皓石
周润芃　潘梓颖　王婧萱　冯奕滔　于佳烨　栾宇轩

世界上有多少个孩子，就可能传承多少个故事，丰富的艺术想象，是孩子和故事之间的又一个相通的秘密。

感谢并祝福每一个孩子。